U0510703

母亲希望你会跑

顾大才子◎著

中国社会科学出版社

图书在版编目（CIP）数据

母亲希望你会跑/顾大才子著．—北京：中国社会科学出版社，2018.2

ISBN 978－7－5203－2074－0

Ⅰ.①母…　Ⅱ.①顾…　Ⅲ.①散文集—中国—当代　Ⅳ.①I267

中国版本图书馆 CIP 数据核字(2018)第 027406 号

出 版 人　赵剑英
责任编辑　郭晓鸿
特约编辑　席建海
责任校对　杨　林
责任印制　戴　宽

出　　版　中国社会科学出版社
社　　址　北京鼓楼西大街甲 158 号
邮　　编　100720
网　　址　http://www.csspw.cn
发 行 部　010－84083685
门 市 部　010－84029450
经　　销　新华书店及其他书店

印　　刷　北京明恒达印务有限公司
装　　订　廊坊市广阳区广增装订厂
版　　次　2018 年 2 月第 1 版
印　　次　2018 年 2 月第 1 次印刷

开　　本　710×1000　1/16
印　　张　25.75
插　　页　2
字　　数　259 千字
定　　价　58.00 元

如春雨般滋润

（序一）

初读顾大才子的《母亲希望你会跑》便不知不觉地感动，毫无疑问，他的语言朴素到就如唠家常，轻轻地在你的耳边娓娓诉说，而你则沉浸其中，随之喜、随之忧、随之苦痛、随之感动；他的故事是真实的，真实到仿佛就发生在你的身边，只是你不曾留意过罢了。然而正是这朴素的文字和真实的故事才能真正触动人的灵魂深处，正如李白诗句云："清水出芙蓉，天然去雕饰。"因此使我一卷在手而不忍释，一口气读下来则感触愈多，感动愈深。

顾大才子乳名树豆，大名顾春雨，"春雨贵如油"的春雨，想必是其父希望能以春雨去浇灌和滋润其种的打瓜、栽的树以及可以收获的一切。我们知道顾大才子是家里唯一的男孩，且在有了三个姐姐之后，这在农村可是弥足珍贵的，想必从小尽管生活困苦，但也是集万千宠爱于一身的，他是在父母、姐姐及亲朋好友的爱的滋润下生活和成长起来的，这在他的文字中体现得尤为明显，他写的是父辈生活的苦，却也更多地展现亲人之间的爱，他被滋润着，也在滋润着身边的一切。读他的文字的又一个感觉，如春雨滋润万物一样，他用文字滋润每一个读他的人。

现今随着社会高速发展，人们在收获丰厚财富的同时，人心渐趋浮躁，人们在经济发展的大潮中，渐渐迷失了自己，没有了方向，再也没有了那种不以物喜、不以己悲而风轻云淡的宁静。读他的文字就会让你的心渐渐沉静下来，而细细品味那一缕馨香，如涓涓细水流淌心田，为你洗尽喧嚣，涤除烦躁。

很久没有认真地去读一部作品了，似乎已经忘记了“书中自有颜如玉，书中自有黄金屋”的古训，而今拜读顾大才子的大作，那种久违的感觉又回来了，我沏上一杯茶，伏案而诵，闻着茶香，品味着书香，耳边再无其他声音，而我则渐渐沉浸在感动之中。

希望春雨今后写出更多更好的文章。

全国人大代表 薛志国

邀你来做证

（序二）

春雨是我的学生，我教他语文那年，他十九岁；赏他的作品，在十九年之后，感觉他已是我的老师。

非虚构是他的阵地，乡情，亲情，友情，爱情……情洒一路。

娓娓道来，或泥土芬芳，或天高云淡；

幽默睿智，或顽皮尖刻，或春风化雨；

怀乡思远，或小桥流水，或泪眼婆娑；

血脉至亲，或酒蘸圆月，或感恩绵绵；

同学少年，或似贬实褒，或嬉笑成趣；

懵懂小恋，或雾里看花，或驻守灵魂……

写情的春雨，酿灿烂夏花，染金色秋野，铺纯净冬雪。

写情的春雨，润了原上草，绿了塞北地，壮了老哈河。

春雨的笔墨，轻巧灵动，自然舒缓，非虚构的框架，写人叙事，皆可追根溯源，悠悠过往，历历在目。没有华丽晦涩，只存质朴亲近。老少皆宜——沐浴春雨。

春雨永远是吾师！我敢豪赌一次！敬请读者做证！

箭桥中学　于村

草是除不掉的

（自序）

前几日回故乡，来到三叔家无人居住的院子。

从几年前开始，三叔三婶跟着三弟在北京生活，他家的院子就荒芜了，杂草丛生，我试图走入都有点下不去脚。

拍了照片发到我家微信群里，三弟说，欢迎来到我家的草原（后面跟着个笑脸图案）。等回到我家，父亲对我说，你三叔打电话了，让给他的院子喷点农药除草。

两代人的想法不同，三弟用调侃的语调表达着对家园荒芜的无奈，而三叔在千里之外，还惦记着要对家园进行抢救性修复。对三弟来说这个院子只是童年岁月，对三叔来说，他人生的绝大部分时光都是在这里度过的。进城对三叔来讲可以理解为享福，也可以理解为别离，他要告别生活了五十几年的家乡。古人说背井离乡，形容人离开家园时背对着老井向外迁移，我常把“背井”理解为背上扛着一口井在走，每走一步都压得窒息。

三叔离家时，是把房子的门窗用红色铁皮封好才走的。春节他回来时，我从门口铁皮下方如洞一样的缝隙钻进去找他，看到他站在里屋昏暗的光线里四处打量。我递给他一根烟，我们点燃，安静地吸着，相对无言，我能感受到他那一刻的黯然。房子的一砖一瓦都是他一锄一锹从地里刨出来，搭建起来的，一桌一椅都是相伴多年的物件，亦是他付出了青春的代价拼来的。建完这个房子，供三弟读完大学，他便迈过了五十岁的门槛。他人生最好的年华，做了两件大事，一是养育三弟成人，二是建了这座房子，三弟长大了，他也老了，房子也空了。人说舍得、舍得，有舍才有得，我们这代人，无法舍弃城市生活回到父辈的房子里去和他们在一起，父辈就只有到我们这边来，放弃他们栉风沐雨建起的房子。每当以父辈的视角看世界，我觉得我们是极其残忍的，一群进城的孩子，背后是一群背井离乡的父母，他们不仅舍弃了家园，更舍弃了社会关系，进入一个对他们来说完全陌生的环境，五十岁之后重新来过。

我的祖父和父叔们都是毡匠，三叔是这些毡匠里擀毡子时间最久的。我从小喜欢和他交流，他擅长并喜欢和孩子交流，我们家族的孩子上学之初基本都用他拿玉米秆截成小段穿成长串做成的算数的计算器。他懂得如何进入孩子的内心世界，我十几岁的时候连“四人帮”是谁都搞不清楚，他都极富耐心地和我聊“四人帮”的故事。孩子天真，无法进入大人的世界里去，想和孩子交流，你得走进孩子的世界。现在想来，他是刻意走进孩子一边去对接他们幼稚的思想，为人父母，能有这份耐心，已值得称赞，又能和孩子交流得好，用“教育家”来形容都毫不为过。有一天父辈们老了，他们的思想无法到达我们这边的世界时，我不知道自己有没有耐心，去进入他们的世界。

三叔是有文化的，村人称之为大学漏子。他考大学时，应是刚恢复高考不久，落榜后面临一个尴尬的局面，是复读还是订婚。祖父祖母孩子多，他高考时，他的弟弟，我的八叔，已经到了谈婚论嫁的年龄。祖母问他，你是复读还是订婚，你若复读，就要给你弟弟订婚了，你就“过站”了。他犹豫再三还是选择了订婚，而他那个大学梦，多年以来一直埋在心里。我上初中时，三叔常跟我讨论学习问题，比如化学方程式如何配平，那会儿他近四十岁了，但仍对当年的知识记得很牢，能辅导我。他把自己的大学梦嫁接到了我们这代人身上，我中考完毕等成绩时，他坐班车遇见我同学，跟其打听我能否考上高中，我同学说“顾春雨如果考不上我们全班就没有一个人能考上”。至今仍记得三叔回来和我描述时的喜悦，他那自豪的神情，像是被夸赞的是他自己。我 2001 年考上大学时，三叔坐在我家床上研究我的录取通知书，把上面的字读给父亲听，连内蒙古教育厅的印章里的字都读了，而且读了很多遍。读完后，他又捧着通知书在床上坐了很久，反复抚摸着那张对折的硬纸片，脸上的表情是神圣而庄严的。我们这代人好像踩上了风火轮，相继考上大学走出了东山村，我跟他说“这是你在我们小时候穿棒棒秆（玉米秸）的功劳”。他笑着，是发自肺腑的笑，他一定很开心自己未竟的大学梦能够在后代们的身上得以实现。

三叔家的老屋其实最早是我家住着，当时他家在南梁的山坡上，后来我家建新房搬走，他家才搬到这里的。他在南梁上的家是三间土坯房子，园内无井，只能种抗旱难吃的“看瓜”，三婶把“看瓜”晒成瓜条炒着做菜吃。因在山坡上，房子里耗子极多，他发挥大学漏子的聪明才智制作捕鼠神器，是一把卧在地上的小弓箭，主要材料是铁丝和自行车内胎胶皮，箭头对着耗子洞口。他说，耗子一出洞，就会触动弓箭，直接把耗子扎死。我觉得这真是个高级的办法，只可惜盼了很久也没盼到收获。三婶说，一个耗子也没扎到过。

南梁蛇多，有一次我和几个小朋友在那里玩，看到一条大蛇往三叔家院墙内爬，叫来他，他用条子锹赶蛇，那条蛇很执拗，横竖不肯走，转来转去非要爬进三叔家的院子，可能蛇窝在里面。蛇吐着舌头示威，不时地发出突突的声音，蛇信子把条子锹射得“当、当、当”响着，我们吓得直哆嗦，三叔见怎么也赶不走蛇，手起锹落，斩断了蛇头，蛇身子扭动了几下，死了。他愤愤地握着条子锹走了，后来他说，其实他是最怕蛇的。生活就是这样，很多时候你别无选择，只能逆流而上，刘邦斩蛇而起义，三叔斩蛇，是在向生活宣示，绝不屈服。

离开三叔家荒芜的院子后，我又到隔壁祖母的院子转了一圈，三间老屋已经被推倒，只剩下一地断瓦残垣。院内有一堆柴草，下面盖住了一口枯井，祖母生前在这里取水。

祖母院子大门口遗存了一根很细的木桩，当时用作门框，我无数次推开这扇已不见踪影的木门去看祖母。人的生命真的很脆弱，这只是一根杨木桩，很容易腐掉，但它都还在，而鲜活的生命却消逝得不见了。

祖母的老屋满目疮痍，三叔的院子惨不忍睹。

三叔在北京还托父亲给他的院子除草，而我知道，在这个所有人都想着进城的时代，故乡的荒凉只是时间问题，草，是除不掉的。

是为序。

顾大才子

2017 年冬写于北京

目　　录

第一部分　男儿当顶天

男儿当顶天　3

候鸟父母　13

雾气中的母亲　20

三棵榆树　23

生命之火　30

再为奶奶哭一回　35

井沿　40

最后一计　46

母亲希望你会跑　53

老爸的“酒店”　59

演员老爸 63

房子是一生的理想 66

母爱的红咸菜 73

时光暮年 79

第二部分　时光你慢些走

打瓜背后是故乡 87

离家的路万里长 92

回家的路千里远 97

家在哪里 102

回乡三记 108

回不去的童年 117

故乡月　剑客情 126

杏树下的忠诚 135

春天来了 140

洪水过后 148

撒尿魔咒 155

永不消逝的 161

欢乐甘草季 168

吃货记忆 174

三喜买肉 180

三姑父和狗 184

时光你慢些走 186

第三部分　三千米沙路

始于远方 195

火车 201

我不要做农民 205

掉队的候鸟 213

求学之路 219

三千米沙路 225

世界第二也挺好 233

劳动交响曲 240

命运的转折 248

刚好遇见你 256

初落榜 263

钱这种东西 270

饿 276

情人节的九朵玫瑰 281

开花的树 291

忆箭桥中学 299

志愿一生不悔 305

回头路 310

天下父亲都该反思 318

第四部分　青春里神一样的存在

青春里神一样的存在 327

恩师于村 332

兰妹妹 338

追梦人
——写在《歌在飞》词曲作者侯歌新婚之际 349

那个叫“学霸”的少年 355

寻找旧时光里的小伙伴 360

孙先生 366

握手 372

车三 379

饮罢三杯上马去 385

酒桌上的同学
——一个好人和三个坏蛋的故事 392

第一部分
男儿当顶天

男儿当顶天

每个人在家庭中都扮演着一个角色，或轻或重。你有没有思考过，在家庭中你扮演的是怎样一个角色？而这个角色是你的主动选择，还是你的被动接受？说得深奥一点，是你选择了那样的生活，还是那样的生活选择了你？

生活如逆水行舟，不进则退，生命之舟行驶在岁月之河，更多的时候，容不得你选择，你只能逆流而上。

这些感悟，得于我对父亲的品读。追寻他的足迹，我就能，一点一点，如抽丝剥茧般，揭开生活的面纱，看看“生活”二字背后那无尽的伤疤。

1. 英姿飒爽

从我有记忆以来，父亲就是顶天立地的男子汉，无论我遇到什么事，都不叫事，因为有父亲，父亲强大到可以解决一切。

父亲生于1952年，这是我推算了几次才得出的结果，一直以为他生于1953年。我多么希望他能更年轻一些，哪怕就一岁。

在那个年份出生的人，有个尴尬的事情，那就是“老三届”，1966—1968 年的三届中学生，这三年里，无论父亲是读到了初几，都不可能继续读书，所以，父亲成了生产队的一员。

同一时间开始的是“文化大革命”，1966 年，父亲 14 岁，成了“毛泽东思想宣传队”的一员。不知道是宣传队练就了他的口才，还是他因口才而进入宣传队，反正总之，父亲能把毛主席语录背诵得极为顺畅，感情充沛，且能联系生活实际。

这个时候祖父的家庭比较贫苦，祖母会为了偷留一点口粮而藏在粪堆之下，但还算正常，别人家的日子也差不多是这个样子。

父亲跟着宣传队，走街串村，闲暇之余还能坐在炕沿唱书；品着知青姑娘送的无比珍贵的烧酒；穿着知青姑娘强披在身上的呢子大衣去看露天电影。

父亲，长得帅；父亲，酒量大；父亲，会说话。

这三个优点，给了父亲 7 年的快乐时光。英姿飒爽的父亲，去秀舅家唱书，享受着进门必须有人扫炕的待遇，不扫炕就不上炕，不上炕就不唱书。

不用思考家庭的重担，只需要自己活得潇洒，这是多少人羡慕的生活方式。父亲的 7 年，弥足珍贵，7 年之后，我大姐出生，父亲真的成了父亲。他仅仅是做了父亲的话，我还不能想象出他的变化，但仔细想想，作为长子的他，后面还有四个弟弟，自己做了父亲，意味着弟弟们要接二连三地娶妻安家，那些美好时光会被无情地压缩，容不得他再唱书了。

祖父是个老实人，没有张罗事情的能力，祖母有着全乡唯一女地下党员的荣耀，但那也仅仅是一份荣耀，从未踏入过我们村的权力核心。换句话说，她那颗革命似火、路见不平的心，时不时惹出许多事端，给家庭带来一些不必要的麻烦。

那么这个大家庭，该由谁来做主心骨，该背在谁的身上？只能是我的父亲，而他当时只有21岁。现在21岁的人在做什么？坐在大学的宿舍里打电子游戏。而父亲要面对的，是自己的家庭，还有除去出嫁的两个姐姐之外的四个弟弟、两个妹妹的人生之路，一个21岁的人，背上驮着6个人的未来。

他有选择吗？没有，他是长子。人说“长兄如父”，我老叔常说“老人不在了，大哥就是老人”。大哥不做，你会觉得无情，大哥做了，你会觉得应该，但有谁想过大哥的难处和感受？究竟是你选择了那样的生活，还是那样的生活逼着你做出选择？你无法选择，你过得怎么样，不是你一个人的事，是一大家子的事。

2. 顶天立地

16岁的父亲，做了两年生产队保管员。18岁的父亲，迎来了一件改变他人生轨迹的事情。

当时我家所在的东山村第一生产队，主要种植谷子，产量小，导致很多人吃不饱，怨声载道。乡里的干部前来调查，群众反映，产量小是因为一队的粪少。干部问大家，为什么一队的粪少？秀舅说：“少什么少?! 要是把一棵谷子种在粪堆上，看看还少不少?”乡里干部罚秀舅面壁思过，然后问父亲，父亲大概是活学活用毛泽东思想，给出了一个令干部十分满意的回答。

这里有一个“文化大革命”的背景，所以有了令人匪夷所思的结果：干部当即决定，吃不饱怎么办，换队长！新队长，就是父亲，我18岁的父亲。

生活是最好的老师，作为一个搞文字的人，我向来佩服生活的精彩程度，因为生活总会给你一些意想不到的戏剧化结果。再伟大的作家，都无法想象，18岁的父亲，面对此事，会做出怎样的反应。

生产队长，多大的官职？我看过很多知青回忆录，里面都有一个权力无比大的生产队长，可以主宰很多人的命运，而这种权力，却要交给一个18岁的少年，由他来决定全队五六百号人的生存。

好吧，还是要佩服一下生活的精彩性，父亲的反应是——哭了。父亲不敢当那队长，他更想做一个英姿飒爽的美男子，没事去唱书，去玩耍。父亲哭着说："没做过啊，不会做。"

干部说："好吧，没做过，那就学，从副队长做起。"

18岁的父亲，成为生产队的副队长，带领一队人，不种谷子，种玉米了，玉米产量高，虽然不如谷子磨的米好吃，但解决了一个迫在眉睫的问题，大家有饱饭吃了。

从副队长到队长，他一直干到分田单干，也就是说从1970年干到1984年。

在这14年间，祖父的家庭发生了很多事。父亲操办了三个叔叔的婚事，安排两个姑姑出嫁。然而，最令父亲为难的，并不是这些，而是早就出嫁的两个姑姑。

大姑因丢了女儿，疯了。我的童年，不是一般地讨厌大姑，我记恨她给我家带来的种种麻烦。疯了的大姑，也是要生活的，她经常来借米借面，父亲无数次地给予。这还不算，疯大姑，有时还趁父母不在，我们年幼，到我家来拿东西，柴米油盐都拿，有一次她拿着一块塑料布，用手直接挖我家缸里的冷猪油。我家可是个 6 口之家啊，我们姐弟 4 个没有劳动能力——“嗷嗷待哺”，我们也要生活。更让我愤怒的是父亲的态度，放任大姑的行为，像教一个孩子说话，轻声轻语地告诉大姑：“没粮可以来借，但不要来偷偷拿了，油缸都挖脏了。”

大姑不会听的，直到 2008 年大姑去世，我家的一切都等于是大姑的，各种食物，甚至还包括杏树上的杏，园子里的蔬菜……

二姑更惨，生活艰难，缺少食物，吃看瓜晒的瓜条子，造成贫血。二姑病了不少年头，父亲只要有点钱，就要拿去给二姑治病。二姑住院，父亲带着叔叔们给二姑输血，疾病还是越发严重，二姑崩溃了，上吊，离开了这个苦难的人间。二姑自杀前曾与父亲有过对话。父亲说：“二姐，别着急，我今年在西沟种了很多打瓜，打瓜收了就带你去城里看病。”

二姑说：“你可别骗我了，我都打听了，西沟的打瓜都被腻虫腻死了。”

父亲无言。这是二姑留给父亲最后的话语：“打瓜都腻死了。”

想想看，多么悲凉，一片打瓜地，决定了一个人的生死。

人在最艰难之时，往往会将希望寄托在一些看似平常又极为重要的事物上，比如打瓜地，当这根救命稻草都无法抓住，涌上心头的就是致命的绝望。

从我有记忆开始，父亲就是围绕在我全身的一层光环，耀眼夺目，让我以是父亲的儿子而自豪：一代美男子，酒量极大，说话办事都让人舒服。

多年之后，我才反应过来：父亲的荣耀背后，是一个家族的苦难。不知道他有多苦，有多累，但在我面前的父亲，隐藏了这些内心深处的苦和累，展现出来的，永远是无比强大的父亲，顶天立地。

我不知道当时的父亲是否会怀念，他少年时那欢乐的 7 年唱书时光，我只知道生活像一座不断加重的山，压在他的身上，不容他喘息。大姑要生存，二姑要治病，4 个叔叔要娶媳妇，我家 6 口人还要吃饭。那些在我看来是光环的东西，其实是父亲背着生活的山踽踽独行的辛酸足迹。

3. 斗转星移

1984 年，分田单干。父亲选择了让贤，将队长之职，让给了大姑父，他知道，疯大姑的家更需要那份职务。

1987 年到 1990 年，父亲任村会计，这也是他最后的官职光环。从村里卸任之时，父亲 38 岁。

从 1991 年到 2001 年的十年间，父亲经历了人生的蜕变：没了官职，该如何生存，生活不会因为你的失势而对你好，减轻你的压力，反而可能会更大。这十年间发生的事，一点也不比之前轻缓。

首先要解决的是，你如何从精神上迅速走出失势的窘境。就连我这个孩童，都要面对，比如比我大几岁的孩子，见面对我喊：“树豆，你爸下野了，你爸是下野了吧?”

你曾站在峰顶金光闪闪，如今，你要从谷底仰望那山的高度，并且承认自己已沦落风尘。

我不知道父亲如何走出这道阴影的，甚至未曾注意到他是否因此产生过懈怠。

当时我在读书，需要钱，初中念了两遍，高中读完又补习一年半；祖父去世，留下还未成家的老叔；大舅撒手人寰，留下10岁的表弟和3岁的表妹，而大舅临终扫视这个世界，能够托付的只有这个曾经金光闪闪的二姐夫；二姑留下的表哥，已到了结婚年龄，而父亲多年来一直对他视如己出。但父亲，没了一官半职，要以一个农民的身份，解决这些问题。

叔叔们都自立门户，会自己擀毡子，唯独老叔不识字，父亲不放心，带着他一起去蒙区擀毡子，一份收入分成了两份。父亲不像是老叔的兄长，更像是老叔的父亲。

父亲承包地来种打瓜。一代美男子身上有了土色，脸上多了层层叠叠的皱纹。尽管依然挺着身板侍弄地，但火辣的太阳毫不客气将他的皮肤晒得爆皮，剥去一层，又生一层……

父亲还种树，在我家房前屋后种了很多杨树，闲暇时就去侍弄那些树。每天早上起床，他先去看树，仿佛那树在他眼里，每天都是新的模样，长粗了几寸，长高了几分。父亲在房前屋后反复地数着那些树，三五日就数一次，时常深情地望着树对我说："树豆，这些树，你读大学时，能够一年的学费。"

我看着那些树，想象着变成很多钱的样子，无比兴奋，也对这些树有了感情，大学，学费，美妙的树。那些树也很争气，长得旺盛。

高中时，一日回家，我进院就发现，树没了，那时那些树已经长得可以做檩子了，而我和父亲算计的，是我上大学时这树能做柁。

我问父亲："树呢？"

父亲望着窗外，那些曾生长树的地方，没有说话，脸上的表情像是不舍，更像是一场话剧演出结束后的庄重谢幕。

母亲说："砍了，给你二哥拉走了，结婚用。"

二哥就是二姑留下的孩子，那些树做了新房的檩子。那些年干旱，父亲种的打瓜几乎无收成，除了砍树，他还和叔叔们一起借了利息钱，给二哥结婚。

那些父亲每天都去看的树，那些三五天就要数一遍的树，那些期盼着变成儿子学费的树，没了。

父亲"面朝黄土背朝天"，以一个中国最普通的农民身份，帮老叔成家立业，帮表哥结婚，供我读完大学。这些都是在褪掉光环之后，他用双手从土里刨出来的一角一分，如他脸上层层叠叠的皱纹。

我读懂父亲，是在2008年，那年母亲被车轧断了脊椎骨。在康乡医院，父母、三个姐姐还有我，一起商量是否给母亲转院到新惠医院。由于母亲极力反对，坚信能够自己长好，最终也没有一个决定性的意见。我突然间发现，大家竟然都在看我，包括我56岁的父亲，也在看我，等着我拿主意。看到父亲看着我的神情，我的心是慌的，从未有过的慌张。

从小我是家里的老小，上面有三个姐姐，再上面有父亲，多年来一直享受着满世界的爱，有什么事情，都有父亲呢，不需要我来决定。这次当父亲将等待最终决定的目光望向我，我还在慌张地问自己：一家之主难道变成了我？

返回北京后，我一直在思考，从来我都是照顾好自己就行，有富余的钱就给父母一点，没有就自己尽情地玩耍，我真的不想做这个一家之主，机关里上着班，没事写写文章，多好的生活！

究竟是你选择怎样生活，还是怎样的生活选择了你？

我有选择吗，能不能找个人代替我？扫视全家，这个人只能是我，姐姐们呢，无论如何倡导男女平等，但中国说到底，还是男性主宰的世界，何况她们又都有了自己的家庭，我是男子汉啊！想来想去，吓到了自己，竟然是我，为什么是我？

说起来，也真是个奇怪的命运，父亲和二叔接连有了5个孩子，都比我大，竟然都是女孩，而接下去，父亲兄弟5个，接连又有了5个孩子，都是男孩，而我偏偏是这些男孩中的老大。我想象着父亲18岁接过生产队长之职的情境，他并不愿意，他还哭了鼻子，但是，他别无选择，无论他如何喜欢唱书，都必须放下那份挚爱，选择顶天立地，做男子汉，驮起全家。

大舅生前曾经跟我说："别像大舅，30岁才成人。"

而我2008年读懂父亲之时，刚好是老家说虚岁的那个30岁。

这像是我人生的一道关口，更像一个转折，明白了我不但要为自己而活，还要为家庭而活。父母已到退休年龄，姐姐们都在农村，一群外甥外甥女在仰望着这个北京的舅舅，堂弟里最大的也还大学没毕业，都在指望着我这个大哥，能够先闯出一片天地。

我要从一个老小，变成一个老大。可想而知，没有父亲的帅，没有父亲的酒量，没有父亲的交际能力，却又必须顶天立地，我的天啊，生活！

三十年懵懵懂懂，一朝在父亲期盼的眼神中长大。好吧，勇敢地向前走吧，好与坏，都只能是我，一家之主，不可代替。

父亲曾经差点去当兵，被祖母追回。父亲偶尔跟我讲："那年我要去当兵，体检都合格了，被你奶奶哭回来了。"

这是父亲对生活的唯一抱怨，或是对另一种生活的美好想象，但是父亲若去当兵，一家老小怎么办？

斗转星移，究竟是那样的生活选择了你，还是你选择了那样的生活？

成长，是一个沉重的话题。读懂父亲，我就长大了。

候鸟父母

下楼买烟，回来后，看到母亲在我房间，蹲着身子擦地。

我看着她说："妈，别擦了，一会儿又腰疼了。"

母亲有腰椎间盘突出的毛病，她没抬头，继续专心致志地擦着，说："明儿个我们就要走了，得擦一下。"

明天，父母将结束一年一度的楼房生活，离开他们的儿子，回到故乡的那三间住了几十年的老屋。

母亲仍蹲在地上低头擦着，声音低沉："走了剩下你自己，更没人给你擦了，我和你爸不在这里的时候，你收拾利索点。"

做子女的，永远都是父母的牵挂。母亲临走还惦记着给我擦地，让我心里很难受，几乎是推着她出了房间的门。

母亲站在门口不走，把手里的湿布放在地板上，用力踩在脚下，来回蹭着门口附近的区域。不让她擦我房间的地，她就反复擦我门口外的地。我的房间仿佛有巨大的磁场，时刻对母亲产生吸引力。

我望向母亲，看到她脸上的褶皱和低落的神情，眼睛是湿的。

缓缓地关上房门，听到门外，地板摩擦的声音，我的心里如打翻了药瓶，很苦。

我常常比喻漂泊的游子是候鸟，比喻春运的大军是候鸟群。但自从父母进城跟我过年，我才感觉到，他们才是候鸟，每年十一前后，欢乐地来，正月底，悲伤地走。

刚进城时，父母都很不习惯，母亲想乡邻，父亲想酒友。什么叫背井离乡？他们已经在老家生活了六十几年，在白发苍苍之时，却突然间，离开了那片熟悉的土壤，开始了漂泊的生涯，就为了和自己的儿子在一起。他们想我，惦记我。当父母的，无论为子女做出多大的牺牲，都义无反顾，无怨无悔。

母亲总是擦这擦那，整天都在收拾我的家，父亲没事做，只能看电视，偶尔出去散步。

我心疼母亲，她有冠心病，还因车祸留下腰椎间盘突出的毛病，擦地对她影响很大，有时站着擦，但站着擦不干净，就蹲下，隔一小会儿，站起来歇一歇。母亲总能看到家里那些我认为不必要做的家务，而忘记了自己身上的疾病。

父亲说："你可别干了，要是累病了，得给儿女添多大麻烦。"

母亲不听，继续忙着。

我说："妈，你别擦了，天天擦，哪有那么脏。"

母亲说："不能总闲着，闲不住的。"

我才明白，原来母亲不是想无时不刻地干活，而是闲不住。除了做家务，就只有看电视，但母亲和父亲看不到一起：她没读过书，只喜欢看戏曲频道；父亲有文化，喜欢政治，总看新闻。只有一台电视，母亲让给父亲看，自己擦地。

我翻箱倒柜找到一台很古老的大录音机，有收音机功能的，放在父母的房间。效果立竿见影，父亲开始听收音机，听评书，一天有十几个台播放不同的评书节目；母亲看电视，只看戏曲频道。

戏曲频道那些人唱戏，没有字幕我根本听不懂，我问母亲：“妈，你不认字，能听懂吗？”

母亲笑了：“听个热闹，哼哼呀呀的挺好听的。”

三年来，母亲听了很多戏，但只是从服装上看热闹判断大概是个什么戏，从来没有一部戏能准确地说出名字，更别说内容。

刚起床，早餐已经摆上餐桌，出门时母亲还不忘叮嘱我带好东西；晚上下班一进门，就能看见厨房热气腾腾，母亲做好饭菜，温在锅里，坐在沙发上看戏，等我回家。

吃饭的时候，父亲喝着老酒，和我说话，讲他的评书世界。《白眉大侠》《三国演义》《水浒传》等，讲着讲着就讲串了，把林冲的故事讲到三国里去了。

我不揭穿他，听他继续讲，十几部评书穿插在一起，是很难听懂的故事。

这很像我小的时候，邻居来锁家有一部半导体收音机，我每天中午去听《白眉大侠》，听完以后见着人就想复述一遍。见着谁都问：“听评书了吗？”

问听没听，只是一个要给人开讲的前奏。这话只要对方搭茬，接着就是滔滔不绝的复述。同学老王，坏，见到我，没等我开口，就对我说：“听评书没？”

我寻思，这下好，不用我主动问了，刚想给老王讲我听到的最新故事，老王这浑蛋，转身跑得无影无踪。

没有酒友陪伴，父亲孤独，想和我说话，又找不到什么共同语言，七大姑八大姨的事情，早已唠完。父亲就跟我讲他的评书世界，希望能引起我的共鸣，可我的兴趣不在那，也搭不上什么话。父亲显得很失落，看出我们无法因评书而有交集，就不再跟我讲了。父亲依然自己一个人听评书，将电视让给母亲。

偶有出去散步，看到一些事情，父亲回来，都会努力给我讲述。比如广场有一群人在跳舞，有一个人不会跳，跳得很难看；比如某个楼底下，有个流浪汉躺在地下，可能会冻死……

父亲的世界，没有微信和网络，也没有与我的工作相关的，他脱离了社会，我们之间就少了共同的话题。但是父亲，太想和儿子说话了，讲评书不受儿子欢迎，他就讲着所见所闻。父亲不是想讲大千世界的林林总总，他是想和我沟通，尽管他老了，他仍在努力，试图以他的方式走进儿子的世界。

记忆中的父亲，很爱看书。我城里的家有不少五花八门的书，令我意外的是，父亲竟然不看书了，他年轻时不是这样的。我之所以会写作文，就缘于小时候跟着他看武侠小说。我家的武侠小说，父亲看完，我们姐弟四人开始抢，我为了独占，常带书到学校去看。那会儿父亲还看报纸，过年买的糊墙用的过期报纸，都不放过，一张张看完再贴在墙上。贴在墙上的报纸，没事的时候还要凑上去再看几遍。父亲刚来时，曾翻阅过我的一些书，但看几眼，就放弃了，后来也就失去了翻阅的兴趣。

我在机关工作的时候，单位给每人每年 300 元的阅读福利费，可以订书订报给亲属。我打电话给父亲，问他要什么报纸，想给他订。

他在电话那端说："别订了，老了，看不太懂，浪费钱。"

订报的事，就此搁置。听他说自己老了，看不懂书的时候，我无比想念那个在昏黄的灯光下读着武侠小说的父亲。岁月是一种可怕的东西，拥有摧毁一切的力量。生命的衰老，是一个悲伤的故事。

甚至在我网购的一摞摞图书送进门时，父亲会不由自主发出感叹："不少钱吧?"

我看着父亲的眼神，想起小时候，他给我钱，交代我去供销社买东西，我私自决定买了字帖和书，惴惴不安地回到家，害怕他训斥我。但他却从不因此训斥我，也没追究我没有买回他需要的物品之责。

父亲说，"书中自有黄金屋，书中自有颜如玉"，而现在，他竟然心疼起买书的钱。

我想，这就是苍老带来的变化。年轻的父亲，有劳动能力，我花钱买书，他不心疼；苍老的父亲，没有劳动能力，我买什么，他都会心疼。

父母从贫穷的生活中来，对生活的各种开销，都充满着局促感。

今年小区进行燃气改造，不再烧煤供暖，而是用天然气。天然气价格高，小区业主闹事，结果迟迟未供暖，房间里挺冷的，我买了电暖气。

电暖气进门的时候，我把说明书藏了起来，这东西用电挺费的，不能让父母知道。电暖气安装好，推到父母房间，插上电。父亲走出房间，在包装盒里翻找，抬头问我："说明书呢?"

我回答："不知道啊，没有吗?"

我还凑过去假装和父亲找了半天，然而，父亲就是父亲，我这点小计谋，估计早被看穿了。这个电暖气，自从进了家门，除了我用过几次，他们就没怎么用过。没有说明书，父亲不放心，有朋友来，他找机会聊起电暖气的耗电量，朋友不知情，和他说了，这下完了，电暖气成了摆设。

去年，邮局送来了三张稿费单，加在一起大概90多元钱。取款的邮局离我家挺远的，加上钱又少，我就一直没取。父亲发现了，问我邮局在哪，我跟他描述了一下大概。隔日父亲跟我说：没找到，走了很远，都走到大桥了。我说大桥才到一半，父亲怕迷路，不敢再去了。那段时间一直催我去取，我应付着也没去。直到去年回老家上车之前，父亲还在叮嘱我：“别忘了去取稿费，90多块钱呢。”

我答应着，其实一直也没去取，早过期了。

我家的餐桌，只要我没上桌，父母就不肯结束。赶上我正忙，父母就在桌上慢慢吃等我，不是要和我一起吃饭，而是研究饭的多少。饭如果剩下，母亲下顿肯定吃剩饭，父亲不想让母亲吃剩饭，就不让多做。但是我不上桌，他们不知道饭够不够，怕我吃不饱。我在写作，父亲一小口一小口地喝酒等，母亲一小口一小口地吃饭等。有时时间实在过长，他们就不吃了，去做自己的事，我上桌一看，余量特别多，这意味着他们可能没吃饱，也意味着我肯定吃不完这么多，母亲下顿就要吃剩饭了。于是，我就尽量按时上桌吃饭，第一个吃完，他们才会大胆地分配剩余的饭菜。

有时我和父母一起去菜市场，主要是为陪陪他们。开始时是三个人并排，慢慢地就散开了。我在最前面，父亲在中间，母亲在最后，父亲不停地回头等母亲，我不停地回头等他们。

每一次回头，我都想起儿时，三个人并排走，走着走着，就变成了父亲在最前面，母亲在中间，我在最后，父亲回头等我们，母亲回头抱起我。

我们长大了，父母却老了，他们步履蹒跚，努力想跟上儿女的脚步，却越落越远，再也跟不上了。

“七九河开，八九燕来”，当春天温暖的阳光打在肩上，候鸟即将飞回北方。我的父母，即将启程，像那候鸟一样，一路向北，回到故乡的老屋。

老屋的生活他们最习惯，没有了城里生活的种种不适，但无法代替候鸟生活。父母爱老屋，但老屋里没有他们的儿子。

雾气中的母亲

母亲站在一口大铁锅前，持一块湿漉漉的抹布，弓下身，揭开已变成黑色的秸秆串成的锅盖，雾气散出来，母亲的身影就模糊了。金灿灿的年糕、白胖胖的馒头、圆滚滚的饺子……母亲一次次弓在雾气里，眯着眼揭开那灼热的锅盖，也揭开了全家人年的味道。

灶台，是属于母亲的天地。不只是我的母亲，家家户户的母亲都围着这四四方方的灶台转着，像一个陀螺，转啊转，不知疲倦，只要有一点力气，就永不停歇。

小时候，从地里回来的母亲，进院门先抱一捆柴火，径直走到那个她最熟悉的灶台，拍拍身上的尘土，拿起炊帚，掸一掸灶台上的灰尘。掸灶台上的灰尘 ，是一个开始的信号，春夏秋冬，风雨无阻。母亲坐在一个小板凳上，一手拉风箱，一手往灶膛里添柴。风箱呼哒呼哒地喘着，火苗噼噼啪啪地蹿着，火焰映红母亲的脸，雾气便渐渐在灶台上空升腾而起。淘米、下锅、捞米、焖饭、切菜、炝锅、炒菜、盛菜，一道道程序绝不会出错，母亲像训练有素的士兵，起身站到雾气里，回身坐到板凳上，如此反反复复，一日三餐，顿顿如此。

站在雾气的里的母亲，最大的愿望就是有一台鼓风机，这样可以提高效率，让儿女们早点吃上一口热饭。有一天父亲真的买了台鼓风机，母亲高兴着把风箱搬到草房，累得满头大汗，但脸上笑得很开心。那是一种告别仪式，意味着迎来更好的生活。记不得过了多久，鼓风机坏了，母亲不让再买，她担心还会坏，灶台前再次传来风箱呼哒呼哒的喘息声。母亲的手似极耐高温，从不怕烫，但不是没有烫伤过，母亲的眼似极耐烟雾，从不怕熏，但被烟熏得重了母亲也会咳嗽，只是母亲不怕，也从未提起，因为，“母亲”二字本就是世间最强大的词语，是天不怕地不怕的。

雾气彻底散去的时候，母亲将饭菜盛到桌上，一家人坐在桌前准备吃饭。母亲却不见了，她跑去浇园子、喂鸡、饮驴……父亲总说：“越是吃饭的时候你妈越忙。”母亲总是这样，安顿好了其他人吃饭，就去忙那些永远忙不完的家务活，至于她什么时候吃饭，这是个多少年都解不开的谜团。母亲是怕饿着我们，所以规划好了时间，等我们吃上饭了，她就尽情地去忙了。

我现在时常回老家，母亲依然站在雾气里，但她的站姿与以往有些不同——“歪扭”。父亲说：“怎么不好好的呢，总歪扭啥。”母亲为啥“歪扭”呢？原因很简单，她受伤了。前一段日子，她去割蒺藜，想卖点钱，因为她心脏不好这些年每年吃不少药，她就想着自己赚点，给我们减轻负担。当她赶着驴车返回的时候，有一个下坡，毛驴疯跑，母亲还在车下，想上车，但是踩空了，车从她身上轧过去，车很沉，而且更要命的是还打了半闸，大概是拖行了一段。她躺在地上，一个路过的村民发现了她，然后父亲和叔叔们赶到的时候，她已经在地上挣扎了很久，她想站起来，但是没有做到。父亲是出事后第二天打电话给我的，他说："你妈轧着了。"这句话他说得很不清楚，我听得也很不清楚，连问了三四遍，他连说了三四遍，说到哽噎。我当时脑子"轰"的一下，一片空白。乘当日的火车，站票，次日赶到了乡医院。母亲躺在病床上，脸色枯黄，像脱水的橘子，说话有气无力，我想给母亲转院。她死活不肯，说："能长上，一定能长上。"就这样，又过了两天，母亲日渐好转。我陪了母亲两周。椎骨骨折的母亲，从腿不能动到可以做抱膝运动。然后有一天，父亲打电话来说，"能下地走路了"。但这次骨折给母亲留下的是腰椎间盘突出，这是县城医院大夫的诊断，因此母亲走路或站立都"歪扭"，"歪扭"着站在厨房的雾气中。

当年母亲从祖母手里接过那把炊帚，如今，我家却缺少了能传承这把炊帚的人——进城了，不用炊帚了。这几个春节母亲和我在城里过年，不烧柴，不拉风箱，她用了很长的时间才习惯这个做饭方式。刚开始，有一次家里只有她一人，炉灶的开关没有关好，一个很小的火苗一直在燃烧，她就站在那里盯着火苗，持续几个小时，直到我回来。她说害怕动错了开关弄爆炸，我有点哭笑不得：再优秀的小说家，都难以想出这样的细节，一个母亲，盯着一个没有关好的燃气火苗几个小时。

日复一日，母亲弓身站在灶台前的雾气里，站大了儿女，站老了岁月，站出了一个家庭的未来，更站出了母亲的高度。

我喜欢站在雾气中的母亲，那是世界上最美的母亲，更是人间最美的图画。

三棵榆树

如今的故乡有很多树，县城的公园立着植树功臣李儒的碑，我小时候就在那里挖过很多树坑。据说大黑山的人，前些年用镐头刨石成坑，背土和水上去，栽了很多树，杨树。我见过《人民日报》整个版面，报道敖汉旗植树盛况，历经多年，漫山遍野的杨树，为敖汉人捧得“小金人”——联合国颁发的“全球环境500佳”。

1. 歪脖

儿时的故乡，树很少，为数不多的一些树多为杨树，偶有榆树，都显得格外稀奇，更不用说什么黄花梨。祖父说过，“东山村以前叫‘老榆树底’”，我顿时相信，东山村在很久以前，有一棵颇为壮观的老榆树，定是被哪个不懂传承的人砍了。

祖父家园子里，有三棵榆树，这种树无人栽种，全凭风带种子来，自然生长。两棵较直，一棵歪脖，立在园子一角，与半园杏树相映成趣。园中无井，故乡又少雨，能成活的树都是生命力极强的品种。比如，这三棵榆树虽纹路丑陋，但夏日必枝繁叶茂，冬日仍迎风耸立。

这三棵榆树，可能自祖父小时候就有。祖父很喜欢它们，夏天搬着板凳在树下乘凉，冬天坐在“呱嗒嘴”窗内，透过塑料布望着它们。榆树生长缓慢，祖父的眼神中却充满期待。我有记忆之时，那棵歪脖树有碗口粗细，那两棵笔直的略粗一些。

终有一日，初春乍暖，我放学归来，看那棵碗口粗的歪脖树，倒在地上，祖父握着板斧，在修剪枝叶。我问：“爷爷，怎么砍了？”

祖父没有抬头，仍修剪得咔吧咔吧响，说：“做弓。”

祖父没有笑。我知道，这三棵榆树，砍掉哪一棵，都犹如砍在他的心上。也许他早已盘算好了这三棵树的用途，但真的砍掉了，依然很有些不舍。

祖父兄弟俩，以及祖父的儿子——我的父亲和叔叔们，都是地地道道的毡匠。毡匠就是制作蒙古包外面用的毡子的，家乡人多将毡子铺在炕上来防潮御寒。冬季寒冷，新擀出的毡子无法晾晒，春天一到，毡匠开始行动了，而那棵正要铆足劲儿生长的歪脖榆树，于是倒在了春天里。

弓是擀毡子的器具，收上来的羊毛是粗糙的，需用竹条抽打后，再放在一个台面上，用吊在房梁上的弓，弹得细亮，方能制成毡子。记忆最深的是祖父的西屋，儿时我总是在祖父和叔叔们擀毡子时过去凑热闹，对那把用来弹羊毛的大弓十分感兴趣。评书《薛家将》里说薛仁贵有一把“神弓”，我会马上联想到祖父老屋里的那把弯弓。

祖父有一把很老的弓，弓弦换了很多次，弓背手握之处，已有很深的握痕，榆木制的，想必历史十分悠久。歪脖榆树倒下的这一年，父亲失去了大队会计之职，祖母作为全乡唯一的女党员，大闹村委会。而爷爷，默默地拾起板斧，砍倒了朝夕相伴几十年的这棵榆树。

歪脖榆树，有着制弓的先天特征，隔日它便卧在祖父的园内，被几根铁丝牵引定形，更像一把弓。数日后，它被竖着从中间一分为二，形成两端弯曲的两段榆木，拼接在一起，便是一把崭新的榆木大弓。爷爷将那把用了几十年的弓交给父亲。二叔和三叔都先于父亲自立门户成为毡匠，祖父都未曾舍得将这把老弓交出。他爱那老弓，如爱生命，交出它，更像是把生命托付给了他最爱的长子。

少言寡语的祖父，对儿子没有任何的表达，但他用自己的行动，给父亲上了生动的一课：没有了官职，更要好好生活。

当时，我家的偏房仍为木土结构，在那年夏天的暴雨中，伴随着一声巨响，房倒屋塌，埋住了唯一的一辆辐条车。那会儿父亲正带着祖父的那把老弓，在蒙区擀毡子。母亲站在泥水里用二齿镐子，刨出了变形的辐条车。也是在那一年的秋天，父亲带着那把老弓归来。不久，我家正房西侧，平地而起四间砖瓦结构的偏房。父亲将祖父给的老弓，敬畏着吊在偏房房梁之上，拨动弓弦，嗡嗡作响。

父亲每年过年时，都在弓背处贴上字条：“大弓一响，黄金万两”。

2. 最粗

祖父仍带着老叔在他家西屋擀毡子，用的是那棵歪脖树制的新弓。祖父老了，无力操作这弓，因此，用这弓弹羊毛的是老叔。老叔用这大弓弹起羊毛来，用现在的话说就是“酷毙了”。大弓的弦上下翻飞，一缕缕羊毛从台面上不停地落下，像一朵朵白云。

大人歇息的时候，我便偷偷地站到凳子上试图操纵这弓，像模像样地戴好弹羊毛的弓锤子往弓弦上蹭，大弓马上发出“嗡嗡”的响声。这响声立刻招来祖父的呵斥，他怕我弄折了弓弦，还怕打伤我。后来等我学会了使用绷弓，才发现并不好玩，这活儿相当累人而且燥热，羊毛里面的灰尘还会呛人。

祖父越来越力不从心，父亲将祖父接来我家偏房，于是，祖父、父亲和老叔，三个人合作擀毡子。收入分成三份，我家的那一份自然就会变少，我曾不解，但父亲跟我说：“你爷爷老了，需要人照顾，人不能光想着自己。你要记住，百善孝为先，没有你爷爷，就没有我，更不会有你。”

虽然祖父看上去仍身强力壮，六十九岁仍可以背着手走在路上，但他自己深知，那个年代，谁活到七十岁都是不小的奇迹，所以他已经开始考虑后事了。祖父仍会在冬日闲暇时，坐在窗内望向榆树，笔直的两棵榆树。有一天祖父对父亲说：“明年开春，把树放了，给我做口棺材。”

但祖父没能等到隔年的春暖花开，我上五年级的那个冬日，他毫无征兆地倒下。69 岁，去世前最后一秒还在我家的偏房里擀毡子，手里攥着一把羊毛，突发脑溢血，倒下不省人事。

祖父的五个儿子分成两组，一组送祖父去医院，一组去买棺木。在家乡，人去世了还没有棺木，是一件很丢人的事。看来，祖父摔倒之时，儿子们已经看出了这一跤，祖父再也站不起来了。

三叔说：“在古乡医院，你爷爷一口血喷到了墙上，接着是第二口、第三口……你八叔哭了……”

三叔对八叔说：“不要哭，给大（爸）穿衣服。”

父亲连夜赶到红山，为祖父购置棺木——厚重的松木板，这在当时的故乡，已经是最好的木材。

那年我未满十三岁，因此不准进入坟地，只得扛着为祖父追悼的“幡”到半路，领着更小的两个堂弟哭哭啼啼地返回，沿路撒满了飘飘荡荡的纸钱。那天还下了雨，有人说这是“浇灵雨”。我想，雨是天的眼泪吧，当逝者远去，就是下再大的雨也掩盖不住生者的哀愁与悲痛。什么叫“生离死别”，什么叫“永别”？再见了，我的祖父。

祖父去世后的某一年，老叔结婚，放倒了祖父老屋园子里的第二棵榆树，最粗的那棵，村里的木匠将它变成了一个四节柜。

3. 略细

百年前，祖父的祖父，从山东的某个地方杀死了地主，然后逃荒过来，一路风尘。祖父讲，我家祖辈得过皇帝赏赐，逃荒出关之时，仍带着御赐纱灯一对。祖父讲，我家从山东过来以后，几经辗转，在黑水发家，骡马成群。祖父讲，发家以后，一位山东本家来到黑水，自称阴阳仙，为我家挪坟。打开坟后，发现棺材头部缠着两圈半青藤植物，棺材头部上方有个罐子，里面积满碧绿清水。阴阳仙端起罐子一饮而尽，从此我家家道败落。祖父讲，那些缠绕在棺材头部的两圈半青藤植物，若是长到三圈，就是无法破坏的风水，就会世代富贵，就差半圈，导致我家从黑水搬到“老榆树底”。

自那时起，我家作为“毡匠世家”出现，擀一床毡子收几斗小米。也是从那时起，我家就几乎没有走出过东山村。唯一走出去的人，是我七叔，祖父幼弟的儿子，在部队由志愿兵转业到盘锦工作。

七叔每次回家探亲，都会穿着一身帅气的军装，戴着大盖帽，从漂亮的烟盒里拿出香烟分发给父叔们。

七叔是我儿时的偶像，承载着光宗耀祖的希望，并也真的走上了仕途。然而这希望，在我第二次上初一时，彻底破灭了。当时七叔驾驶着当时的豪华车桑塔纳，追尾了一辆大货车，当场就没了生命的迹象。酒驾，从不喝酒的七叔，那天路过转业前的部队，会战友，饮了酒。战友不让走，但是多年从军的纪律性，促使七叔坚持驾车返程，结果走上了不归路。

那一天，周末，我走在回家的乡间小路上，遇见了同村人，得知我叔父们已经赶往盘锦。村人只说，你七叔车祸受伤了。我当时还是心存幻想的，从我的内心深处，太不想让七叔出事了，他是我精神世界里唯一的依靠，走出大山，大山外面有七叔。

父亲曾到七叔转业前的部队去看过他，带回来很多刀切纸，而那时我们都用大白纸，刀切纸厚而光滑。那些刀切纸，让我童年的世界里，充满了自豪感：“我七叔给的，你们没有。”

再见面，已是阴阳相隔。灵棚搭在老爷爷家的窗下，棚内一个碧绿色的骨灰盒，正前方贴着七叔帅气的军装照。祖母端着一碗清水，蹲在七叔骨灰盒前，用手指蘸水，往照片上点：“老七啊，大娘给你洗脸。老七啊，大娘给你洗脸……”

七叔走时，他的儿子，我的堂弟，才六七岁。

七叔走了，我的精神世界崩塌了，以后走出黄土地，只能靠自己。

1996 年，历经五年艰辛，曾经从七年级辍学后重读六年级的我考上了高中。老叔和三叔拉锯，锯倒了祖父生前万分喜爱的三棵榆树里最后的一棵，做了我去木中时用的箱子。

这最后一棵树制作而成的箱子，在木中也是极品，别人的箱子都是杨木的，唯有我的是榆木的。它陪伴了我四年半时间，从木中到新中，每当打开它，像打开记忆的闸门，想起祖父，想起七叔，更想起仍在我家偏房内擀毡子的父亲。

吃过很多苦，受过很多罪，但无论如何，都要走出大山，走进城市，不然，怎对得起一代代亲人为此而付出的努力。

考上大学那天，父亲让我带了很多纸钱，跪到祖父的坟前，磕三个响头。

我还特意去了七叔坟前祭奠，他因去世得早，且是意外身亡，根据风俗未能入祖坟，在祖坟外百米，孤零零的一座坟。

前几天回老家，又走进祖父老屋的园子。老屋已因“十个全覆盖工程”被推倒，而曾长着祖父三棵榆树的地方，竟长出了一大一小两棵马蹄子树。

也许，这就是世间的哲理，生命有代谢，但生命又生生不息。

三棵榆树去了，如我的祖父和七叔，只剩下两座村西头三架子山上大大的坟冢。

生命之火

年前回家，看到祖母的老屋，已被推平，土块、朽木和草屑散落一地，还有几块零星的断瓦。“十个全覆盖工程”要求，不翻新的土房子都要拆掉，祖母的老屋就理所当然地变成了一片废墟。只剩下院内角落里几棵瘦弱的杏树，还用残存的枝杈在呼啸的北风中苦苦地挣扎着，似乎在诉说着一个古老而悲伤的故事。

三间带有“呱嗒嘴”窗户的土坯房就是祖母的老屋，这里孕育了父亲这一代的五男四女九个孩子。五个儿子长大后，要分五次家，最终老屋里只剩下一个缸、两个木箱、一口锅和几副碗筷，就连平常人家最常见的柜子都没有。老屋的山墙顶着若干根碗口粗的杨木，用作支撑，墙面修补了一次又一次，又剥落了一次又一次。

在我心里，老屋是属于祖母的地盘，因为祖父走得早。那个冬天，家乡很多人因脑溢血去世，其中就包括我的祖父。祖父是个毡匠，去世前的最后一秒钟，手里还攥着一把羊毛，在我家的偏房里擀毡子。祖父用生命诠释了一个毡匠的人生：临走时抓住一把羊毛不放。从乡医院回来以后，祖父冰冷的身体被放在老屋的地上，盖着一块白布。我看到祖母一次次将白布掀起一角，跪在地上，用额头去贴近祖父的脸，久久不肯离去。

祖母后来跟我说："你祖父的脸特别白。"

她并不知道，在乡医院，祖父一口血喷在墙上，然后是第二口、第三口……可能已经喷光了所有的血，所以祖父的脸才是白的。祖母流泪、昏厥，但她并没有放声大哭。祖母的性格是刚烈的，是呼喊的，是掷地有声的，遇有不平事，她便与人打骂。可是为什么祖母在祖父去世时并没有号啕大哭呢？这件事我想了很多年都没有想明白。

直到那年，我参加一个叫老姚的老干部的追悼会，老姚的爱人抱着他的遗体呼喊："我的亲人呐……我的亲人呐……"

她不是应该喊他老姚吗，或者喊出他的名字？为什么喊的却是"我的亲人呐……"忽然间我明白了一个道理，这是人在最脆弱的时候展现出来的异样。祖母就是这样，最亲的人走了，悲伤到极点，哭声就变了，变成了抽泣的哭，无声的泪，那一定是这世间最痛的痛。

祖母爱喝酒，近八十岁的时候，一天还能喝一斤白酒。祖母说："我本来不喝酒。你爷爷走了，你老叔去蒙区擀毡子，我一个人在家，害怕，就喝酒，喝了酒就不怕了。"

我想，除了面对阴森夜晚的恐惧，她还有对爱人的那种深深的思念吧。人生难得老来伴，祖父走时，祖母已经63岁了，相对于贫穷，孤单是最可怕的。如果一个人既贫穷又孤单，那简直无法想象。祖母喝酒就像渴了一样，隔一会儿喝两口，不吃菜，这是没有菜吃的日子养成的习惯，有了菜反而不用吃了。

我常常想，人的一生其实就是一个地盘的变化表。出生的时候躺在床上就长宽各几十厘米的地盘；中年了，创事业，地盘可大可小；老了围着炕头转，地盘很小；去世了躺在棺椁里，就几平方米大小的地盘。一个人地盘的大小，就代表着他的年龄和能力。

祖母的地盘曾经无限大。

她是一个有着光荣事迹的女人，1947 年入党，党龄比共和国的年龄还要长，叫“地下党”，直到 20 世纪 90 年代她仍是全村唯一的女党员。那时候电视机上播放乡里开党员大会的镜头，总能看见祖母的身影，腰板笔直，目光中透着坚毅。祖母说她是冒着掉脑袋的风险入的党。当年，“先杀党后杀团，然后再杀老社员”的反动口号四处流传。后来，祖母经常对一些不公平的现象毫不留情地批判，就得罪了不少人，也让家庭增添了更多的困难。路见不平一声吼，说的就是我的祖母。

七十几岁的时候，祖母的地盘还很大，除了种地以外，还翻几道山梁去挖黄芩。灰色的围巾围在头上，拎着一把铁锹和一个胶丝袋子就出门了。大家都夸祖母身体好，走路一阵风，却不知道祖母吃了多少止痛片，最多的时候，一次吃 12 片，一天吃三顿，为的就是两个字——“尊严”。那时老叔还没成家，祖母知道她的任务还没完成，所以不肯放弃她的地盘，虽然叔父们已经长大成人，能够帮助她很多，但她依然执拗地完成着作为母亲的义务。多年前，我用挖甘草的钱给祖母买过一大盒止痛片。祖母看到我给她买的药，眼角就湿润了，抚摸着我的脸，粗糙而长满老茧的手滑过我脸蛋的瞬间，麻麻的，很温暖。

我说："奶奶，等我长大了给你买好多止痛片。"

祖母笑了，眼泪滑出眼眶，顺着满是褶皱的脸颊肆意流淌，祖母说："还是我大孙子疼我。"

祖母近八十岁时得了一次脑血栓，走路需要拄拐，她的地盘缩小到炕头和厕所之间的距离。那些年过年回家，我们去看祖母，她戒酒了，就给她买烟。

祖母抽着我们买的烟，高兴地说："我有'三个五'，五个儿子、五个孙子、五个孙女。"

说这话的时候，祖母的眼中泛出斑斓的光。的确，在生命逐渐走到尽头之时，没有什么比儿孙满堂更加让人欣慰的了。

祖母的生命之火定格在2014年，87岁，距离祖父去世已有23年。那天，为了捡起落在地上的拐棍，摔伤了胯骨，卧床几个月，她的地盘缩小到不能挪动。临终前，三姑给祖母买了一件新衣服。祖母非常喜欢，想在活着的时候穿上，可她已经没有办法坐起来，只要一动她的后背，她就喊疼，结果到生命终止都没能穿上。

祖母在临终前对父亲说："我可以安心地去找你大（爸）了，你们都娶妻抱子，我没有遗憾，只有一个愿望，你们给我买一头黄牛，好喝掉奈何桥前的污水。"

曾经风风火火，走路如风的祖母，为了捡起一根拐棍而倒下。不得不说，这种强烈的反差，就是人生真实的写照：家家有老人，人人都会老。

那个寒冷的早上，孤零零的灵棚立在晨霜中，长明灯光影模糊，白纸黑字的挂钱也模糊了我的双眼，棚门上书四个大字——

“音容永在”。

我为祖母的坟填土，一锹一锹填上的，就是祖母最终的地盘——几平方米的坟冢。

祖母归于尘土，老屋也已不在，但祖母留下了最为宝贵的——熊熊燃烧的生命之火。

再为奶奶哭一回

“五七三周年，儿女要周全。”

三年了，再次来到奶奶坟前，点燃纸钱，再哭一回。

奶奶，伴以尘烟袅袅，愿你一切都好。

写给奶奶的悼词

（作于2014年）

2014年2月28日，我的奶奶走完了她87年的风雨人生，永远离开了我们。今天，我们怀着万分悲痛的心情，在这里举行追悼仪式，寄托我们无尽的哀思。

感谢各位亲朋好友，不畏严寒，百忙之中前来参加我奶奶的追悼仪式，你们之中有的从外地千里迢迢赶来，有的在她病重期间一直陪伴在她老人家身边。感谢你们在我奶奶生病期间给予的关照和看望，感谢你们在我奶奶离开以后对她的后事给予的无私帮助。作为家属，我们看在眼里，记在心上。请允许我代表全家对各位亲朋好友道一声，谢谢。青山常在，绿水长流，亲情常在，友情常在，乡情常在。

叫一声奶奶，却已是阴阳永隔，昨日你的容颜还历历在目，今日却已是万水千山。

奶奶，你生于1928年，卒于2014年。奶奶，我们以你为荣，你是87岁高龄的世纪老人，你生得平凡，你为人简单，你不求功名，你淡泊名利，你为党为国抛洒热血，你为儿为女日夜操劳。

奶奶，你是我们的骄傲，1947年，19岁的你就光荣地加入了中国共产党，那个时候，中华人民共和国还没有诞生，你就冒着被敌人砍头的危险，站在了鲜艳的党旗下，以铮铮铁骨迎来了共和国的诞生，见证了共和国的成长。你有67年党龄，比我们的国家还年长两岁。奶奶，从小时候起，你就是我们的骄傲，你是全村、全乡唯一的一个女地下党员，西山村的党史里有你的名字，古鲁板蒿乡的党史里有你浓墨重彩的一笔。奶奶，你是一名合格的、优秀的中国共产党党员，67年为党为国默默奉献，87载无怨无悔的伟大人生。

奶奶，你是我们的榜样。与人为善，和睦乡邻；吃苦耐劳，艰苦奋斗。你用柔弱的双肩，扛起了家的重担，抚养5个儿子、4个女儿长大成人，成家立业；你用聪明才智教育儿孙做事做人，全力支持孙子孙女“走出东山，闯荡天下”。在你的谆谆教诲之下，三个孙子考入高等学府，多个孙子孙女成为商界新秀。奶奶，你是一个坚强的人。20年前爷爷离开了我们，那时候老叔还没成家，家里只有茅屋三间，薄田两亩，暴雨中你用塑料盆接着房顶上落下来的雨水，黑夜里你用白酒驱赶着刺骨的严寒。但你没有气馁，你迎难而上，70岁的你仍然拿着铁锹在山上挖黄芩，炎炎夏日里你挥汗如雨，你用止疼片缓解身上的疼痛，从一次一片，到一次十片，到一次半瓶，疲劳、疼痛、艰难、困苦、挫折都没有打倒你。你冲破了暗夜，迎来了黎明。如今你已是儿孙满堂，我们正走在衣食无忧、人丁兴旺的康庄大道上，而你却静静地离开了我们。

奶奶，我们想你，也想爷爷，如今你们能在天堂团聚了，请代我们问候爷爷，告诉他，我们一切都好。也祝你们在天堂里幸福美满。

奶奶，你是我们的骄傲，我们一直为你自豪。可是，现在亲爱的奶奶你永远地走了，我们再也无法亲耳聆听你的教诲，再也无法亲眼面对你的音容笑貌，只能在心中深深地缅怀你——我们平凡而伟大的奶奶。

奶奶，你放心走吧，我们一定会化悲痛为力量。

奶奶，子欲养而亲不待，我们多想向天再借五百年，与你共享天年！奶奶，我们相约来世。来世，你还做我们的奶奶，我们还做你的儿孙。

奶奶，今天，你最疼爱的儿孙们送你来了，你生前的好友送你来了。生如春花之灿烂，去如秋风之静美，带走一生精彩，留下一世英名。

叫一声奶奶，奶奶却已不在。

最后，让我们跟着春天的脚步，迎着春日的暖阳，送别我亲爱的奶奶，奶奶，我们给你磕头了，一路走好……我们平凡而伟大的奶奶！

重发拙作《上坟》，敝人常写打油诗，但现代诗写得很少，这首

诗最能代表敝人此时的心情。

上　坟

一片蓝天故乡天
一条大路通家园
爸爸倾力盖起的瓦房没了炊烟
爷爷留下的老屋更是断瓦残垣
进城的理想曾那么遥远
面朝黄土背朝天
汗珠子摔了八瓣就为换个人间
换个人间
更把故乡念

一把大锁锁门闩
一堵高墙堵心酸
门庭冷落空荡荡的场院
北风劲吹悄悄把泪擦干
灶膛的篝火曾无数次映红妈妈的脸
干枯的杏树仍挂着奶奶临终的遗愿
千里归来故乡是一生的眷恋
昼夜兼程又将是天涯的游子南飞的雁
南飞的雁
飞不过故乡的山

一摞纸钱敬祖先
一缕尘烟绕山川

最亲的人啊请看我一眼

诉不尽故乡的情又是一年

换了人间南飞的雁

一排一排一排一生的缘

飞呀飞呀飞呀飞不过的山

井　沿

故乡管村里的两口老井叫“井沿”，村南的叫“南头井沿”，村北的叫“北头井沿”，不知两个井沿生于何时，只知两个井沿去于何日。

南头井沿的水更甘甜，其地位就高于北头。井口呈方形，每边为一块长条形青石，两三人深，井壁亦是青石，缝隙长满墨绿色苔藓。被绳索磨出一道深痕的那一边便是井台，上方悬着一把木辘轳，井口一侧有长长的水槽，由长方形白灰色石头凿成。

多年前，井沿前经常人如流水驴如龙，一年四季都是繁忙景象，挑水的人们在此会聚，村里的家长里短由此集散。每家挑水人的性别出现频率，就是那家人的勤劳图谱：总是女人来必是媳妇勤，总是男人来多出懒婆娘。麻雀、喜鹊、乌鸦常来水槽嬉戏，叽叽喳喳地讨论着村里的事儿，时而低头啄水，时而挥动翅膀抖落水滴，那水滴迎着阳光像一串串明亮的珍珠。

清晨，驴倌兄弟俩，一胖一瘦，扯开嗓门大喊一声：“撒……驴……来……”各家的驴便撒欢般鱼贯而出。那瘦驴倌黑得发亮，声音却雄浑异常，一嗓子便可打破山村的寂静，宣布开工干活。那胖驴倌也不示弱，喊一嗓子，势必响彻南北，气壮全村。驴倌从北向南，总是先过北头井沿。驴群总有奔向井沿水槽的五六只，驴倌高骂一声“畜生”，挥动手臂，一条弯弯的打驴棒应声飞出，那不听话的几只驴中必有被击中者，痛着叫着扭头跑回驴群。此时驴倌则要继续追击那些仍执迷不悟的驴们，接着骂那些早上没有饮驴的户主。驴倌骂起这些懒人的时候，盛气凌人，像坐拥天下的王者训斥自己的臣民。几经周折，那驴群后面滚滚而起的尘沙一片白茫茫向着南边山冈去了。

傍晚时分，驴群山呼海啸般从南梁冲下，直奔南头井沿。井台上站的无论是谁，都会不停地摇动辘轳，将一桶桶水倒进水槽。这是驴倌规定的驴们饮水时间，也无论是谁都会毫无怨言地排在驴群后面，待驴们喝饱了才去打自己的水。驴是村民的宝，耕田、拉车全靠它，此时的驴们地位崇高。驴倌兄弟掏出抽烟纸，捏一撮碎烟叶，卷好烟卷，吞云吐雾，慢慢地等待，让驴们尽情享受。这是驴倌兄弟下班的前奏，他们悠闲的表情写在脸上，十分幸福。

清晨，我还赖在被窝中时，半睡半醒就听到母亲出门挑水的声音，水桶吱扭吱扭，如交响乐伴我睡个回笼觉。母亲回来时把水倒进水缸那闷闷的咚咚声，又似出征的战鼓，预示着她要开始一天的劳作了。每次母亲都要来回几次，将水缸盛满，保证一天的生活用水。每天，我家的驴准时发出响鼻声，自是要饮驴的，不能挨那驴倌兄弟的咒骂。

儿时，我总想趴在井边去看那井水中的四角天空和人的倒影，却很少如愿。母亲总是担心我会掉到井里，即使这样，我仍没少在冬季井沿的结冰处“打出溜滑”；在夏季跟挑水的人们要一口“井不凉”，那“咕咚咕咚”冲进喉管的清爽，时至今日都回味无穷，胜过吃满汉全席，虽然我并没有吃过满汉全席。我从没掉进井里，全村也只有一人曾掉到过井里，人称“探井鼠”。那人常做一些出格之事，被认为不太正常。一日，他莫名其妙地掉入北头井里，遇村人挑水，欲让他坐打水的斗子上来。但探井鼠在井下水中湿漉漉地说“坐你的斗子？你一松辘轳淹死我，怎么办?”井上之人无语，探井鼠遂施展攀爬之超能力，沿着青石堆砌的井壁，爬上井口。在此之前，探井鼠并不叫探井鼠，在此之后他便有了这不太美丽但很传奇的名号。

村里其实并不只有两口老井，而是有四口，但另外两口已经干枯。干枯的井也是有故事的，比如村外两三里地的那口，那年它刚好重现在父亲承包的果树地内。父亲发现那井里竟有一些积水，恰好我家的果树地种了一些大葱，于是，父亲命我与二姐去井中提水浇葱。那日，很热，我极不情愿地跟在二姐身后，持一桶一绳。我自告奋勇，决定展现男子汉的担当，站在井边提水，装作动作熟练地握住绳索将水桶放进井中，然后开始摇晃，令水桶倾斜，好将水灌入其中。二姐站在我身后，想必很乐意将这苦差事交于我，但她的这种暗喜并未持续多久。我一桶水都没提上来，手一抖，绳索和水桶都落入了井中。二姐变脸，顿时将我一顿埋怨，我俩只好垂头丧气地回家汇报。那时我在想，根据多年与二姐打交道的经验判断，她这个“告状精”定会向父亲大人参我一本，可得想想办法看如何“好人先告状”一把。

回到家后，我大喊一声："爸，我二姐把水桶掉到井里了，爸你训她。"

然后就听见二姐大喊："是你儿子掉的，爸你揍他。"

我反驳道："是她掉的。爸，二姐故意的，她就是不想提水，爸你可不能不训她。"

身后二姐声音高了八度："爸，是他掉的，我说我提，他非要提，爸你必须打他。"

至于父亲是如何处理这件事的我已经忘记，只记得父亲借了邻居的"挠子"去挠那掉在井里的水桶。不久，父亲回来哈哈大笑道："那井水很浅，挠子下去一下就把水桶钩住了。"早知道这样，我和二姐何不借个挠子把水桶挠上来。至今仍记得父亲跟我们讲述他轻松将水桶挠上来时的那种兴奋的表情，而对我和二姐来说，最兴奋的就是，父亲证明了那井很浅，自然是不用再去提水了，真是谢天谢地！

第四口井在我家墙东的自留地里，是彻底的干枯了，也就两米深。这井的故事也不比其他三口逊色，因为有我对大姑的记忆。

从我记事的时候大姑就患了精神病，别的小朋友叫她"老疯子"，而我叫她"疯大姑"。大姑梳着红色娘子军一样的刷子头，随身携带半截木梳和一个镜子残片，不时拿出木梳对着镜子残片梳几下，再往木梳上吐几口唾沫接着梳，因此她的头发总是很亮。她的脸上有很多红色的线纹，毛细血管渗出来的红色，冬天手上布满裂开的口子，夏天会好一些，但也粗糙得很。我和伙伴们在路中间"打片子"时，大姑常挑着水桶走过。我们看到大姑以后，轰的一声散开，各自拿起一块石子或一把沙土，扔进她的水桶里。大姑躲避着，放下扁担来追打我们。我们散开跑，大姑追其中一个，其他几个就会趁机继续扔石子，边扔边喊“老疯子……老疯子……”大姑要费尽周折才能将水挑回家，而被我们丢了石子的水，大姑还要做饭用的。我现在每想起此事，都对大姑充满歉意。

大姑与井的故事，是因为春子，春子是大姑的女儿，在十五六岁的时候走失了。大姑就满村子找春子，她常去寻找的地方就是我家墙东的那口枯井，她趴住井口向里面喊春子，一声一声地呼唤。大姑喊累了，打开随身携带的白色胶丝袋子，拿出输液瓶，拔去橡皮塞喝水，喝完继续趴着井口大声地呼喊：“春子……春子……”

井底传来沙哑的回声，我们扔石子下去，惹得大姑蹙眉，盯着井底，像是害怕我们伤到了她的女儿。大姑再喊：“春子……春子……”

没人应答，她遂夹着胶丝袋子跑向别处，疯疯癫癫地不停地喊着：“春子……春子……”

春子一直杳无音信，大姑父已放弃寻找，村人也渐渐忘记了这件陈年往事，只有大姑从未间断对春子的呼喊，田间地头常响彻大姑声嘶力竭的呼喊：“春子……春子……”

世事变迁，如今，家家自己打了井，井沿也退出了历史舞台，完成了它的历史使命。南头的井沿被圈进一户人家院内，果树地的那口老井不知所终，我家墙东的枯井已被填死，只有北头井沿还在，但已不见了辘轳，更无人问津。

村里早没了驴倌，大姑也已去了天堂。我难忘井沿的昔日繁忙，很怀念驴倌兄弟那撒驴的晨曲，更对天堂里的大姑充满了深深的愧疚。

井沿像很多消失的事物一样，最终还是尘归尘土归土。井沿从村庄消失，像盲人的一双眼睛，深深地陷入故乡的泥土，湮灭在我曾经的家园；更像我消失的表姐春子，茫茫人海中，你在哪里？

我将那井沿思念，如我对故乡的深深眷恋，刻在脑海，嵌入骨髓。井沿已淡出我们的视线，但我知道，那一缕缕乡愁，却不曾离去，情深处即是故乡。

最后一计

上次回故乡是正月末，头发长到可以扎起来，朋友问："怎么不剪头?"答曰："舅舅不让，正月剪头方舅舅。"

朋友就笑："看不出，你还信这个。"接受了这么多年党的教育，我并不信这些老皇历，可正月从不剪头，不是怕"方"死了舅舅，而是为了想念25年前就早早去世的舅舅。

1. 收猪毛

娘亲舅大，母亲姐弟五人，四女一男，一男便是我唯一的舅舅，我叫他大舅。

儿时，总有一个冬日，我在玩耍，母亲风风火火地来寻我："树豆，你大舅来了。"母亲话音未落，我已如离弦之箭，奔向家中。

大舅面色蜡黄，瘦高，塌肩，故乡叫"立立肩"，骑自行车来，身上斜挎着黄绿色的兜子。大舅坐在炕沿火盆前烤火，眼中是等待的神色。见我冲进门向他扑来，他迅速跳到地上，双手托住我的腋窝处，举到空中："树豆，想大舅没?"

我被他忽高忽低地举着，眼睛寻着他的黄绿色兜子："想啦，大舅，糖呢？"

笑容在大舅蜡黄的脸上展开，他兴奋时还会反复将我抛到空中，反复接住，直到气喘吁吁："臭小子，就知道吃。"大舅敞开兜子，拿出金黄色的米糖，米糖带着细细的条纹，闪烁着食欲的光亮。

大舅掰一块米糖，发出"嘎巴"的声响，我抢过来，握住一端，一边啃，一边乖乖地坐在板凳上，因为早已熟悉这每年腊月例行的节目——剪头。

不嚼时的米糖硬而脆，嚼起来却黏性十足，我那带着无数裂痕长满皴、挂满土的小手，瞬间被米糖的黏液弄得更加糟糕。米糖甜，而又经啃，这样，大舅才能有足够的时间掏出剃头推子，对付我这个屁股上像长了刺、爱乱动的小鬼。

母亲在外屋忙活着做饭，向里屋内和大舅大声说话："别每年都跑来了，就剪个头发的事儿，谁剪不都一样，多累啊，来回跑？"

大舅晃着手中的推子，将上面的碎头发抖落："姐，我来收猪毛的，只是顺便给树豆剪头。"

母亲手里拿着和面的筷子，走到里屋门外："爸不是收猪毛吗？你干啥也收猪毛，有那么多猪毛可收吗，还爷俩都干？"

大舅不说话，我听见背后他咳嗽的声音，伴随着沉重的喘息声。

当时，我并不明白，大舅为什么每年跑四五十里路到我家来给我剪头，现在我懂了，他怕我正月剪头，那会"方舅舅"。迷信吗？我出生之时大舅才 20 岁，但不幸的是，一种叫气管炎的疾病，也已经折磨他 20 年了，先天性的。现在这种病可能不算什么，但那个资源匮乏的年代，医疗手段不行，药品又稀缺，致使一个 20 岁的人，时刻担心着死亡这回事。迷信，是人在死神面前表现出的一种无奈之举，宁可信其有，幻想着感动上苍病下留人。

大舅不是来收猪毛的。那只是个幌子，遮掩着他对死亡的恐惧，给我剪头之前，必已在二十里地外的大姨家，剪完了我二姨哥占华的头发。

很多人都说，大舅是个非常聪明的人。比如收猪毛，就是一个很好的幌子，掩饰了剪头背后对死的惧怕、对生的渴望。

2. 自行车

大舅虽病体在身，但干起活来不惜体力，又有着先于常人的经济头脑，比如收甘草，连续几年在我家设点与父亲一道收甘草，赚了不少钱。

母亲至今形容当时改革开放初期大舅和父亲赚的第一桶金，应验了她的一个梦：梦见了棺材，梦见了捞鱼。这都是发财的征兆，母亲还会接着埋怨父亲，贪图官职，耽误了发财的好机会。

大舅的财富体现在，一辆崭新的永久牌自行车，比我父亲任大队会计时那辆还要早买几年，当时能买得起飞鸽牌自行车的人简直是凤毛麟角，何况是永久牌。

大舅骑着永久牌自行车，载我去同村的老姨家。我坐在后座上，摇晃双腿，用脚跟挡后轮辐条，车轮转一下，脚跟挡一下，发出摩擦的声音，那叫一个好玩。如同现在的人，坐在宝马、奔驰上穿村而过，心中充满了优越感，幸福满满。

大舅蹬着脚蹬子喊我：“树豆，老实点，别夹着脚丫子。”

我就不，就是要挡，好吧，我错了，结果真的夹住了脚丫子。

自行车一个趔趄，我开始号叫！

老姨家的炕上，大舅脱下我的鞋，露出长着厚厚茧子和皴的脚后跟一看，惨不忍睹：脚跟再多茧子，也干不过自行车辐条啊！脚丫子肿了……连续几年都是同样的剧情——脚丫子肿了，还流脓……

这是三十几年人生路的大舅，人生最辉煌的时刻，接下去，他的财富，以我的米糖消失为界，变成了黄兜子里稀里哗啦的药盒药瓶。

大舅还会每年冬天来给我剪头，我拒绝合作：没有米糖，凭什么给我剪头。

第一次，大舅说："树豆，剪完头，我带你去我家玩。"

我去了，结果大舅家也不好玩。

第二次，大舅说："你舅妈给你生了个妹妹，胖胖的，可好玩了。"

我又去了，妹妹总哭，更不好玩。

……

大舅总有办法，剪了我的头，然后载着我去他家。

最后一次载我去的时候，承诺给我买苹果。这时，大舅已经病得很重，给我剪头时都要坐下来歇息一两次，咳嗽、憋气、脸青、咳痰，骨瘦如柴，背弯得厉害，像个垂垂老矣的人。

那次，大舅骑得很慢，慢若牛车，他的永久牌自行车也旧了很多，随大舅的阵阵咳嗽发出嘎吱嘎吱的响声。这次，大舅真的收了两袋子猪毛，绑在车后座，我坐在前面大梁上。途中，大舅带着我，去古乡供销社卖猪毛，未讲好价钱，没卖，但还是买了三个苹果。

大舅说：“你一个，强强（表弟）一个，楠楠（表妹）一个。”

结果，我吃完属于自己的那个苹果，又在路上渴了两次，三个苹果全吃了。北风中，大舅顶风努力骑行，问我：“树豆，大舅最喜欢谁?”

我咬着苹果：“你外甥，我呗。”

风中传来大舅的笑声：“知道大舅为啥喜欢你吗?”

我不假思索：“因为我长得像你呗。”

大舅顿了一口气：“树豆啊，大舅跟你说，可别像我，药罐子……”

老姑家和大舅家是同一个村子。我站在老姑家门口，过来的人都会说出大舅的名字，说我是他的外甥。从小，我就不是一个惹人喜欢的孩子，调皮捣蛋，能吃能睡，却是大舅最喜欢的那个外甥，人在感受死亡脚步迫近之时，会不会产生某种寄托，寄托一个像自己的后辈，只要后辈还在，就好像自己还在。

3. 临终计

我是赤着脚跑到大舅家的——大舅骑到村口时连人带车栽倒在地。我完好无损，但大舅被压在自行车下，任凭我怎么呼喊，都没有回应。只记得，他铁青着脸，自行车大梁压在胸口，后座上还绑着两个装满猪毛的胶丝袋子。我跑啊跑，跑丢了鞋子，赤着脚……

我没有去医院，据说，大舅在古乡医院，吐了半盆血。

这次之后，大舅又活了两年。大舅最后一次来我家，是我上初一的暑假。当时他瘦得剩下一层皮包着一把骨头，感觉随时可能被一阵微风吹倒，说一句话要咳几次，隔两三个小时就要吃一大把药片。

大舅从黄绿色的兜子里拿出推子说："树豆，大舅给你剪头。"

我没有拒绝，这会儿已经懂一些事，不会再因剪头而去讨要几块糖果。大舅已经不能长久站立，就坐在炕沿，我站在地上。大舅剪着我的头发，说："树豆啊，长高了，大舅都要够不到你的头顶了。"

母亲和面，打鸡蛋，给大舅做荞面"锅轮子"。饭后，父亲说："他舅，有事儿吧，没事你也不常来。"

大舅咳痰，并用手绢擦拭："二姐夫，没啥事，想树豆了，来看看。"

大舅的表情，我这个半桩子娃都看出来，肯定有事的。

父亲试探着问："是不是要用钱？"

大舅"嗯"了一声："我想再拉点砖。"

父亲有些诧异："拉砖？不是大房小房都盖好了吗？"

大舅从那次载我摔倒之后的一年里，动用了所有积蓄，也使出了平生的力气，盖起了四间砖瓦结构的大房，四间砖瓦结构的偏房。

大舅迟疑了一会儿："我想再盖四间偏房，在现有的偏房对面。"

父亲"哦"了一声，下地拿钱，500 元，放在炕上，抬头问："他舅，够吗？家里就只有这么多。"

大舅蜡黄的脸渗出了汗珠，局促地搓手，沉默。

而后，父亲出了家门，我猜想是去找老杨了，老杨有利息钱，三分利。不久后父亲回来，又是 500 元。那时，康乡中学的教师月工资才 259 元，1000 元是一个不小的数目。

又过了半年多，母亲说，大舅盖起了另四间偏房，也累得住院了。

初二下半年的一个周末，我回家，父母都赶去了大舅家，伴随而来的是大舅去世的消息。

大舅去世那年，表弟 10 岁，表妹 3 岁。

父亲说："你大舅临终，拉着我的手，对我说，强强和楠楠，就托付给你了，亲戚中，也就只有你，能够胜任。"

多年后，我读《三国演义》，看到刘备白帝城临终托孤，不禁想起大舅，想起他临终未了的心愿。

我问父亲："爸，别人都说我大舅若是不那么拼命盖房，还能多活几年。"

父亲长叹一声："树豆，你不懂。你大舅是个聪明人，他知道，只有盖起房，盖很多很多房，才能留住你舅妈，让他的家永远留存。房是挪不走的，只要人未离房，你表弟总有一天会长大……"

至今，大舅家仍是那个村子房子最多的人家，家乡极为少见的"三合院"。

聪明的大舅，35 年人生路，临终一计，把根留住。

"正月剪头方舅舅"，我不剪头。

母亲希望你会跑

昨日我开车载耿总去望京。耿总一身酒气说："我狠狠地打了威威三巴掌，打完了我的手都火辣辣地疼。"

听他这么说我是很不乐意的，威威是耿总两岁多的儿子。我劝他："不要真打，那么小的孩子，你应该多吓唬。"

耿总看上去仍怒气难消："背后教妻，当面教子。他太不听话，越有人他越闹，还摔东西。"

我与耿总经常就教子哲学展开争论，耿总的观点是"棍棒教育"和"读书无用论"，而我可以说是儿童的保护伞，因为自己曾经就是那个不听话的孩子，我希望儿童的心灵世界里是满满的爱。

我有三个姐姐，在父母的四个孩子里，我和二姐是不听话的两个。大姐是很有大姐范的"大姐"，很小就帮助父母料理家务，三姐是很听话的孩子，从不让父母操心。二姐可能是因为夹在中间，就从小因气不公，看不惯父母对我的偏向，经常与我为敌，挑起各种事端。我虽是最不听话的孩子，却偏偏是唯一的儿子，也就仍然备受宠爱。

在那个肉类匮乏的年代，我家的炖酸菜里面哪怕有一颗油渣，都要归我所有，别人夹菜的时候发现了这颗油渣，必须“上交”，不然我就会哭闹个没完。疼爱归疼爱，并不意味着父母对我不加管教，相反，在姐弟四人中，我是挨打最多的，都记不清我挨过多少次打。更让我难以接受的是，三个姐姐从来没挨过打。二姐虽然总挑起战火，却不曾挨揍，她从小诡计多端，是个“哭吧精”：只要你惹了她，就哭个没完。她曾经在小学的课堂上哭了一整节课，把老师给哭走了，老师下节课夹着课本来上课时，发现她还在哭。就这样二姐就出名了，一招鲜吃遍天，江湖上自此无人敢惹她，包括我父母，把父亲哭急了，最多是拎着她的耳朵扔到房后不管她。

而父母对我的态度就完全不同了，正因为爱之深，所以责之严，恨铁不成钢的时候，我就被打得很惨。打我的动作是由母亲来执行，母亲有家乡人特有的勤劳和善良，但同时有家乡人特有的倔强。

母亲打我的时候，很像电视剧《少帅》里张作霖打儿时的张学良的镜头，握着一根笤帚疙瘩，往屁股上招呼。我肯定是遗传了母亲的倔强，所以当母亲打我的时候，我咬紧牙关，从来不跑，也从来不服，就注定了打与被打，是一个无法收场的僵局。一个算命先生，曾给张作霖算了一卦，说他与张学良是“今生父子，前世冤家”。估计母亲打我的时候，是希望我低头的吧，而我真的像个冤家，打死不低头。

母亲打一笤帚，问我一句：“你错了没?”

我眼睛都不眨，瞪着母亲：“就没错。”

母亲再打一笤帚疙瘩：“我让你没错，我打死你，看你下次还敢不敢!”

我会毫不犹豫地说："打死我我也没错，你打死我吧。"

在我挨打的时候，父亲不在家，即使在家，他对母亲打我这件事也是一种纵容的态度，现在看来，他也许才是"幕后黑手"。能够帮上我的，只有大姐，她会去拉住母亲。若大姐不在家，三姐就只能哭泣或者用乞求的眼神望着母亲了，她只比我大一岁，无力阻止也不知道如何阻止。而指望二姐来救我，是不可能的，她会认为我就是欠打。我这样说，可能会让大家觉得我和二姐关系不睦，其实并不是这样，相反我和二姐正是在这样的互掐中，建立了一种"革命的友谊"。我与大姐相处得更加尊重，与三姐相处得更加动情，而与二姐至今仍是一种玩闹，与她在一起玩笑开得最多，也最欢乐。小时候我认为二姐讨厌我，我跟她说："你甭讨厌我，以后你生了儿子就和我一样，随舅舅。"于是，现在只要外甥有什么不好的方面气着二姐，她跟我讲起来的时候就说："准是随舅舅。"

不记得第一次挨打是什么时候，也不记得挨过多少次打。只记得最后一次挨打，那年大概十三周岁，初二的冬天。我因为生日在腊月，就比同学小很多，发育又较晚，那会儿个子很小，小到坐到班级的第一排（我那时的同学现在回忆起我来，形容得最多的就是"小个不大"），加上我在处理同学人际关系方面又不很擅长，恰逢中学条件极差，就常想家厌学。那次发生了两件事 ，一件是踢碎了供销社的一块价值十元钱的大玻璃，而十元钱是一笔很大的数目，一个月的菜金才八元；另一件事是和一个同学打了一架，想必以我的身体素质是打不赢的。这两件事让我再次踏上了逃学之路，穿越八里地的沙窝子，回到家中。母亲的笤帚疙瘩再次打在屁股上，而在我脸上，依然是宁死不屈的大无畏精神。那是挨得最重的一次打，大姐都拉不住，笤帚疙瘩打开了花，打到母亲打不动为止，但在我的牙缝中都没有蹦出一个服软的字眼。母亲累得瘫倒，她的内心肯定是充满了绝望：她把笤帚疙瘩扔了，坐在地上，脸上是滚滚而下的泪水。

至今我仍清楚地记得母亲哭泣着反反复复说的一句话："不上学你要拉杆（游手好闲）吗……不上学你要拉杆吗……"

孩子是娘身上掉下来的肉，母亲打我，她却比我更难过。就算暴雨浇塌了我家的偏房，母亲都没有哭，深陷在泥堆里一点点用二齿镐子扒出我家的车，眼中都是重建家园的力量，而这一次，母亲打我，却把自己打得伤心欲绝。

说实话，我那会儿是真的怨恨母亲的，我认为种田一样可以生活，何必非要让我上学。我不理解母亲那种望子成龙的苦心，更不知道黄土地上的农民有多么渴望脱离那一片苦海。那时，我第一次有了离家出走的念头，但身上没钱，也不知道该去往何处。于是我从家里跑出来，奔向村西的大山，大山脚下有一条洪水冲刷出来的大沟，我走进沟岔，走到最深处，坐在沟里的一块青石上。从沟底，望向天空，从中午到黄昏，心里想着，无论如何，这次我横竖都不去念书了。虽然我当时是个孩子，但你不能因是个孩子，而忽略他们内心的苦苦挣扎，他们也有苦痛和悲伤。夜幕即将降临的时候，母亲寻到我，脸上还挂着泪痕，让我跟她回家。我也饿了、累了，就跟着她的脚步走向家的方向。那一段并不很长的路，在一个孩子的心里，却是波澜起伏的，虽然我天生顽劣，闯过很多祸事，但基本上都是一些小事，大的方向还是按照父母规划好的在走，而这一次，真的鼓起勇气去反抗，去逆着他们的权威而行，心中的滋味，是千言万语也难讲清楚的。

我赢了，父母接受了我辍学的这个事实。我成了一个年轻的农民，经过一个寒冷的冬季之后，春暖河开，扛起铁锹，上山挖甘草。在那长约六个月的时间里，“挖甘草”成为我的生活的代名词，有时中午不回家，就拿几个饭团充饥，每天与土为伴，衣服的颜色越来越像我的乡亲们，挂着泛白的土色。现在想来，很感谢那段岁月，让我真正的体会到了做一个农民有多累有多苦，也对自己进行了深刻的认知：我的确做不了一个农民，这不是我想要的生活。

从悖逆到悔悟，用了六个月的时间，但我不太好意思向父母开口，辍学是自己选的，现在后悔了，如何开口呢？那年 8 月底，我家来了两个活泼可爱的小女孩，亲戚家的女儿，和我差不多大小，她们身上带着美好的学生气质将我的读书欲望推向了顶峰，促成了倔强的我有勇气去和父亲说一句：“爸，我想念书。”父亲的脸依然是我看不懂的深度，他只是简单地“哦”了一声，而其内心必定已期盼许久。于是，书声琅琅的 9 月，我再次出现在课堂上，并洗心革面，成了一个用功的孩子，更加神奇的是，我发育了，长高了。

其实，在我挖甘草的那些天走过的心路历程和得到的生活感悟，是任何书本里都学不到的，非常珍贵。过于倔强的孩子，不会怎么招大人喜爱，但倔强的孩子有一个优点，一旦认定了某条路，就会一条道走到黑的，这条路的名字就叫“倔海无涯苦作舟”。

我发小的父亲，待我如子，像一个预言家一样，在我辍学时，就经常和我讲“你还会去念书的”。我曾对他的预言不以为然，但后来的事实竟真的验证了他的说法。懂事后我猜想，也许让我挖甘草，本就是父母设计好的一个办法，让我在苦难的生活中醒悟。可怜天下父母心，为了让孩子成才，真是操碎了心。

我的挨打岁月就此终结，我家的笤帚疙瘩此后终于回归了一个笤帚疙瘩应该做的事，是扫地的，而不是打屁股的！

今天中午回来的时候我在车上和耿总说：“不要打孩子，那可是你亲生的，再说，要打你也轻点打嘛……”

我并不为挨打而记恨，没有哪个母亲是不爱自己孩子的，我只是后悔，后悔当初母亲打我的时候，我为什么不跑，造成了那个无法收场的尴尬局面。

打在孩子身上，疼在父母心里，挨打的孩子一定要学会跑，也许打孩子是世间一个亘古不变的主题，而这个主题的密码，就是：跑吧，孩子……

因为，妈妈，是爱你的。

老爸的“酒店”

我跟朋友说，我老爸有个“酒店”。朋友发出羡慕的声音：“天呀，你还是个富二代?!”朋友的眼神告诉我，觉得我隐藏得真深，这么多年朋友，家里拥有个酒店竟然都没提起过。

中国的语言，贼丰富。我不是富二代，但我老爸的确有个金灿灿的“酒店”——由酒组成的店铺，简称“酒店”。朋友听到我的解释以后泄了气，我的富二代光环只持续了一分钟，朋友被我逗笑了。这酒店，很特别。

老爸好喝酒，每顿必饮且酒量不错。我们姐弟四人，过年过节，至少每人买两箱牛栏山二锅头给他。所以我家西屋，就是老爸的酒店，邻居大娘过来串门，进西屋一看，赞叹道：“哎呀妈呀，你这是开商店呢!”

我们买的，再加上老爸自己买的，得有十几箱。老爸喜欢他的酒店，更喜欢人说他开商店，每当此时，脸上就挂满发自内心的灿烂微笑，像个被夸赞的孩童。

若是我们回不了家，就给他钱，他会立即去康乡换成一箱箱的

"牛二"。他怕那钱夜长梦多，老妈忘记用途，时间长了不换成酒，改作他用。只有将这些钱换成酒，他才会放心。他坐在饭桌前，酒店酒源充足，毫无顾虑地喝着，幸福。

老爸没有劳动能力后，十分在意酒店里的存货，酒若少了，心都是悬着的。我深知酒店的重要性，常嘱咐离家近的二姐，观察那酒的多少，以便及时补充酒源。若我们偶有失误，老爸的酒不够充足，他会变得孩子气，电话中也不说有什么事，家长里短地唠嗑，让你感觉到他在那端不愿挂电话。我便知道，酒店缺酒了，就催二姐去办理此事。

老爸酒店里的故事，有一箩筐，充满了欢乐。

父母跟我在北京这三年，过年时老爸的酒店，是我家客厅，有我们姐弟买的，还有同学朋友送的。酒很多，老爸会摆放得整整齐齐，把包装较好的，价格较高的摆在外面，这样才气派。看着他摆酒，我想笑。炫耀他的酒，是老爸的爱好，也是我的乐子。

在城里，有客人来，老爸打开好酒，讲酒的来历。耿总送的，一千多块钱一瓶；春光送的，窖藏三十几年了；小田送的，特别好喝还不上头；等等。老爸会忘记很多事，但说起他的酒，每一瓶都知道来历。老爸讲起酒背后的事，就像我儿时考了好的成绩，家里来人就会呈给人看。当然，老爸讲述最多的，还是我们姐弟四人买的酒，与酒友喝着老酒，夸赞着儿女的孝顺。我们在他的夸赞之下，更加开心地给他买酒，组建他的酒店。

有一盒包装很好的酒，里面是两个红瓶，上面画着飞腾的龙。老爸很喜欢，友人来，喝了一瓶。昨天，我走过他的酒店，发现盒子里又变成了两瓶，包装似没开封。我一时没反应过来，心想，难道一共有两盒吗？然后在记忆中搜寻这酒的来历。想了好久，差点笑出声：老爸肯定是把那瓶已经喝完的好酒，又放回了盒子里，两个飞腾的龙瓶，漂亮至极。因为要回老家了，这样下次在老家，酒友来喝的时候，就又是两瓶从未开封的好酒，没人知道有一个瓶子是空的，聪明。

只要你稍一用心，就能感受到老爸对那酒店的热爱。有事没事拿着抹布擦拭那些酒盒，小心翼翼将碰歪的盒子摆放整齐，所以老爸的酒店，无论什么时候看都是一尘不染，金光闪闪。

酒店酒源充足，老爸脸上洋溢着满足感。

那么，老爸对酒有多热爱呢？外甥女媛媛六七岁时，在我家西屋打坏了他一瓶竹叶青。老爸至今若见到媛媛，还常在微醺之后提起："这媛媛，那年，把我的竹叶青打碎了，洒了一地……"

外甥女都上大学了，在老爸的世界里还心疼着那流在地上的竹叶青，脸上是无比的惋惜之情。

我有时逗老爸："你这么多年，喝了不少酒了吧。"

老爸端着酒杯饮一口，微微动着嘴唇，回味着那酒的香："那可没数了。"

老爸酒量大，尽管因别人红白喜事喝了很多年，但也很少喝多，偶有喝多也不乱闹，还变得很可爱。比如，有一次二姐在老爸喝多后，藏起他一百元钱。老爸睡前发现钱少了一张，不肯睡觉，坐在那儿回忆钱的去处，一脸认真。我们笑着逗他，跟他说"钱被他和邻居炸金花输掉了（其实他根本没出过门）"。老爸开始不信，但实在想不起钱去了哪里，就信了，在一脸不安中睡去。次日早晨，酒醒，忏悔状地遗憾昨日炸金花输了一百元钱。二姐将钱还给他，老爸笑了："啊，没输啊，我就说没炸过金花嘛。"

有一年，老爸得了痛风，脚疼，医嘱不许喝酒，戒了一段时间。这段时间，可能是老爸六十几年里最为暗淡的时光，每逢吃饭，显现出魂不守舍之感。我们也不敢再给酒店添酒，酒店幸存两箱，老爸依然坚持擦拭，把它们摆放整齐，像擦拭着美好的回忆，也像在进行一种告别，很有仪式感，神情庄重，又很凄凉。

过了一段时间后，老爸研究考证，得出一个具有转折意义的结论：痛风饮白酒，并无大碍，但不可饮啤酒。这好似小平同志南方谈话吹响了中国改革开放的号角，老爸的人生，重回有酒的世界，那一缕沁人心脾的酒香，又散发在他的酒店。老爸的酒店，重新开张，又开始焕发出勃勃生机，一尘不染，金光闪闪。

老爸的酒店，有十箩筐故事。故事是岁月的歌，故事是亲情的曲，故事更是乡情的树。

演员老爸

从小都是管父亲叫“爸”，不记得从什么时候起，就变成了叫“老爸”，最先听大姐这么叫，我很不习惯，后来二姐、三姐，都这么叫，好吧，人多力量大，爸就成了老爸。

老爸从来不肯承认自己老了，他耳沉。在他身后说话要嚷着说，才能听见；在他身前说，他要靠判断口形猜你说的话。他的眼睛紧紧盯着你的开合的嘴唇，生怕一眨眼漏过什么，漏过了，会迟钝片刻想清楚，再搭你的话。老爸常听不清，但从来不会要求你再说一次，仅凭着猜测和你继续聊。有时判断失误，内容就跑偏了，你再大些声说一遍，他的眼睛盯得更紧了：“啊，你说的是这个事情啊！我没注意听。”他强调是没注意听，而不是听不见，继续着话题。

老爸最不喜欢别人说他耳沉，我知道，他是不想让人知道他老了，他害怕别人知道以后，失去了和他说话的兴致。他不想承认衰老，尽管耳沉是个不争的事实。

我说：“老爸，给你买个助听器吧，不然听不见。”

老爸回道："可以不用，难看。"

我这人挺邋遢的，不怎么注重形象，老爸不同，快 70 岁了，还很在意这事，尽管耳沉，都不肯戴上难看的助听器。老爸出门，必将自己最新的衣服换上，低头俯瞰全身，整理一番，回头双手上下捋捋裤子，怕后面粘着异物，确定并无异常，才肯走出家门。

我们姐弟四人，给老爸买衣物，必须买得恰到好处，不能买六七十岁人穿的，也不能买二三十岁人穿的，老爸自己认为的年龄应该在四五十岁。

有一年我从北京回老家，给老爸买了一双圆脸皮鞋，拿出来以后，老爸看着皮鞋说："圆脸的，老头鞋。"

因是我辛辛苦苦从北京带回的，所以老爸收住了后面的话——难看。我心想，老头鞋？你不就是老头吗？老头穿老头鞋，没毛病啊。我劝说老爸穿一下，大姐也加入劝和的队伍，老爸很不情愿地穿上试了试，在地上低着头来回走了好几圈。脸上是不满意又不好意思说的表情，怎么看都别扭。全家人一起说，挺好看的。老爸没有直接反驳我们，脱下老头鞋，换上原来的旧鞋，再也不肯穿。我吸取了教训，再给他买鞋，只好买尖头的，尖头的显年轻。

我出门之时，老爸会扫视我的全身，若发现不妥之处，立即提醒我换某件衣服或某双鞋。他自己更是如此。有一次老爸流鼻血，弄脏了衣服，我送他去医院治疗，可他仍不忘回身，换一件干净的衣服再出门。

出门的老爸必精神抖擞，衣装整洁，努力地维护着一个自己没老的假象。但，岁月本无情，青春不可逆。老爸的白发越来越多，脸上也有了老年斑，走路的姿势也没了当年的腰板，有了弯曲的角度。

老爸总能以他的视角，发现那些比他年轻却显得比他老的人，跟我讲起这些的时候很有成就感，谁谁谁，比我小十多岁呢，还不如我年轻。说起这个，老爸又变成了几十年前那个自信满满的老爸。

老爸是个演员，表演着一场青春不老的神话。

房子是一生的理想

1.

我有个朋友，和我一样，从农村漂到城市。她和老公结婚十几年，一直租房子住，不停地在攒钱买房。前两年终于攒够了首付，买了一套商品房，但不幸的是，买的房子开发商有问题，简单地讲就是被骗了。房子没了，但是月供照样交，30 年的房贷款，每月扣除月供后工资所剩无几。

有一次她在朋友圈发了来北京了的照片，站在颐和园的长廊前，从表情上看，说不清楚是在笑还是在哭。

我问她："来北京旅游吗？怎么不吭一声，请你吃饭啊。"

她回道："是去有关部门找房子的事情，心情不好，就没联系你。"

我想，她此后的人生，都很可能因这个房子而发生转折，等于戴上了锁住快乐的沉重枷锁。

房子可能是人生的一个重要象征，住在漂亮的房子里，整个人才显得有底气，在亲戚朋友面前才有面子。想一想，平凡的我们，一辈子又能做成几件大事呢？能在农村盖几间窗明几净的大瓦房，或是在城市买一套宽敞舒适的楼房，也就是人生的一件大事了。

我的朋友，买房之前，舍不得吃舍不得穿，可以说，买房对她来说，已经上升到了理想的高度，可到头来，却莫名其妙地成了“没有房子的房奴”。

若是我有千万粉丝，也许可以帮她撬动舆论监督的力量，解决她的问题，可是我没有。

所以，面对此事，除了劝慰她，我也只有，一声叹息，满地凄凉。

房子重要吗？当然重要，房子是家啊。

2.

祖母有个老屋，三间土坯房，墙皮有无数个地方已经脱落，墙根处有很多耗子洞或耗子打洞留下的大小不一的土包，墙壁四面都用柱子呈45°角支撑着。

不清楚老屋是什么时候建成的，有记忆时，老屋就如风烛残年的老人，摇曳在我童年昏黄的灯光里。想必祖母从未想过给自己再建一处好房子，她需要张罗着给五个儿子分别建房，辛苦程度可想而知。

祖父暮年时曾和祖母说：“老疙瘩（我老叔）要是个闺女多好，能给我们做个饭啥的。”

祖父去世那年，祖母63岁，我老叔还没结婚，就算老屋再破，她也不会想着翻建，此时她给老叔成家都已经力不从心，还会想着建设自己的家吗？肯定不会。

祖母临终前说：“我没有遗憾，五个儿子我都让你们娶妻抱子了，我对得起你们。”

而祖母临终最放心不下的是老叔，儿女在长大，父母也在衰老。我想，祖母之所以牵挂着老叔，是因为，老叔还没长大的时候，她已经没有力气帮他了。老叔的房子是自己建的，这可能是祖母一生中唯一的遗憾。

祖父去世后，祖母一个人在老屋生活了15年，她坚持不给儿女添麻烦，直到78岁时无法下地做饭，才跟儿子住到一起。

我很怀念祖母的老屋，小时候过年，换上新衣服以后，第一件事就是跑到祖母的老屋，去和祖父、祖母显摆一番，听他们毫不吝啬的夸赞。

有一年，父亲给我买了个白色的大盖帽，我戴着去祖母的老屋炫耀。

刚进老屋的门我就高喊：“奶奶，快看我的大盖帽。”

祖母在烧火做饭，闻声抬起头，擦拭着脸上的汗珠，灶膛里的火映红了她的脸，祖母开心地朝我笑：“哎呀，看我大孙子，耀武扬威的，快进屋让你爷爷看看。”

祖母拉着我的手，迈过门槛，冲进里屋。祖父坐在炕上用扑克牌“拿八门”，祖母声调很高：“快看看咱们大孙子，是不是耀武扬威的？”

祖父好像困了，眯缝着眼，看了我一眼，然后目光又回落到他的扑克牌上。祖母见祖父不吱声，握着烧火棍子去添柴了，口中念叨着：“这老头子……”

我爬上炕，看到祖父从“拿八门”中拿出来两个“5”，祖父平静地跟我说：“树豆，两个‘5’是有喜事。”

祖父的表情总是沉静如水，没有太多话语，不像祖母，向来风风火火。祖父把我戴了大盖帽这件事，归结为“有喜事”。

祖母喜欢用“耀武扬威”来形容她的孙子。我在机关上班时出差坐飞机。祖母知道后，和村里的老太太坐在墙根唠嗑时，如果一架飞机飞过，在天空留下一道白色的划痕，她就说：“我在家里看飞机，我大孙子在城里耀武扬威地坐飞机。”

祖母去世“三周年”烧纸节的时候，我回到故乡，再去看祖母的老屋，已因“十个全覆盖工程”被推平了。站在断瓦残垣前，想通了这间老屋对祖母的意义：她人生的最后岁月，其实已经将视线转向了儿孙的“耀武扬威”，而不是住什么大房子了。

有一年我带回去一部相机，要给祖母在老屋前留影，祖母死活不肯。

祖母说：“我可不照相，照相和个老猴子精似的。”

非常遗憾没有给祖母留下老屋前的照片。

想念老屋，更想念，爱我的祖母。

3.

我家最早的房子，也是三间土坯房，是父母结婚时建的，与祖母的老屋一墙之隔。我家和祖母家，应该本是同一所院落，父亲结婚需要建房，就一分为二了。

因是一个院子切割而成，便显得拥挤，我家人口又多，所以母亲那些年最大的愿望，就是攒钱建一座新房子。

人在不同的年龄段，理想和愿望也不尽相同，对当时的母亲而言，她的愿望就是建房，摆脱拥挤。母亲最爱感叹："都转不开身，太窄巴了，干什么都不方便。"

母亲信念坚定，攒钱建房。我家最先是在东山村的西南角，新建了三间土坯房，地方宽敞，但是位置偏僻。此时，恰逢父亲迎来了他人生的事业高峰，到大队任会计。用我大舅的话说，"这个二姐夫又有纱帽翅了"。我表弟八九岁的时候还相信我父亲真的有"纱帽翅"。每次我跟表弟见面，他都会充满好奇地问我："我二姑父真有纱帽翅吗，纱帽翅长的啥样？"

父亲的官场顶点，为我家带来了位于村中内的一块土地。尽管他的大队官场生涯不像小队队长时期那样长久，但如果从房子的角度讲，父亲的三年会计时光，解决了母亲的一块心病——很多农民，穷其一生要实现的愿望。

不清楚盖三间砖瓦结构的大瓦房，是父亲还是母亲的主意。总之，我家的新房子，在 1990 年建成的时候，在东山村显得鹤立鸡群。大房建起来，已经欠了债务，盖小房就没钱了，而父亲对欠债这件事相当谨慎。于是，我家的四间偏房又变成了土坯结构，砖瓦结构大房配土坯结构偏房，这样不伦不类的建筑，也是唯一的了。写到此处，我还是要感叹一下人生之不易。

在房子建好不久，父亲也从大队会计职务上卸任了，那时我虽然年纪小，但也感觉到或多或少和建房有关。其实，我最了解父亲，他从来不会拿公家一分钱的。那会儿，很多人家都欠大队钱，而父亲从来不欠。

有人和父亲说："当了那么多年的老干部，欠着大队钱能怎么样，谁还能和你要啊？我要是你，我就往多了欠。”

但父亲不肯，直到现在，我家都不欠大队的钱。

人生有时候很奇怪，不好的事情会接二连三。大队卸任后，父亲去蒙区擀毡子，母亲带着我们四个孩子在家。一天天降暴雨，浇塌了我家的偏房。虽然东山村挺穷的，但是多少年都没有出过房子被雨水浇塌的事情。母亲拿着二齿镐子在泥水里刨我家的辐条车的一幕，时至今日，我每次想起都禁不住掉眼泪。

官职没有了，房子又塌了，太丢人了。其实，比苦难更为可怕的是失去尊严，人的一生能遇见多少比这更颜面扫地的事呢？恐怕你没有多少钱，别人并不知道，但是你家的房子塌了，那可是人人看在眼里的。

父亲历来英姿飒爽，从来不曾遇到这样的事情。于是，他在蒙区无休止地劳作，与其说是体力的煎熬，不如说是心灵的摧残。

我知道，父亲是在为尊严而战。

当年秋天，父亲从蒙区归来，第一件事就是盖房，又盖了四间砖瓦结构的偏房。偏房在正房一侧，村人盖这样的房子，都是将偏房倚靠在正房一侧山墙上，这样可以节省一面墙的钱。但是父亲不同，偏房不倚靠正房，而是独立存在，中间留出一米宽的过道。可以想象，他的做法包含的深意——我有钱，不需要节省一面墙。

偏房墙体是红砖砌成的，建完以后要用水泥勾缝，缝勾到还剩下几平方米的时候，盖房的师傅有事，就撂下了。母亲多次催促父亲去找师傅弄完这几平方米，父亲挺着没去。当时我认为父亲真懒，就这么一小块了，为什么不去找人干完呢。

现在我明白了父亲的心思，偏房已经拔地而起，勾不勾缝，都没关系了。至今，偏房盖好26年了，我家偏房后面的墙体，还有几平方米是没有勾缝的。

重要的是建房，而不是勾缝，这是父亲的哲学。父亲用他的哲学，建了一排没有勾完缝的偏房。

不了解的人，读不懂我为何对我家的房子，有着那么深的情感，以为只是文人的乡愁。

其实并不是那样，那不是房子，是父亲的心血，更是父亲为尊严而战的标志。

我家的房子如此，而你家的房子，难道就不是这样吗？

人生能建几回房，每一座房子，都是独一无二的。

母爱的红咸菜

1.

在我出生之前，母亲连生了三个女儿，可想而知她是多么盼望我这个男娃的出生。

三姐的小名不叫“小换”，而是叫“三丫”，三丫其实不是专门起的名字，父母没有给三姐起名，他们已经对接二连三出生的女娃失去了起名的兴趣。我就是在这样的压力之下降生的。母亲说，她其实没有多么想要个儿子，只是她觉得没有儿子在人前抬不起头，总感觉矮人一等，因此她愿意挺着大肚子东躲西藏。

那是计划生育初期，她要用尽办法躲避凶神恶煞的计生办，计生办像在闹革命，抄了很多“超生游击队”的家，大衣柜、粮食、缝纫机，甚至十几斤的“小嘎嘎（猪崽）”都不放过，统统抄走，毫不留情。父亲是小队队长，所以我家没被抄，但是母亲必须躲起来，比如藏到草屋子里（那里堆满干草），比如去别的村子亲戚家。一旦有个风吹草动，母亲就带着身孕，做起了“超生游击队队员”。

大概在母亲怀着我藏了四五个月后，一件大事发生了。

母亲不知通过什么途径做了一次类似于B超的检测，然后不识字的她，斩钉截铁地认定肚子中的我，又是个女娃，她这一铁念的另一佐证是那些日子她连续做梦，梦见的全都是又生了个丫头片子，她决定让奶奶带她去做流产。我想，她实在无法接受“四丫”的降生了。奶奶带着她来到了当时的古乡医院，此时，我一生最大的恩人“现身”，这个我至今未曾谋面不知姓名的恩公——他出差了，不知何时回来，而整个医院只有他一个人会做流产手术。奶奶赶着毛驴车，载着满脸忧愁的母亲，她一路哀叹：“命啊，命啊，我命咋这苦呢……”

感谢出差的医生，顾大才子就这样幸存了，说起来也是文坛的幸事啊，呵呵，请允许我自恋一下。当隆冬腊月我鬼哭狼嚎般的初啼响彻东山村时，母亲的脸上露出了欣慰的笑，她再也不用东躲西藏了。

母亲，终于可以抬起头做人了，这是我这个儿子对母亲最大的馈赠。

2.

由于我的性别决定了我在家中的地位，要星星不敢给月亮。当然，我对星星没兴趣，我只要吃的，儿时的我对所有能吃的东西都很痴迷。能吃到什么呢，棒子面干粮、咸菜、酸菜，这是春夏秋冬不变的饭菜。这已经不错了，邻居还有人家在吃高粱米饭呢。母亲就花心思在这些不变的节目里翻新花样，比如把芥菜咸菜晒成咸菜疙瘩。

赤峰人都是伴随着咸菜疙瘩长大的。咸菜疙瘩是世界上最硬的咸菜，扔在大街上都不会有人捡，讨饭的都不吃，而赤峰人偏偏喜欢这口。我读大学的时候在宿舍上铺啃咸菜疙瘩，同屋的夏风一脸惊奇地看着我说：“你在吃干咸菜?”至今我仍记得夏风的表情，他的表情告诉我，他的牙硌得疼。

要命的是，我对咸菜疙瘩的接受速度很慢，开始的时候并不喜欢吃。1980 年前后出生的这批小孩无一例外都长了两颗“大板牙”，肯定是缺少某种元素，而我的两颗大板牙之间的缝隙超大，母亲说“能塞过去一个大钱”。缝隙太大，怎么啃咸菜疙瘩呢？母亲想出的办法，是为我特制红咸菜，红咸菜柔软。

腌制红咸菜很不容易，首先要有芥菜疙瘩，而我们的园子除了野草，什么都没有，偶尔长点野菜，父亲当宝贝似的炒着吃。主要原因是没有水，园子就成了不毛之地。在秋天的时候，去百里之外的“新城”买白菜和芥菜疙瘩，那是传说中的一个叫“新北村”的村子，在我的脑海中是遍地白菜和芥菜。母亲天不亮就与人结伴赶着驴车出发，到晚上很晚才回来，想必经过精挑细选。我坐在大门口等，等啊等啊。我对白菜和芥菜兴趣不大，我心里全是“大萝卜”，尤其是“心里美”牌，白皮红瓤，脆甜可口。

太阳在村头的山包上犹豫的时候，我坐在家门口木头门边，天边的红晕渐渐模糊，我在等待中睡去。父亲将我抱到炕上，我是被嘈杂声吵醒的。母亲已经在外面卸车了，屋外灰蒙蒙的。“大萝卜”，我一揉眼睛，光着脚蹿出门外，母亲笑着给了一根大萝卜。我不满，爬上装满白菜的驴车自己又抱了一个，跳下后，迫不及待地跑回屋。“去穿鞋啊”，母亲在身后喊。

父亲会和母亲讨论白菜和芥菜的价格，几分钱几分钱一斤，和别家买的菜比较是贵了还是便宜了。白菜用来腌酸菜，芥菜用来腌咸菜。芥菜有大有小，无一例外尾巴上长满了须毛，母亲用镰刀头给芥菜剃毛，一刀一刀削下去，芥菜个个变成角锥形状，尖尖地带着头顶的叶子，像留着长发。刚刚修出性感身段的芥菜，头发盘起来扎进一缸盐水中，几个月后就是上好的咸菜了。腌咸菜一般都是母亲一个人完成，不像腌酸菜，要好几个人站在热气里。咸菜要想变成红咸菜，还要到酱缸里“镀金”，我称之为“军训”。

酱在当时也很稀罕的，玉米粒、黄豆粒和着沙子在锅里炒炸开花，噼噼啪啪的，然后背到加工厂制成面。棒子面和豆子面加水，攥成胖胖的球状晾晒，再捣碎和水放在炕头发酵，许久后成酱。腌制好的芥菜咸菜放进酱缸里，过一段时间取出，就是带着酱香的红咸菜了。

3.

初中时，每次母亲都用塑料袋子或者饭盒给我装很多红咸菜，装的时候我总是不以为然，吃的时候才发现有它的好处，在那个白菜帮子、萝卜汤横行的校园，能吃到上好的红咸菜，犹如雪中送炭。

去高中读书之前的晚上，母亲依旧给我装了很多红咸菜。我说：“都上高中了，装那东西干啥，那里啥都能买到。”这时家里的生活已经没有那么苦了，园子里长满了各种蔬菜，腌制红咸菜已经没有以前那么麻烦，不用远去新北村，街上就有卖芥菜的商贩。也许什么东西一变得容易，就不再那么吸引人，我对红咸菜的好感渐渐淡薄。母亲说：“我问你哥了，那地方也很苦的，带上点，也不沉。”果然，高中的生活如母亲所言，红咸菜在这里紧俏，买都买不到。

高中读了四年半，红咸菜伴我左右，几乎每次临行前，母亲都在酱缸里翻动着，然后很费劲地给红咸菜“洗澡”，以至于多年后梦见她，都是这个镜头：她在外屋昏黄的灯光下，站在菜板子前，拿着筷子，给红咸菜去酱，灯光打在她的额头上，褶皱之中是紫外线的颜色。那是太阳的杰作，它残忍地日复一日地洗尽了母亲的青春，我没有看她的白发，也不用看，在我心中，白发从未消失过。

去北京读大学，临走前的那个晚上，母亲又站在灯光下，来来回回地运送红咸菜，捞一个放在菜板上，去掉酱，然后再去捞一个，再返回到菜板前。我看着母亲：她为什么不一次捞完，然后放到菜板子上一起弄呢？想去帮她，和她抢筷子：“你不用，我弄就行”，母亲不给我筷子。我就站在那，看她跑前跑后，说：“妈你别弄了，人家北京那是首都，你给我弄咸菜干啥啊?”“北京咋了？北京人要吃我还不给呢!”母亲对她的红咸菜超级自信。“主要是我吃不上，人家那食堂啥没有?”我都有些不耐烦了。“食堂有，万一你没钱了呢?”母亲继续着她的工作。我看她认真的样子，就放弃了说服她的想法，任她在那跑前跑后，转身向屋走。忽然，我想到一个道理，看篮球比赛的时候很多运动员嚼口香糖，可能是因为太紧张了，而母亲呢，她其实也知道一次弄完的道理吧。她不停地跑前跑后，只是为了缓解她内心的一种心情，那就是舍不得自己的儿子离去，一想到儿子明天就要走了，她一定很难受，所以她要做事，做和儿子有关的事，这样，她才会感到好受些。她跑前跑后，为她的儿子制作人间最美的佳肴，一种叫作“母爱”的红咸菜。

大学四年，每年如此。最后两年，我实在不愿意带着红咸菜了，这东西在学校没地方吃，跑到食堂打一份饭，弄个红咸菜啃，很难为情。母亲把红咸菜装进来，走的时候我就偷偷拿出去。害得再打电话的时候，母亲就自责地说："我这脑子啥也记不住，还以为给你放到箱子里了呢。看看谁去北京，给你捎去。"我连说不用不用，心里很不安：母亲想为儿子做点什么，我却没给机会，还给拿出去了。

参加工作后，母亲再给我装咸菜，知道她的心意，就不再往外拿，尽管几乎没再吃过。有一年春节临回北京前，母亲又开始忙碌。外屋的墙壁更加斑驳，一条满是灰尘黑漆漆的电线端口接着一个昏黄的灯泡，沉重而熟悉的菜板已经被剁出很大很大一个大坑。母亲站在灯光里，她的站姿那样别扭，看上去很不习惯，经历车祸后的她站姿歪歪斜斜。母亲用她奇怪的站姿专心致志地制作红咸菜，她的儿子已经不喜欢吃了，但她依然做着。她面带微笑，缓慢地歪着身子，一趟趟挪着脚步，捞一个红咸菜放到另外一处的菜板上，然后去酱，然后再去捞。她有些气喘，站在她身边我能听到急促的呼吸声，她额头渐渐冒汗。"妈，别弄了，吃不了那么多"，我催她休息。"再弄几个"，母亲又挪向酱缸，歪歪斜斜的，像是一种极为虔诚的神圣仪式。

我永远无法说服母亲，红咸菜已经成了她对儿子的一种习惯。红咸菜寄托着她对儿子无限的牵挂和疼爱，儿子带着红咸菜走，她才能踏实，哪怕喘着粗气、歪斜着身子，也要将红咸菜装进儿子的包里，在她的世界里，这比什么都重要。她不知道儿子已经不喜欢吃红咸菜了，而她还保留着为儿子制作红咸菜的习惯，这是她一生无法改变的习惯吧，因为她爱她的儿子，一生都爱。

红咸菜我不爱吃了，但偶尔还会吃几口，我知道，这是母亲的爱。

时光暮年

时光本无长短，总在静静地流淌，像东山村四里之外的老哈河水，记忆中从没见过它波涛汹涌过。

童年，我从我家后窗窥视东山村，毫无目的，更像是在消磨着童年大把的时光，从踮起脚尖仰着头向外张望，到可以把双手叠起来支住下巴向外瞭望。

前院王奶奶，盘着双腿坐在炕席上，从她家后窗望我家。王奶奶八十多岁了，腿脚不便，出不了门，整日都盘坐在炕上、我不知道她看到了什么，我家就这么大，房子挡住了她的视线，她能看到的只是我家的院子。或许她想看到更多，又或许人到暮年已没兴趣看了，总之，这是个无法选择和改变的事实。

我和王奶奶，都通过后窗在看着这个世界，心境却完全不同。我因年幼的好奇心，在努力发现着有趣的没看到过的场景：刘家四姨夫喝多了耍酒疯，同学开的商店几个陌生人站在窗下喝啤酒，三喜开着三轮子放着屁摇头晃脑，两条狗因为一块骨头掐架……我看到的一切，都是生动有趣的，而且我并不知道我将看到什么，我是充满期待的。

我看到的这些，王奶奶无法看到了，她现在安静地看着我家的院子。即使看到几只鸡抢啄地上的米，对她来说，都是难得的生动的一天。她打着瞌睡，却依然盘着腿，已经不再追求是否需要用舒服的姿势睡觉。她安静地看着，又像并没有看，看与不看，其实都没什么本质的区别，我家院子能有什么呢?

春夏秋冬，花开花谢，王奶奶也许都不介意了。王奶奶真正介意的，是房间到屋外厕所的那段路。人的一生会经历很多艰难困苦，而八十几岁的王奶奶，最大的困苦，是如何从炕上起身，颤颤巍巍挪过二十几米路，走进厕所。

困难的大小，是跟人的能力匹配的，王奶奶走这段去厕所的路，不亚于探险者攀登珠穆朗玛峰。偶尔，我会看到王奶奶去厕所时的身影。她盘着发髻，一手拄着拐棍，一手扶着墙，艰难地向厕所挪去，日光打在她脸上层层叠叠的皱纹上，好像就被吸了进去，并没有反射出耀眼的光芒。她小心翼翼地蹒跚着，每当这个时候，无论我在做什么，都会停下来看她，直到她从厕所出来，再消失在她家房子的拐角处。

很短的路却要走很久很久，可能人都会有这个时候，而彼时的我究竟是怎样一种心情呢？是感叹岁月的无情，还是怀念过往的点滴？我年纪还小，真的不知道，到底会想些什么。

祖母和王奶奶是“把子姐妹”，年轻时应该如现在的闺密一样有很多交集，我是在祖母八十岁左右半身不遂后听祖母讲的。

那年春节前几天，我从北京回到家，去看祖母，给她买了一条烟。祖母盘腿坐在八叔家的炕上，看到我进门，她笑了，喊我到炕上坐，我看到她分布不均的两三颗残缺的牙齿。

我把烟递给祖母，她接过去小心地放在她与墙壁之间的空隙，如我们小的时候藏糖果一样，要放在一个有安全感的区域。

我逗祖母：“奶奶，你还有几颗牙啊？”

祖母说：“要掉光了，剩下的几个没有一颗是好的。”

祖母展示给我看，她张开嘴，用手掰着那两三颗牙齿，一颗一颗地掰一遍，给我讲着每颗牙的故事，大概是各种情况导致的消失或残存。

祖母搬动着晃动的牙齿：“你看，晃了十几年了就是不肯掉。”

我有些心疼她：“奶奶，我给你买个假牙戴吧。”

祖母合上嘴，握住我的手：“树豆，有假牙的，戴着难受，吃饭的时候才戴。”

那些年，每次去看祖母，和她聊天，都能很自然地聊到某个我们都认识的已故的人，应该是人老了，话题会集中在死亡这件事上。

那次我们聊到了曾外公——祖母的父亲。祖母说，曾外公家离我家很远，在通辽市某县，交通不便。祖母嫁到我家后，很多年都不回家。因消息闭塞，曾外公病重时祖母并不知情，但祖母竟然带着二叔神奇地出现了，离家几十里地的时候，遇见了骑马的熟人，给曾外公带去了“女儿来看他了”的口信。曾外公弥留之际，病榻前的人说：“可要等着啊，你姑娘来看你来了。”据说，曾外公眼瞅着不行了，听到了这个消息，咬牙坚持着，不肯咽下最后一口气。祖母进门后，曾外公睁开眼望了望她，然后缓缓地闭上了双眼。

祖母虽年事已高，却思路清晰，回忆这件事的时候跟我说：“你二叔十二三岁，穿着小大衣，你太姥爷闭眼以后还哭了。”

我想，那可能是曾外公一生中流下的最后两行眼泪。

祖母说：“树豆，你扶奶奶去看看你王奶奶。”

祖母颤巍着下地穿鞋，拄着拐棍向外走，我搀着她的胳膊。

我们缓慢地走在路上，东山村寒气逼人。

祖母说：“我七十三的时候，还能上山挖黄芩，现在我也不糊涂，你王奶奶早就糊涂了。”

我们走进王奶奶家，王奶奶正坐在炕里打盹，听到声音后睁开眼，看到我和祖母，先是向着祖母颔首小声说：“桂英。”

祖母高兴的神情写在脸上：“大姐你还认识我啊，我还以为你不认识我了呢。”

王奶奶又困惑地打量我，我问她：“王奶奶，你认识我吗?”

王奶奶眼窝深陷，反复看了我许久，摇了摇头，软软说：“认不得啦。”

从我上小学五年级，王奶奶就透过后窗看我家的院子，十几年过去了，她肯定很多次看到我的，但她仍然不认识我。

祖母上炕，和王奶奶迎面坐着。王奶奶欠了欠身子，将烟笸箩推到祖母身前，祖母卷了一根烟点燃，两人沉默地坐着。

我坐在炕沿，想听听她们说些什么，祖母也在努力打开僵局，但王奶奶已无法与她流畅地对话了。

祖母说起我爸，王奶奶想了半天仍然会说起我二叔或三叔。若是你为她更正，她脸上就会流露出焦急的神色，努力地想着，再说出来的，仍是错的。

祖母放弃了对话，两个老人安静地对视，相互望着、望着，痴痴的，好像要将对方刻在脑海里。

房间里静悄悄的，只有祖母手上的烟卷忽明忽暗。

我顺着王奶奶房间的后窗望出去，是我家的杏树和瓦房正面的轮廓，鸡窝、猪圈、驴车、敞篷、柴垛……

这些就是王奶奶看了十几年的全部世界。

整整一个下午，祖母与王奶奶，就那样各自坐着。王奶奶没有说过一个长句子或者一个完整的句子，祖母抽了很多支烟。

祖母和王奶奶能给对方的，只剩下温和而幽深的眼神，痴痴地望着彼此，那是她们唯一的交流，平静如水，又情深似海。

走的时候，祖母拄着拐棍，站在地上，大声说："大姐，我走了。"

王奶奶侧着耳朵皱着眉："啊？啥？"

祖母趴在王奶奶耳边喊："大姐，我走了，有时间再来看你。"

祖母转身，叹了一口气："哎，你咋糊涂成这样，寻思和你说会儿话呢。"

我和祖母向外走，王奶奶终于明白我们要走了，她艰难地用力向炕沿移动着，耳边是她急促的呼吸声和簌簌下地的声音。

我们走到院子里，我回头看，王奶奶还没出来。

我们走到大门口，我回头望，王奶奶出现在正房门口。她一手拄着拐棍，一手扶着外门的门框，在侧身远望我们，神情黯然，依依难舍。

王奶奶给我的最后印象，就是扶着门框，送我和祖母的身影，像播放的影片按住了暂停键，银发随风飘，苍凉得令人心恸。

几年后，王奶奶去世。又过了几年，祖母也去世了。

祖母与王奶奶，一生的好姐妹，全部人生的最后一面，就是默默地对坐在炕上望着彼此，过了一个无声的下午。

那次会面之后，祖母行动越来越不便，她们再也没见面，宛如时光中的老哈河水已不再流淌，莫名其妙地断流。

读者诸君，你我的相遇，又何尝不是如此呢，也会在某一天，戛然而止。

第二部分

时光你慢些走

打瓜背后是故乡

故乡在英语中有很多种翻译的方法，我最喜欢的是 Birthland，在我理解为“出生之地”。无论在外多久，永远都惦记着那个出生之地。彭德怀生前对自己骨灰的安置做过三次决定，第一次要撒向大海，第二次要埋在劳改之地，而第三次要葬于故乡的绵绵青山。开国元帅的这种思想变化，正是中国人浓浓的故乡情怀。

在我的后备厢里，放着一个不大的打瓜，一直没舍得吃，每当看见它，就像看见故乡。那种浓浓的乡愁在内心深处萦绕，它是故乡的一个符号，来自我的出生之地。

有次被朋友看见，他问：“这是什么，小西瓜吗?”

我说：“打瓜。”

他回道：“打瓜？就是那种产打瓜籽的打瓜，好吃吗?”

那打瓜绿中透亮，带着刺激食欲的光泽。我说：“好吃，这是世界上最好吃的瓜。”

我向他笑着，关上了后备厢。他做生气状：“好吃为何不分而食之?”我仍笑着：“就是不给你吃。”

这个打瓜是十一回家同学送的。那时打瓜早已经过季，他寻了许久才寻得三四个的样子。回京之前，二姐和二姐夫吵了一架，原因是二姐寻得的两个打瓜，被不知情的二姐夫吃了。按说两个打瓜，不至于吵架，但这是二姐对弟弟的情感表达：没有了这两个打瓜，她的表达就不完整了，当然要吵架。

城里人只知道吃打瓜籽，又何尝知道种瓜人的辛酸？打瓜之于我，有着极为特别的意义，它不仅是一种水果或一种油料，更是经济来源、家庭支柱。打瓜背后，是母亲的躬身白发，是父亲的褶皱青春。

我读初中的时候，父亲失去了大队会计一职，于是他去蒙区擀毡子，半年才能回家一次，但他说那边生活很好。那时我年纪小，我信了。现在想想，如果真是那样，为何他每次走的时候，都从家里的冷猪油缸挖一些油，用报纸包着走呢？很多年以后老叔对我说，他们在蒙区，一年四季没什么菜，就挖一勺冷猪油拌饭吃。

我读高中的时候，毡子销售受阻，父亲就回乡包山地，种打瓜。地很多，天却特别旱，那些年的流行语是“敖汉敖汉（地名），十年九旱；一年不旱，大水漫灌”。父亲的日夜操劳，往往最终还要亏钱，但他依然坚持每年都包很多地。有时春季一直不下雨，别人都放弃了种植，他都不放弃，无论如何都将播下打瓜的种子。正常的年景，我放暑假的时候打瓜都熟了，而那几年的暑假我家的打瓜才爬出一尺长的藤蔓。就算这样，父亲还是十分认真地侍弄他的打瓜。我知道，他侍弄的不是打瓜，而是希望。就像我初中读了五年，高中读了四年半，他却毫不气馁，坚持让我读书。这是中国式农民的坚韧与执着，不管怎样，都要播下一颗种，在希望的田野上。

我上大学后，父亲继续包地，继续种打瓜。还好，上天眷顾，大学四年，风调雨顺，父亲的打瓜爬满山冈，绿中透亮的打瓜一个挨着一个，那场景是父亲人生中最美的图画。打瓜变成了一张张一沓沓“大团结”，装进儿子的行囊，伴着火车的汽笛声驶向遥远的北京。秋去冬来，冬走春至，一轮轮不惧风雨的播种，播下父爱的温度，收获儿子的前程。就是这种城市人不认得的打瓜，铺满了我的求学之路，也夺去了父亲的青春、母亲的容颜。

城市人不仅不认识打瓜，更不知道种打瓜的辛酸。我曾经在我的一篇文章中写过与父亲一起薅地的场景，现在引用过来：

我跟随父亲去山上给拔草。这一年，非常干旱，雨下到很晚，往年这个时候打瓜都快熟了，而今年，才刚刚爬出尺长的蔓梢。这是父亲坚持的结果，别人都放弃了这场注定颗粒无收的播种。父亲说，如果下半年雨水足，照样能收。坐在地头，看着满地的藤蔓，有些踌躇，父亲不说话，蹲下身，左手拿着挎锄子挎地上的泥土，右手拔草，挪动着身体向前。他下身穿着一条由裤子剪掉半截而成的大裤衩，上身穿着一个黑色的背心，两个肩膀处是深深的带有褶皱的褐红色，挪动的瞬间能够看到背心覆盖下的白色皮肤，大腿和布鞋上沾满了泥土。太阳晒在父亲的后背上，看上去给人刺眼的灼热。父亲向前挪动的姿势有些怪异，他腰板挺得很直，与地面形成笔直的角度，我曾问父亲：为什么锄草还这样笔直地挺着腰板。父亲说“习惯了”，是的，习惯了。我的父亲，前半生无比荣耀：从 16 岁做小队的保管员，18 岁做小队的队长，之后又在大队当会计，一直到 1990 年，也就是父亲 40 岁左右，才告别他的“官场生涯”，他何曾如此下地干活过？因此，40岁的他，再来除草，腰板是挺直的，从不弯曲。我跟在父亲后面，模仿着他的动作，锄一下，拔一把，挪向前，每过个三四米，停下来，坐在地上，看着太阳，歇一歇，刚开始父亲回头望“树豆，你割地还行……”再后来父亲回头望我时，我已经听不见他的声音。整整一个上午，我只薅了两根垄，最后的半段，父亲从地的另一端回过头来接我。会合的瞬间，我看见父亲脸上深深的褐红色的褶皱，和他肩膀上的一样，头发凌乱着，挂着一些草屑。我再次打量着我的父亲，心如刀割，他，曾经是村子周围方圆几十里的美男子，年轻时常为姑娘们“唱书”，姑娘们偷偷地送酒给他喝。40岁之前，他的家里最先有了自行车、电视机和三间砖瓦结构的大房子，而且，他很少上山干活。那是多么荣耀的我的父亲，40岁之前的我的父亲！而今，这里连续三年大旱，他俯下身，一步步地挪动着锄草，暴晒在太阳底下，为了他引以为豪的儿子，能够有足够的学费去读那个叫作“大学”的学校。为了我，父亲放弃了他的荣耀，挺着腰板，面朝黄土，背朝着火辣辣的太阳。

有一年暑假，我想替父亲在山上看瓜，父亲让我试试。曾经很多次想象着每天都能野炊，认为那一定是非常舒爽的。而当我支起锅，煮一碗面条，放一点盐，放进口中之后才知道，所谓的野炊满是苦涩的味道，心中有了对父亲的愧疚。夜晚，我睡在寂静无人的山野，暗夜中除了恐惧，还是恐惧，如果你不亲自体会一下，你永远无法知道那种感觉。会不会有蛇？能不怕吗？只很短的时间，我便穿好衣服跑到离我家瓜地两三里地之外村人的瓜窝棚。那时，我忘记了我看瓜人的义务，心里只想着逃命。同村人跟我说，曾有一条蛇盘在父亲瓜窝棚里顶部的树枝上，被父亲送走了。

现在，父亲已经不再包地，水浇地也分出一部分给了二姐。现在包地的是二姐，也会种很多打瓜，读书的是外甥和外甥女。去年二姐的打瓜苗不全，她留了一地蒺藜，收成还不错，很多人都说她聪明，不种打瓜种蒺藜。这是一个玩笑，打瓜地里长满蒺藜，这得多考验农民的心理素质啊，背后的辛酸并不是收成不错的结果能代表的。

只是换了一组主人公，但包地种打瓜的模式仍在上演。在中国城市化的背景之下，九亿的中国农民需要把自己的子女送往城市，他们之中更多的人，赖以生存的依然是土地。春天播下一石粟，期盼秋来万石粮。

我的那个打瓜，仍静静地躺在后备厢，我是不会给朋友吃的，因为这不只是一个打瓜，这是我的故乡。

离家的路万里长

“三百六十五里路哟，从故乡到异乡，三百六十五里路哟，从少年到白头……”浪迹天涯的游子又将踏上漂泊的路，年年盼团圆，相聚总显得非常短暂；岁岁怕离别，执手相看泪眼，多少不舍尽在离别间。

如果让我选择，我宁愿做站在车窗外送别的人，而不愿坐在车窗内，看外面亲人哀伤的眼神。每一次离家，看亲人的身影消失在视线里，我的心都会久久不能平静，脑海中是白发亲娘，是沧桑老父，更是故乡温热的每一寸土地。

那年我接到大学录取通知书，开始了人生第一次真正意义的离家之旅。透过车窗，看到父亲站在火车下，他没有向我挥手告别，也没有向我说什么话。我心里竟没了往日对大学生活的憧憬，取而代之的是一种酸涩之感。父亲还是那个不动声色的父亲，而我确信看到了他的眼中的异样，是一种叫作离别的情感。本不让父亲送我，我已经长大，能够一个人闯天下，不喜欢别人总把我当孩子看。我和父亲达成妥协：他送我到赤峰，不再远送。他给我买了面包和水，这两样东西在路上发挥了关键的作用，因为我认为北京什么都有，之前偷偷地把母亲装的鸡蛋和饼之类的放在了家里。大学四年很少写家书回去，偶尔写了，父亲都会拿着在亲人间传看，脸上充满自豪，好像他儿子当了什么大官。

工作后第一次回家过年，说好了初九返京，父亲在初八晚上喝了不少酒。我在西屋收拾东西，父亲推门走进来，默默地站在我身后，我回头看见他。

我问："爸，你有事吗?"

父亲揉了揉眼睛："没什么事，你明天走吗?"

我说："走啊，不是早跟你说了吗?"

父亲"哦"了一声，慢慢地退出了房间。我心想他可能喝多忘事了，每次他喝多就会揉眼睛。过了一会儿，父亲又走进来，站在我身后。

父亲："你明天走吗?"

我被他问得有些烦躁："走啊，刚刚不是跟你说过了吗?"

父亲又"哦"了一声走出门去，就这样反反复复很多次，我被弄得无奈。父亲对我的表达总是很委婉，他说的很多话都不是平铺直叙，你要去猜是什么意思，可能这就是人们常说的父亲的"面子"。我停止收拾东西，开始思索父亲究竟想说什么，忽然间我明白了，父亲这是不想让我走啊，他舍不得自己的儿子走，而又不好意思说出来，所以反复问我是否走。想通的那一瞬间，我的眼泪猛地流了下来。父母老了，越来越依赖自己的儿女，就像我们小的时候依赖他们一样，走到哪里都想黏在他们身上。记得作家刘墉说过，你永远也追赶不上父母苍老的脚步。父亲老了，并不是小学作文里的那种“忽然间增添了满头白发”，而是忽然间那么依赖儿子，舍不得儿子走。

又过了几年，我有了个宝贝女儿。带着女儿回老家，父亲总想抱抱她，女儿却有些眼生。

父亲向女儿张开双臂说：“来，来找爷爷来。”

女儿就会发出“嗯、嗯”的拒绝声，后来久了，熟悉些，父亲可以抱着女儿在地上转几圈了，看上去美滋滋的。返京后的几个月里，女儿还记得不找爷爷抱的事儿。

有时逗女儿：“找爷爷去吧。”

女儿还会“嗯、嗯”地以示拒绝。

尽管这样，父亲还是逢人便夸自己的孙女好：“看我这大孙女，是好吧！”

笑容肆意地荡漾在父亲的脸上，天伦之乐，多么幸福，这像极了当初父亲拿着我写的家书在亲人间传看的情景。炫耀幸福的父亲，是那么可爱，像个捡到元宝的孩子。

那些年，进城有了新家，一年四季只有春节才会尽一些为人子的孝道。顺着春运的人流走在乡愁里：看着身边的每一个人，他们其实和我一样，都走在乡愁里，乡愁是一张小小的车票，我们在这头，父母在那头。回家时大包小包拿着超市里购得的各种礼品，酒水、糖果、羽绒服、保暖内衣……离家时大包小包拿着亲人朋友送的各种家乡特产，小米、打瓜籽、芝麻、咸菜疙瘩……

去年，父亲杀了一只羊，背到城里，与我一起过年。我家厨房就经常散发出浓烈的羊肉味道，持续两三个月。父母返回老家后，冰箱冷冻室还有一小块羊肉没吃完。我平日不做饭，都是在外面吃，所以冰箱很快就空了，剩下那一小块羊肉独自冻着。有时夜里饿了去翻冰箱，翻到那块羊肉，就会想起故乡，想起父母，所以很多次耐住了饥饿，没有吃掉它。

有次我大姐夫来我家，看到那块羊肉，他倒是没想吃掉，只说了一句："这么大个冰箱，就一块羊肉，最多一斤重，还不够电钱呢。"

今年大姐夫从老家又杀了一只羊，托人送了过来。父亲从冰箱里把那块陈了一年的羊肉拿出来闻了闻，说已经臭了。家里停过几次电，臭了也不意外，臭了不重要，重要的是我家的厨房随着父母的到来，又开始有了一年一度的纯正草原羊肉浓香。

初五了，手机上朋友圈已经有了返程游子的沿途照片，明天就是初六，大部队即将启程，像成群结队越冬的候鸟一样飞向南方。

记得上次我们五兄弟回家上坟，返京离开村子的时候，我正在用手机拍摄村西的大山，后排座上的小弟说了一句："走的时候感觉怎么和回来的时候不一样呢?"

回来的时候，表弟媳妇拿着炊帚跑出来迎接的画面，让我幸福得找不到北，那是多么生动的情景！正在做饭的弟媳，来不及丢下手中的炊帚就跑出来迎接归来的亲人，这样的场景，就是回忆一万次都能在梦中乐醒。

父亲兄弟五个，也就是和我联系最紧密的五个家庭，全部都搬离了故乡的村庄，所以再走的时候，没有了父母的相送，甚至没有了叔婶的身影，就我们兄弟五人坐着两辆外地牌照的汽车，依偎着前行，慢慢地，慢慢地，又一次将故乡的山水变成一个长长的背影。

我甚至开始怀念那些年父母送我离家的情景：出租车停在大门口，父亲和母亲也站在大门口，我坐进车里，父母隔窗向我告别。我不忍心看，他们眼含泪花，他们弓身银发。此时，他们盼望的又是下一个春节，365 天的期盼，盼来十几天的相聚。汽车缓缓向前，我回头望，他们也在望我，站于风中，而我，心碎了，有谁懂……

回家的路千里远

“一只大雁往北飞，无意旅途的美景，路途再远我都不后悔，大雁大雁飞呀飞向北，你有没有动情的眼泪……”这是同学《歌在飞》词曲作者侯歌的处女作《一只大雁》中的歌词。的确，漂泊的人都是一只大雁，跟随着春运大潮进行着每年一次的候鸟式迁徙。

汽车、火车、长途客车，方式不同，目标一致，回家！

近三年我都是把父母接到身边过年，没再体会那种天涯游子归乡的行程，但三年前甚至更久之前的那些关于回家的事，仍历历在目，就仿佛发生在昨天。

那时，每到春节前一两个月，父亲便打电话问我是否回去过年，我说回去，父亲就问：“真的吗?”每次父亲这样问，都让我很心酸，“真的吗?”这是小孩子常问大人的话，父亲反过来问我，让我觉得他老了，能体会到他多么盼望我回去。接下去的日子，他会经常打电话给我，没有别的事情，就是要问我是否真的回去。我反复强调后，父亲信了，但还会连续打电话，只是内容变成了追问我何时回去。总之，我一刻没到家，这电话就会响个不停，知道了几时回去，又会问家里需要准备点什么，等你坐上了回家的车，又会问你到哪了。母亲不会使用电话，所以父亲与我的通话，总是以母亲之名，他会说：“你妈让我问你到哪了，你妈让我问你吃什么。”直到我屁股坐在老家的火炕上，这有关回家的电话粥才会告一段落。

有一年腊月，他喝多了，打电话赶上我在开会，他就不停地打，打了有二三十个。会后我回给他，却无人接听。过了很久，他打给我，说刚刚睡着了。打一个无人接听的电话打到睡着了，执着的父亲！父亲随着衰老而逐渐耳沉，所以我很多次都怀疑他根本没听到我说了什么，电话中我们多次无法对接，我只好尽量不说，静静地听他说。

那次，他自言自语地和我说了好久：“春力（二叔家的儿子）早就回来了，伟力（三叔家的儿子）昨天回来的……”

他不停地说哪家哪家的谁谁谁回来了。我听懂了，意思只有一个：别人都回来了，我儿子怎么还没回来呢？说了有20分钟，我找了个理由挂掉电话，心却怎么也静不下来了，特别想回家。

那会儿火车票还没实名制，票贩子横行。回家之前最集中的话题就是如何搞到一张火车票。由于我在机关工作，能够托一些关系弄到几张卧铺票，因此我的电话、短信和QQ弹窗，集中的话题全是能不能帮忙弄一张回赤峰的火车票，卧铺最好，硬座也行，实在没有站票也可以。我电脑桌面也由此“诞生”了很多抢票的浏览器，接着就会听到铺天盖地地骂铁道部无能的声音。

有票还不算完，不一定上得去车，蜂拥的人群里大家都为抢得一个有利的位置而用尽浑身力气。很多次很多人，拿着车票被鸣笛出发的火车扔在车下，有人举着火车票追逐，有人站在原地满眼绝望。耳边全是赤峰的乡音，随处可见有人在把自己当一个物品从车窗往里塞，美女们没了体面和矜持，小伙子没了涵养和谦让。不管怎样，我们要回家！回家过年！

那次在卧铺车厢，一个老太太带着个五六岁的小男孩站在车窗前，外面一个三十多岁的女人，扒着车窗哭泣，哭得花容失色，妆散了，哭声被风吹碎。小男孩手里拿着个变形金刚，脸上没什么伤心的表情，眼神好像在疑惑窗外的女人为何而哭。老太太也没哭，但我能看到她眼中噙满了泪水，车开了，哭泣的女人不见了，老太太的眼泪如断线珍珠般滚落下来。我和老太太聊天，得知刚刚窗外哭泣的是她女儿，大学毕业以后和一个同样北漂的人结婚生子，买不起房，就把孩子送回到老家，由老太太带着。老太太每年寒暑假带小男孩到北京和她团聚一个月左右，每次分别都是撕心裂肺。更要命的是，老太太的女儿春节还要值班，已经好几年没回家过年了。小男孩太久见不到妈妈，生疏了，都不怎么叫妈妈，嘴里说得最多的就是姥姥。难怪女人会在窗下哭得伤心欲绝，她生的儿子都跟她不亲近，这么小却一直跟姥姥生活。

老太太说：“我理解、支持女儿，离家在外拼搏不容易，带孩子再累都没什么，就是可怜孩子，这么小，妈妈却不在身边。”

可能是因为我喜欢写作的原因，总会在火车上听别人诉说自己的故事。遇到过一个男孩，19 岁，但看上去有 40 岁，皮肤特别黑，脸上的那种黑感觉再怎么洗也洗不掉，跟着工程队修桥，每天风吹日晒。他穿的衣服很新，新买的，他说其实平时穿得很差，但回家了，要体面一些，怕家里的父母见到心疼。我问他有没有女友，他说有，是饭店服务员，长得很漂亮。说这话的时候，他的眼睛变亮，那是爱的光泽。再后来男孩开始喝酒，吃花生米，说女朋友挺好的，就是不想跟他回赤峰，还要求在城里买房。“没钱啊”，男孩的眼睛变暗，那是一种无奈。

火车上人很多，大体上分为两种，一种是考学后来到城市工作的，还有一种是没读什么书出来打工的，无论是哪种，只要打开话匣子，都是满肚子的苦水。在外漂泊的人，谁不想过上层人的生活，又有谁不想让父母亲人过得更好？

每次一到家，炕前的炉壁已烧得通红，热腾腾的饭菜端上桌，亲切的问候响在耳边，“冷了吗？”不冷也必须到炕头把屁股坐得火热。母亲依然会忙里忙外，烧火做饭，蒸豆包、撒年糕、炖卤鸡……她身体不好，有冠心病，现在干活累了就会憋气。说来惭愧，我仍然习惯于等她做饭。母亲做的饭非常简单，没有什么烹饪技巧，更多的是炖菜，或者干脆就是一条煮熟的猪腿。说实话，我已吃不下这么油腻的东西，想想正是现在已经不爱吃的菜养育我长大、长高、长壮，这是属于母亲的特有风味。菜端上桌，未曾入口，闻着味道，便知是母亲做的，无论吃与不吃，心里都有一种踏实的感觉。就像虽然我回到家里，但更多的时间是在外面打牌，只是在父母心中，我是在家的，他们知道我在某某家打牌，知道自己的儿子在哪里、在做什么，心里就是踏实的。这种踏实感，就是亲情的真正内涵，就是回家的意义。

回家的路总是很漫长，像极了侯歌写的《一只大雁》，我们就是那只大雁，穿过四季的风雨，穿过北京的灰色雾霾，飞向草原那蓝色的天空。回家的路总是很遥远，看着窗外的景色变得越来越熟悉，就知道离故乡越来越近，心情随着风景的变化变得越来越热切，草原上有一座美丽的城，那是我可爱的家乡赤峰。

我知道还会无数次回到家乡，无论回家的路有多艰难，也不管回家的路有多漫长，自我出生那天起，就注定了那片热土将是我一生的牵挂，我要从南飞到北，路途再远也不后悔……

家在哪里

早上送走大姐，这个团圆年，就算真正意义上的过完了。

父母回到故乡，姐姐们又开始新一年的忙碌，就连外甥、外甥女，都各自回到了学校。我的世界，重回只有“我”的世界。

1. 思乡派

薛舅。

薛舅是我老家东山村，思乡派代表人物。他有五十了，一直单身，俗称光棍儿，父母也在早些年去世，落得一个人生活。薛舅曾尝试到外地打工，却都不曾超过半个月，只因想家。

最近的一次，小弟在北京承包了物业工程，雇薛舅来打工，干了十几天，薛舅要求回家，理由是想家。小弟觉得不可思议：“想家？想谁啊？家里有谁？回家不也是你自己吗？”

薛舅坚定得不容置疑：“没想谁，就是想家，我得回家。”

形单影只的薛舅，三间土房子都要塌了，还是大队扶助修葺，才算有了个不漏雨的窝。但只要薛舅说想家，就必须回家，任凭你给他多少好处，都无法阻拦。这可真是，金窝银窝不如他那个土窝。

这次回家，见到薛舅，他因患眼疾失去了一只眼睛，常年戴着一副墨镜。在家的薛舅，虽是个光棍，但过得非常快乐。你细心观察他，几乎每隔几分钟，就能看到他张嘴笑，坐在桌前炸金花，一元钱的赌注，都能乐得前仰后合。

在家的薛舅，是“光棍好，光棍乐，光棍的好处说也说不完”；在外的薛舅，是“光棍想家，你们不懂”。

八叔。

八叔是我父亲的弟弟，行八。我读初中时，第一次离家，每日熄灯后，躺在康中的大通铺上蒙着毛巾，以泪洗面，因为想家。有一次跑回家，遇见在偏房和父亲擀毡子的八叔，他冲我说：“男子汉，想啥家，没出息！”

我顶撞八叔：“你又没读过初中，怎么知道不会想家？”

要不是父亲抄起了铺毡子的散子向我怒目，我非要和八叔理论清楚想家的苦不可。

年前，八叔的儿子，行四，我四弟，把八叔和八婶接到北京生活。八叔亲自体会到了想家的滋味，隔三岔五闹着要回家，把四弟弄得哭笑不得。

一日夜里 10 点多，八叔闹着回老家。

四弟苦劝：“回家做啥去，城里什么都有，不比家里强吗？”

八叔回道：“我就感觉家里好，城里这高楼大厦的我看着就难受。出门全是车，哪都找不到哪，晕头转向，还是家里好。我要回家，你开车送我回去。”

八叔的脾气挺倔的，四弟无奈了："这都几点了，明天我送你回去。"

八叔看穿了四弟的缓兵之计："你才不会送我呢，我自己走。"

八叔收拾东西，背着小包，四弟拽都拽不住。八叔边往外走边嘀咕："我有钱，我打车回去。"

八叔拍打着自己的包："我有钱，我就是要回家。"

八叔强调的是不依赖儿子，自己照样能回家。一千多里地，打车回家，也算个不大不小的新闻了。不是钱的事儿，而是太想家。

想家的八叔，不知会不会想起我初中时，他对我想家的不解。

四弟最终还是劝住了八叔，又过了几个月，八叔渐渐习惯。这次祖母去世三周年，我见到八叔，逗他："还想家吗？"

八叔冲我嘿嘿笑："不想，想啥家啊，城里啥都有。"

八叔的脸上，放羊十几年留下的黑红色逐渐褪去，露出年轻人一样白而有光泽的皮肤。

我笑着夸八叔："白了啊，看着年轻了十几岁。"

八叔伸手挠头，有些不好意思："白了吗，没有吧？"

八叔抬手摸着自己的脸，荡漾着幸福的微笑。

三哥。

三哥是我认识的人里，思乡派的重量级人物，在外发展几十年，仍阻挡不住他滚滚的思乡之情。

一天夜里，我与三哥喝完酒，他无意中摔坏了手机。手机坏了可是个大问题，根据我多次和他喝酒的经验，每次喝多必然是要和老家人打一通电话诉说思乡之苦的。三哥鼓捣了半天，竟然将一个屏幕都不亮的手机，拨通了老家兄弟的电话。我坐在车里听他讲，后来唱歌时，他仍在讲。他大约打了两个小时，手机没电了，才作罢。

这还不算完，他接着消失了。一群人找了很多地方都找不到他，打电话肯定是关机的，因为他手机没电了。那个晚上我们都没睡好，惦记着三哥，就差没报警寻他了。

次日中午，接到了三哥的电话。原来，神奇的三哥，醉酒之后竟然驱车返回了老家敖汉。说他清醒的时候，就已在敖汉的大街上了，自己也不知道怎么回去的，但车上没有别人，定然是自己开回去的。

现在三哥已经不再开车，不是怕开车，是怕想家。

2. 离家日

每次离家，最不愿意的是拐过村口大山旁乡道的那段弯路，当大山变成背景，就意味着离开了东山村，家就越来越远了。

临行前，我去找三叔。他和八叔一样被儿子接到了城里，这次将和我一起返京。走进三叔家，首先映入眼帘的是满院干枯的荒草，能没过膝盖，想走进去都没有下脚之地。三叔房子的门窗被铁皮封着，门口铁皮下方，留有一个半米高的洞。

我喊了一声三叔，他在房内应着。我明白他是从那个洞钻进去的，也俯身钻了进去，心里想着：这个家，想进去，都要钻洞，早已不是那个家了。

屋内，所有的物件，都挂着厚厚的尘土。三叔站在里屋地上，手里拿着个胶丝袋子，门窗封死的屋内光线很暗，看不见他的表情。

我停下脚步，与三叔对望，两个人都没有说话。以往走进三叔家，迎接我的必是热腾腾的茶水，香喷喷的瓜子，和三叔三婶满脸的笑容。而今，三叔静静地站在地上，僵硬的表情，脸上写着两个字——难受。

我拿出烟，递给三叔一根，我们点燃，吸着，依然是可怕的寂静。烟在一吸一吐之间闪烁，此刻唯一有生命力的就是这忽明忽暗的烟，而我和三叔，已不知，身在哪里，家在何处。

三叔锁了门，我们相继走出他的“家”。敞开后备厢，三叔将胶丝袋子装进车，我问：“装的什么?”

三叔又拿出一根烟点上说：“荞麦皮。”

我问：“荞麦皮？做枕头?”

三叔吸着烟，打开车门坐在副驾座上说：“你三婶说城里的枕头睡着难受，让我带些荞麦皮做枕头瓤。”

三叔在东山村的家过得殷实，什么都不缺，而如今，回来只能带走一袋荞麦皮。

返京的车，从我家杏树下启动。杏树是我儿时种的，因长得过大，总遮挡屋内阳光，母亲要砍掉，父亲阻拦。父亲说：“可不能砍，哪天发山水咱俩还得上树保命呢。”

我每次都将车停在杏树下，如停在我的童年。每次走，也都缓缓在杏树下倒车，杏树结的杏很大很甜，可我已有十几年没吃过了。车缓缓驶出家门，我从后视镜看杏树，心里像吃了还未成熟的杏，酸。

汽车拐上大山旁的乡道，这是东山村的出口，像以往一样，我又想起了那句诗：“云横秦岭家何在，雪拥蓝关马不前。”

3. 一个人

大姐走了，我在城里的家，又剩下我一个人。

走进父母在我家时住的房间，耀眼的阳光打在房间的每一个角落，我想象着父母在时的场景。母亲躺在阳台的躺椅上晒太阳，她的冠心病和腰椎间盘突出都适合晒太阳；父亲躺在床上，听收音机里的评书，声音很大（他耳沉），我在对面房间关着门都能听到。

我走到阳台，从书架上拿了一本书，躺在躺椅上，晒着太阳，像母亲一样。我将书盖在脸上，回忆着父母在的每一个细节，慢慢地睡去。

醒来的时候，已是中午，有些饿，起身去寻吃的。餐桌上，有大姐走时做好的满满的、尖尖的一大盘田螺。田螺是返京前表弟东子送的。喝一口啤酒，吃一个田螺，每一口，每一个，都是想家的味道。

朋友说我："你都多大了？还想家。"

我说："可能是父母刚走，需要习惯几天。"

其实，我时不时都会想家，但我发现一个可怕的现象，即使回到了故乡，依然还会想家。我找不到家了，不知道家在哪里，在城里想故乡，而回到故乡，依然想家。

这就是我融不进的城市，回不去的故乡。

三叔说："回到家，看到破破烂烂的，这哪是家？这不是家。"

那么，家究竟在哪里？

家在哪里，家就在胶丝袋子里，来自故乡的荞麦皮。

家就在门前的杏树上，回来时是甜的，走的时候是酸的。

家就在村口的乡道上，回来时，大山壮美亲切；离家时，大山痛心悲伤。

乡情在哪里，家就在哪里。

回乡三记

第一记　故乡是腰

少年没有远方没出息，中年没有故乡没初心。随着年龄的增长，我越发对故乡产生了一种叶落归根般的情感。

对每个人都不可复制的人生来说，生在农村，拼在城市，老在故乡，无疑是一种莫大的幸运。人只有一辈子，在农村的自然纯朴中长大，走出去看看大千世界，洗尽铅华后终老于故土，是上帝最好的恩赐。

前几日，再次回到生我养我的东山村，驱车去山上找发小三喜，独见三喜媳妇在耪地，不见三喜的影子。我拿起锄头让三喜媳妇给我拍照，说心里话，我现在喜欢干各种农活，握住农具后欢乐的情绪会占领全身，谜一般的感受。去大城市走一走，你才知道你有多么眷恋故乡的那片热土。

过了一会儿，三喜骑着摩托车颠簸着来了。车造型独特，他一手扶着车把，一手打着电话，屁股底下还坐着把子锨。硌得慌不？我的三喜哥。

长着万能带皴小手的三喜很害羞，戴上了白手套。现在，我们挖甘草，动作依然很熟练，一如当年他封王于甘草界“发小军团”。我们挖的不仅是甘草，还是童年，是记忆，更是心情。我们想做东山村里永远长不大的孩子，快乐地挖着甘草。

挖到一根拇指粗的蒌子，三喜还不想挖完，他要去找更大的，在我的劝阻下挖了出来。我提醒他：万一找不到更大的咋办？事实证明，这的确是我们这次挖到的最大的一根。不得不说，顾大才子机智，请点一万个赞。

我在朋友圈晒甘草，称之为“何首乌”，好多人竟然信了。更有意思的是，当年我之所以辍学再读书之后成绩突飞猛进，就是挖到了何首乌，还吃了！真是灵丹妙药啊！别再问我是不是真的，我告诉你：我当时还吃了一半扔了一半呢，要是弄个推土机，没准还能找到我扔掉的那一半。

挖完甘草后回到我家老屋，发现窗前的杏树不见了，因遮挡屋内阳光，还是没能躲过被砍掉的命运，一同被砍的还有满院的杨树。我很伤心，这棵杏树是我儿时种下的，对我有特殊意义：像是把童年种在了杏树下。

父亲指着园子南墙边的一棵不大的杏树跟我说：“树豆，不着急，杨树已经放了，那棵杏树很快就能长得很大。”

我看着那棵小而歪的杏树，迫切地希望它没有杨树欺负以后，能早点长大，长成我那棵杏树的模样。

我在院子里转悠，数着残存下来的树，一共还剩下两棵榆树、两棵桃树、一棵枣树和一棵杏树。这些树，在存留下来后，重新组成了我记忆中故园的拼图，每一棵都被赋予了倍加珍惜的情感。

我称故乡的村落为“东山村”，其实东山本叫“西山”，后来合乡并村，改成了“新兴村”，我有点小情绪，赋予了它新的名字——东山，东山再起。

我常写故乡，也一直在思考，为什么故乡在我们心中的位置如此之重。除了情感因素以外，其实故乡是每个人的腰，有了故乡，你的腰杆才会硬，人才会硬气。如你走在一座陌生的城市里，心里总是怯生生的，而你走在故乡，心里却是无比踏实的，这就是“腰”的道理。

故乡是大后方，是大本营，守住了大后方，你才有进城打拼的资本。如诸葛亮的隆中对，让刘备进驻西蜀，有了大本营，才可图谋天下。我们这代人注定是进城的一代，又注定无法真正属于哪座城市，但是我们有故乡，无论你成败如何，故乡都会张开双臂欢迎你——回家。

故乡是腰杆，故乡是后台，故乡是阵地，只有经营好了出生之地，才可打下你心中那个金光闪闪的天下。

父亲说，六十不种树。所以我很理解他砍掉了我种下的杏树，但是我还年轻，还可以种树，我要在那里，种下很多——很多树。

第二记　游红山记

作为一个北漂多年的赤峰人，这是我第一次到红山湖。

记忆中红山湖叫红山水库，我一直以为父亲修过红山水库。父亲说，去年高家老大爷拿出珍藏的茅台。他们聊起年轻时，老大爷骑自行车载着他去修水库，车翻了，俩人栽到路边沟里。父亲回味着茅台酒的香醇，也回忆着青春往事。从他的描述，我都能体会到那一跤摔得不轻，而我却能从父亲的描述中感受到他的快乐。人生的很多事都是这样，发生的时候可能很痛苦，回忆的时候却又是宝贵的财富。

这次我又和父亲确认，父亲说，修的不是红山水库，而是孤山子水库。可能红山水库比父亲还要老，是祖父那代人修的吧？

这次回家，我特意带上了六岁的女儿。她的故乡已经不是赤峰了，而我带她看我的故乡，是想让她在儿时就喜欢上她父亲的故乡。她玩得很开心，挖了一条很壮观的渠，把湖中的水引到她的渠里。下午开车离开的时候，她还在车上跳跃着要回到红山湖继续挖。隔日我又带她来这里挖了一次，仍然是依依不舍地离开。我要让她喜欢上我的故乡，我想，无论她有多小，都一定会在脑海中存留和故乡赤峰紧密相连的一些碎片。我爱故乡，也希望她能传承这份爱。

三弟一家与我同行，我们都是从北京赶回来的。我和三弟挽起裤管在红山湖蹚水，在大赤峰明媚的阳光下，放眼望家乡美景，感受流水在脚踝处缓缓流过，惬意安详，天下最美。

小时候，三弟要去坝渠洗澡，必须先来找我，不然三婶不让去，有我领着，三婶才会放心，我就带他去练"狗刨"。有时我在忙，他就坐在我家眼巴巴地等，手里拿着条毛巾。每次从坝渠钻出来回家的路都特别艰辛，人被水泡过后，再被内蒙古高原强烈的紫外线照射，皮肤被晒得特别皱，泛白起皮，浑身痒。后来进城，在就读于大学体育系二弟的影响下，我们都学会了蛙泳，且水平相当，就经常开展游泳比赛。岁月不饶人，我总会输上零点零几秒，早知道这样，当初就不带他练"狗刨"了。

红山湖耍完，该祸害同窗了，到同学赵总的鱼塘摸蚌，还被芦苇割伤了腿。赵总说："鲁班被草叶割伤了手指，发明了锯，才子被芦苇割伤腿，准能有更大的收获。"赵总你可得了吧，疼的可是不是你！

小学同学"北丐李"请客，叫上了发小三喜，去红山撸串，一桶12斤的啤酒，三个人喝了三桶。酒醉后，再次去祸害赵总，赵总又带着我下河摸蚌，在夜里12点裸泳，冷。事实证明裸泳是对的，水能淹到胸口，幸亏我机智，不然短裤就湿了，是不是这个道理？

北丐李从小就不着调。他爹给钱让他自己买作业本子，他买吃的，上课没本子，就跟同桌借。同桌在自己本子上撕一张纸给他，他就每天拿一张纸上课，节省着写完语文，写数学的时候再翻面写。

现在，北丐李还是不着调，我们划船到对岸摸蚌时，他鼓捣着把船划回去了，而且还划不回来了，他还在对岸嘿嘿笑。

三喜也挺不着调，说好了一起下河摸蚌，结果我和赵总进去半天了，他脱了上衣又穿上了，在岸边拿着手机录我们裸泳，还配音："看看啊，顾大才子半夜三更摸嘎啦（蚌），还不穿衣服……"

三喜还说："我本来想下去，北丐李不让我下。"你可拉倒吧，三喜哥，你和北丐李，是南北双没谱，一对不着调！

无论是红山湖还是赵总的鱼塘宝河湾，在我的概念里，都是故乡。

我第一次走出东山村上初中时，只认东山村的相亲为老乡；上高中时，老乡的定义扩展到了整个康乡。

而今，我在北京遇见内蒙古人皆当作老乡。试想一下，若是我到了美国，随便遇见个中国人，都会认为是老乡的，还会介意他是否来自内蒙古吗？肯定不会。

离家越远故乡越大。

对飞上太空的杨利伟来说，当他着陆地球的那一刻，他会感叹，回家的感觉真好。他肯定不会纠结没有在他出生之地着陆，从他飞向太空那一刻起，整个地球都是他的故乡了。

感谢远离家乡的日子，让我从情感上把整个大赤峰都认为是我的故乡。

草原上有一座美丽的城，那是我可爱的家乡赤峰。

第三记　当你老了

这是本次回乡记最后一篇，如果舍不得，就请慢慢读完。

每次回故乡之前，收拾行囊，都要给父母和小辈们带一些礼品，父亲的酒、外甥的糖。记得大学时有次背了两桶可乐回去，是那种最大的桶，挤公交到北京北站，换乘火车，然后在赤峰换长途客车，一路颠簸，肩膀都压得发麻。当时可乐在东山村还是稀奇物件，我炫耀着外甥没喝过的可乐，令他心生向往。

这次也不例外，准备礼品是我每次回故乡前的一种仪式。我还特意理了头发，不论平日打扮多随意，回老家了，都想让自己体面一些。想起父亲说，头发短了不好看。多年来，按照父亲的喜好打扮自己，成了我的一种习惯。一边在镜子中看理发师工作，一边想着，这个发型父亲会不会喜欢?

回去之前，总会失眠，心情变得急切，像小时候盼着父亲带我远行。记得那年，刚刚拿到驾照的第七天，我就开车回到了故乡，还骗父亲说，找了一个驾驶员开车。其实，全程都是我一个人开的。回故乡也叫回老家，于我而言，更像是一场心灵的还乡之旅，喜欢那种离家越来越近的感觉，归来了，浪迹天涯的游子。

我跟朋友说："我老了，总想家。"朋友笑道："你才多大?"

不是说人越老越想家吗？我这么想家，肯定是老了。

回故乡的前一个晚上，阿斯塔辛虾青素公司于总，私房菜设宴小聚，席间见到了想念的仕龙三哥和提分宝典公司刘总。他们划拳，嫌我小，不带我玩，馋得我手痒。一桌好友皆为敖汉人，乡音响起，仿佛回到了魂牵梦绕的故乡——"闹汉（敖汉）"。故乡人，故乡事，都会勾起内心那个叫"想家"的情感，升腾发酵，像平静的湖面扔进了一块石头，泛起扩散的涟漪，一圈更比一圈大。

草原传奇餐饮公司徐总又请我吃饭。哎，没办法，人缘就是好！我还在高速公路上呢，徐总那边一桌人已码齐等我了。我一边开车一边感叹：徐总这次智商爆棚，知道早点下手了——以往都是回程前一个晚上到赤峰，见到他的时候就没清醒过。

徐总埋怨："你能不能别喝得'二目添汤（稀里糊涂）'的时候才来？你能不能留点量?"

好吧。这次我留着量呢，就看这包间名——"木头营子高中"，这可是我的母校，多大量能架住这名啊？留量不是我性格，喝！

喝酒之前，告诉你们一个秘密：芝麻酱里的葱花要在喝醉之前放好，不然喝多会忘的！

席间被徐总带着窟窿的裤子吸引，徐总对自己的裤子颇为得意，并作诗显摆："我牛仔裤上的窟窿，是你膝盖上的眼。"

顾大才子反击："远看一条龙，近看一窟窿，媳妇有点懒，死活不给缝。"（可千万别让徐总爱人知道）

徐总和桌上好友，多是我 2008 年写博客文章《永远的木头营子高中》时的粉丝，又跟随我到了微信公众号，可谓不离不弃，我除了感动，还是感动！

隔日，晓燕姐家宴招待，虽然是在赤峰新城区，但因我们同是东山村人，就有了家一样的感觉，如坐在自己炕上喝酒一样踏实而暖心。

我喝酒多了上脸，当然上脸不是重点。重点是东山村的颜值担当小梅姐和“诗哥”宋湛的现场吟诗，让这场朴实的聚会，升格为“以诗会友”，有诗有酒有好友，非常爽，非常嗨……

诗哥诗云：“五湖四海皆兄弟，今日一见动真情。石军晓燕设宴席，旺在小梅又重逢。与君痛饮杯中酒，一轮明月照前程。”

顾大才子打油诗：“千山万水燕南飞，诗酒江湖故乡回。莫道才子酒量小，白的红的随便吹。”（反正吹牛也不上税，吹呗）

晓燕的父母，我叫大伯和大娘。

大伯比我父亲大十几岁，俩人是忘年交，都爱喝酒。大伯威望极高，他的酒桌都是年龄相仿的朋友，年龄小的只有父亲能够上桌喝酒。我很小的时候，大伯家搬到康乡所在地开商店，父亲带我去康乡办事，去看大伯，我仰着头看父亲和大伯交谈。在童年幼小的心灵里，都能感受到父亲对大伯的尊重，年轻的父亲可以用叱咤风云来形容，我极少看到他仰着头与一个人说话，而父亲看大伯的眼神，就是那样的眼神。大伯和父亲都长得帅，父亲至今微醺时，会和我说：“树豆，东山村有两代美男子，一代是你大伯，一代是我。”

前几年，大伯去世了。

在晓燕姐家聊起帅气的大伯，晓燕姐拿出大伯的照片，我说：“像电视连续剧《上海滩》的许文强。”晓燕姐说，是个老帅哥。

大娘和我祖母交情深，祖母常带着儿时的我去大娘家看电视，东山村最早的唯一的一台12英寸的小电视机。她们聊天，我看连续剧《西游记》。晓燕姐讲，有次祖母和大娘唠嗑久了，《西游记》演完，才子难耐寂寞，跑到院中喊："奶奶，回家吧，回家吧。"大娘和祖母继续聊着，才子怒了，躺在鸡窝上骂人："我是你们孙子，我是你们孙子！"

一屋子人被才子儿时糗事逗得哈哈大笑，举杯畅饮，一醉方休。

最后一次见大娘是在2008年前后，她在北京住院，我买了果篮去看她。大娘躺在病床上，看到我进门，朝我笑。大娘用微弱的声音和我说："你是树豆，长得还和小时候一样一样的……"

和大娘交谈时间很短，她刚做完手术，身体虚弱。

在大伯去世的几年后，大娘也走了。前日我在电脑上看到旺东大哥（大娘的儿子）写的关于大娘小时候喊他回家吃饭的那个梦，深夜里对着屏幕，我感动得潸然泪下。想起那次在医院，大娘努力地嘴角上扬，朝我笑着喊我："树豆。"

一个人的乳名，只有在被故乡人喊出来的时候，才有味道。在外面别人叫我顾大才子，但在故乡人面前，特别喜欢他们喊我："树豆。"

我是顾大才子，漂在北京，根在赤峰。

旺东大哥说，人越老，越是想家。

我说，我这么想家，一定是老了。

回不去的童年

看见城里的孩子整天鼓捣手机，在手机游戏里厮杀，我就想起自己的童年，感叹这些城里的孩子太可怜，长大回忆的时候就只有巴掌大小的手机！

1. 万能牌

哥的童年，不能没有三喜。

春天来了，春天来了，田野变绿，桃树开花，我和三喜的内心都有点膨胀。

三喜长瓜脑袋，虎牙，头发永远贴着头皮，稍一变长，就被他爹按在板凳上给推了，剃头推子滋啦啦。

我在旁边看着着急，这耽误玩耍啊。我围着三喜转，来回地进行骚扰，朝三喜使眼色。于是，三喜抖动着腿，搓脚，扭身子，像一条被抓在手中不肯屈服的泥鳅。三喜爹按住他的长瓜脑袋，他再坐好，也坚持不了一分钟，又变成泥鳅。这是一场拉锯战，三喜向我龇牙，两颗虎牙领着两排参差不齐的小牙。三喜爹可能是有强迫症，三喜的头发刚冒出一些青茬，就又被推掉了。

三喜带着长瓜脑袋上新鲜的推子印，我们跑向南地小树林。杨树刚抽芽，折断的树枝，可以拧口哨。拧口哨是一门技术活，哥就不行，拧出的口哨总是吹不响，三喜则不然，他是万能的。爬树，晃着长瓜脑袋爬到树顶摘鸟窝；打片子，抡起带着皴的小手，呼啸着掀翻一切不服的片子；打出溜滑，漂亮地滑出优美的弧线，姿势美，距离远。三喜帅呆了，酷毙了。

扔土块，故乡管扔土块叫“溜炮”，还是三喜那只带皴的万能小手，站在南梁西侧大沟里振臂一挥，驻守东侧大沟的我，脑袋就被砸起了个包。王八蛋三喜，你一点也不帅。我哭着去找三喜爹，三喜爹没在家，我坐在门槛子上号。

三喜站在我身前：“哎呀，哎呀，过黄河了。”

三喜说的是我的鼻涕，已经流过了嘴唇。我才不管什么黄河不黄河，就是个号。

三喜吓坏了：“树豆，我带你去玩贼好玩的。”

我继续哭，还用手捂着脸，在手指的缝隙里看三喜，心里暗想：什么东西贼好玩呢？

三喜眨动着眼睛：“你不去我可去啦，真的贼好玩。”三喜转过身，做出要走的动作。

我不哭了，袖子蹭着过了黄河的鼻涕：“什么贼好玩的？”

我寻思再哭下去三喜爹也不知多久回来，还是见好就收，和三喜去玩吧。

三喜趴在我耳边，很小声，神秘兮兮地说：“别告诉小丫，咱们去抓屎壳郎。”

小丫是三喜的妹妹，我本来未必想玩屎壳郎，但三喜一说不告诉小丫，我又觉得应该是很好玩的，不然为什么不告诉小丫，就有了兴致。童年里，一切不告诉小丫的，都是好玩的。

三喜蹑手蹑脚的，我跟在后面，也蹑手蹑脚，生怕小丫看到，我们是两个小小的地下工作者。

屎壳郎正在山上滚驴粪球，挺忙的，沙地上一排排小脚印。我们抓了两只，太脏了，很臭，它们刚滚完驴粪球。三喜一拍脑门："臭，抓新的。"

我四处找着，新的在哪？三喜吐了一口唾沫在手心上，啪，然后双手合在一起搓了搓说："就在那些新土包下面。"

三喜说干就干，晃着长瓜脑袋，长着皴的万能小手，挖出一只只新鲜的屎壳郎。春日明媚的阳光下，三喜挖得热火朝天，鼻尖冒出浅浅的汗珠。

玉米秆，去皮，瓤做骨架，皮做连接线，扎成一辆小小的车，找几根缝衣服的线，一端拴在车上，一端拴在屎壳郎身上。屎壳郎拉车，瞧瞧我和三喜这创造力，我们应该申请世界专利，对不对？别说不对，说不对的，都是找揍型的。

屎壳郎拉着车飞快地跑，我和三喜跟在后面撵，哎呀，不告诉小丫的，确实贼好玩。

2. 坏蛋牌

三喜上学了，一年级，我也要上学，老师不要。凭啥不要我，三喜 8 岁，我也 8 岁！问题是我腊月生日，快被三喜落下一年了，这是我妈告诉我的。不行，我就要上学，这么帅的三喜，我不能没有他！我开始号！我妈给老师送了一筐鸡蛋，顾大才子上学了，可是没有课本，就一本练习册。更要命的是小宋同学也没有课本，还要跟我分享这本练习册。我的天啊，这日子没法过了。

没有课本，这都不是事儿，我有三喜哥，万能牌的，嗯哼？不服行吗？三喜有课本！

三喜对我好，可是对别人不好，一肚子坏主意，他是老师的眼线，还是个告状精。

三喜有个堂哥，叫七五，和三喜同桌。一年级学拼音，老师在黑板上写个“o”，提问七五：“这念什么？”

七五站在那，呆呆地说：“不认识。”

老师手握着柳条子敲打黑板：“看看书，念什么？”

七五低头看书，书上画着一只大公鸡，七五估计还没看懂，侧着脑袋向三喜求助。我看见三喜冲七五小声说了什么，之后七五脱口而出：“大公鸡。”

老师疯了，柳条子打在七五脑袋上叫道：“我让你大公鸡！我让你大公鸡！”

说一句话抽一下，柳条子都抽断了，才停下，七五脑袋看上去没事，但肯定起了好多包。七五这抗打击能力太强了，瞪着眼睛，没哭。我算服了。

下课我问三喜：“你跟七五说了什么？他怎么管‘o’叫大公鸡？”

三喜龇牙乐：“我说那念大公鸡，其实我也不认识。”

那可是你亲叔伯哥啊，我的三喜哥，七五被坑得不轻。

班里丢了一支钢笔，老师求助破案线索：“昨天谁最后一个走的？”

三喜噌地站起来，声音洪亮地答道："七五。"

七五脸上是怒而又怕的表情，我心想，完了，估计是七五拿的。老师把七五叫去办公室，七五又挨了一顿柳条子，钢笔就找到了。

班里又丢了东西，老师又求助，又是三喜举报："老师，我站在我家墙头看见了，七五放学以后又进班了。"

东山小学在山坡上，三喜家若是站在墙头上，的确可以看见我们的教室。

那可是你亲叔伯哥啊，我的三喜哥，七五又被坑得不轻，再次抗击柳条子，还是没哭，厉害。

还好，七五再也不拿别人东西了。这么一来，我又觉得三喜还是那个帅气的三喜，就连那两排杂乱无章的小牙，我都觉得可好看了。

下雨了，到了放学时间，老师出去办事，门还被反锁了。我们出不去，班里就乱了，都着急回家吃饭，饿啊。三喜双手拍打着桌上的书本，很有节奏，长瓜脑袋一起一伏，嘴里念念有词："老师老师快放学，我家拨的荞面条；一人一碗零一勺，回去晚了捞不着……"

我的三喜哥，拜托，要不要这么玩，本来就饿，你还说荞面条。班级被三喜的顺口溜弄得更乱了，我的肠子咕咕叫，小李子坐不住，带头钻班级门的窗户，背着书包跑了。班级门是那种上方一个"田"字的结构，"田"的四部分应该安装四块玻璃，但我们学校偷工减料，改为四块塑料布。塑料布被小李子钻出个大窟窿，有人带头以后，小学生就是墙头草，像开闸放水一样，一股脑全跑了。

我回家一看，我家倒是没吃荞面条，吃的荞面疙瘩，我已经忘记钻窗户的事儿，吃得肚皮溜圆。

第二天，老师求助线索：“谁带头钻窗户的？”

不说你们也知道了，这种事，告状的非三喜哥不可。老师开始惩罚我们，女生赦免，男生就遭罪了。全班男生被剃光头，十几个小和尚。放学后，我们背着粗布小书包，清一色的光头，简直是和尚游街！全村男女老幼叹为观止，场面极其壮观。哥这辈子，就剃过这一次光头。哥这脑袋啊，比三喜那长瓜脑袋长多了，不忍直视，记忆惨痛。

我们在前面走，三喜走在后面手舞足蹈地喊：“秃老亮，磨电棒，磨到黑天也不亮……”

三喜回家，会经过我家，所以，三喜跟着我，一路上都在喊着“秃老亮磨电棒”。你们说气人不气人？三喜还摇头晃脑龇着牙，瞅三喜牙那磕碜，两颗虎牙领着歪七扭八的两排小牙，三喜，你丑死了！

全班就俩男生没被剃光头，一个是告状精三喜，其实他那脑袋被他爹推得也没有剃的必要了。另一个幸免的是我堂哥术子，术子那天去古乡医院做阑尾炎手术，没参与此事。我还以为术子哥会笑话我们，没想到他休病假回来以后，竟然被我老奶奶剃了个“茶壶盖”，一进教室，我们那个乐啊，哄堂大笑。

术子哥啊，我的亲哥，你那茶壶盖，还不如我们这秃老亮呢。虱子多了不咬，债多了不愁，一群被惩罚的光头，这么丢人的事儿，竟然在讥笑术子哥的茶壶盖过程中，逍遥地过去了。这叫什么，五十步笑百步，我们这光头可比术子那茶壶盖好看多了。

3. 亲哥牌

下雨那天，三喜摇头摆尾地念道："大雨大雨哗哗下，北京来电话，叫我去当兵，我还没长大……"

该死的三喜，大雨是来了，家没了。滚滚山水，自南梁和西山，两个方向冲下来淹没了东山村。我爹和我妈，就连我这草刺不捏的娃娃兵都上阵了，全家六口人也没堵住。大门堵上，滔天洪水从南面带着巨浪，轰隆隆，南墙塌了。水里飘着各家的柜、被子、猪、驴等各种财物，竟无人问津，都在逃命，全村人头顶胶丝袋子到山上避难。

洪水过后，重建家园。好消息来了，洪水挟裹来有营养的泥沙，种什么都长得很好。三喜爹种了稍瓜，稍瓜刚冒出两瓣新芽，就被三喜我俩惦记上了。我们天天盼着长大。从春天到夏天，盼星星盼月亮，稍瓜果实终于长到了一支钢笔的长度，长胖长胖的，像极了三喜的长瓜脑袋。

我和三喜决定下手，为此，事前演练了各种战术。这稍瓜是有人看着的——小丫，三喜爹严令她必须看住这瓜。于是，我们决定三喜或是我在屋内缠住小丫，另一人在园子里下了手。刚摘下来的稍瓜，绿绿的，胖胖的，咬在嘴里香汁四溢，发出清脆的响声，一股香气顺着喉管向胃里冲。时间飞快，没几日，便将十几个稍瓜，收拾溜光，有的才一寸长短，顶着黄色的小花，也给吃了。

稍瓜被我俩吃了，小丫没有稍瓜吃，偷偷地去别人家园子摘，却被擒获。三喜爹把她一顿训。小丫好委屈，至今不知稍瓜被三喜我俩吃了，要知道了，没准得挠我们。

三喜的小学读得并不顺利，三天打鱼两天晒网。为什么呢，三喜家日子困难，大人下地干活，三喜与小丫必须有一个人看家，还得喂猪喂鸡，做家务。三喜上几天学，然后小丫上几天，轮流上学，轮流看家。小丫八九岁的时候就学会了做饭，做煎饼，那是我吃过的最好吃的煎饼。好吃到什么程度呢？我的另一个发小东子，家里不愁吃喝，但若来三喜家，连猫食碗里的煎饼都不放过，见着就吞。

四年级的一天，课间下课，我拿着一把木制宝剑，三喜拿着一个杨树棍，在秋风中展开对打游戏。打着打着，三喜忽然不打了，杨树棍丢在地上，倚着墙站着，黑着脸。

我很纳闷，问："咋了？三喜，怎么不打了？"

三喜眼圈红了，接着眼泪掉下来："树豆，我明天不来上学了，你好好念，放学再找我玩。"

我极少见三喜哭，他一直是个坚强的孩子，我站到三喜身边，和他一起挨着墙，侧脸看着他："为什么不念了？"

三喜抽搐着，擦拭着眼泪："让小丫念，我比她大，可我们这样轮流念，谁都念不好。"

……

三喜辍学了，看家，有时也跟他爹上山干活。我很舍不得三喜，已经习惯了跟他在一起的美好时光，没有他，课上课下都感觉失去了很多很多。

小丫背着三喜的粗布书包上学，她比我低一个年级，三年级。

我每天放学，撂下书包，有时吃饭，有时拿着个玉米面干粮，就去找三喜玩。有三喜哥，这才叫童年。但我从不主动说关于学习的事儿，我怕他难过。

三喜却经常问起我的成绩，我印象最深的，是他对我的一个委托。

那是一次期末考试前一天，我刚好和小丫班级交叉座位考试。那会儿，三喜的脸上已经有了日晒的红色，长皴的小手更加粗糙。他吞吞吐吐地跟我说："树豆，有件事我不知道该不该和你说。"

我愣了一下，三喜和我从来都是无话不谈，打了他一拳："你怎么变得和女生似的，有啥该不该说，说。"

三喜咬着嘴唇，小心翼翼，饱含期待地盯着我的眼睛："考试的时候，你能不能帮小丫做点题，她落下的太多，考不了几分。"

我觉得，这是小事，拍着他的肩："中，她们三年级的题我都会做。"

三喜又说："别告诉我爸，他知道了会训我们的。"

我一撇嘴："哎，咱俩，我啥时候背叛过你？你以为我是你啊，我剃光头你还在后面喊'秃老亮磨电棒'。"

我这么一说，三喜转忧为喜，笑了，露出两颗尖尖的虎牙："去我家吃煎饼，小丫摊的煎饼，新出锅的。"

……

但是，我没有做到。我的考试座位在前排，小丫的在后排，根本够不到，没法帮她做题。到现在，我都没敢问过，小丫那次考得怎么样，可能，这注定是一生的遗憾。

好想再剃个光头，后面跟着我的三喜哥，摇头晃脑地念："秃老亮，磨电棒，磨到黑天也不亮……"

故乡月　剑客情

故乡没有名山大河，却有蔚蓝的天空，嫩绿的青草，金黄的谷浪，更有世上最美的一轮明月。我也因此，回忆起很多事，天空中必挂着那轮月，或弯弯似小船，或圆圆似玉盘。

故乡的月，是天然的照明灯，父母坐在场院削谷穗，我躺在辐条车上数星星，耳边是动听的蟋蟀丰收曲。我在月色中安然入睡，早上醒来，天边偶会有个浅浅的月印，与太阳同在，没了光辉，多了美感。

1. 二五零

五年级暑假中的一天，月半弯，我和东子躲在玉米地头不敢回家。东子的摩托车停在不远处，是幸福牌250型。

东子是我另一个发小，比我小一岁，低我两个年级。东子微胖，头发拽直了能挨到鼻尖，戴着一副墨镜，骑着他爸那辆全村仅有的幸福250摩托车，非常有型，很拉风。东子十几岁便能驾驭这辆比他重沉很多的庞然大物。他上车先戴上墨镜，调整姿势，将油门轰到底，撒开离合，摩托车冒着滚滚黑烟，刺耳的噪声响起，人与车飞一样蹿过锈迹斑斑的大铁门，如出膛的炮弹，绝尘而去。

东子是东山村最早的飞车党，演绎着少年的速度与激情，但东子的势力范围只局限于村里到田间地头之间。东子爸不让跑远，担心出事。

这天，我家做菜少了盐，我爸交代我去康乡购买，给了 30 元钱。我想起了东子那台绝尘而去的 250。东子对去康乡之事兴致极浓，他早就想走出东山村秀车技了，只是缺少一个正当的理由。东子爸反对无效，我坐上东子的 250，俩人美滋滋地乘着风，奔康乡。

村内一路通畅，但刚上石子铺成的公路，就出了状况。迎面一头黑色母驴，领着一头看上去刚出生不久的黑色小驴驹，横穿公路。母驴见识广，躲过了东子的第一轮袭击，小驴驹眼界窄，惊恐得原地打转，被东子的 250 刮个正着。要说东子的技术还是可以的，尽管撞了驴驹子，但仍未摔倒，歪歪斜斜中扶正了车把，继续前行。

我坐在后座惊出一身冷汗，回头望，邻居杨大嫂握着一根杨树条，正奔向事发现场。我推了一下东子："回去看看吧，好像是杨大嫂家的驴。"

东子掉转车头，我们返回一看，果然，驴驹子正在哆哆嗦嗦地筛糠，顺着大腿内侧滴滴答答滴着血。杨大嫂将驴驹子的脖颈环在臂弯里，弓身查看伤情，抬头埋怨东子："这孩子，这孩子，咋不看着点……"

幸好，事发现场不远处就是兽医站，武大爷找出针线为驴驹子缝合伤口。驴驹子疼得四蹄乱蹬，从屁股处略倾斜到肚皮中间划开长长的一道伤口，伤了驴驹子的生殖器官，真是很黄很暴力。知道的是在治疗伤口，不知道的还以为武大爷在给驴做节育手术呢。

杨大嫂悻悻道："亏得是个'叫驴（公的）'驹子，'草驴（母的）'的话都不能下驹了。"

事后证明杨大嫂这种担心实在多余，下驹的前提得是驴能活，而这驴驹子不几日就死了，无论公母都无法再下驹。

当时东子还挺不忿的，但实在理亏，忍着怒气，手拿着车钥匙，拧着眉毛站着。

我历来胆小，夹着买盐的胶丝袋子，不知所措。

驴驹子的缝合手术，可不是免费的，我爸给的 30 元钱，还不太够，幸好武大爷看在乡里乡亲，也就没多要。

问题是我家的盐还没买，钱没了，我不敢回家。东子倒不是担心钱的问题，他怕杨大嫂去他家告状。杨大嫂家只隔东子家一条街，告状的话直接从自家院子喊一声都能听到。

我俩坐在玉米地头抓耳挠腮，东子去玉米地折了两根玉米秆来啃，家乡人叫"嚼甜"。东子咔吧咔吧在那嚼，我心想，这家伙心可真大，还有心思嚼甜。东子一边嚼一边说："发昏还能挡着死?"

他这么一说，我就懂了，好吧，先嚼甜，我也咔吧咔吧。

东子吐一口玉米秆碎末在地上，说："没有高粱的好，老苏家有高粱，就是大丫太厉害。"

东子曾到老苏家偷高粱秆嚼甜，被老苏的女儿大丫抱着一捆高粱给砸了一通脑袋，捆着的高粱秆都砸开花了。东子是少年里的黑社会，小孩都怕他，打架厉害，手腕用钢笔写个"忍"字，却最不能忍。可东子就是怕大丫，提起大丫就头疼。其实，大丫只比我大一岁，个子没我高，但是相当勇猛，挖甘草，长着万能带皴小手的三喜都不是对手。

我们聊着嚼甜的事情，不知不觉东山村就没了灯光，夜已深，只好回家，250没敢骑，怕惹出动静，俩人费了九牛二虎之力才把车推进东子家的偏房。

隔日，我爸倒是没训我，东子爸只说了句：“该，我说你不行，你就是不听!”

杨大嫂就不同了，二十几年后的今天，还常提起这事呢，每次提起，东子都忍不住乐，杨大嫂这记忆力也是没人能比了。

2. 三剑客

初中一年级一个周末傍晚时分，我和三喜坐在南梁的山冈上，弯弯的月牙刚刚升上杨树枝头，望向北方，东山村灯光点点。

我望着灯火，对三喜说：“咱们村是一个‘e’字形。”

我是用英语发音的“yi”，月色中，三喜没有鄙视我显摆蹩脚英语，而是充满了羡慕，说：“我也要学英语。”

三喜弯腰拾起一颗土块，后撤几步，快步如飞，挥手将土块扔向山冈下方。随着土块落地的声音，三喜说：“树豆，我又念书了，五年级。”

我之前已听说此事，并不吃惊，起身摸索着拾起一颗石子，像三喜一样，将石子扔下山冈，说：“三喜，明年就可以考初中了，好好念，准能考上，只比我低一年。”

三喜的妹妹小丫读完四年级，不念了。三喜接着读，读五年级。我对小丫和三喜的接力式读书已经习惯，并不意外。

这时候，东子来了，250摩托冒着烟，停在我们身边，南梁这种小山冈，对于飞车党东子来说，小菜一碟。停好车，拔下车钥匙，向我和三喜走来，黑天还戴着墨镜，也不知道看不看得清路。

三喜眼尖，龇着两颗虎牙问：“东子，拿的啥东西?”

月光中，我才发现东子手里拿着个长条状的东西，一端还是尖的。

东子一屁股坐在我们身旁，说：“武器，匕首。”

三喜从东子手里把匕首抢过来研究着，我也凑上去看。一个由打耗子的夹子弹板制成的“匕首”，把手本来是“U”形的，被砸直了，尖尖的一头带有明显的打磨痕迹。

三喜用“匕首”戳地，一戳一个坑，问：“还挺好使，干啥用的，扎耗子?”

东子望着村北的灯光，仿佛与村北有仇，说：“干仗，干残北头的。”

东子叙述了事情的经过，东山村的少年们，以村中的井沿为界，分成南头和北头，南头由海清率领，东子是骨干，北头领袖不详。他们约了一场架。

三喜喜欢跟风，对这场架显得很热衷，当场表示要参加，我是唯三喜马首是瞻的。好吧，干仗三人组，集结完毕，干残北头的。

东子说：“咱们得起个名号。”

三喜响应，我们三个开始冥思苦想。

三喜半天也没憋出个带响的，东子提议：“叫‘东山三壮士’咋样?”

我呸：“东子，壮士都跳崖了，还没干仗呢，你就想跳崖啊?”

东子不说话，三喜嘿嘿笑。

东子说："树豆，那你说叫啥，要不还叫咱们原来的吧。"

我和东子之前是有名号的，他是"南帝"，我是"东邪"，还有个双黄脑袋的雷子是"西毒"，井沿边上的瘦子是"北丐"。这四个名号是大人据《射雕英雄传》起的。由我们四人家住村中的四个方位而来，更重要的是我们这批孩子比较捣蛋，还很有型。后来老王搬家，到了我家前院，得名"中神通"。

三喜把"匕首"扎在地上："那不行，没有我啊。"

好吧，确实没有三喜，我也不能同意，怎么能没有我的三喜哥呢？

我想起看过的古龙小说，灵机一动："叫'三剑客'，咋样？"

三喜叫好，东子叫好，并补充："叫'村南三剑客'，干残北头的！"

好后悔没有早点看《三国演义》，不然我们叫"桃园三结义"，多霸气。

过了周末，我就去上学了，约架的事，没参与。据说海清领着南头的，和北头的那帮，没打起来，见面互相"文斗"了几句，晃晃荡荡地各自领着队伍在村里转了几圈，打架改成了"黑社会游行"，无疾而终。

东子的那把匕首，后来被海清给心爱的女孩送情书时用上了，到了女孩家大门口不敢进去，用匕首把情书扎在了大门垛子上。匕首信，搞不清楚这是示爱，还是示威！

3. 岔路口

东子读四年级，三喜读五年级，我读六年级。

初一暑假，三喜家外屋，十几岁的小丫拉着风箱，灶膛里的篝火，烤得她汗水淋漓。小丫站起身，手持木把铲子，一张张地摊煎饼。灶台勉强露出小丫的小脑袋瓜，她用力翻转煎饼，顾不上擦额头的汗珠，汗水顺着下腭滴进锅里，手忙脚乱，气喘吁吁。

三喜、东子和我，抢煎饼。小丫刚摊完一张，我们随即一抢而光。小丫一声不响地继续摊着，我们毫不顾忌地疯狂抢着。小丫摊多少，我们就吃光多少，没人想着给小丫留一张，不懂得心疼小丫。童年世界里的三剑客，是三个吃货。

吃完煎饼，用扑克推牌九，赌注是片子。别小瞧我们，虽然年纪小，但我们对赌博这一套，门儿清，什么都会。我和三喜坐庄，赢光了所有人的片子，装满了两个漆桶。我们怅然若失——独孤求败，没有对手，便失去了乐趣。一把火，把片子烧了，悲剧啊。

窄窄的月牙挂在天上，我和三喜爬上他家的偏房，坐在房脊上。三喜盯着那个残月，歪着长瓜脑袋：“树豆，告诉你一个秘密。”

我很纳闷：“你还有秘密？”

三喜一脸失落：“树豆，我考上康中了，全乡第59名，通知书在柜里。”

我很兴奋，我们终于可以在康中重聚了，不由得说：“太好了，等东子上初中，我们三剑客就到齐了。”

三喜没说话，捂着鼻子：“我爸说，不让我念了。”

我诧异，更愤怒：“为啥？为啥不让念？”

三喜抹一把鼻涕，月光里泪光点点：“不为啥，我爸就说，别念了。”

三喜说，他从柜里拿出通知书，怯生生地和他爸汇报：“爸，我考上了，全乡第59名。”

三喜爹长长地叹了一口气：“别念了……”

三喜没有问为什么，童年的世界，大人的话有绝对权威，不需要知道为什么，知道结果即可，甚至都不敢问个为什么。

这是我和三喜的岔路口，他是因为家境贫寒。

这次回老家，我问三喜爹：“老叔，小时候总见不到你人，你在忙什么呢?”

三喜爹膝盖出了毛病，走起路来，步履蹒跚：“忙什么，忙生活呗，对不住三喜啊……还有小丫……”

三喜爹老泪横流。

我和东子的岔路口出现在我第二次上初中。那时，东子在我隔壁班，同年级。他家境殷实，只因康中生活艰苦而辍学，辍学之前，曾和我商量过，问我如何说服家人同意他辍学，我还帮他出了主意。没有劝说他继续读书，是我现在最大的遗憾。那时候，我们都是孩子，看不了那么远，只知道哥们有事，应该按照他的想法去帮他实现，现在看来这个遗憾，这辈子是无法弥补了。

东子是在初一下半年辍学的，他行侠仗义，爱替我出头。后来我在高中与人发生争执时，都格外想念这个飞车党加“黑社会”的发小。常常想，若是东子在，一定冲上去打破对方的脑袋。东子其人，内战内行，外战也内行。我们也打过架，他的原则是，他可以和我打，但是别人不可以，遇事比我都冲得快，冲得猛。

三喜、东子和我，在读书的岔路口上，分道扬镳，但我与他们的情感，是难以用语言来描述的，甚至我第一次辍学时，虽有诸多原因，但一个很隐秘的原因就是想念他们，想和他们在一起，不惜以辍学为代价，向他们靠近，而最终还是走向了不同的路口。

我们至今，仍牵肠挂肚，路不同，情依旧。

这次回家，先是在三喜家喝酒，而后是在东子家，一起回忆着三剑客的青春往事，动情处，大家潸然泪下。

不知窗外，是否挂着那轮明月。但我知道，故乡的月，醉了青春；发小的情，一生不舍。

杏树下的忠诚

夏日午后的太阳是最晒的，让人脑门冒油。

我刚走出大门，就发现后院的来锁骑在他家墙头上，穿着小背心，脑门亮晶晶的汗珠格外刺眼，看起来等我半天了。

来锁向我挤眉弄眼，环顾左右后压低声音："树豆，快来。"

看他的样子，就知道准没好事儿。我也环顾左右，胡同里空无一人，大家都在睡午觉，确认安全后，我蹿上墙，与他一起骑在墙头上。

来锁的嘴唇热乎乎地挨着我的耳朵："二哥没在家，老刘头和老刘婆在睡午觉……"

我懂了，今天墙头会议的主题是——偷桃。

很难说我俩谁更害怕，"偷桃"二字一出口，我俩都看上去不自然了，哆哆嗦嗦。人在准备去干某件大事的时候，实际上比真正干上某件大事更加害怕。

我也趴在他耳边："二哥真没在家？"

来锁大汗淋漓："真没在家，我已经盯一上午了。"

老刘头家的桃子熟了，香气飘溢在空气里好几天了，我也早有下手之意。那年我十岁，来锁七岁。我俩不怕老刘头和老刘婆，但是怕他儿子“二哥”，比我俩大六七岁，我俩打不过他。

那还等什么，走吧。我俩跳下墙，穿过一条十几米长的胡同，鬼鬼祟祟地拐到了老刘头家的墙外。

站在墙根，我俩再次四下张望。我还是有些担心挨我娘的笤帚疙瘩，来锁的父母对他管教稍松一些。我说：“来锁，你进去，我在墙头给你望风。”

来锁手有残疾，右手只有三个手指，而且都比正常的手指短不少，来锁对我交代的任务竟然没有反驳，他没有说“我是残疾人，你进去偷”之类的话，而是后退助跑，噌的一下跃上了墙头，动作轻盈，看来上墙乃其强项。

他骑在墙头，先是向老刘头房门看了看，然后回头示意我：“树豆，查无异常，上来。”这句话是我根据他的表情，猜的。

我助跑，蹿上墙，骑住，张望着老刘头的房门，除了几声麻雀叫，异常安静。来锁眼睛滴溜溜转着看我，像在请示首长发号施令，我缩着脖子趴在墙头上小声说：“上。”

来锁快如闪电，直取桃树，手指不齐全的右手钩住树枝，左手撸桃子。满树的桃子个大饱满，被来锁弄得在午后的骄阳里随树摇晃着，色泽艳丽，我骑在墙头垂涎欲滴。

来锁撸着俩桃子跑到我这边，递给我，我探身接住道：“再去……”

来锁再去，忙得不亦乐乎，往返三五趟。我俩将背心掖进裤衩，桃子塞进背心，挤在裤腰位置的肚皮上，像是两个怀孕的少年。

然后，我们下墙，奔西沟。那里榆树茂密，人迹罕至，适合分赃。虽然走得不慢，但是不能跑，跑就露馅了。我俩要腆着肚子，装作若无其事。

边走来锁边问：“一共几个？”

我说：“到地方再说。”

其实，我也忘记数了，那么紧张，哪顾得上数数。

西沟榆树林里有一棵“丫”字形的榆树。我俩爬上去，分别坐在“丫”字的两个边上，开始分桃，吃桃。这桃咬一口直冒水，用现在的话说，这是“绿色食品”，而且是鲜货。手攥着桃子往裤衩上蹭两下，放在嘴边就开咬，香气溢满唇间，向喉管里冲。麻雀本已午休，被馋得躁动起来，叽叽喳喳的。如果战利品丰盛的话，我俩能吃得肚皮溜圆，如果战利品偏少，则会商量着再偷一次。总之，每次都是意犹未尽，恨桃之太少。

吃着桃，来锁问：“你说老刘头家的桃子怎么这么香呢？”

这实在是个哲学问题，我有点犯难只得说：“我也不知道，我就知道老刘头不识字，把‘肥猪满圈’横批贴到四节柜上过。”

岂料来锁黯然地说：“老刘头家的桃树快没桃了。”

的确，我俩也没感觉偷多少，竟然就这样快没了，我俩都很伤感。

来锁又说：“你奶奶家的秋白杏熟了吗？”

来锁两眼放光，我把啃完的桃核甩飞，双手锁住来锁的咽喉，用力卡他：“不准惦记我奶奶家的杏，更不准偷！”

来锁求饶：“不偷不偷，我就说说。”

我卡着他的脖子晃他：“说也不行，不准说。”

来锁被我卡得呼吸困难，脸憋红了，摇晃着脑袋说：“不说，不说，你松开我。”

我俩不欢而散，因为来锁提了我祖母家的杏。全村杏树最多的就是祖母家，12 棵杏树组成了半个园子大的杏园。

我和来锁是“偷桃双雄”，患难兄弟，但我是有原则的，不准偷我祖母家的。盗亦有道，这是我儿时不可触碰的红线。就算是跟我最好的三喜，也不可以偷我祖母家的杏。当然，三喜很讲究规矩，从没偷过。

来锁还是碰了红线。有一天午后，见他蹿进祖母家的院子墙边，正在踮脚摘杏，我大喊一声：抓贼！他抱头鼠窜，我追了二里地，没追上。他跑得太快了，逃跑亦是其强项。

吓得来锁很长一段时间，只要见到我，扭头就跑。

我可以偷全村的杏，但谁都不能偷我祖母的杏，我是有原则的。

祖母有满园杏树，杏熟了，啪嗒啪嗒落满地。但是祖母不让吃的时候，我们姐弟一大群孩子，谁都不敢吃，也不能吃。祖母的园子杏树太多，导致没法种蔬菜，结果半园杏树，半园枯草。杏熟了换鸡蛋，鸡蛋可以卖钱补贴家用，也可以改善生活。30 年前，祖母家人口众多，贫穷困难，杏树带来的收入，可以让生活变得宽裕一些。

父亲从小教育子女，不准随便吃祖母的杏，我们很听话，忍着食欲不吃。

祖母杏园东侧是我家园子，也因祖母家的杏树太多，无法种植蔬菜。一天，我跟父亲说：“爸，种几棵杏树吧。”

父亲回道：“种杏树做啥？你奶奶家多了。”

好吧，我心里想的是，祖母家的杏又不让吃。但我不敢和我爸这样说，怕他训我。

不久祖母摘满一筐杏，让我和三姐抬着去村子里卖。我俩蹒跚着绕村一个上午，有时停在村中某处，我盯着杏的神情露出贪婪之意，三姐就用祖母给的褂子把杏盖上："你要敢吃，给你告诉爸！"

生意不好，杏一个都没卖出去，我和三姐又蹒跚着把满满一筐杏抬回祖母家，我俩一个都没敢偷吃。

全村的小孩儿肯定以为我天天有杏吃呢，其实我还不如放学就掏鸡窝拿鸡蛋来换杏的北丐李吃得多。"遍身罗绮者，不是养蚕人"，我甚至偷过家里的鸡蛋去村北换杏，但祖母的杏，我从来不偷，不让吃的时候，也从来不吃。

一日，我在我家园子捡到一颗秋白杏，熟透了，白里透着红，一捏软软的，我装在衣兜里，整整一个上午都在纠结：要不要吃掉？

最后，还是没有吃，我把那颗杏拿给了祖母。她刚刚挖黄芩回来，发间还挂着草屑。

祖母一手握着铁锹，站在我面前，我擎着那颗杏，是擎着，像举行某个隆重的典礼。红灿灿的杏在阳光下耀眼夺目，我说："奶奶，杏，掉在我家园子了。"

祖母愣住了，半天缓过神，放下铁锹，接过杏，用她粗粝的手，抚摸我的脸，麻麻的，热热的。

祖母把杏托在我的嘴唇边，慈祥地看着我，层层叠叠皱纹里的双眸闪烁着晶莹的泪花。

祖母说："树豆，吃吧……树上还有……"

三年前祖母去世，如今每当我看到杏或杏树，都会想起，她慈祥的脸，温热的手掌，和晶莹的泪花，想起她说："树豆，吃吧……树上还有……"

春天来了

祖父的老屋房檐下，有一窝燕子，每年春天都准时来到，衔泥筑巢，每次都是两只，是情侣燕。

燕子在井沿啄泥，衔回来“亲”在巢上，抖动着翅膀欢快地秀几声歌喉。若是衔回一根长长的羽毛，你会看到它围着窝边，高兴得上蹿下跳，欣赏着、炫耀着自己的建筑杰作，气得房檐下的猫“喵喵”地叫着，目露凶光。

燕子的歌声，惊醒了春困的猫，猫在想：燕子你甭叫，早晚把你变成我的午餐。猫本不想参与春天的躁动，是燕子，勾起了猫的欲望。人们都以为猫很色，总是叫春，其实完全是不是那么回事，是燕子惹的祸，却被猫担了骂名。

我很小就知道，猫和燕子有仇。猫看燕子的眼神，就像我看大道上卖糖果的小贩，没钱买，也要仇恨地瞪他几眼。

在我看来，燕子和猫的仇，早晚会终结于“房檐掉下来的燕宝宝被猫吃了”。我和小贩的仇，早晚会终结于“我变得很有钱，开商店，不稀罕他的糖果”。

1. 东山盼春来

“春天来了，冰雪消融，种子发芽，果树开花，我们来到小河边，来到田野里，来到山冈上，我们找到了春天!”

全班学生坐在板凳上集体朗诵，拉着长声，像诵经。我们集体朗诵过很多篇目，唯独对此段记忆犹新，春天的字眼充满了生命力，恰合小学生骚动的心。

诵这段，根本不用看书，早已烂熟于心，像过年后根本不用看，踩在脚下的土，一天天变软，穿在身上的衣，一天天变薄，就知道，春天来了。

我家房后是一个“十”字形的路口，东山村之中心，所以我睡在房内小后屋的床上，不用出门，就知道季节变换。春天一来，透过后窗，十字路口传来张家老叔赶牛车“啊哒啊哒”的声音，村人倒粪臭烘烘的味道飘进屋内，都是春天给我送来的情报。

我对春天的盼望和母亲对春天的担忧，是成正比的。我是一颗炸弹，会不定时地爆炸，尤其是在这种季节变换的时候。

比如冬天，自来水管会被冻裂，水跑出来结成冰。我们去滑冰，不出意外的话，我会被掉入那个跑着水的冰窟窿。有一年，母亲听说有小孩掉进了冰窟窿，匆忙赶来营救，发现竟然不是我，而是张三叔家的宝力，意外的神色挂在脸上，好像在庆幸，又像在后悔白跑了一趟。

母亲愤愤地跟我说：“你甭打冰出溜，早晚掉冰窟窿里去。”

母亲笃定我会掉进去，她熟知我的套路，但凡听说有小孩子惹出什么事端，都会赶来营救，对那个惹事的小孩会是她儿子这件事，充满了自信。很可能她认为，我惹出同样的事情，只是时间的问题。

果然，知子莫若母，隔几日我便身陷冰窟窿，母亲赶来时的表情，虽然满脸愤怒，但又像一块石头终于落了地。

回到家，母亲一边给我扯了条被子盖在身上，一边把我的棉裤举在火盆上面烤。

母亲说："冻死你得了，看你还打冰出溜不打了。"

我盖住赤裸的身体，望着火盆上方升腾而起的雾气，竟然想起了罗盛教冰窟窿里救人的壮举。接着我想，冰出溜还是要打的，下次小心点就是了。

春天来了，自来水管不会再冻裂了，冰窟窿这档子警报，就算解除了。问题是，春天会浇地，坝渠会来水，在母亲看来，这无疑是新的隐患，故乡因玩水而溺亡的孩子，每年都有几个。

2. 乃多事之春

春天浇地叫"春灌"，春灌之前父亲会盼着下雨，若是下一场足够大的雨，就可以不浇地了，但这种情况发生的概率实在是小之又小。父亲在春灌和夏灌之前，总是习惯性地抬头望天空，盼雨。若是天上来些云彩，我会向父亲讨教是否会下雨。父亲的预测总是非常准确，有时已经落雨点了，但父亲说"下不起来"就真的下得很小。

我曾耐心向父亲求教，如何观云判雨。但父亲说的道理，我听不懂，加上每次有云出现，问父亲就可以，也就失去了学习的兴趣。不仅是父亲，很多村人都会观云判雨，这是农民用一生的劳作得出的技巧和经验，一时半会儿还真学不会。

那个春天，没有下雨，起码是没有下足够的雨，所以东山村进行了一年的一度的浇地——春灌。

一日放学后，我们一年级小伙伴，集体从临时教学点王老师家出门，向家移动。往日我们南头的小伙伴都是穿过一片田地，田地里的小路是一条捷径。那天刚刚浇完地，田地泥泞，透着潮气。我们停在田地边缘，讨论泥泞的田地能否撑得住我们的体重。

三喜伸出一只脚，轻轻地踩了踩，马上收回来说："不行，会陷住的。"

我也跟着试了试，感觉好像还行。我拾起一颗石子，用力投进地中间，石子完好地暴露在地上，没有陷入的迹象。

我扭头和三喜说："好像能行。"

三喜一撇嘴："行啥行，行，你先走，我们跟着。"

走就走，我从小极具冒险精神。我觉得应该用"身先士卒"来形容我，多有将军范。

我觉得应该快速通过，把书包扔给三姐，助跑，以最快的速度，向湿乎乎的田地跑去。三姐从背后拉了我一把，都没拉住，我冲进了田地。

达摩老祖有一招绝技叫"一苇渡江水上漂"，我有一招绝技叫"双脚离地泥上跑"，而且跑了五六步了都没事，得意啊！

少顷，十几步的样子，烂泥裹住了我的脚踝，没到了膝盖处，这时我终于醒悟了，还有几百米的距离，我是无法继续跑过去的。好吧，泥海无涯，回头是岸。转身向回跑，人是跑出来了，可鞋陷住了。我光着脚丫子，跑了出来，十分狼狈，有一段还是爬着走的，弄得浑身是泥。

三喜弯着腰、张着嘴、龇着虎牙乐。

三姐拉长了脸，咬着嘴唇不说话。

我甩着手上的泥，冲着三喜嚷："混蛋三喜，你还乐！你不是说让我试试吗！"

三喜跑了，我赤着脚，注意着地上的石子、草屑，垂头丧气地向家走去，享受全村人的注目礼，他们一定在惊叹：这孩子定成大器！

回到家，挨了母亲一顿笤帚疙瘩。

我认为要是三姐不从背后拉我一下，没准我能跑过那段路呢。

母亲拿着二齿镐子，去田地里给我刨鞋，一只鞋子距离地边较近，另一只鞋则不知所终，可能因离地边太远，母亲翻找了好久也没找到，弄了她一身泥。

找回来那只鞋，只剩下一只，没法穿，放在窗台上晒了很长时间，泥巴的颜色由深变浅，我每次看见它都像看一枚纪念章。

有时趁无人，偷偷冲龇牙咧嘴的鞋啐一口吐沫："浑蛋三喜。"

3. 我们叫洗澡

坝渠里玩水这件事，应该叫游泳，但故乡却称之为"洗澡"。有个朋友跟我说，他有次和人去游泳，脱口而出说"洗澡"，惹众人哄笑，特别难为情。

说起来，叫洗澡其实挺准确的：游泳这个词充满了享受，而洗澡，是在搞个人卫生，不是享受。儿时的东山村，没人家能洗澡，只有坝渠来水，才能去洗一洗，还得偷偷摸摸。

洗澡这种事，肯定不能少了我和我三喜哥。虽然他曾经怂恿我进了泥地，但记吃不记打，才是我的性格。

一个清晨，还在春灌，冷啊，极少有人会在春天浇地的时候洗澡。我和三喜站在坝渠上方，看着潺潺的流水，洗澡的欲望在内心升腾。

三喜蹲下身，把手伸进水里，迅速缩回来：“太凉了，没法洗。”

我也伸手试了试，是挺凉的。但我们还没走，坐在坝渠边上，等太阳，从来没有那样盼着太阳升高过：快快升高吧，我的太阳，把水晒热。

好不容易挨到中午，三喜又伸手试水：“好点了，差不多。”

我早已经等不及了，冲三喜喊：“脱衣服，洗。”

三喜看着光溜溜的我，脸上是一种他都觉得冷的表情。

我已经下水了，水不深，也就30厘米，我趴在水里，将双手撑在水底，做俯卧撑的姿势，双腿上下搅动。

三喜站在岸边问我：“冷吗？”

其实，我已经冷得快窒息了，但我紧咬牙关：“一点都不冷，快下来。”

据说，有一个装满了尿液的酒壶。第一个人喝了一口，臊！但他不说，别人问，就说“好喝”。接着，第二个人喝了一口，也不说真相，也说“好喝”，结果一群人都喝了尿。

这是一种什么心理？我都喝了尿了，也得让你尝尝不是？

胆小如鼠的三喜就是这么被我忽悠下来的，我都快冻死了，哪能让你在上面逍遥。

三喜下水以后，咬着牙根来打我：“树豆，浑蛋，你不是说不冷吗？冻死我了！”

我哈哈大笑，我们在水中嬉闹，水花四溅，引得路人向水中奔跑的两个光腚小子打量，不停地咧着嘴点赞：“真有钢。”

这叫什么？魄力！瞧瞧我和我三喜哥，冻得慌。

坝渠洗澡这事儿，我年年干，春灌、夏灌都不怕，不叫事儿。

最精彩的一次要数那次在闸阀井的坝渠，那里水深，很小的年纪，我拽着一根甘草秧，在水浅的地方玩，一群大人在水深的地方玩。

悲剧的是，甘草秧被我拽断了，我滑向了深处，已经喝了好几口水了。要是没人救，估计会被淹死。

王家三哥救起了我，最值得书写的不是英雄救人，而是，救起我之后我对他说：“谁让你逗我？你不在那边逗我，我就不会滑进去的。”

王家三哥的表情很无语，估计快哭了，他万万没想到，我的感谢词是这样的与众不同。

大学时，还和三喜去小山河中摸蚌，家乡叫“摸嘎啦”，三喜还是那样胆小，每次都是我先进入河中，他才小心翼翼地下水。

一手捏住鼻子，把气从肚子里吐出去，然后扎猛子，就会沉到水底，胡乱摸一气，就能有收获。那次我们摸了大半袋子，上岸的时候，看到有渔民卖鱼的船开过来，买了几斤鱼，装在袋子里。

到了三喜表姐夫大军家，三喜说：“姐夫，看，20 块钱买了一袋子鱼。”

大军吃惊的、羡慕的表情溢上脸庞：“20 块钱？这么便宜？”

三喜得意扬扬：“便宜吧，我把卖鱼的好个忽悠，本来要送给我呢，我没好意思要，给了 20 块钱。”

大军敞开袋子，看着鱼：“真不错，鱼还挺大的。”

三喜龇着虎牙："那是，小的鱼，我能要吗？"

大军佩服得五体投地，把袋子放倒在院子内，往外倒鱼。

露馅了，一两条鱼和一地河蚌。

大军上当后的尖叫："这不都是'嘎啦'吗？"

三喜嘿嘿笑，我捂着肚子，已经笑得岔气了。

洪水过后

洪水来了，浪打着浪，吼叫着，像张开血盆大口的獠牙怪兽，东边一头，西边一头，包围了我家院墙。

全家赤膊上阵，分为两个小分队。院墙大门这边水小，我妈带领我和三姐堵大门，东墙那边水大，我爸带领我大姐和我二姐堵东墙。暴雨仍在往下浇，我和三姐每人头顶着一个化肥袋子，根本不顶事儿，冻得牙齿打架。我都想撂挑子不干了，偷着看前院老王家，也是集体出动在忙活，老王穿着件蓝色的雨衣，他竟然有雨衣！

大门这边堵得不错，东墙那边情况不妙，被怪兽咬出了窟窿，洪水轰隆隆往院内冲。我爸喊我们到那边。天啊！堵住一个窟窿又出一个窟窿。洪水过了我爸的膝盖，到了我的腰，感觉这么下去，我很快要被淹死了，我才十岁，太残忍了。

我爸真疼我，他抱起我，大声下令："进屋，不堵了。"

真是亲爸。我妈不甘心，又使劲搬起一个大树根扔进窟窿处，"扑通"，树根瞬间就漂上水面，随滚滚洪流逛街去了。我们全家转移到屋内，累坏了，像六只湿透的绵羊。换衣服的时候，我妈仍盯着屋外，她在担心洪水闯进门里。

我爸拧着湿透的衣服说："没事儿，进不了屋，地基高。"

我从门口望出去，老王家在我们远离洪水怪兽后，又坚持了一小会儿，也逃了。随后，洪水轰的一下，把我们两家的伙墙冲塌，无数怪兽从他家涌进我家。

稍瓜秧不见了，尺高的蒜苗和葱不见了，最后只剩下黄瓜架还露出一尺在水面之上。房子地基高，也不知能撑多久。还好，我家院子灌满后，怪兽就不往院内冲了，吼叫着杀向村北。

我爸说："水往低处流，水面找平后，水就奔北营子了。"

不知怎么搞的，我突然很激动，没见过这场景，可得好好看看。会不会有人家被淹了呢？可不是所有人家都地基高，南头表弟东子家在个洼子里，准被淹了。不过我也救不了他，可怜的东子。

隔日，雨过天晴，我家和老王家之间，竟形成了个湖面。

我正坐在炕上吃早饭，窗外人影晃动，听到有人在喊我："树豆，树豆……"

是老王的声音，我撂下碗筷，奔向屋外，背后传来我妈的声音："干啥去，吃完饭再去……"

我妈哪拦得住我，"噌噌噌"我就蹿出了房门。

只见院内，蓝蓝的天，白白的云，黄瓜架露出水面一尺，小黄花挂着露珠，麻雀、喜鹊欢快地叫着，波光粼粼的湖面上，一个黑脸少年踏浪而来——老王。他手里握着小碗粗细的杨树棍，脚踩着一艘晃晃悠悠的竹排船，露着两个洁白的大板牙唱歌呢："微山湖上静悄悄，弹起我那心爱的琵琶，唱起那动人的歌谣……"

我家附近没有河，哪见过这种阵势，这么好玩的竹排船，我必须得参与。我四处寻找，跑到鸡窝栅栏上拔起一根木棍，也有小碗口粗。这时，老王的船开到岸边，我用力起跳，站上船头，船猛地一沉，差点翻掉，我们随着船身左右摇晃了许久。老王说："吓我一跳。"然后，他狠狠地用木棍撑地，高喊："坐稳了，开船啦！"

竹排船晃悠着向湖中驶去，船身已没入水中，水快到我们膝盖了，鞋子泡在水里。从远处看不见船，只能看见我们神奇地站在水面上，准以为我俩会"水上漂"呢。我们笑着，划过黄瓜架，溅起明亮的水花，像无数颗跳跃的珍珠。

划到淹没的稍瓜秧上面时，我问老王："哪里来的竹排船？"

老王哈哈大笑，加力划动木棍："啥竹排船，这是粪帘子！"

粪帘子是我爸往田里送粪用的大木板，有两扇门大。

粪帘子做船，木棍做桨。我们狂笑着，划过两家伙墙，划进了老王家院内湖面。

老王家的水面稍浅，船行有点费劲，有时能感觉到船身撞到地面，但我们还是要去老王家的，这是一场炫耀着的巡礼。我看书上说，乾隆皇帝下江南就是坐船，那场面也不过如此吧。

老王说："咱们划到莹莹家去，我们两家的伙墙也冲塌了。"

真是个好消息，莹莹家在老王家前院，我们三家竟然连成一体了，还是以水面连接，这不就是课本里写的威尼斯水乡吗？

我们划着，我们笑着，到了莹莹家房子后墙附近，准备进她家巡礼。

我都有点迫不及待了，忽然，耳边传来一声大喝："干啥玩意呢！"

声若洪钟，瓮声瓮气，我们回头，老王一缩脖子，龇着的洁白大板牙不见了："我爸！"

老王他爸黑着脸站在房檐下，还用手指着我们，像包公，吓人。

我不敢动，腿有些哆嗦。老王赶紧把粪帘子划向莹莹家那面还没有坍塌的墙头，他弃船而去，拄着木棍，蹿上墙，跑了。

我也拄着木棍在水里跑，稀里哗啦的水声里有慌不择路的我。

粪帘子巡礼就这样断送在老王他爸一句"干啥玩意呢"上，太可惜了。

过了两天，老王又来找我，我以为又可以巡礼了。

老王说："我发现有个地方能洗澡。"

我们这管游泳叫洗澡，老王是说，有个地方能游泳。

我问："在哪？"

老王说："北营子大坑。"

前两天我爸说，洪水奔北营子了，就是那个地方，每次洪水都会淹了那里大片的庄稼。

我不太放心："你去过了？水深吗？"

老王说："去过了，和东子去的，水不深，贼好玩。"

我决定和老王去一探究竟，我们吃过午饭，趁大人们午休，直奔北营子。

路上，老王悄悄地和我说："树豆，告诉你一个秘密，别跟人说。"

我诧异道："啥秘密？"

老王压低声音，神秘兮兮地说："我和东子拜把子（结拜）了。"

我心里不爽："啥？真的？"

老王一脸严肃："真的。"

东子是我表弟，但老王说和他拜把子以后，我感觉他们的关系比我这表亲更近了，顿时有些失落和忌妒。

他提起拜把子，我想起一件事。

三年级的冬天，我和同学七五，在五年级的海青和燕东的带领下，在西沟玩。中间海青和燕东躲到一边，商量了一件事，然后把我和七五分开问话，问我俩是否同意和他俩拜把子，我们都同意了。我和七五是那群孩子里最黑的两个，又都看着比较勇猛，有幸"拜把子"。

西沟有个小庙，不知供奉着什么神仙。我们来到小庙前举行仪式，树棍当香，插在地上，用火柴点燃。报生日，我最小，排行老四，多了三个哥。我们齐声说："不求同年同月同日生，但求同年同月同日死。"然后磕头，起身横着走成一排回家，浩浩荡荡，大摇大摆。

那阵子，因拜把子，我心情舒爽，时刻等待着大哥们吩咐做事。

好景不长，七五给我带来口信："拜把子之事不算数了。"

理由是，海青之前和北头成武拜了把子，燕东之前和南头双华拜了把子，觉得人太多了，太复杂。

我和七五落选了"把子阵营"。我很抑郁，还没做什么事，就被开除了。人多复杂，为什么先结拜的没开除，把七五我俩后结拜的开除了？说不通。

现在听到老王竟然有了把子，还是我表弟，太气人了。

我们来到北营子洪水汇集处，看到超级大的水面，可比我们划船的水面大多了。

不幸的是，水面是黄色的，漂浮着草屑、树枝。

我挠着脑袋说："咋这么脏，能洗吗？"

老王龇着大板牙笑声诡异，三下五除二脱光了衣服，跑到水中一处露出水面的墙头——应该是之前谁家垒起来的菜地，他站在墙头上向水中跳，扎猛子。

咚，水花四溅，老王不见了，过了一会儿，露出小脑袋摇晃着："树豆，下来啊。"

我看到，水面才到老王胸口，遂打消了顾虑，奔上墙头，鱼跃而下。

咚，我跳下去的位置和老王不同，水面不够深，头扎在了泥地上，有点发蒙，钻出水面的时候，满脸满头都是泥，还夹杂着羊粪。

水刚过膝盖，我抖落头上的水珠："天啊！全是泥。"

老王不屑："到我这边来，这边深。"

老王又站上墙头去扎猛子。

我不理他："就不去，我就在这边扎猛子。"

我再次站到刚刚跳下的地方，重复动作，扎进泥里。

站起来，脸更脏了，嘴里也进了沙子，硌牙。

老王被我的执拗弄得发晕："咋了？树豆，钻泥坑上瘾啊？"

我吐着沙子，站到属于我那个墙头："我乐意，就钻泥坑！"

一共跳了八次，钻泥坑，然后我站起来，甩手向岸边走去："不洗了，回家。"

老王没看懂，快快地跟着我上了岸。我们穿好衣服，向家走去。

我脚步飞快，老王一溜小跑。我不说话，老王也不说话。

到我家大门口，要分开时，我站在大门外犹豫了一下，问老王：

“你真和东子拜把子了?”

老王研究着我的表情：“是啊，怎么了？发烧了你?”

我说：“没事儿，我就问问。”

老王一脸迷茫地回家了，我转身走进大门，边走边用手拨弄头发。我们走了一路，头发里的泥沙干松了不少，一弄就哗哗地往下落，指甲缝灌满沙子，闻闻手指，一股羊粪味。

推开正房门的时候，我想：我得找个人拜把子。

撒尿魔咒

俗语说“活人不能让尿憋死”，这话不假，从初中到高中，倒是没被尿憋死，但确实把我和小伙伴憋够呛。

初中时在乡康中学就读，住的宿舍离旱厕很远，夜里撒尿就成了问题：夏天还好，冬天就麻烦大了，难道睡意正浓时起身穿好衣服跑厕所吗？天又冷，还耽误睡觉！

学校让每个班级自行组织人员，在各自宿舍门前挖了个长方体的污水坑，洗漱用完的污水便泼到里面，于是夜里我们就偷偷地往里面撒尿。之所以是偷偷地，因为这行为是学校明令禁止的，就常有学生撒尿被老师抓到，惩罚其全校“游街”。

不禁想起小学时撒尿的任性，那会儿，我们站在男生厕所一侧，把尿撒得高高的，力图撒过一墙之隔的教工厕所。有个叫天辉的师兄，因撒尿高度惊人，全校闻名。

康中的不按要求撒尿之事屡禁不止，教导主任在全校大会上说：“男生往污水坑里撒尿，你们女生也往里面撒，还要不要脸了，还要不要脸了？”

女生也怕冷，女生也不愿意起夜，还得叫个同伴走那段月黑风高没有路灯的路。女生没法往污水坑里撒尿，都是撒在边上，而且还留下来很多水坑，这让教导主任很是恼火，看上去恨不得把女生揪出来“游街”，又苦于维护女生敏感的自尊心而不能实行，只能在大会上痛斥，以解心头之恨。

撒尿还不算过分，最过分的是拉屎，要是老师发现哪个班级宿舍门前有此罪证，那个班级就惨了。

一日，我们班宿舍门前莫名出现了三泡屎。教导主任唐老师把我们班男生集合在三泡屎面前，对我们进行思想品德教育。

我心里想，这可不一定是我们班学生干的。一般来讲，但凡有点智商的人，干这种事，一定会跑到别的班宿舍门前，这样就可以避免被查到。兔子不吃窝边草，学生不拉窝边屎嘛。

但是，也没什么证据证明是别的班学生干的，就只能算在了我们班男生头上。

唐老师的惩罚措施很特别，要求我们班学生负责把这三泡黑黄不均的屎，铲到旱厕去，并分配铁锹一把。

唐老师喊：“谁是舍长，铲走一泡。”

老崔磨磨蹭蹭地站出来铲着一泡走了，看上去十分不情愿。

老崔走了以后，唐老师又冲着我们问：“谁是班长，再铲一泡。”

班长阿玉是外伙生，不在队伍里，唐老师只好继续望着我们，选合适的班干部。

我已经感觉到十分不妙，开始捂鼻子了。承蒙班主任于老师器重，我是团支部书记，太悲催了，在劫难逃，大祸临头。

果然，唐老师说：“团支部书记在不在，铲一泡。”

我拧着眉毛走出队列，端详着面前的两泡屎，打算选一个相对长相好点，又不太臭的。

这时老崔回来了，如释重负地把铁锹交给我。我只好屏住呼吸，选了一泡看上去还不错的，铲起来，在众人的注视中向旱厕走去。

一边走心里一边骂那个拉屎不看地方的家伙，中途遇见好多人，都在朝我笑，还让我们班女生看见了。我真想对她们说："不是我拉的，我只是个搬运工。"

我佝偻着腰，像镖局押镖一样把那泡屎送进了旱厕，憋死我了，深呼吸着向回走，心里在想，剩下的那泡会属于谁呢？学习委员杨双是女生，不能是她的，那极有可能是子强的了，他是生活委员，拉屎这件事听起来就是和"生活"息息相关的，由他铲，名正言顺。

果然，我拐过我班宿舍的墙角，远远地看见子强站在队伍前面，挠着脑袋向我这边瞭望，原地待命呢。

把铁锹交给子强那一刻，我竟然有点优越感，毕竟子强要铲的那泡是老崔我俩选剩下的！子强铲走了长相最丑的一泡，这个倒霉的家伙！

四年半初中生涯都是在偷偷地撒尿中度过的，本以为到了高中能有所改善，却不知，撒尿之困阴魂不散。

高中时我在木头营子高中就读。学校首先让我震惊的是宿舍，一间宿舍竟然容纳了高一年级 6 个班的男生，我的老师们骄傲地说"超级宿舍，这是吉尼斯世界纪录"。超级宿舍的确超级大，它是整幢大楼的第四层，室内两三厘米厚的木板支在地上。我们就睡在上面，通铺，每个人有很窄的一段。

宿舍有两个门卫，老金和老谢，为了管住我们这 200 多号人，入夜后会把四楼的门给锁上。随之而来的是我们的“撒尿问题”，楼内没有厕所，撒尿是需要跑到楼外旱厕的，楼门锁了，去哪撒？不能憋啊。看来撒尿难题是各个学校的顽疾。

大宿舍的门口处放了一些大花盆，里面生长着四季常青的植物，自从楼门被锁，这些植物日渐翠绿，好像吃了叶绿素一样，我知道那是200多人尿液滋养的结果。没用几天，花盆就开始散发尿臊味了，两个舍管开始抓随地撒尿的人，我们班的阿曹一不小心，就被老金抓到了。

老金问他叫什么，他说叫“刘向阳”，刘向阳是我们班另一个男生，这就有意思了。早晨，刘向阳被老金请去了舍管办公室，回来时一脸无辜。晚上老金来了，顺利地从一群人中把阿曹拎了出来，真犀利。怎么处理阿曹的，至今消息未曾传出，只记得阿曹说，他撒到欢处，老金一嗓子，他吓得尿都停了。我真担心，他被吓出个阳痿、早泄之类的毛病。

两个舍管对抓撒尿这件事很有兴趣，在舍管办公室的墙上凿了个洞，偷窥我们这200号人，我想他们一定物理学得好，懂得小孔成像的道理。花盆不能撒了，离舍管办公室太近，我们开始想其他的办法——利用方便面袋。把尿撒在方便面袋里，扔出窗外，于是，装满尿液的方便面袋伴随着午夜的一声“啪嚓”，划出一道道优美的弧线落在地上，估计还会溅起漂亮的水花，只是楼上的“尿客”和睡客无心欣赏这夜色中的波澜。有心欣赏的是隔壁老王，老王白天也不爱去厕所，抓着撒满尿液的方便面袋，脑袋探出窗外，一挥手，就听见坠落砸地的声音。然后，老王还会盯着看半天，头缩回来的时候哈哈大笑，犹如完成了一件相当了得的大事儿。

后来，在我们的千呼万唤声中，“尿桶”诞生了，尿桶的附属产品是“尿员”，就是负责倒尿桶的人，当然，谁也不愿意干，只好轮流，每天夜里，尿桶放在尿员头顶处。有些对自己的尿不负责任的撒尿人，会分配一些黄色液体到尿员的头上，而且尿桶常常不够用，尿溢出来以后迸得哪都是。尿员没少因此吃苦头，学聪明了，头朝里睡，离尿桶远了，但是离大家的臭脚丫子近了，我们戏称臭气为“二氧化硫”。

每天清晨，总能看见尿桶周围的地板上存留着大量的积尿，接着，尿员会吃力地双手拎着尿桶，左右摇摆着、蹒跚着向楼下走去，所过之处，尿液滴答不停，人人避让，会迅速闪出一条绿色通道，这通道被尿液瞬间染黄，不堪入目。

高二时我们就搬到了一楼宿舍，但仍会被锁楼门，于是晚上就跑到一楼走廊冲着墙根撒尿，走廊从冬到夏都充斥着尿臊味。

方便面袋依然很重要，龙丰牌的，从四楼扔和从一楼扔，只是高度不同，方式方法别无二致。晓东就爱用方便面袋，扔的时候还不管不顾，惹出了不小的事端。

一日，晓东嘘嘘完，随手从上铺把“龙丰牌”撇出了窗外，事有凑巧，班主任马克思前来“偷窥”。好嘛，方便面袋刚好砸在马克思头顶，可想而知，尿液没怎么浪费，给马克思从头浇了下去。

扔尿扔了班主任一身，这事儿可不是闹着玩的！马克思当时脸就绿了，要“杀人”！

此事马克思调查了一个月，我们班学生还真有刚，愣是扛着没交代是谁扔的，都说黑灯瞎火的没看清。

全宿舍的男生排着队站在办公室，挨马克思的嘴巴子，脸都被打肿了。马克思很吓人，大家的表情都是僵的，晓东的最甚。

那段时间，真是提心吊胆，生活在恐惧中，晓东为了给大家压惊，请大家吃馅饼。事情过去很长时间以后，想起来，仍然心有余悸。

现在都觉得，晓东太粗心了，真不能怪马克思，这事儿谁摊上也得急眼，太恶心了。

读补习班时，我们住在靠近操场的一排平房，夜里撒尿就方便多了，就到门前随手解决，就留下无数个水渍明显的小坑。每当课间上操，全校学生从此处路过，共同瞻仰补习班男生们沟壑万千的“绘画作品”。我们班主任中华老师，每当走到此处，看着地上的那些坑，都一边走一边撇嘴，一副不忍直视的表情。

如今母校箭桥中学已经搬入楼房，不再上旱厕，想必也不用再为撒尿发愁了。过年时回母校康乡中学转了一圈，发现依然是旱厕，且也有污水坑。我想，我的师弟师妹们，可能还在发扬着我们往污水坑撒尿的传统，就是不知道班干部们有没有像我一样，屏住呼吸铲过“屉屉”。

好尿憋不住，毕竟东流去。不能憋，憋坏身体，麻烦就大了。有条件要撒尿，没条件，创造条件也要撒尿的。

永不消逝的

风住尘香花已尽，日晚倦梳头。物是人非事事休，欲语泪先流。闻说双溪春尚好，也拟泛轻舟。只恐双溪舴艋舟，载不动许多愁。

——李清照

总以为“物是”还算个不错的结局，很多时候，物已不“是”，随风消逝去，留下光阴里的老故事。

1. 祖父老屋

老屋是三间土坯房子，墙皮里露着掺杂在泥土里的谷秆碎块，上下两扇钉着塑料布的木棱窗，家乡话叫“呱嗒嘴”窗户，还有两扇木门，一块凹形长铁条扣在一块环形铁纽上就是锁头，门闩处磨出岁月的沟痕，打开时，发出吱呀吱呀的响声。

冬季，老屋内。粉笔一样的臭虫药画满土墙，横七竖八的白色线痕；火炕，炕席中间放着烟笸箩，炕沿置有黄泥火盆，里面压着缓缓燃烧的驴粪蛋，烟雾缭绕，祖母坐在煤油灯前拨弄灯芯。

父亲坐在炕梢，唱书——唱《呼家将》。那书无头无尾，残缺不全，但父亲仍唱得津津有味，屋内七八个乡邻侧耳聆听，不时拽过烟笸箩，用粗糙的抽烟纸卷一支旱烟，吧嗒出旧时光里北方农村的味道。

有一少年，身下一只木制小板凳，炕上无位，坐在地中央，听得入神。十年后，他考取霍林河师范学校，东山村走出的第一个大学生。我叫他旺东大哥，他至今仍在诗中回忆着听父亲唱书场景，叫人要做那呼延赞，手持威风凛凛的金鞭征服天下。

祖父倚着被子垛打瞌睡，脑袋一点点埋向胸口，忽然一激灵，抬起头，眯缝着眼睛，似要听唱书，转而又将头缓缓埋向胸口。人群散去，引得村中犬吠，父亲合上泛黄的残书："大（爸），起来捂炕（铺被子）睡吧。"

祖父睁开眼，扫视屋内："啊，唱完了？"

父亲跳到地上，向自家走去："没唱完，太晚了，明天再唱……"

夏季，老屋外。园内杏树果实黄灿灿，祖母抱一摞柴草小心翼翼穿过老屋的木门，准备烧火做饭。祖父和老叔满身尘土，蹲在窗前，身侧是条子锨，身前是刚刚挖回来的甘草。祖父在为甘草分类，须子（须状茎）一垛，蒌子（根状茎）一垛，分类以后方能卖给小贩。我在屋内炕上，趔趔趄趄地奔跑，忽然，噌的一下从已经摘掉的呱嗒嘴窗户蹿出，摔在祖父的甘草堆上，接着是撕心裂肺的号叫：脑门起了硕大的包，脸也青了。

祖父丢掉手中的一根甘草，将我抱起。祖母闻声从屋内冲出，手中还握着烧火棍。祖母将我搂在怀中，揉着我头部那硕大的包："不怕，不怕，明天起疙瘩……"

多年后，祖母形容我那次的壮举，仍强调，我从窗台“飞”了出去。当时，我并没有因此收敛。几日后，祖母和老叔外出办事，我去与祖父做伴同睡，入夜莫名其妙地裹着被子翻掉在老屋的地上。这次很争气，没有号，而是吧嗒吧嗒嘴，继续睡。祖父早起捡粪，睁眼寻不到我，赤脚下地，不料踩中我的脑袋。这回，我再不号就说不过去了，一直号到祖母归来，衣兜里掏出两块猫屎蛋果子给我，我才破涕为笑。

老屋外一角，是祖父积攒的粪球。每日凌晨，他背上背筐，手持粪叉子，巡视全村，将牲畜粪便一坨坨拾回。

祖父有一把小条子锨，挖甘草专用，久了锨头变得很小，却银光闪闪，锋利无比。我也学大人挖甘草，祖父的条子锨被我窥视了很久，终归未得。一日听闻，祖父将条子锨给了二弟，不满之情爆表，找祖父理论。祖父拿着自己的新条子锨对我说：“树豆，这把锨用小了就给你……”我望着那新买的黑漆漆的锨，竟信以为真，充满期待。隔日传来，二弟拿走的条子锨，当日弄丢。祖父的新条子锨用小后是否给了我，已记不清，而童年争锨往事却历历在目。听到二弟丢锨时，内心升腾起的平衡感，仿佛就是昨天的事。

祖父老屋墙上还曾挂着一个广播，内有一块吸铁石，被我惦记了很久。终有一日，广播退出历史舞台，我将吸铁石偷来，在沙中玩耍，沙粒一个个立起来，像一群会跑的绒毛，好玩极了。

2. 东山小学

我要上学时，东山小学被一场洪水冲垮。新学校坐落在半山腰，便于防水。新学校是两排砖瓦结构的大瓦房，全村最好的房子。

我的小学同学，除了三喜，还有北丐李和西毒尉。北丐李是个瘦子，能捣蛋；西毒尉双黄脑袋，也不老实。

两排敞亮的教室中间有一排厢房，一间为水房。水房内放着一口大缸，全校师生饮水专用，缸内水上漂着一个水瓢，来人排队，拿瓢舀水，春夏秋冬都是“咕咚、咕咚”。一日，全校学生喝出了水有异味，老师在水壶中烧出的水，也出现不明味道。学生被轮番传唤，调查在北丐李身上有了突破口。有人反映，北丐李一天没喝水，这就不对了，他为什么不喝水？老师不知用了什么手段，反正北丐李交代了案情：缸内被他与同伙，撒了尿，据说还是站在缸沿上居高临下的机关枪式的撒法。不过也没什么办法，水喝下去吐不出来。现在想想，童子尿也是不错的，败火！

西毒尉的幺蛾子出得也挺多，最经典的是门牙之战。一日，西毒尉与华子嬉闹，将华子推了个大马趴，之后跑回了教室。过了一会儿，华子回到教室找到西毒尉，指着自己的门牙说：“西毒，你把我门牙摔断了。”

我也在场，看龇着牙的华子，没发现异常，只是感觉那两颗大板牙，比周围的牙略短一些。西毒尉看了半天，也觉得没断，不肯承认。华子说：“不信，我带你们去看。”

我们一群人在华子的带领下赶往事发地点，华子趴在地上，在石子与草屑中，千辛万苦找到两段半截小牙。我当时挺震惊的，摔断了不奇怪，断得这么齐，就值得惊叹了。华子将两半截门牙装在口袋里，放学拉着西毒尉去卫生所，结果可想而知，这哪能修得上。于是，这成了华子一生的惨痛记忆，到现在两颗门牙还是齐刷刷的少了半截。

我在东山小学，除了是“学霸”外，还是“连霸”，擅长“格连”。格连是一种棋类游戏，用树棍和石子区分双方势力。我格连的技术，长着万能带皴小手的三喜都自叹不如。每逢下课，我自成一派，其他男生为一派，连战群生，必将小伙伴们的群殴战或车轮战打得落花流水。

小学宋校长，听说我格连厉害，课后向我约战。校长找小学生玩游戏，多荣幸啊，但我紧张，他还给我使心理战：“听说你格连很厉害，全校第一是吧，我看也不怎么样嘛。你看你这水平，还全校第一呢……”

我的天啊，宋校长，你这?！还是饶了我吧。我被心理战打得落花流水，再不敢和宋校长提全校第一的事，他才是全校第一。

去年过年回家，打麻将遇见小学同学立新，想起他用“因为、所以”造句留下的千古名句：“因为敌人来到我们家，所以我们要保护他。”

当时老师拿教鞭把黑板敲得震天响：“你还保护敌人？你是汉奸啊你?”

说起东山小学，会想起一个叫小红的高个子女生。二年级，我和她上自习时跑到教室前面撞拐子，被老师抓到，罚我们站着听课。四年级我们在教室里打架，我拽着她的长辫，把她摔下了讲台。后来小红病了，肺结核，大概五年级的时候去世了。

她病逝那天我们全班都哭了。我除了悲伤，还内疚曾经把她摔下讲台，还害怕她在那边不原谅我……

3. 露天电影

那时候家里没电视，村里来放电影，全村男女老幼抱着褥子或棉门帘，集中在村中加工厂附近的空地。这可是轰动全村的大事件，不过我更多的是去凑热闹，对电影内容已记不清，因为我最多看到一半，就躺在母亲铺好的褥子上睡着了。

只记得有一部电影叫《别叫我疤瘌》，说那个叫疤瘌的人，小时候偷杏，被主人扔石头打破了脑袋，额头留下一个疤瘌。长大了大家还叫他疤瘌，他很不高兴，驾驶着四轮车怒气冲冲："别叫我疤瘌。"其实，也只记住了这个开头，我在乎的是去露天电影场地嬉闹撒欢，围着播放电影的机器研究，还喜欢用身体挡住投影设备，看自己的影子出现在幕布上。圆盘形的电影带经常断，得用胶布粘，人群便开始嘈杂，时间稍长会惹来骂娘之声。

那时谁家有喜事，可以花钱请放电影的人来，在自家屋里放映，全村人挤在院子透过窄窗观看。一日，村里某家请了电影，赶上东山小学上晚自习，我们不少人就逃课去看。隔日上课前，听说老师晚自习布置了作业，今天要检查。我们看电影的这帮人不知作业题目，吓得半死。三喜没去看电影，摇头摆尾地到处炫耀着自己做完作业了，还不肯告诉别人题目，一副幸灾乐祸的样子。我向三喜要作业题目，他犹豫了一下，没有给我。我很生气，觉得他背叛了我们的友情，因此和他别扭了一天。隔日，三喜带来一本武侠小说——《三侠剑》，说："树豆，可好看了。"

好吧，我这人就是心软，先看了再说，我们就和好了，忘记了因看电影耽误作业而产生的隔阂。三喜还问我电影的内容，我给他认真描述，估计他昨日就想问了，但是没告诉我作业题目，没好意思开口。

隔壁老王，坏。那会儿他上六年级，在康乡中学，我在东山小学上五年级，老王和我讲，康乡中学组织学生去大礼堂看电影《红高粱》，一个长得特别好看的女的，和一个光膀子的男的，进了高粱地……

我问老王："然后呢?"老王说："然后放映员挡住了镜头，不知道在高粱地里做了啥。"

我心生幻想，特别渴望快点上六年级，去大礼堂看《红高粱》，还希望到时候放映员能不挡镜头。但悲剧的是，哥上了六年级，学校也没组织看《红高粱》，哥上了两遍初中，也没等来高粱地里被"挡住"的剧情。

后来进了城，才看了电影《红高粱》，原来那个好看的女的叫巩俐，那个光膀子的男的叫姜文，于是，姜文成了我的偶像，没办法，盼望这片红高粱地太久，生情了。

老屋倒了，因十个全覆盖工程；小学空了，因集中办学；露天电影没了，因家里有电视和电脑。太多的事物像高个子女生小红一样，消逝在时光里，但记忆永远留存，挥之不去，每当想起，发酵出一款叫"故乡"的酒，浑厚绵长，回味无穷。

欢乐甘草季

甘草，是一种药材，故乡叫“甜草”；挖甘草，就是挖甘草的根茎，是童年周末、暑假的主要生产活动，甚至在大学暑假，我看守打瓜地，仍不忘抽空围绕瓜地周围进行挖掘。

挖甘草会成瘾，因蒌子（根状茎）的魅力无穷，扛着粗壮的一捆蒌子慢吞吞走在东山村内道路上，引来乡邻接连不断的赞叹之声。那一刻，仿佛凯旋的将军，炫耀着丰厚的战利品。

暑假是甘草季，全村男女老幼挖甘草者极多，也就留下许多美好的回忆。

1. 顾家军团

祖父。

山坡上有一支挖甘草的顾家军团，祖父、父亲、三叔、八叔和老叔，甚至我家姐弟四人，都在甘草季异常活跃。祖父是顾家军团资历最长着，但他的收获并不多，只因祖父老了。人的生命，在年老后，会向着婴儿化发展，祖父的力量相当于七八岁的我，之所以战果多于我，胜在经验。土层深处的甘草往往蒌子更粗壮，但那是属于强者的猎物，祖父和我都不在其列。祖父总能够找到，那种土层较浅的蒌子进行挖掘，无疑这也是我的最爱。我黏着祖父，像一个跟屁虫，同一地点的甘草生长很有共性，往往掘出一根土层浅的蒌子，将意味着周围还有很多。我不但力量欠缺，耐心也缺乏，常常只挖浅浅的一层，就斩断须子（须状茎），换地点从头再来。我屡屡半途而废，更像是在搞一场破坏活动。甘草秧的数量是有限的，因此我成了祖父的烦恼代名词。

祖父捋着半短不长的胡须说："树豆，你去你老叔他们那边看看，那边蒌子大。"哼，我才不上当，老叔那边深不可测，看着挖完的坑子都害怕，要是把我掉下去都爬不上来。我继续围着祖父捣乱，祖父拿我没辙。他会离开原战场，改换地点挖掘，实则是一种佯退之策，我不知有诈，就跟着他到新的战场乱挖一通。想必，祖父一定记下了那个有浅蒌子的地点，隔日再甩下我独自挖掘。

父亲。

我家偶有集体出动挖甘草，必是这年价格高涨，而6人军团，带来了一个难题：条子锨不够用。所以就悲剧了，我总是分得一条洋板锨，也就是铁锹。最弱小的士兵配备最差的装备。估计父亲也没指望我能挖到甘草，在他心里我是聊胜于无。我这么聪明，怎么能让铁锹难住？于是，"劈坑沿，捞一半，劈坑沿，捞一半……"找别人挖过的甘草坑，寻找残留品。你别说，还真的很多次"捡漏"。那个美啊，还会得到父母的夸赞，比吃饺子都香。6人军团每次都收获满满，人多力量大，积少成多，需要驴车才能将甘草拉回。每天，那辆拉着甘草的驴车，都会在沿途唱着丰收的歌。

叔叔。

叔叔中有两个战斗力极强的小团队，八叔和老叔，这俩人可不是一般战士，在挖甘草界闻名全村。祖父去世后，我也渐渐长大，常跟着他俩挖。这断然不是一个明智的选择，虽然我在娃娃兵里名列前茅，但怎能跟他俩比，每次收工时那种挫败感，犹如骑着自行车正美呢，过来一辆宝马轿车，不但呼啸而过，还溅了你一身泥土。后来我二弟参与进来，就更好玩了，他更小，成了那个挫败感最强的人，每天收工都黑着脸噘着小嘴，眼巴巴看着他们的巨大一捆。二弟想了个计策——打工。叔叔们没水的时候，他负责回去拿水，五斤的塑料桶，装满水吭哧瘪肚地来回得跑六七里地，报酬是老叔和八叔每人给一根蒌子。二弟就拿着蒌子美。我心想，你拿水这段时间，我都挖五六根蒌子了。不过，依然没有阻挡他作为小小打工仔拿水的热情。

2. 乡邻军团

杨舅。

杨舅是村北头的“上三锨”，我们形容为“能挖”。他留着小胡子，戴着旧草帽，揣着旱烟和烟袋。大家歇息时，他装一袋旱烟吧嗒吧嗒抽。杨舅之所以值得描写，不是因为抽烟，而是因为“口才帝”的身份，堪称挖甘草界的段子王。他主要擅长讲黄色笑话，我们这些小孩跟在他屁股后面挖，他边挖边给我们讲。讲那种荤嗑儿，谁谁娶了媳妇以后，夜晚从窗户传出喘息之声，等等。他的最大乐趣是把我们讲兴奋了，盯着我们的裤衩看，看有没有支起“帐篷”；若是成功支起，就抿着小胡子笑得格外开心。杨舅诲人不倦，收了俩徒弟，武家二舅和孙家大哥，这俩人比我们大五六岁的样子，成了他勾引我们拜师的资本。意思是，你看我把那俩都调教的一个比一个黄了，你们只要拜我为师，定会在黄段子界有所建树。

张叔。

杨舅的收徒行为引起了一个人的不满，南头的张叔。张叔也是“上三锨”，因家在村南头，就和杨舅形成了对立之势。张叔听说杨舅收了俩徒弟，觉得自己被压低了地位，还被赤裸裸地侵犯地盘，要收南头的我为徒。张叔极力吸纳我和三喜为徒，用以对抗北头，给我们讲驴倌兄弟老大的故事。驴倌老大和媳妇闹离婚上法院，法官调解：“你们就真一点感情没有了?”驴倌老大说：“有啥感情，天天吃棒子面干粮。”这个故事现在听，还是挺好的，但那会小啊，觉得也不黄。张叔虽收徒失败，但在我村甘草军团黄段子界，与杨舅一起，堪称“南北双黄”，继续给比我小的小孩们讲黄段子，大有发展后来人的趋势。

3. 发小军团

隔壁老王。

老王之所以挖甘草，完全是因为他爹的强行安排，他对此事根本不上心，是发小军团里的混世魔王。每次收工，都会看见老王挖的那可怜的一绺。老王擅搞怪，将数得过来的几根甘草，找出最长的两根，接在一起变得比他的身高还要高，放入另外几根之中。条子锨插在中间，大约锨杠左右各七八根的样子，极为寒酸，但惹眼之处是那两根接在一起，超级长的甘草。老王摇摇晃晃，穿村而过，那根细而长的甘草，晃荡在他的身后，吸引着乡邻的目光，他还得意扬扬，笑嘻嘻地摇头晃脑，不得不佩服老王的心理素质。有炫富的，就必有炫穷的，老王就是那个炫穷的，他仿佛在说："别看我挖的少，但是我的长啊。"一日，我与老王被看山林的人抓到，没收了条子锨，看山者令我俩去找寻一把他丢在路上的钳子。我俩找了很久，用以换回了锨，发现看山者停在林中的骡子车，忘记是谁出的主意，我们将车胎气放了，打开气阀后，狂喜着向家跑去……

三喜。

三喜是发小军团的领头人，万能带皴的小手，代表着娃娃兵挖甘草的水平，唯一能与其媲美的是假小子大丫。我和三喜整日厮混在一起，无数次分享了找到一堆大萎子的成就感。我们挖得风生水起，汗水淋漓。三喜喜好翻大坑，就是挖很大的一个坑，坑里面的所有甘草都属于他，还偶尔"吃独食"，偷偷去西沟挖。一日，我听闻三喜又在吃独食，就去西沟寻他。远远地看见，一个新鲜的土堆，土堆后面是忽隐忽现的条子锨尖，新土被不断扬出，但看不到人。我跑到跟前探查，坑里是撅着屁股挖掘的三喜，像一只疯狂打洞的土耗子。我大喊："浑蛋三喜，又在吃独食。"坑中传来三喜似笑非笑的声音："树豆，快来，好多萎子。"我愤怒道："我要是不来，你咋不告诉我这里有好多萎子呢?"当时恨不得把三喜的大坑填上，把他埋在里面。看着坑边三喜挖出来的一大捆甘草，更来气了，在边上捣乱，在他大坑边上挖，不停地挖，故意追一根爬向他大坑的爬须，把他的大坑掏漏了。三喜的长瓜脑袋本来就很多土，这下大坑一漏，三喜成了土人。三喜龇着虎牙在坑底向我怒吼："别掏了，再掏我上去整你啦。"我就不，我就掏，土继续哗哗地向坑内落。三喜急眼了，要出来揍我，悲剧的是，三喜出不来了，大坑挖得太深，我在上面心里乐开了花，嘴上当然也乐开了花："哈哈，来整我啊，来整我啊。"三喜有点害怕了："树豆，把我拽上来，给你一根萎子。"我不屑："一根萎子就想收买我，不干。"我把条子锨一扔，坐在大坑边上俯视坑内被困的三喜，瓮中捉鳖啊，心情极为舒爽，让你吃独食，让你翻大坑。三喜叫着："两根。"我想了想，还是不行："五根!"三喜一撇嘴，嘴里也进了沙子："三根，不能再多了。"那好吧，我这人就是心软："成交!"三喜得救了。

上大学时，三喜不但挖甘草，还设点收甘草。我在瓜地周围挖，发现竟然不复当年，没了往日的雄风，每次挖到的甘草，也不比隔壁老王多。扛着细细的甘草捆去找收甘草的大老板三喜，要求"估堆"——不用过秤凭目测付钱。三喜是我"亲哥"，能让我吃亏吗?我这么干，和抢钱也差不了多少。哎，都是兄弟，他的钱就是我的钱，对吧?每年三喜除了估堆照顾我以外，还会给我拿一些学费，虽然不多，但情意很重。

欢乐的甘草季，有祖父的老迈，有父叔的汗水，有黄段子的记忆，更有发小的温情。

现在想起甘草，就像想起三喜，暖心。

吃货记忆

一提起吃货，就不由自主地联想到我同学孟博士，他要知道我这么想，肯定又不乐意了。其实，在那个贫瘠的年代，每个孩童都对吃毫无抵抗力，也留下了很多有趣的记忆。

1. 冻梨

四堂弟的姥爷家是“河北”的，河北即老哈河北沿，那地方估计产梨，因此四弟家每个冬季都有很多冻梨。倒半茶碗热水，放一个黑乎乎的冻梨进去，过几分钟，揪着梨把儿拿出来，用嘴啃，劲道十足，口感极佳，冰甜冰甜的。

可是四弟喜欢独吞，经常不给我们吃。我和二弟、三弟三人就勾引四弟打牌，赌资为冻梨。平日我们不爱和他玩，嫌他年纪小。一听说打牌，四弟兴奋着，背着小书包，装满了冻梨，前来迎战。四弟的确年纪小，也没问问我们的赌资是啥，我们哥仨明明是空手套白狼，全场的赌资就是冻梨，而只有他有冻梨，我们没有。

打牌的种类为“宣战”。我扒墙头，看到四弟手中出得只剩下一盘炸和一个最小的单牌，于是我拿出手中的双王，给他看："你要敢出炸，我就用双王砸死。"四弟被我吓唬住了，不敢出炸。我把二弟、三弟放走，四弟就输了，打开小书包，冻梨像滚动的一个个小手榴弹，骨碌碌跑满了炕。二弟家的暖壶，满满一壶水还没太够，热水化冻梨，十分酸爽，吃得我们牙龈发麻。

四弟哭了，也没人哄他，都在忙着吃冻梨呢。

2. 野兔

野兔也不是很多，有两种方法可以捕获。

第一，沙枪打。沙枪开枪后会喷出散沙，准确性差，覆盖面积大，但也不是一般人能操作得了的。武家二舅有一把沙枪。一日我见他对着满杨树叽叽喳喳的麻雀开了一枪，树下空空如也，麻雀成片状四散而飞，全跑了。

李三子枪法好，常常把野兔背在肩膀上，晃晃荡荡地穿村而过，着实让人羡慕嫉妒恨。一日，我和东子爬大山，在山顶上看到山下一只飞奔的野兔。我和东子说："追。"东子开始还不想追，估计他认为不可能追得上。看到我已经追了出去，东子也跟着行动了。我们追到山脚下，不见了野兔的踪迹，我和东子说："分头找。"我们兵分两路，我在一个石头缝隙里，抓到了瑟瑟发抖的野兔，拎着腿拽出来，才发现他后腿附近正在流血。拿回家，我妈动手给炖了，香啊，撑得我肚皮疼。

隔日听闻，李三子打伤了一只野兔，但是没追上，跑了。我心里那个乐啊：追啥追，早让我吃了！

第二，下套子。撸野兔很有技术含量，大人都很少有会的，小孩就更甭提了。八叔会，但是他说套野兔有个问题：套子下完了，得常上山转悠，不然撸到野兔也会被别人捡走。因此，每当有人对八叔会撸兔子发出赞叹之声时，八婶就一句话："跑碎的鞋比兔子都值钱。"

有次，八叔懒，不肯上山转悠，四弟（八叔的儿子）和三弟、小弟三个人上了山。不一会儿，小弟捡到一只野兔，美滋滋的；又过了一会儿，三弟捡到一只，美滋滋的；四弟急眼了，漫山遍野地转悠，天黑了才回家，也没找到野兔的影子。

四弟又哭了，没人哄，三弟和小弟美滋滋地抱着自己的野兔，回家了。

3. 黄耗子

故乡管黄耗子叫"大眼贼"。夏季黄耗子多得很，随处可见烈日之下，黄耗子到处乱窜，不时还前腿离地玩站立。打瓜地的黄耗子肥，因为有打瓜吃。看瓜人就下夹子打黄耗子，每天十几个夹子都打不过来，泛滥成灾。

那时，隔壁老王放马，我放驴。一日我们路过小武哥的瓜地，赶上他正在烤黄耗子，吱吱冒油。我俩屁颠屁颠地跟在小武哥身后拾柴、打下手，每人分得半只黄耗子，香，真是人间美味。后来，老王我俩专门在小武哥的瓜地旁边放牧，蹭黄耗子吃。

我大学暑假，在山上看瓜，带着亲戚家十几岁的小男孩，抓黄耗子，烤着吃，但总没那么爱吃了。小男孩吃得大汗淋漓，我看着他，想起小时候跟着小武哥混黄耗子吃的情景，不由得发出感叹："没有吃过黄耗子的童年，是不完美的。"

4. 麻雀

烧麻雀：扭断麻雀的脖子，用泥巴糊满全身，然后直接扔进灶膛或埋在火盆的火堆里，隔几分钟就是纯天然的炭火烤麻雀了。

前提条件是，你得有麻雀。老叔是父亲兄弟里面最小的，年长我十几岁，是个孩子王。我家有个手电，当时也是个稀罕物件。我最盼望老叔来我家拿手电，那意味着他要带我去房檐掏麻雀。老叔站在墙根，我爬上他的肩头，一手握着手电，一手掏房檐里的麻雀。后来我稍大一些，老叔也成了大人，就不再带队掏房檐了，我的合作对象变成了三喜。

三喜长着皴的小手是万能的，我站在墙根，三喜站上我的肩头，他在上面左堵右掏，我在下面呼哧带喘、龇牙咧嘴。每次都掏得一身土，我妈说我是“土耗子”。掏麻雀的最大障碍不是技术问题，是怕大人训斥：自己家的房檐早已掏过八遍，掏的是别人家的房檐，被发现了就是一顿训，没准还得告家长。所以每次都像做贼一样，还得记住哪家有没有狗，不然很容易被狗咬破腚沟。

一日，二叔家收获一只麻雀，扔进了灶膛。二弟的两个姐姐和二弟守在灶坑，烧熟的麻雀由大姐分配。人多肉少，大姐将一段麻雀内脏分配给了二姐。这事儿，成了二姐多年不忘的记忆，常拿出来调侃大姐，惹得众人欢笑，二姐称麻雀内脏为“家雀屎”。

“家雀屎”倒是没吃过，但那烧熟的麻雀，毛很难弄净，带着毛吃是常有的事。

5. 米粥

初中时在康家营子乡上学，饿，每次周末回家都是一场饕餮盛宴，走时还带着各种食品。老王、东哥和我，我们走到去往康乡中学的沙窝子时，都拿出各自带的食品，进行野炊。

那会儿的我，没有了合作对象三喜，显得比较老实，更多的是在看别人表演各种贪吃闹剧。

比如，煮大米粥。康乡中学住校生睡大通铺，生炉子取暖，每晚熄灯后，总有些胆大者，将铝饭盒放在炉子上煮大米粥。我第一次上初中时，广东爱干这事；第二次上初中时，广新爱干这事。广东和广新是亲哥俩，看来煮大米粥需要“传帮带”。我开始以为他家大米充裕，后来广新向我透露：是从家里偷的。

学校严禁学生不睡觉煮大米粥吃，以免乱套。抓到煮大米粥的学生，惩罚办法是，让始作俑者端着饭盒子和里面的粥，在课间进行“游街示众”。我二哥就被这么弄过一次，前几天还有人来跟我提起他那时候的壮举，说之前不认识他，自从他端着大米粥在校园转了一圈，就认识他了。“游街示众”时，二哥只穿着一条秋裤，没穿裤子，丢人丢大发了。

6. 小鸡

高中在木头营子乡，边老师家丢了一只鸡，怀疑被学生偷吃了。作为老师，是很体贴学生疾苦的，本不想怎样，但问题出在丢的是一只老鸨子，撇下了一窝嗷嗷待哺的小鸡。边老师很是气愤，报警。

木乡公安办案效率还是很高的，不一会儿，在南树林发现了烧烤痕迹，并有重要线索留存。灰烬之中抢救出一张数学卷子残片，经数学组各位老师连夜考证，试卷是尚老师蜡纸刻的。更为惊悚的是，尚老师根据试卷上留存的笔迹，鉴定出了学生姓名，这笔迹鉴定学之高明，也是没人可比了。

于是，“烧鸡学生”被抓获。故事讲到这里，还需要一个精彩的收尾，这个豹尾，是陈老师贡献的。

陈老师坐在学校主楼前的花坛边上，闪动着两撇小胡子，和于老师吹牛：“哎呀，你不知道，警察来了打了他俩嘴巴子，他不但交代了偷鸡之事，连小时候偷杏的事情都说了……”

想起大学时期的哥们猛子，呼和浩特市人，是个胖子，有钱时胡吃海喝，没钱时到处蹭饭。他说，高中时有一阵真没钱了，发现有个哥们有一瓶维生素片，几个人每顿吃一粒，就这样坚持了好几天。

吃货是怎样炼成的：一方面因当时物资匮乏、家境贫寒；另一方面即使家境好的学生，也会被家里管制开销，家长总希望能以此锻炼孩子。

三喜买肉

仲夏午后，天气燥热，狗吐着舌头不肯缩回去，好像被翻滚的热水烫伤了。三喜家的两只猪第 108 次撞开那扇早已破烂的猪圈门子跑了出去。

房门内传来三喜媳妇的呵斥声："再不收拾猪圈门子就不和你过了，谁家过日子像咱家，破破烂烂的?!"

这时候的三喜正在玩游戏（电视上显示的是俄罗斯方块），听到媳妇的怒吼，赶紧放下手中的手柄。三喜思索：虽说只是个猪圈门子，可大小也是个木工活，我也没这手艺，得请个师傅；问题是请师傅还得花钱，就因为一个猪圈门子花钱有点不值，搞不好还得挨媳妇一顿骂。

于是。三喜想起了张白凿。俺村有四大白："张白凿，李白干，勾白编，刘白焊。"张白凿是木匠，李白干是职业帮工，勾白编会编炕席，刘白焊是铁匠。此四人的共同特点是干活基本不要钱，管饭就行。

张白凿正坐在墙根阴凉处思考人生，闻得有饭辙立即愉悦应允，拿好家把什随三喜去了。烈日之下，叮叮当当，拉开打造俺村最美猪圈门子的序幕。

三喜美滋滋地望向媳妇，对于自己没花钱就搞定一个猪圈门子的事儿感到颇有成就感。三喜媳妇仍一脸不悦，貌似还有不妥之事。

三喜很疑惑："咋啦媳妇，咋还不高兴？"

三喜媳妇认为这事根本不用问的："你说咋啦？晚上吃啥，我可跟你说家里可没什么菜，总不能干端碗吧？"

三喜："那哪行，咋也得整个硬菜，给我拿点钱，我去买点肉。"

三喜媳妇非常大度地甩出了10元大票，三喜拿起"绕把子"弄着了他那台换了八次的三轮子。这车打远看似从废品回收站弄回来的，也像从泥坑捞出来的。顾大才子坐过这车，比坐过山车还过瘾：你得两手紧紧抓住车厢边缘，还得两只脚死死蹬着，让身体像一块磁铁一样贴在车上，不然随时可能被甩出去。反正顾大才子是坐过一次再也不想坐第二次了。

十里外的康家营子乡是集市，三喜准备去买8两猪肉回来盛情款待张白凿。集市上的人不多，大热的天，在外面站几分钟就觉得脑门要被晒出油了。猪肉15块钱一斤，三喜这10元钱只能买2/3斤，那么问题来了，2/3斤是几两？卖肉的人说是6两，三喜不干，说得给7两，卖肉的不干，俩人就吵起来了。本来10块钱的肉人家就不愿意卖，三喜这么一闹，卖肉的死活不卖了。三喜一甩袖子，你不卖，老子还不买了呢！攥着10块钱钻进杨老四的电器商店，买了一盘打坦克的游戏盘，准备把游戏事业从俄罗斯方块向打坦克完美晋升一下。

三喜开着从泥坑里捞出来的三轮子"突突突"放着屁往家走，

边走边想，如何跟媳妇交差。私房钱是没有了，最后一个5毛的钢镚，昨天已经给丫头一茹和小子一全买了冰棍，那么怎么办呢？三喜想起了老苏。

老苏是三喜的邻居，老伴儿走得早，儿女都不在身边。三喜常到老苏家吹牛，两人交情不错。老苏缺了两颗门牙，镶了两颗金色的，右手小拇指被骡子缰绳勒断了一截，所以每当他伸出五个手指跟人划拳的时候，别人都以为他伸的是四个手指，他会咧嘴笑着："这可不是四，这是五，这手指头就这么长，哼，可长不上了。"老苏笑的时候，露出两颗金色的门牙。

三喜想起老苏，并不是想和老苏吹牛，而是老苏家前几天买了羊肉，没吃完的部分用绳子捆着放到房外井里了，井里凉快，老家人当它作冰箱。三喜把三轮子停在老苏家门口，见老苏家大门锁着，估计是出去打麻将了。天助三喜，跳墙进去发现老苏家的房门也锁着，三喜三步并作两步，如探囊取物，将老苏家井口的绳子拽上来，取走羊肉，又将绳子原样放回。抱着羊肉的三喜，开着放着屁的三轮子，显得格外高兴。

三喜媳妇发现三喜竟然用10元钱买了那么大一块羊肉，起码得有二斤，喜上眉梢，马上包饺子，羊肉芹菜馅的，香啊。饺子煮进锅里，三喜给老苏打电话，请老苏来吃饺子。老苏欣然前往，进门的时候正赶上三喜媳妇正站在灶台前捞饺子，热气腾腾，香气四溢。老苏眉开眼笑，露出两颗金色的门牙。这顿饺子，一桌人吃得极为舒爽。

张白凿在想，打了个猪圈门子是举手之劳，混了一顿饺子，还是羊肉芹菜馅的，不错！

老苏在想，三喜这小子还挺够意思，有好吃的还想着我这把老骨头，不错！

三喜在想，一分钱没花，猪圈门子修好了，还白吃了老苏二斤羊肉，相当不错！

几日后，老苏想起了井里的二斤羊肉，也想起了三喜，来而不往非礼也，回请三喜。于是，老苏拿起电话："三喜大馋种，带着一全小馋种来吃羊肉吧。"

三喜在炕上打滚，乐个没完，三喜媳妇直骂他神经了。三喜带着一全，跳过两家的伙墙，奔老苏家吃羊肉。

老苏站在井边，正在往上拉绳子，三喜紧绷着嘴，生怕乐出声。

老苏的表情定格在绳子底部的空空如也，惊诧地望着三喜："我的羊肉呢?"

三喜大笑："羊肉？那天你没吃?"

老苏的额头布满汗珠："哪天?"

三喜："张白凿给我打猪圈门子那天啊。"

老苏咬牙切齿："那是我的羊肉？我说怎么好心请我吃羊肉馅饺子呢?!"

三喜还是在笑，领着一全，飞似的跑了。

背后传来老苏的骂声："三喜……你个，王八犊子……"

三姑父和狗

三姑父家没有狗，也可能根本没养过狗，但三姑父喜欢狗，准确地说，三姑父是喜欢收狗的。

三姑父家在村南头，收狗的一般都是从北头来，到南头时遇见三姑父。

三姑父就和收狗的搭讪："营子中间老李家有一条大狗。那狗可大了，快赶上人高了，肥头大耳的。"

收狗的听说有人家有狗，很高兴："他家那狗卖吗?"

三姑父一本正经："卖啊，价格合适肯定卖。那狗好多年了，有点老了，但肯定卖。"

收狗的还是有些疑惑，心里一定在琢磨，刚从营子中间转过来，没听说谁家卖狗啊。

三姑父煞有介事地耐心解释："你看你咋不信呢，我告诉你他家住哪，你去就行了，他保证卖。"

收狗的兴高采烈地按照三姑父那详细的地址直奔老李家，带着即将收到一只大狗的期待。

老李有五六十岁吧，不知道为什么，村里人给起了个外号，叫"狗"。

收狗的到了老李家，老李看着一台装着狗的车停在自家门口，就明白咋回事了，随手就把鞭子抄起来了，对收狗的怒目而视。

收狗的一看这阵势，疑惑这是对着谁来的，两边看看也没别人啊，对着自己？自己来收狗，做的是合法生意，招惹这老头了？收狗的有些不解，于是小心翼翼地问老李："大爷，听说你家有条大狗，肥头大耳的，有年头了，打算卖是不？"

老李胡子上翘，手有些抖，手里的鞭子更是抖得厉害："卖，我卖你大爷卖，杂种，赶紧给我滚……"

收狗的被老李劈头盖脸一顿臭骂，带着委屈和不服走了。

就听见老李口中自言自语："王八羔子的又是××（三姑父）干的吧。"

在老李的一生中，家里来过很多收狗的，这些收狗的无一例外都是三姑父忽悠过来的，都听说这家有条肥头大耳的狗，结果都是被骂出去了。

但从两三年前开始，这些收狗的再也不到老李家去了，因为老李去世了，出去打工，结果客死他乡。据说是在砖厂打工，感冒了，也没太在意，儿女都不在身边，后来就莫名其妙地去世了。

我曾和老李做过十几年的邻居，斜对门，老李瘦骨嶙峋的，一点也不胖，那所谓的肥头大耳，纯属三姑父忽悠收狗人的噱头。我对老李印象并不深刻，反而对老李爱人很崇拜：她会剪纸，能在我家拿着过年用的挂钱彩纸，瞬间变成各种活灵活现的小动物。

老李在我心中，像故乡的很多人一样，死后模糊得像一粒沙、一滴水，掉在地上，就不见了。

老李去了，不知道三姑父现在遇见收狗的，会不会想起老李？

时光你慢些走

儿时总希望时间变快，快些长大，就能像大人一样有钱，想买什么就买什么，还不用再受父母约束，做梦都盼着。

长大了却不想让时间向前，想留住青春，有更多的时间陪伴家人、朋友，而现实是忙得不可开交，无比怀念那些曾缓慢延展的旧时光，又回不去了。

上篇：慢时光

钱钟书先生在《围城》里，描写支着手肘、抵着下巴的唐晓芙，她痴恍地望着巷口，等待着骑自行车的邮递员，背景是长满爬山虎的窗台。

我的初中，也在等着邮递员的身影，他大胡子，自行车后座挂着绿色的邮包，穿街走巷响着悦耳的车铃声。同桌东春有信，信封上印着红红的“内蒙古师范大学”几个大字，那字如巨龙般苍劲有力。雪梅也有信，落款为“内蒙古工业大学”。向慧也有信，落款为“四川大学”。我也有信，落款为“木头营子高中”。

我的信是二梁哥写来的，他在木头营子高中读书，却不是写给我的，收信人名字写着“转交三喜”。我收到的信，都不曾有打开的权利，于是更渴望知道二梁哥究竟写了什么，渴望当着全班同学的面打开一封属于我的信，引来羡慕和好奇的目光，享受全班同学的注目礼。即使是这样，我仍盼着，信由胖胖的敲钟阿姨从邮局统一带回，随手放在水房的窗台上，人群蜂拥而上去翻找，我也去找，找那封不是写给我的信。

隔壁老王精通写信术，写给校花的信，也要投到邮局门口绿绿的邮筒里，那信就开始在康乡小村兜兜转转，再回到水房窗台上。至今我仍不懂，那信是否转到县城新惠、市府赤峰或是省府呼和浩特再回来呢？兜兜转转的信，慢悠悠地转来转去，如游山玩水，美妙的旧时光味道。

二梁哥的来信，我负责转交给走读的喜华，由他当日带回东山村交给三喜。虽不是写给我的，但经了我的手，同学便知道写信之人必和我关系密切，那红红的“木中”字样，温热地盖在我的手心上。我将收信人名字盖住，不让他们看见，令他们心驰神往，向我行注目礼。

后来，我上了木中，便给很多同学写信，杨双、雪梅、向慧，甚至包括二叔家的弟弟，大舅家的表弟，我知道写信于我是爱好，于他们，是红红的印章，代表着全班的向往。不知道他们是否期盼过我的来信，而我保持着初中时对信的执着，喜欢那个立在木中主楼内扁瘦的信箱。有一次我们班信箱多了一封寄给某位老师的信，信封正面写着某市政府字样。我与君力鼓起勇气偷走，跑到角落翻看，内容难以记起，只留下销毁信件时的慌张记忆。

我苦练书法，将信封上的字写得龙飞凤舞，每一排字使用不同笔体，看上去如机器印刷一般，我努力地提高着收信人的“用户体验”，让他们快乐地收信。收到的每封信，我都不止读一遍，最常看到的字眼是：“梦想”“远方”“人生”“命运”……

高二寒假开始，我每个假期都像隔壁老王一样写信，然后骑自行车到乡里，将信投进绿绿的信筒，再用手指反复抚过窄窄的投信口，生怕没有完全投入。信写给一个女孩，而她仅在同县另一个乡而已。那信兜兜转转，一个假期最多只能收到两封回信，更多时候，是在热切地等待，在缓慢前行的慢节奏里等待。

信是那个时代信息传递的重要方式。另一种途径是村里的电话机，拨号键盘围成圆盘，每个数字都在圆孔中，拨号需将手指塞进孔内拨转。最常见的途径就是赶驴车“送信儿”了，这里的信儿不同于信，是亲自去找某人，告诉其某件事。

送信儿主题为红白喜事，一家办事儿，七大姑八大姨都送一遍信儿，往往要兵分几路进行。“××日是婚礼日期，请您去喝喜酒”，跑几十里地就为说这短短几句话，效率低得出奇，却增加了亲朋之间的走动，浓了情感。

父亲常赶着驴车去别村办事，办事必喝酒，喝完酒必不住宿，多晚都一定赶车返程，躺在驴车上，驴自己将他拉回家。路上不像现在车水马龙，那会儿没什么车，所以不会出什么乱子，最差的一次也就是驴把车拉进了打瓜地。冬季冷，出门办事先借“大氅”，也有借羊皮大衣的。羊皮大衣为手工缝制，卖相差，父亲讲究，只借大氅。后来他还买了黄色的呢大氅，薄，但是好看，父亲开始接受别人前来借大氅。

再后来就不行了，生活节奏越来越快，四轮车、摩托车、汽车、手机、电脑，信息传递日新月异，再也没人为了红白喜事赶驴车送信儿了，再也没有人给我写信了。

我对信的执着，持续到2013年从机关离开，之前虽然不写信，但每逢元旦，必写贺年卡，写很多很多，不在意能否收到回复。写贺年卡，像把旧时光的味道写进真实的生活，好似忙碌中放慢了脚步。

下篇：快节奏

故乡在2016年发生了一件大事——“十个全覆盖工程”，一年的时间里，整个内蒙古的土房子消失得无影无踪，全部变成了砖瓦结构的大小房屋，漂亮，整齐，最关键的是快，太快了，一眨眼就完成了！

快，到底好不好呢？

1785年，英国人发明了蒸汽机，距今230多年；

1866年，德国人发明了发电机，距今150多年；

大概是20世纪40年代，美国人发明了计算机，距今不到100年。

这三个人，害惨了地球人，自从所谓的某次科技革命开始后，人类就没消停过，每个最先掌握这些技术的国家，都自以为找到了统治世界的金钥匙。岂不知，你掌握了，意味着别人也即将掌握了，难道别人会坐以待毙，等着被你统治吗？世界开始了疯狂的“科技”追逐，我们的清朝君主正躺在“四大发明”上睡觉，八国联军进京把老窝给端了。怎么办，学，中国开始加入这种追逐，自此，全世界陷入了你追我赶的进程，你弄个原子弹，我搞个核试验，累不?

若是从清朝“师夷长技以自强”开始算，我们也追了100多年了，成了世界第二大经济体，但人均GDP还在中等偏下水平，路漫漫其修远兮，追、追、追!

金庸说“天下武功唯快不破”，国家在“快速超车”，民众在咬牙追赶，追来追去，整个社会都很累，追来了浮躁气，追丢了幸福感。

虽然从2005年大学毕业算起我才工作12年，但这种追逐的心态在很小的时候就已经灌进了脑海，我也以追逐之势生活几十年了。我追累了，不想追了，我害怕这种追逐到我离开世界之时，仍然没有追上，而我就那样追了一生。不追了，我要慢下来生活。

我们不是输在慢上，而是被快拖垮了，罪魁祸首就是那三个发明人，外加发明原子弹的人。

正和朋友聚会，撸胳膊挽袖子准备大口啃嚼羊蝎子，老板一个电话——回来加班。放在过去，老板骑马来也要几个小时，他还不一定能找到我，就算找到我，羊蝎子也吃完了。关键的问题是，过去慢，也没见耽误什么事。以清朝为例，交通方式是驴车、信息传递是写信，百姓喝着大碗茶在树荫下吹牛，国家却是“康乾盛世”，世界老大。现在呢，天天加班，钱多了，却感觉不如过去好呢。

汽车让距离变短，我们却要起得更早以防堵车；计算机让速度变快，我们却要一遍一遍修改发言稿。看似快了，实际上却是效率低、人疲惫，做了很多无用功。

整个社会方方面面都充斥着对快的追逐，咬着面包挤地铁，接着电话开车……瘪着肚子攒钱买房，一刻都不敢停歇，却还是无法追上房价高涨的脚步，明知追不上，还是要追。

就拿离你最近的手机来说，终于忙活了一天，夜里睡前翻翻朋友圈力图消遣一下，却被网文“霸屏”。网文大概分为三种，一类是意淫文，能将你代入为主人公，在幻想世界快速走红；二类是针砭时弊文，多为痛斥各种不公平现象，让你义愤填膺之时，不忘思考自己要快点强大起来，才能在社会中立足；三类为心灵鸡汤文，这是能找到的最适合睡前阅读的文字了，但实质上十有八九是对“成功学”的疯狂贩卖，看似鸡汤，实则鸡血，什么“狼行千里吃肉，狗行千里吃屎”，给你打上这针鸡血，让你满血复活，明日再去狂追不舍。

经济层面的无脑追逐，造成了法治滞后甚至道德沦丧，快餐文化导致无法沉淀变得庸俗，教育脱节培养出无法适应社会的另类毕业生，医疗逐利盯着红包将救死扶伤抛于脑后……人心不古，世风日下，没人停下来思考如何遵守规则，全都在向潜规则妥协——利益至上。

追求速度在很多地方都变了样。拿我的家乡内蒙古来说，大刀阔斧在搞“十个全覆盖工程”，硬化路面、强令翻新住房、靠近道路的墙体不但必须砖砌，甚至还要涂漆。客观地说，硬化路面这件事，属于公共交通范畴，是公权力分内之事，也是方便百姓的民生之举，无可厚非。但翻盖房屋这件事，可是老百姓的私事，公权力强大到不肯翻新就推平之境地，令人大跌眼镜。把所有的村庄都建设成领导愿意看到的样子，这样真的好吗？无非就是想用清一色的红砖绿瓦证明：我们发展得很快，我们过得很好，我们过得好是因为领导有方。

20世纪席卷全国的拆城运动，造成全国无数大小城市的城墙毁于一旦，就是为了快，快点建设成为欧美国家的城市样子。结果，就连首都北京的城墙都被拆了，建筑大师梁思成为此痛哭流涕。难道把城市建设成为欧美国家城市的样子，百姓就能过上世界领先的生活了吗？非也，这些暴力拆除，毁掉了成百上千年的文化，带来了千城一貌的城市格局，是畸形发展的血泪史，明白过来的时候，已经拆完了。

这种饱受诟病的拆城行动，竟然扩展到了乡村，估计开了全国先河，不出意外，也一定会前无古人，后无来者。

你的幸福感，是比较出来的。和村里人比，和城里人比，和欧美人比，你快，别人也快，可能更快，所以你仍然不幸福。大家何苦那么快呢？不如都慢下来，享受慢节奏的生活，不是挺好吗？

快，是一种病，一旦得上，根本停不下来，都试图比别人更快。送孩子上最好的学校，让老人到最好的医院看病，住比别人大的房子，最好是别墅，而这些愿望实现的前提，就是快，我们都是“快”的奴隶，都被“快”绑架了。

不是想快，而是害怕比别人慢，个人如此，国家也一样。我们受过“慢”的伤，也就染上了“快”的病。

停下来回忆一下吧，摊开手掌，看看那些旧时光，有没有在手心的纹理中缓缓浸下零星的符号；回放“电影”，品品那些老故事，有没有在大脑的缝隙里留有岁月慢慢延展的温存。

停下来思考一下吧，快无止境，唯慢不破。

第三部分

三千米沙路

始于远方

东山村很小，父亲说，有200多户人家，1000多口人。它太小，也许就是远方在我心中滋长的根由，而大，导致山外面的世界成了充满神秘感、无法抗拒的诱惑。

乡村的闭塞之感，令我至今记得每一步拓宽的印痕，像一些老照片，挂满了记忆的墙壁。不止一次回想起，六七岁时我由老姑携领，踏出了东山村的土地，抵达十几里地之外的乡里。甚至，我还第一次坐了公交车，那摇摇晃晃的颠簸宛如梦境一般，烙在了心，刻入了骨。

远方在哪里？远方有什么？没有人愿意对着孩童讲述他看到的远方，去过远方的人本来就少之又少，我要七拐八绕才能听到他们的描述，而这种听到，就越发勾起我对远方的炽烈向往，远方之火，熊熊燃烧。

1. 他们到过远方

韩长脖。

记忆中的韩长脖是模糊的，甚至脖子到底长不长都无法确定，只记得貌似一张煞白的脸。韩长脖是村里第一个走向远方的人，与读书无关，而是打工。韩长脖每年都会回来一次，每一次都会被议论很久。“韩长脖又领回来一个媳妇”“韩长脖真有本事，每年都换媳妇”。我倒是对韩长脖神出鬼没般更换的媳妇没什么兴趣，但仍无法阻挡韩长脖对我的影响，因为他占领了舆论的风口。若是你不变成一个聋子，就必须每年一次接受他刮起的舆论风暴。总换媳妇，不是韩长脖吸引我的关键，关键是远方，他见过远方，这是雄厚的资本，更是无法抵挡的引诱。

叔叔们。

老叔和八叔在我入小学前到北京打过工，拿回一个银色香烟盒，内壁有两个金属片，像弹簧一样，可以夹住香烟，盒外有个按钮，按一下，香烟盒自动弹开。银色香烟盒是我与神秘北京的初相识，我黏着他们，企图获取更多信息，但听到的是反复提及的“没拿回工钱，老板跑了”。再后来，香烟盒变换成一把镰刀，俗称稻镰，是三叔和八叔从盘锦割苇子带回来的。那稻镰质地精良，绝对是中国农具中的佼佼者，当时家里还用镰刀头，自己安一个木头把儿，而盘锦来的稻镰锋利无比。在童年幼小的心里感叹，城市就是不一样，镰刀都这么厉害。那年全村浩浩荡荡割苇子的大部队，没有赚回一分钱，而这把稻镰其实相当于三叔的工资。八叔更惨，两手空空。在回程的一条盘山路，大客车刹车失灵，陡峭的山路，司机愣是用“挡”控制车速，跌跌撞撞向下冲。八叔的鼻子撞在车门上，鼻血奔涌，全车人都吓丢了魂。到山下时，司机的棉袄如被水浸过，完全湿透——还好，虎口脱险。领头人老苏回到村里，抱头痛哭，七尺男儿哭道“差点没回来”，鼻涕眼泪一大把。大人们死里逃生的痛苦经历，却被我和小伙伴演绎成起伏跌宕的远方故事，热议了许久。

小武哥。

高中时，有很多去城市打工的年轻人，回来后，男孩衣着光鲜，梳着城里人的发型；女孩浓妆艳抹，如白骨精。他们以最直观的方式炫耀着自己曾到过远方，生怕被人忽略，夸张得鲜衣上身，浓妆上脸。他们对少年的影响极大，因年龄相近，少年会感到那是自己未来几年或者马上应该走的路，且是踮起脚尖就可以够到的真实存在。他们得逞了，我甚至想着不如辍学去打工，去看大千世界。邻居小武哥和我说：“好好读书吧，你别看每次我从城里回来穿得人模狗样，其实在城里挖下水道跟鳖孙子似的，只是回家之前买身好看的衣服，买衣服的钱都是借的。”小武哥试图告诉我真相，激励我读书，孰料，我已对远方着魔，听他的描述竟热血沸腾。

2. 他们来自远方

小何。

小何是个中年人，剃着光头，家在大连。小何是三姑父的朋友，后来又和二叔相熟，就常于寒暑假出现在东山村。小何只要出现，我就会追着他的脚步，往三姑父或者二叔家跑，山外面来的人，新奇，听他吹牛，听他滔滔不绝地讲述着未知的美好事物。至于小何是不是城市人，在我心中并没有那么重要，重要的是他代表着远方，知道山外面的世界。小何带来了一种新的扑克牌玩法，类似于炸金花，在我的小伙伴中传开，新鲜感十足。最让我感兴趣的不是这些，而是小何说话的口音，浓重的方言腔调，似来自外星，我模仿他说话，招致母亲的训斥，但越是禁止，反而越想拥有。我以为广播电视里的声音与我一般无二，而小何不同，这让我更加笃定远方的人与事，都比东山村高很多个段位。

老钟。

我没见过老钟，但老钟这个远方来客，留给了东山村一个巨大的阴影。没人知道老钟从哪里来，老钟是来找古墓的，不知是摸金校尉还是发丘将军的派别。我们村随着红山文化热，变成了远近闻名的古董村，老钟就是冲着古董村的名望来的。有一次造成村人丢了性命，被埋在古墓中，据说他是弯腰去研究一块瓷片，接着，挖开的古墓坍塌了。老钟跑了，留下村人的孤儿寡母和挥之不去的阴影。老钟让我明白，远方似乎没有我想象的那般友好。

3. 我要去远方

在我到达远方之前，离我最近的远方，是村里的老张。老张手有残疾，日子过得不济，没有留住媳妇，就去了我梦寐以求的远方——北京，而后竟富裕起来。此时韩长脖已经消失多年，老张像是接班人，带回远方与城市的描述，当然也会像韩长脖一样占领舆论的制高点：“老张有钱了，就在北京捡矿泉水瓶”“老张还有残疾，北京的警察拿他也没办法”。老张好酷，我竟想象自己有点残疾，以加速抵达日夜追逐的远方。

远方最大的魅力，是城市，这令每个农村孩子从小魂牵梦绕。我真正去探寻远方，是从高中开始的。中国的城市绝大多数是按照建制的高低决定霓虹灯的数量，所以，探寻就从最近的县城所在地“新惠”开始。

是隔壁老王带我去新惠的。他对远方的追逐和实践，都要比我早，总能找到理由在周末跑一次新惠。而每次归来，都如镀金一般，那种“去过新惠”的成就感会持续一段时间、吸引大片羡慕之情，仿佛攀爬到了另一个更高的阶层，可以俯瞰“没去过新惠”的芸芸众生。老王带我去医院看病，我的病是身上起红点。新惠的医生果然没有背离“城市方方面面都高于农村”的判断，他很肯定地诊断我为“过敏性紫癜”，他太棒了，让我再次对远方刮目相看。老王还带我去小商品市场，我忘记买了什么物件，或许根本没有买什么，因我本就是来探寻远方的，不需要买什么。

我时刻都想超越老王，去远方，终于，机会来了。高考落榜那年暑假，表弟在赤峰住院，我又沉浸在落榜的低迷情绪之中，出去散心成了一个很好的理由，我踏上了去地级市的探险之旅。中途我还在同学晓静家的四道湾镇停留一日，顺便看了看她家这个不太远的远方。赤峰城很让我震撼，超级大，大到我厌恶东山村那窄窄的、泥泞的道路，大到让我神魂颠倒、流连忘返。赤峰城都这么大，那北京呢？我的天啊，我不做井底之蛙！

美女姚是大城市赤峰人，去她家，是我第一次踏进漂亮的楼房里的人家。尽管我曾无数次想象这种场景，但当它真实地发生，我还是慌张地站在门口，望着地上的拖鞋，装作不那么生疏地换上，而我并不知道城里人进门是否需要换拖鞋。这个不知正确答案的自由发挥，缠绕着整个进餐过程，也因此忘了究竟在城里人家吃饭是怎样一种感受，担心着若是出了差错，会弄丢乡下人敏感的自尊。

2001年，我终于抵达梦里的远方——首都北京。大一暑假，我在山上和挖甘草的霍家三大爷聊天。他听说我在北京上大学，感叹道："天子脚下，别说天天在那儿上学，就说咱老庄稼人，一辈子也不去一次北京啊!"说着，三大爷把条子锨用力向坑里一扔，"切……"他口中窜出快如闪电的吐沫星子，仿佛一锨能把自己送到北京。

远方，有城市的高楼大厦，房间里就有厕所，冰箱门一打开想吃什么水果、喝什么饮料，应有尽有。

每个农村长大的孩子，都会从儿时筑起一个梦想——探寻远方，走进城市。

火　　车

我喜欢坐火车旅行，最好能是慢车，慢到能够忘我地想着自己的心事而不被打扰；我更喜欢沿着铁路徒步前行，最好能和着春风，伴着绿树抽芽，像是一场雄赳赳气昂昂的挥师远征。

到我在城里买房子的时候，特意选了临近铁路的一栋楼。朋友不解，开玩笑说我是个“恋火车狂”，有“自虐症”，我一笑了之。很多事情，角度不同，结论就不同。我是从欣赏的角度去看这条铁路的。坚韧不拔的铁轨、风雨无阻的火车，难道不值得我们欣赏吗？立于窗前，看威风凛凛的铁轨插入云霄，看满载货物或者旅客的列车风驰电掣，这是何等的威武，何等的霸气！

那火车，穿云而过，扣人心弦，撼人心魄。

几岁时我就对火车着迷，三姨蛊惑我说，她家紧邻一条铁路，火车跑得比飞机都快。我听了以后，看火车的想法如蒿草一般在内心疯长，死活要跟着去三姨家。她家离我家足有一百里，我从小以爱冒傻话著称，父母怕我去了丢人，强力阻止。三姨走的时候我紧追不舍，城里人喜欢说追了几条街，而执着的我，追出去三个山冈！

第一次见到火车是中考时。中考考场外是一条铁路，黄昏时我和几个同伴费尽力气跳过学校高高的院墙，目睹了传说中的火车和铁路。同伴百生说，把一个大钱用粘胶布粘在铁轨上，火车碾过去，大钱的四周就会被轧得锋利无比。我觉得这事儿靠谱，可是我们没有大钱，百生有一个钢镚，还没有粘胶布，就小心翼翼地把钢镚放在了铁轨上。火车开过去时我们望眼欲穿，然后飞奔到铁路上，硬币掉入铁轨缝隙里完好如初，毫不锋利。同伴林宝见到铁路目露凶光，拉着一根粗大的树枝要放到铁轨上。这是他第二次中考，据他说，去年他来这里考试，搬着一块大石头想放在铁路上阻止火车前进，结果从火车驾驶室里泼出一杯茶水把他浇成了落汤鸡，他还挨了骂。这次他是来报仇的，说要等火车过来的时候把树枝放上去，气死开火车的。我很怀疑两次开火车的是否能是同一个家伙，林宝这明显是“病急乱投医”。迎面而来的火车拉着很多巨大的松木，林宝奋力向铁轨上推树枝，火车一边放屁一边拉鼻，驾驶室探出个面目狰狞的脑袋叫骂着。林宝可能害怕了，有些迟疑，此时火车开到身边，“哗啦”又一杯水泼了出来，火车“咣当咣当”疾驰而去。林宝摇晃着脑袋抖落身上的水，像刚刚从河里蹚上来打着激灵的绵羊。

我望着火车呼啸而去的背影发呆。那嘹亮的汽笛，那恢宏的长度，那痉挛般刹车的制动声，像极了我对未来的期待。我对火车更加痴迷。

高中时，我每个月从家乘汽车上学，中途换一次火车，尽管只有一站地的距离，却让我兴奋不已。那火车开往通辽，它对面那列是开往北京。北京，对一群远在内蒙古偏僻小山村里发奋读书的高中生来说，得有多大的吸引力！

很多次，我都想换上对面那列火车，奔向我日思夜想的祖国首都北京，去看天安门，去爬长城，去象牙塔里风花雪月。很多次，我在周末与伙伴一起沿着这条铁路步行，方向是北京。迈过一条条坚硬如铁的枕木，我们疾步向前，我们还唱歌，唱《好汉歌》："路见不平一声吼啊，该出手时就出手，风风火火闯九州……"我们不停地走，直到太阳下山，不知疲倦。我们畅想着有一天站在天安门广场上大喊一声："北京，我来了。"

我甚至跟着隔壁班的一大帮男生女生站在铁轨上抓拍以行进中的火车为背景的照片。火车驾驶员疯狂鸣笛都驱不散人群，我们疯了一样要和火车合影，导致火车紧急停车三分钟，有几个家伙被火车吻破了校服、耳朵和肩膀，校长怒斥我们竟敢"救火车"的时候，我竟然有些得意，我们的真实意图幸而未被发现，否则定会骂我无可救药。

高中所在地在木头营子村的火车站等级很低，因此各方面配置也很落后。铁路的两条铁轨很窄，如两条齐头并进的蛇蜿蜒着钻向天空，天空像一只碗，倒扣住了两条不听话的蛇。在天空面前，两条窄窄的铁路是那么渺小，那么微不足道，但它们有着冲破云天的激情与豪迈。

我们像绿皮小火车一样，在狭窄的铁轨上全力冲刺，怀揣大鹏展翅的梦想，脚踩舍我其谁的激昂。窄铁轨的远方，是一群农村娃跳出黄土地的不羁梦想，小火车的尽头，是改变命运的炽烈希望！

说到底，我与当年"救火车"的同伴，都在等待着一列属于我们自己的火车，一列开往大学的火车。终于，几经拼杀，属于我们的火车纷纷开来，2001 年，“2560”次列车载着十年寒窗的我抵达了梦想的终点站——北京。

如今，多年前跳出农门的愿望早已实现，但我对火车的痴迷依然有增无减。坐上火车，我便会激情澎湃，无论沿途是什么样的风景，都能看得有滋有味，无论终点是哪儿，都能让我浮想联翩。

每次坐上那属于我的火车，都仿佛去往幸福的彼岸。故乡，炊烟在小村平房上袅袅升起，夕阳将天空和大地铺满金黄，两条窄窄的铁轨上，一列绿皮小火车伴着春风无比自信地奔向远方……

我不要做农民

不知道为什么，书上讲“劳动光荣”，大家却都不愿意做农民。我曾多次思考过，觉得是因为农民的孩子从小看着祖祖辈辈耕牛一样的一生，厌倦了那种生活。

不是不想做农民，而是太熟悉那条路，没有新鲜感。城市的生活好在哪里，不也是柴米油盐酱醋茶，但是农民没有经历过，所以好奇。从某个角度来讲，没经历过的，都是好的。

人的生命是有限的，农民不想在单调乏味中耗尽最后一口气。有一天你老了，大千世界都没有看过，就很遗憾。

徐兵就是我身边那个最不愿意做农民的人。

我第二次来到初中，和徐兵成了同桌。这个家伙是个好动分子，没一会儿老实的时候，班主任实在拿他没辙，他就自己占一张桌子。我来得晚，只好将就和他成了同桌。徐兵对我的到来表示欢迎，对于一个好动分子来说他比较孤独。我已经辍学挖了半年甘草，这次笃定是来学习的，这让我们开始的相处极为不顺。

自习课，徐兵找我说话：“学啥啊？说会儿话，学习有啥用，能学出啥来？”

我没抬头，小声跟他说：“不学习就只能种地，那滋味可不好受。”

徐兵在我的腋下捅了捅：“谁说不学习就只能种地，我就不学习，我也不种地。”

我被他的理论吓一跳，抬起头打量他，瘦瘦的，颧骨凸出，眼睛很小，却一脸认真样，不像在开玩笑，就说：“不学习也不种地？有这好事？”

徐兵拿课本挡在身前说：“你是不是傻？种啥地啊，像鲁滨孙一样，找个荒岛，抓几个野人，反正我是不种地。”

他这么一说，我觉得我确实是傻，这哥们不知道从哪搞了《鲁滨逊漂流记》的残本，整天幻想着漂流，还管鲁滨逊叫鲁滨孙。

徐兵他爸精神不太正常，他妈在他很小的时候改嫁了，他跟爷爷一起生活。下雨了房子漏，祖孙俩就躲在角落里，头上蒙着塑料布，瑟瑟发抖。

被徐兵骚扰，上课也学不好，我就趁中午大家休息的时候，在班里自学。有一天，有个胖胖的女生，丢了50斤米票，那年月这可是大数目。胖女生说，就把米票夹在课本里了，上午还在，晚自习翻开看就没了。于是我成了重点盗窃嫌疑人，因此中午总不愿在班里睡觉。

班主任找我谈话，同学看我的眼光也变了。十二三岁的年纪，摊上这样的事情，是很摧残心灵的。但确实不是我拿的，真的假不了，假的也真不了。班主任的刑事侦查告一段落后，胖女生他哥

（高我两个年级），在毕业班，带着几个男生来，把我围在中间，看来一场战斗在所难免。

这时候徐兵不知从哪冲了出来，首先映入眼帘的是飞起来的一脚，踢中一人的脖颈处，那人应声而倒。本来是很帅的一个动作，美中不足的是徐兵的鞋踢飞了，他跟着栽了个大马趴。我俩就被围在中间，挨了一些拳脚，幸好上课铃声响起，人群散了。

我俩气喘吁吁地回到座位，我还算完整，徐兵鼻子上有血迹，半袖也被撕了个口子。我除了对徐兵很感激，更担心胖女孩他哥再来报复。

徐兵擦了擦鼻血，对我说："麻×的，我要杀了他们。"

胖女孩他哥倒没有吓着我，徐兵把我吓着了。他趁机怂恿我跟他一起学六合拳，我是有些动心的。不知道什么人寄来名为《快速发财致富100招》的广告宣传信，徐兵手里有好几封那样的信，里面全是一些千奇百怪很有诱惑力的东西。其中就包括六合拳，徐兵自称练习效果甚好。

徐兵在家练习六合拳，没来上学，我在学校过得提心吊胆。但是胖女孩他哥根本没再来找我们，徐兵在我俩突围中不知用了什么招数，掰伤了那人的大拇指，据说抹着药水肿了好久。童年的世界很简单，欺软怕硬，徐兵这股子虎劲，确实很吓人。

隔两周徐兵来了，班主任问："你干啥去了？怎么没来上学？"

徐兵镇定自如："我奶奶病了。"

班主任不太相信："什么病？好了吗？"

徐兵答曰："不知道什么病，死了。"

班主任信了，觉得死人这事儿，没人会拿出来开玩笑。

我听说徐兵死了奶奶，挺悲伤的，班主任走后我问他：“你奶奶真死了？”

徐兵还是一脸严肃，干瘦的脸上找不到玩笑之意：真死了。

我顿时觉得徐兵太可怜了，本来家境就不好，又新死了奶奶，命苦啊。

徐兵看我真信了，打了我一拳：“是死了，但是死十几年了。徐兵笑得前仰后合。”

好吧，你大爷的，徐兵，我还是太单纯了，你够狠。

腊月的时候徐兵叫我去他家吃杀猪菜，我见到了他爸，胡子拉碴的中年人，不停地喝酒。还有他爷爷，白发，眼窝深陷，眼睛像是刚刚得过眼疾，和徐兵一样高耸的颧骨。他家住三间土房，有一头耕牛，无牛圈，下雨时耕牛就拴在三间土房中间那间。

徐兵的各种行为都充满了对世界的敌意和与命运的抗争。六年级下半年我帮过徐兵一次忙，和他一起敲碎了大队干部家的玻璃。原因是，徐兵的爷爷在自家的田向外发展土地，只为了多挣几个钱，被大队阻止，收归公有。徐兵跟我说这事的时候，我们的交情已经非常好。但我们毕竟还是孩子，即使反抗，也没什么大的动作，仅仅是趁着夜色，扔了几块石头砸在大队干部家的窗户上。

八年级考高中的时候，要进行预选考试，徐兵落选了，也在意料之中。

走之前徐兵跟我说：“顾，我们不一样，你学习好。”

我安慰他：“徐兵，当个农民也没啥不好，也有过得好的。”

那是一个夜晚，天空中挂着一轮明月，窗外是蟋蟀的叫声。

我们挨着坐在康中领操台的边缘，徐兵晃动着双腿，盯着天上那轮明月对我说："顾，我的人生要与众不同。"

徐兵递给我一根烟，我拿在手里，没吸。我看着烟圈从徐兵的唇边缓缓上升，他仰起头用力吹了一下，夜色中那团看不太清的烟雾，散在夏日的夜风中。我不知道该怎么劝他，那个年纪，连自己的未来在哪里都搞不清楚，更不要说去规划别人的未来。

我揉搓着手里这支烟，问徐兵："你有什么打算？"

徐兵沉默了许久，盯着我的眼睛："顾，本来不想跟你说，怕你担心，我想去河南。"

我皱起眉头："去河南？弄啥？"

徐兵把烟屁股弹向空中："去买人参种子，我要种人参，就是种地，也要与众不同。"

烟屁股的火星，划出一条抛物线，像流星一样落在操场上。

徐兵跳下领操台，拍了拍屁股上的土，对我说："回去吧，你还要上自习。"

我上高中后，有段时间没有见到徐兵，挺想他的。不知道他人参种得怎么样了，我知道他会去河南的。从他曾经邮购过一把能缠在腰间的软剑就可以看出，他的那些看似幻想的东西，都会努力去实现的。

再见到徐兵是在高二开学不久，我正在上晚自习，听到门外有人高喊我的名字。

刚推开门，一人从身后踢了我一脚，接着又把我抱住，我看到是他，大骂一声："你大爷徐兵，吓死哥了。"我们相互搏斗了一番，俩人都气喘吁吁。

徐兵喘着粗气说："顾，还那么胆小，是不是又挨揍了？谁干的和哥说，哥去杀了他。"

我翻着白眼："你能不能别那么粗鲁？天天说杀人，也没见你杀一个。"看着徐兵干瘦的身材我就想乐，不强壮的体格还很不服气。

徐兵还是穿着那件说夹克不夹克的外套，永远不拉拉链，敞着怀："你忘了你被群殴是谁救你的了。"

他一提这事我心里就一万个感激。那会插班，开始的时候真是只有徐兵拿我当盘菜，直到后来成绩变好，才有了其他朋友。

他这么一说，我眼泪都要下来了，但我说的是："你大爷，你忘了谁跟你一起砸大队书记家的玻璃啦，还不是哥？"

徐兵一脸不屑："还说，瞧你那怜夙样，要不是哥带队，估计你得尿裤子。"

"你大爷，徐兵！"我冲上去，和徐兵展开了第二轮搏斗。

真是累了，俩人坐在地上起不来。我吐了一口唾沫："徐兵，你那人参种得怎么样了？"

徐兵掏出一根国宾，点上，吸了一口："别提了，喝酒去，一会儿说。"

我们来到霍家风味城，要了啤酒，锅包肉，酸菜粉丝。

徐兵一肚子苦水：买的人参种子是假的，种了一年，颗粒无收。这次徐兵来办高中毕业证，说是要去当兵。

我们喝多了，徐兵抱着我，醉醺醺地说："顾，记住哥跟你说的话，我的人生要与众不同，我不做农民。"

我不知道怎么回到宿舍的，喝断片了，醒来的时候，徐兵不见了，发现了给我留了个纸条："顾，哥走了，等哥的好消息。"

我的兜里，放着半盒国宾，徐兵留下来的。我把它放到箱子底，一方面我不抽烟，更重要的是，为徐兵留个念想。

寒假的时候我去徐兵家，他爸瘫痪了，一次精神病发作后失踪，被找到的时候已经冻得失去了知觉，没去医院，拉回来放在炕上，又活过来了。我的想法是，看着他爸那惨状，真不知道活着是好还是坏，也许那个叫天堂的地方更适合他。徐兵的爷爷说，徐兵没当成兵，因平足体检未通过，去打工了。

从此就没了徐兵的消息，大概是大三那年，我接到了北京警方的电话。我在派出所领回了徐兵，第一眼都没敢认他，不能用干瘦来形容，是瘦骨嶙峋，或者说是又黑又瘦，印象最为深刻的是高高耸起的颧骨，因太瘦而显得更高，像以高耸对这世界宣战。

徐兵在火车站被查身份证，和警方发生冲突。在我学校喝酒时，他还心绪难平："那么多人为什么就查我？查我就查我吧，为什么我到哪个火车站都被查，怎么不查别人？就因为我长得丑吗？"

徐兵跟我挤在同一张床上睡了俩月，说了他这些年的故事。

失踪这段时间，他去了山西一个煤矿挖煤，谈了个对象，叫小梅，说是湖北的，挖了五六年煤，有了些积蓄，带着小梅回了老家。小梅看到他家的现状，返程后就消失了，一同消失的还有徐兵多年挖煤的所有收入。

徐兵住我宿舍这段时间，摆过地摊，送过快餐，好像还干过推销。两个月后徐兵走了，给我发了一条短信："顾，哥的一生必须与众不同，哥不做农民。"

我没有找寻徐兵，他是一个浪子，天下为家。

去年回家，再去他家，三间土平房被砖砌死，满院杂草。徐兵的爷爷和爸爸先后去世，而徐兵，据说带着一个女人回来上过坟。

传说，女人已经快60岁了。

传说，徐兵在干传销。

三年前，我想抽烟，就找徐兵留给我的那盒国宾，却发现不见了，就像徐兵，也不见了。

徐兵肯定是故意不来找我了，他若想找，一定能找到我。

我无数次回想起，徐兵高耸着颧骨跟我说："哥的人生要与众不同，不做农民。"

掉队的候鸟

不是每一只候鸟都能顺利地飞回北方，那是一段艰苦而遥远的征程，总有凄惨的叫声，孤独地在云间回荡。有的候鸟掉队了，它们在高空中盘旋，在黑暗中坠落，斗转星移，消失，无踪，无人记起。在高中时期，有不少同学中途退学，就像一只只掉队的候鸟，消失在茫茫的夜色中。

1. 阿秦

高一刚开学，阿秦坐在我邻座，两张桌子是中间两排对在一起的，他戴一副很斯文的黑边眼镜，头发略卷，书生模样。我很喜欢阿秦，他话不多，语调很沉稳，但很入心的那种。阿秦文学功底很不错，桌上常摆放着金庸、古龙和福尔摩斯，用一些成摞的书遮挡一下，上课下课悉心钻研那些小说。我无聊时给班主任和语文老师各画了一张素描，阿秦挥笔帮我修改，并露出兴奋的笑容。阿秦对高中的现状有些排斥，我们还为锅炉房老赵头的一缸子热水，而忍受他搭售的高价龙丰牌方便面时，阿秦就已经不屑与老赵头为伍，更不屑于小米饭清炖虫子卵。阿秦不肯吃高级厨师王强做的大锅饭，穿梭于学校周边的各个饭馆，不包伙，按次结算。简而言之，就是顿顿下馆子，有这种爱好的人多为纨绔子弟，而阿秦偏偏不是，他只是排斥“耗子屎盖饭”。很快，阿秦就和各个老板私交甚笃，他开始挂账了，欠债与日俱增，据说当阿秦的哥来找他时，他光欠一家馅饼铺就有1000多块钱，这还不算其他馆子的，此时，开学刚刚两个月不到！阿秦走了，是被他哥领走的，欠了一屁股的债，从此离开了我们的生活，我想，他哥是想避免一个家庭被挥霍掉吧。阿秦是我们中第一个掉队的，走得很匆忙。

2. 小付

小付是个可爱的女孩子，留着男孩子一样的短发，和班里的男生都很玩得来。她叽叽喳喳的像一只黄鹂，我们都爱和她说话，她穿着一件红色的半袖，走起路来风风火火的，说起话来很让人开心。但这只带给我们快乐的黄鹂，偏偏自己是不快乐的，她想家，上晚自习会趴在桌子上无声哭泣，不停地用手帕抹着眼泪，哭得叫人心疼。有时就是整整的两个晚自习不见人，隔日再见到，两只不大的眼睛像两只红红的灯笼。她家在一个离高中不算太远的小镇，她哭泣着请假，回家，再请假，再回家。终于，班主任马克思不忍了，不再给假。从此，爱和我们说话的小付不见了，她呆呆地坐在座位上，少言寡语，泪水绵绵，有时惹得其他女生跟着她吧嗒吧嗒掉眼泪。初中就住校的我们，早她几年已经经历过类似的哭泣，而她才刚刚开始这种折磨。我们希望她能早点扛过这段悲伤，不停地有男生坐在她的座位上劝着，安慰着。大约阿秦走后一个星期，小付也走了。班上的男女去送她，一路捂着脸送到煤渣路的尽头，帮小付将箱子搬到班车上。小付一个个和大家拥抱告别，到最后一个女生时，哇的一声哭出来，巨大无比的声音，泪如泉涌。男生也哽咽着，小付紧抱着，不肯离去。班车师傅狠劲地鸣笛，她遂擦擦眼泪，步履沉重地迈上车。“我会回来看你们的”，小付大声地告别着，我们等着小付归来，却再未重逢过。

3. 富仔

富仔是个有个性的孩子，尽管成绩不甚理想，但总是把不服挂在嘴边，与人争执，不肯服软。他皮肤很白，踢得一脚好足球，能把足球从二食堂开大脚踢进操场，有股子狠劲，好像与球有仇，发泄着他的不快。富仔和我隔一个铺位，夜里常能私聊几句，聊着我们的理想，说着他要好好学习，考个好学校之类的话。大约高二下半年开学不久，乍暖还寒，富仔和我说，他不念了，与父亲一起出去打工，去天津的一家砖厂，每月能赚五六百块钱；他爸说那里赚钱还是很有把握的。我静静地听着他说，不知道该和他说点什么，想劝他留下来，但又知道他是个很有个性的人，打定的主意不会轻易改变。我没有劝他，带着一些惋惜就睡去了，再上课发现富仔不见了。中午没顾上吃饭我就跑到宿舍看，富仔的箱子和行李都已经消失。富仔走了，没有留下一封告别的信，也没有和班里的任何人告别。也许是因为彼此关系一般吧，个性的富仔，看上去不太合群，乃至离去都不用他人相送。

4. 老王

我12岁时和老王成了邻居，那年老王13岁。我们会经常睡在一起，他家的小屋或者我家的后屋。虽是发小但并未同学过，直到高二重逢在文科班，有些他乡遇故知的味道，只是这种重逢只持续了一年。高三刚刚开始，老王就离开了我们，离开了高中。老王到新惠学厨师，常回来看我们，他沧桑了很多，也少了搞笑的诙谐。他将白色衬衫扎在腰间，看上去曾努力地整平过，裤子不是很新，但裤线很直，带有明显的烫熨痕迹。老王本是个非常幽默的人。记得小时候，有一次发山水，我们两家的伙墙被冲垮，两家院子被山水覆盖，形成了堰塞湖，老王竟“划船”来找我玩了，站在粪帘子上，一根木棒划水，我大笑着加盟，两个人站上去，粪帘子竟然还浮在水中，狂喜地划行，在老王父亲大声呵斥声中散去。在文科班，老王搞笑依旧，给我们带来了很多快乐。他还常画画给女生欣赏，他的书法水平更高一些，常常获奖。我认为老王如果考“小三门”定会成功，但老王没能坚持到高考，在做了一段厨师之后，有人说他去干传销了，再过几年，改为卖药。

2005年，老王来北京玩。一起吃完饭后，躺在同学老袁的床上，谈起没有参加高考的遗憾，老王说，他认为不读大学也同样可以混得好，我和他辩驳了一阵。我想，既然老王把这个问题拿出来讨论，正说明这是他心中无法释怀的结，好比一个失恋的女孩，在说着要永远忘记某个男人一样，其实是永远也忘不掉的。

老王的确做到了，不读大学也照样混得很好，现在是一家公司的老总，事业做得风生水起。但他因为退学而吃的苦，要比我多很多，也许老王已经真正从那个没上大学的心结里走出来，无疑，这让人欣慰。

5. 水儿

水儿与我是纯粹的同学，从初一开始她就激烈地争夺榜首，是我们乡当年考上重点高中的6个新生之一。到了高中文科班重逢之后，我发现她的成绩变得很普通了，无法从前几名找到她的名字，也很少看见她初中时灿烂的笑容，但我知道她是一个聪明的女孩。很多初中学习很好的人，都在默默地接受这种无奈的重新排序吧。慢慢的，水儿看上去既不那么高兴，也不那么忧伤，很难猜透她的心事。作为一个农村的女孩，在读书上面比男生有更多的困难，即使家境稍好的，也会考虑值不值得供一个将会嫁走的姑娘读书。第一次高考，水儿落榜，分数较低，这样的分数，一定让水儿的家庭开始犹豫是否要继续供她。复读时，水儿来得很晚，可想而知，能够再次出现在课堂上，经历了多少周折。水儿这一年很刻苦。转年高考，水儿再次梦断，那个时候不像现在几乎所有人都有大学录取通知书，一个班只能有很少的一部分人能够拿到去大学的通行证，更多的人彻彻底底地落榜，哪怕是赤峰师专这样的录取通知书都没有，比如水儿。水儿打工去了，永别校园，内心深处一定是一生的缺憾。那时，哪怕是一张赤峰师专的通知书，也许便会改变很多人的命运，但是高考无情。

我努力地回想着中途掉队的曾经的战友们，一个一个地回想，选取他们中的几个有代表性的写出来。一个个只有十五六岁的少年，可能还无法做到节俭，也没有办法不想家，阿秦和小付就这样稀里糊涂地辍学；成绩不理想，难免失落，难免不对学习绝望，富仔和老王，放弃了学业，努力去实现打工仔的梦想；而水儿，两次带着雄心壮志走进考场，两次落榜，13 年的忘我学习，就此画上了一个无比缺憾的句号。

如今再写他们的故事，并从内心深处迸发出一种叫作想念的情感，我很想知道他们现在在哪，过得好不好。

求学之路

如今，“求学”二字远没有“经商”二字吸引眼球，但求学其实和经商有着同样的成功秘诀：离不开两大因素——个人修为和外界资源。

我从 1986 年开始读书，到 2001 年考入大学，走过了 15 年的漫漫求学之路，也算有了个相对圆满的结局，但这种圆满背后凝结着太多、太多的心酸，除了个人的苦，还有一个家庭乃至亲戚朋友的集体付出。

1. 先天优势

我母亲生我之时，已经连生了三个女孩，因此从我以男丁的身份降生之日起，在这个家庭中就具有了三个姐姐无法比拟的先天优势。

我三姐大我一岁，在我出生的时候，她还没有乳名，父母乃至亲朋甚至都已经失去了给第三个姑娘取名的兴趣。而我就不同了，我的乳名是外祖母取的。那个年代，重男轻女的思想还是很严重的，母亲背着沉重的舆论压力并躲藏着计生工作的严厉追捕，外祖母当时已病入膏肓。想必临终前希望自己的女儿能挺起身板生活，她老人家欣慰着为我取了乳名，这是她一世人生做的最后一件大事，更显得我是多么的与众不同：离世前的老人，仍不忘给我取完名字，才悲凉谢世。

不可否认，我在读书方面有着三个姐姐所不及的天赋，但性别的优势在我出生之时就已拉开了她们永远无法追赶的距离。即使她们学习像我一样优秀，当选择的权利属于父母，而贫瘠的生活又不允许一家有两个孩子同时读书之时，那个留下来读书的人势必是我，而不是她们，只因我是那个传宗接代的男丁。小时候，我对此不以为然，认为，这些东西本就属于我，长大了才明白：其实我们是同一起跑线的四个孩子，出生在同样的家庭，而我认为的那种理所当然的心理优势，是父母的选择，更是一个传统的烙印。

在我辍学后又去读书之时，我的二姐说了一句话："咱们家，也就只有你，能不念了，还能再去念。"

虽然姐姐们成绩落后于我，但其实她们从内心都有对读书的渴望，而且那种期盼的程度，丝毫不比我差。这是中国少女的缩影，也是那个时代出生的女孩要集体面对的"来世做个男人"之殇。

大姐没有读过初中，二姐只读到初一，三姐在初三预选前收拾回书本，去了临县瓦厂打工。因为是男娃，我集家庭万千宠爱于一身，将姐姐们远远地甩在身后。

大姐说："让弟弟念吧，他学习好。"

二姐说："爸就是偏心，就疼他老小子。"

三姐说："弟，你念吧，姐去打工供你读。"

这种先天的优势，至今仍在，不能说父母不疼爱姐姐们，但当我们在一起，父母会情不自禁地站在我的角度。过年，我们姐弟四个和父亲炸金花，若是我赢了姐姐们的钱，父亲就呵呵笑；若是我输给了姐姐们，父亲就不开心。

二姐说：“你老小子赢了你就开心，你咋那么疼他呢?!”

父亲说：“啊？他的钱就是我的钱啊……”

人说，五个手指长短不同，家庭之外，父母每个都疼爱，家庭之内，儿子永远是最爱，先天得来的还有对姐姐们的歉疚。

2. 后天资源

我读书，占尽了这个家庭能给予我的所有资源。开始是父母的家，后来又多了三个姐姐的家，四个家搭成了人梯，任由我踩在上面，去摘取天空中最亮的那颗星。尤其是我考上高中之后，供我读书“最高纲领”成了我家的日月之心，也成了四个家义不容辞之责，他们源源不断地输出，我贪婪地汲取。

辍学时，父母强令我去挖甘草，但当我重新走进课堂，马上就拥有了不事生产的权利，最多做一些家庭中很轻松的活计，如耕地时跟在毛驴后面压磙子，初中暑假时去山上放驴，高中、大学暑假去山上看守瓜地。这些看似微不足道的照顾，已经是这个家庭能给予我的最大眷顾了，甚至我经常莫名其妙地丢下这些活计去玩耍，也都可以顺利过关，从未因此受过批评，更没有挨过打。辍学之前母亲经常打我，而当她发现我努力读书，态度顿时乾坤扭转，就不再打我。

初中时，有一阵我迷上了一款叫作“魂斗罗”的卡带游戏，周末放假不回家，在康乡游戏厅里对打。母亲派三姐来给我送食物——千层饼，三姐找到我时我厮杀得正欢。看到她来，我顿时失去了游戏的兴致，害怕父母知道后责怪于我。其实，这件事后来我家没有任何人提起，以三姐的性格肯定会如实交代的，但父母没有训我，反而让我非常不安。这顿训斥不挨在身上，总觉得浑身不自在，也就不再敢去游戏厅，那次打魂斗罗便成了绝唱。

一旦我走进课堂，便拥有了后天的各种特权，就是打游戏，都会被父母溺爱。而他们对姐姐们的管教，却如管教小时的我，更加严厉。有一年大姐学了裁剪，自己做了一条蓝色的长裙，穿在身上。当时父亲和老叔在蒙区擀毡子，老叔回来探家，看到此事估计返程后讲给了父亲。本来说近期不会回家来的父亲，隔几日就出现在了家中，千里迢迢赶回来，就是要告诉大姐，不可以穿裙子——那是坏女孩干的事。

家庭之内四个姐弟之间的比较，我享尽了所有资源，而家庭之外和同学比较，我享用的资源同样不少。我家的日子其实是高于很多同学的，砖瓦结构的三间正房巍峨耸立之时，我们村的这种建筑不超过三家。我们家几乎是最先有了自行车、电视机等新鲜物件。当然，这些，得益于父母的辛勤付出，尤其是父亲从大队会计之职卸任之后在蒙区无休无止地劳作；更得益于三个姐姐放弃学业，将家庭的担子扛在身上，呈前仆后继之势，一层层托举，将我托到了最高点。

擀毡子的擀毡子，种田的种田，打工的打工，四个家庭只为了一个希望。

3. 书传身教

一个儿童的成长，仅有学校教育是远远不够的。有人向我请教教育孩子的方法，我就在这里分享一下我的成长，希望能对大家有所帮助。

我母亲像万千个母亲一样，对我永远是不停歇地唠叨，在她面前我是个永远长不大的孩子，即使现在也依然如此，她一唠叨我，我就又变成了那个叛逆的孩童，心中有万千个顶撞她的冲动，所以，教育小孩，千万不要无休止地唠叨，会适得其反。

而父亲对我的教育，是一种放羊式的自由发展，他常劝母亲："成人不用管，管死不成人。"他和我之间话语很少，从来没有教过我怎样说话，更不要说怎样做人，但他对我的影响是终身受用的。

他的做法是书传和身教。

父亲爱读书，有各种书，多为古典文学和武侠小说，也有《故事会》之类的杂志，他的枕边就成了我的图书馆，全村之书基本都会到他手上，因为除了他自己借书以外，我三个姐姐是三个小借书员。父亲的原则是，无论谁借回来的书，他都要先看。我就盯着父亲，在他看书的间隙看，或者在他看完的第一时间先睹为快。

如何做人，不是你天天给孩子讲孩子就能听懂的，那些大道理，既难懂又不吸引人。书多好啊，写得精彩，又充满了智慧和做人之道，孩子看了书，跟着主人公的行动路线，自然就明白了应该怎样做事，应该如何做人。你要给孩子讲爱国，讲十天他也不一定听明白，但你让他看《岳飞传》《呼家将》《杨家将》，他自然就会变得爱国。这是很浅显的道理：真理在书中，阅读自然知。看看电影《蝙蝠侠》《钢铁侠》《变形金刚》《哈利·波特》《魔戒》……哪一部作品，不是满满的正能量，比唠叨孩子有意义得多，最主要的是孩子喜欢看；他不喜欢看，你就自己看，看完给他讲，绝大多数的孩子都爱听父母讲故事，只是父母多有各种推脱的理由。

父亲做得最好的是身教。

父亲从未曾教过我如何说话做事，但我眼睛是亮的，时刻都在看父亲说话做事。父亲之所以从大队会计职务上卸任，是因为有人开走了村里的拖拉机，父亲坚持给其记账，而其人是有权势的，就埋下了后患；当“可能会下野”的消息传来，一个乡里的干部找到父亲，提出了一门关于我大姐的亲事，若能成，会计还是会计。父亲说：“我的事情，绝不能牵扯儿女的婚事和未来。”于是，父亲就卸任了。

这是什么？原则，父亲用行动教会了我做人要有原则，要守住底线。

父亲卸任前，从未擀过毡子。他是祖父的长子，因为之前长期有公职，就没有学会这门手艺。而当卸任之后，他毅然带着祖父给的大弓，去了蒙区擀毡子，包括之后的包地种打瓜，都展现出了一个从没有过的父亲形象。在此之前，母亲的勤劳是全村出名的，而父亲的不事生产也是全村出名的，但当艰难来袭，父亲立刻成了全村最勤劳的父亲。

我读懂了父亲。这叫什么？叫尊严。卸任了，要过得比以前还好，这才是做人的哲理。不能让人瞧不起，受人尊重，虽然人前显贵必有人后受罪。

有人说，有其父必有其子，说的就是身教的重要性。不肖的父母，多出不肖子孙，这话错不了。

一个孩子的成才之路，天分只占很小的成分，更多的是需要家庭的付出、父母的智慧，既能让孩子快乐健康成长，又能让他学会做人做事的本领。

三千米沙路

我初中时在康家营子乡中学就读，约四年半时间，从 11 岁到 16 岁，恰逢青春期。回想起这极为重要的四年半青春，印象最深的是东山村与康乡之间的三千米沙路。

少年时我喜欢对仗工整、带有数字的诗句，至今仍能在 30 秒内将岳飞的词《满江红》背诵完毕，只因对“三十功名尘与土，八千里路云和月”的偏爱，也就喜好用三千米来形容那段沙路。

那会儿，每逢周末，我们步行上学，走两千米土路，再穿越三千米沙路，村人称之为“沙窝子”，就到了康乡。三千米沙路是上学的代名词，有着极为深刻的意义，走的不仅是道路，还是心路，因为我不想上学。

1. 黄眼睛

三千米沙路，路边是大大小小的沙丘，生长着沙蒿、沙棘和荒草，土路和沙路以坝渠为界，穿过坝渠一侧的榆树林，便进入三千米沙路了。

每个周末上学时，都能看到我在沙路里磨蹭着，走过这段沙路就到学校了，那是我极不愿意看到的景象。背着装满食物的书包，沿着弯弯曲曲的车辙，向那个一万个不想到达的终点进发。这是一门技术活，要磨蹭得恰到好处，久了迟到会挨罚，早了又充满“不如慢点走了”的遗憾。

我不想上学，不知道上学是为了什么，甚至别人所说的中专、大学，我都不知为何物。

到了学校，就要上晚自习，打开我那四角上翘的课本，根本看不下去，窗外华灯初上，电视剧《封神榜》今天会演什么内容呢？长着翅膀的雷震子、三只眼睛的杨戬、白胡子老头姜子牙，远比上自习有意思多了。想到大姐和二姐，此时准坐在炕上看着那些有意思的电视连续剧，辍学的念头难以抗拒地滋生，感觉我随时有冲出教室跑回家中的冲动。

事实上，我常故意将书包或者书本之类的落在家中，待穿越三千米沙路到校后，再借故返回家中拿取，而那时，天色已晚，父母便极不情愿地留我在家中再住一宿。于我意味着，能再看一晚《封神榜》；于母亲意味着，明晨她将起个大早，套车送我上学。春夏秋冬，皆为如此，母亲抽打毛驴，盼着早点把我送到课堂，我在车上心事重重，盼着驴车慢点儿走，虽知上学的结局在所难免，但仍不断制造事由，能晚到一分钟是一分钟。

坐在座位上，盯着立在桌上的课本发呆，都不敢太久，我们班班主任韩老师，擅长窗外偷窥，并具远距离分辨发呆与看书区别之特异功能。我常常因为对着课本发呆，而被韩老师叫去办公室。不知道为什么，韩老师极爱窥视我，我多么希望他能忽略我的存在，让我自由地发呆，那是多好的事情。我们所有科目老师都说，“顾树豆就是不学，学的话一定很厉害”，隔壁班我三姐和我说，“你们班学生和我说，你就是不学，学的话肯定很厉害”。我恨死了这些老师和同学：你们越是这样说，韩老师就会越盯着我的，你们就放过我吧，让我做个安静的丑少年。

韩老师黑脸卷发，牙是黄的，手也是黄的，因烟熏所致，更可怕的是，韩老师的眼睛也是黄的。韩老师的黄眼睛，是萦绕在我周围挥之不去的梦魇。我搞点小动作之前，势必扫视窗外，看看有没有黄眼睛；我搞小动作之时，更要提防窗外那双黄眼睛；甚至我本来在好好看书，一扭头发现窗外的黄眼睛，都会被吓得浑身哆嗦，令我立刻回想刚刚有无做过不妥之事。哪怕我并未做过错事，也会被他的黄眼睛吓得如做过一般。窗外的夜色中，什么都是黑的，韩老师整张黑脸淹没其中，只有那双冒着黄光的眼睛是亮的。每每看到，一片漆黑中贴着玻璃悬着的两只黄眼睛，太吓人了，悚然惊魂。仔细看，他还一脸严肃，双眉紧锁，黄眼睛是鼓着的，怒放着杀人的气焰。

韩老师，我给你跪了，求你，别盯着我看了，你比上学的三千米沙路还可怕。

2. 回家路

“过了星期三，一混一溜烟”，这是当时流行在小伙伴中的顺口溜，我们都盼着周末放假回家。我们还试图给星期四和星期五编顺口溜，水平有限，未能如愿。

我们并不是周五就放假的，当时是小礼拜，每周六上午照常上课，下午放假，周日下午返校，满打满算，假期只有一天一宿。珍贵啊，掰着指头算，天天盼着，周六晚上好看的电视节目就不是《封神榜》了，而是《综艺大观》，女神般存在的——倪萍姐姐。

每个晚上我都想家，躺在康中的大通铺上，蒙着毛巾偷偷地在哭泣中睡去，熬着，不知何日才能熬到头。盼着早晨敲钟的阿姨能感冒，没来敲钟，我们就不用爬起来跑早操；盼着周末别下雪，下雪会不放假的；盼着周日学校发生火灾或被洪水淹没，就不用上学了。然而这些都没发生，每天跑早操，每天上课，每个周末都得挪动着脚步，穿越三千米沙路返校。

周六放假那节课的钟声敲响，全班同学的书包早就提前一晚收拾好了，老师一说下课，我们就四散着向校门口奔去。

我和隔壁老王，跑在回东山村的三千米沙路上，心情愉悦，想象着母亲准备的各种好吃的。沙路上，留下我们连跑带颠后留下的一串串脚印，鞋子里灌进沙子都来不及往外倒，裤腿沾满了一种叫“赖毛子”的野草籽，也顾不上处理，风风火火的回家大部队，三千米急行军，多么美妙的路，充满了家的味道。

看见沙路与土路分界的榆树林，离家就更近了，往往要一溜小跑，跑上坝渠，爬上闸门的水泥台站在高点，向家的方向瞭望：炊烟袅袅，东山东山，你好吗，我们回来啦！

进入家门的第一个动作是掀锅盖，锅中必是最近家里能准备的最好的食物，无论平时吃得有多差，这一天，母亲都要精打细算从日常中节省出这一天的“丰盛”。这种丰盛之感，越发激起我源于味觉的逃学之念，康中的饭菜难以下咽，与家中的餐桌相比是天壤之别。

我小学时从不吃羊肉，嫌弃羊肉有膻味。到了中学以后，有次回家，发现锅中肉香四溢，不管三七二十一，挽起袖子狼吞虎咽，吃得大汗淋漓，好不痛快。吃完了，二姐才告诉我是羊肉，我竟心生对小学时错过那么多羊肉的美味遗憾：羊肉原来这般好吃！现在想来，康中待一年，什么肉都敢吃，什么肉都香！

夜晚，倚着炕里的那面墙，盖着被子半坐着看《综艺大观》，直到电视飘满雪花，都不愿睡去，睡去了一睁眼，就是周日返校的日子了。盼着学校失火，可是学校连一丁点要失火的苗头都没有，盼着学校被大水淹没，可是地里的庄稼都旱得点把火就能燃烧了。

还是尽情享受周六的晚上吧，短暂而美丽的周六夜晚，在依依不舍中滑过，总感觉还未尽兴，就又要踏上三千米返校的漫长沙路了。

3. 暴风雪

《水浒传》里有一回“林教头风雪山神庙，陆虞候火烧草料场”，而我的康中记忆，也有三千米沙路上的惊心动魄。

寒冬的一个周六，我们在教室等待着放假，天空中却不通人情地飘起了鹅毛大雪。雪越下越大，全班同学神情黯然，担心会因此取消了放假。只一个上午，校园便被大雪包裹住了，每个进教室的老师，得首先拍落身上头上的雪花，然后跺脚搓手。雪压满了枝头，雪覆盖了房顶。当韩老师宣布本周不放假之时，全班同学不由自主地发出哀叹之声，侥幸心理瞬间溃散，随之而来的是残酷的事实。

当天下午，我决定逃课回家，没有和班主任打招呼，也没有告诉任何人，就踏上了回家的路。“想家”两个字，“回家”两个字，这四个字打败了韩老师可怕的黄眼睛。脚踩在雪面上，鞋子没入其中，没到踝关节处，而且当我走到三千米沙路边缘时，身上头上已经积下了厚厚的一层雪。雪地上，车辙印已经被雪盖住了。农村孩子有对山野之路的判断力。凭着对车辙两侧不同景物的认知，我向着东山村的方向走着，耳朵冻得发麻，不停地拍落头上的积雪，手掌的温度将雪融化。没过多久，雪已经在我发间结冰，鼻孔出气能看见清晰的雾气，瞬间在脸上结霜。我看不到自己的样子，但肯定是个雪人了。

雪下得实在太大了，我的判断力减弱，直至找不到方向——我在风雪中迷路了！我不知道自己身处在沙地何处，到处都是白茫茫的一片，我试图回头沿着来时的足印，向学校走去，可惜的是，走一段以后，发现来时的足印也被刚落下的雪覆盖了，不得已又转头向家走去，却不知家在何方。我来来回回在雪地里折腾许久，脚印踩乱了，彻底失去了方向。那一刻，恐惧涌上心头，想到了死亡，一个 11 岁的少年，想到了死亡，并且真真切切地感到，死亡正在向我紧逼——我将冻死在这个沙路深处的雪地里。我由急走转为奔跑，但无济于事，精疲力竭，无路可走，到处都是雪，死亡似乎是个正在到来的事实了。我大声呼喊，没有喊娘，我喊的是："啊，老天爷啊……啊……老天爷啊……"

喊累了，跑累了，冻麻了，放弃了。我坐在雪地上，双手抱着膝盖，望着天空，望着远方。我想，既然老天爷让我死，那我就死吧，不过，可惜今天晚上的《综艺大观》看不成了。雪，一刻不停地下着，簌簌地落在我身上，仿佛急着将我埋葬于此。

在等待死亡的煎熬过程中，我忽然看见一棵树，树和树在大雪覆盖中，你是无法区分是哪一棵树，但那是一棵与众不同的树，一棵榆树，头被砍了去，只有半截高的一段榆木立在地上。之前上学时，隔壁老王拿了一块石头放在了榆木顶端，所以我认识它。看到那棵树，我知道我有救了，与众不同的半截榆树，给了我家的方向，树的后方即是坝渠，而坝渠过去以后，是通往家的方向的土路，两侧长着几排杨树，沿着杨树走，就能到家！

看到半截榆树之时，我并没有马上起身，而是花几分钟先平复了心情，然后憋足了一口气，跑向了那棵给我生路的树。

四年半的时间，我无数次走过这段三千米沙路，但无疑，这一次才是最重要的，这是一段死里逃生之路。

回到家，和母亲编了一个回来的理由，没敢跟她说我的惊魂历险。晚上，坐在热乎乎的炕头，看着女神倪萍，仍心有余悸。

隔日，母亲套车送我返校，穿行在三千米沙路里。雪又下了一夜才停，已有膝盖深，狂风刮得像刀一样划在脸上，夹杂着雪粒，那是我见过的最大的一场雪，毛驴都被风刮得打寒战，拉着车趔趔趄趄。遇到大的沙堆就拉不上去，母亲就下车去赶驴，用树棍抽打它，母亲的腿没在雪地里，只能看见膝盖以上的部分。我背着身，盖着棉门帘子坐在车厢里，头缩在棉帽子里，身子缩成一个球，仍然被冻得打哆嗦。耳边传来母亲声嘶力竭打驴的声音，她迎着风口，走在深深的雪地里，一声声抽打着毛驴，毛驴却步步后退。我偶转过头迎着刺骨的寒风看母亲，她的脸是紫色的，哈气出来就在嘴附近结成了白色的霜，她艰难地拔腿前行。把我送到学校门口，我看见母亲的脸，像冰雕一样，没有一丝血色，这是全世界最沧桑的母亲。多年以后，我在网络上看到，被评为最感人的系列照片中有一张“一个父亲在风雪中抱着儿子在菜市场卖菜”的镜头，据说拍摄自赤峰街里的一个菜市场。这张照片，我反复看了很多次，每次都想起我的母亲。在暴风雪中，她吃力地拔腿，拼命地抽打毛驴，在北风中声嘶力竭地呼喊着，而他的儿子，就坐在车上，承受着让人心酸的母爱。世界上最为伟大的爱——母爱，是那样的不顾一切……

我坐进教室后，母亲还要沿着来路返程，我第一次有些心疼她了。

三十功名尘与土，八千里路云和月。莫等闲，白了少年头，空悲切。

三千米沙路，归去来兮，皆有万般滋味上心头。

世界第二也挺好

幼时，我热衷于参加各类竞赛，结果虽然不同，每次竞赛都会给我带来一些影响，有好有坏，有的甚至上升到了对人性的认知。

1. 竞赛意识

惊天一撞。

东山小学水房那排厢房后面是被削直的山体，山体与水房后墙间形成了一个狭窄的走廊。有段时间，我们班男生在此开展“抓人游戏”，一群人分别堵住走廊的两个出口，一个人站在走廊里向外冲锋。能够冲出去的人极少，走廊出口也就一米宽，被一群人堵住，很难成功。逢我向外冲，成功率明显高于同党，我猛啊，冲起来不顾一切。

这可能是最初的一种竞赛意识，累得臭死也要在抓人游戏中胜出，就是为了证明我很猛、我能做到的事情你们做不到。抓人游戏终结于我在那次向外冲时被推向墙壁，头部猛烈撞击在棱直的墙角。我被撞蒙了，大概是被同学扶到座位上，直愣愣地瞪着眼过了许久。

老师讲了半节课，我才缓过神。老师讲过的一句没听到，我的记忆还停留在撞击声中，疑惑为什么自己突然间出现在了座位上。

我曾多次思索为什么没有考上北京大学，答案落就在那次沉重的撞击，我的智商被从天上撞落到了凡间，罪魁祸首的名字也一并埋藏在了我那段失去的记忆，至今无人敢承认，他们怕背锅。要是不撞这一下，可能我会是中国的爱因斯坦。唉，惊天一撞，世界失去了一个天才，东山小学失去了因我而名垂青史的机会。我那些小学同学太莽撞了，人类的进程都被他们耽误了。

那天放学回家，同学立新一直跟我走在一起，安慰我。估计可能是他把我推倒的，害怕我告家长，不敢承认，却又心虚得围着我跑前跑后安抚。实际上他的担心有点多余，失忆这样丢人的事儿，我才不会告诉家长呢，更不能坏了我勇猛无敌的名声！

人性真的是一种很可怕的东西，撞得失忆，也没能阻挡住我的竞争意识，还是会抓住机会在各种场合表现自己。

文艺会演。

大约是在四年级的时候，康乡要组织一次文艺会演，貌似还要进行比赛。东山小学组织了俩节目，一个是大合唱《娃哈哈》，一个是《唐僧师徒游街》。我先是在《唐僧师徒游街》的选拔中出局，而后又被合唱团拒之门外。合唱团的老师还让我站在众人面前试唱了几句，从合唱团一员中的我三姐的表情，就能看出我唱得有多可怕，三姐的脸上写满了“丢人”。老师是笑着让我落选的，她估计在想：能把歌唱成小品，也是挺高深的一门学问。隔壁老王在五年级，入选了《唐僧师徒游街》，被安排扮演沙僧，但是老王想扮猪八戒，这成了他的梗，屡次和老师表达愿望。老师的回答是，猪八戒必须比沙僧高，老王输在了身高上，极不情愿地扮着沙僧，在《敢问路在何方》的乐声中扛着扁担闷闷不乐。后来这俩节目在康乡进行了一次预选，《唐僧师徒游街》通过了，《娃哈哈》落选了。我因未入选合唱团而升起的忌妒之心，瞬间被《娃哈哈》落选之事抚平，甚至觉得，合唱团这帮人，比我站在东山小学唱跑调歌丢人多了，他们可是一帮人在康乡丢人啦，丢的还是整个小学的脸呢！这结局太好了，犹如“吃不到，扒洒了”。八年级的时候，老王终于演了猪八戒，腆着塞进异物的大肚子，戴着被碳素墨水涂黑的纸壳猪嘴，引得众人欢笑喝彩。我夸他的时候，他跟我说“谁说猪八戒必须比沙僧高”。这个梗，老王记了三年，一朝化解，如沐春风。

2. 公平意识

数学竞赛。

五年级的时候，康乡组织全乡“三、四、五年级”小学生数学竞赛。每个年级有两个名额，我觉得机会来了，全班我和堂哥术子学习成绩最好，真没想到会落选。当时班上有俩在五年级蹲（留）级的学生，他们代表五年级参赛了。比赛结束后，东山小学三、四年级的学生都获得了第一名，只有五年级失手，排名第二和第七。赛后的一个早晨，我上学路上遇见数学老师，他一脸遗憾地跟我说：“不如让你去参赛了，没准能第一呢。”我和他说：“让我去肯定第一。”少年轻狂，说话直接，不懂安慰之术，数学老师接着一脸歉疚，没有说话，我们彼此沉默走进了校园。其实我的心里在想，现在说这个有什么用。

没能参加数学竞赛，对我打击挺大的。最主要的是，参赛的两个学生中的一个是数学老师的侄子，也就是获得第七名的学生。我不知道“侄子”和参赛有没有必然的联系，但儿童的心理防线实际上很敏感也很脆弱，这件事让我对“公平”产生了怀疑，一件小事儿可能改变他们对世界的认知和看法。

唱戏表彰。

辍学后再上初一那年，康乡立集，唱戏三天。同时，乡政府决定在戏台上对全乡优秀学子进行表彰。当时，我的成绩已经蹿升到了班级第一名，第二名是杨双。初一四个班，有四个名额，每班一名，我们班班主任于老师进行了民主测评，站在讲台上，问大家，应该让谁到戏台上领奖。我期待着大家喊我的名字，我是第一名啊，肯定应该是我才对。历史再次和我开起了玩笑，绝大部分的声音喊“杨双”，也有几个喊我的名字，却被“杨双”的声音淹没了。当着全乡父老乡亲的面，上台领奖，多么光彩的事情啊，可是我没机会了，居然以班级第一名的身份落选。

当时我的眼泪都是在眼圈里转，之后硬生生憋回去的。晚上睡觉，躺在宿舍的大通铺上，泪水滚滚而下。觉得心里委屈，杨双她爸是乡里的主任，因此大家总爱围着杨双转，不用说别人，就是我自己，也因为杨双他爸的光环而对她另眼相看。我不是输给了杨双，我是输给了她爸，趋炎附势心态是人性的丑陋一面，而人性的丑陋又何止如此。

老师和家长对我幼时的评价多是“叛逆”二字。我认为，世界上本就不存在天生叛逆的人，之所以叛逆，是因为心理问题没有得到疏通和解决。社会对你不公，你又如何正确看待社会，况且当时是个孩童。一次次的不公平现象，才是叛逆的始作俑者，更一次次起到了推波助澜的作用。

3. 凌弱意识

初二下半年，我再次参加了康乡中学开展的数学竞赛。结果公布之前，传来消息，某某第一名、某某第二名……传说我所在的初二（四）班，最好成绩都没能进入全校前十名。语文老师在课上说："你们还不努力呢？全校前十名连你们班的影子都找不到。"当时有同学在看我，我的脸立刻烧起来了，目光不敢看老师，也不敢看同学，觉得我对不起全班同学，作为班级第一名没有给班级争光，还因此被老师数落。实际上，整个初中时期我的成绩都相当稳定，自己都不敢相信数学竞赛我竟然未能进入前十名。

过了一段时间又传来不同的消息，说我获得了全校第五名。一天晚自习时我忍不住去找数学老师，问他真相。

数学老师对我说："比赛学生太多，卷子是初三学生判的，你的分数判错了，我认真查看后，找回来的。"

数学老师叹着气："其实还是判得偏低……你别在意，一次比赛而已，好好学，考上高中才是硬道理。"

知道是初三学生判卷后，其实我就明白了，与学生的趋炎附势心理一致的是凌弱意识。自从我辍学后再来读书，在很多人眼中，我就成了"蹲级油子"。会戴上有色眼镜看我，他们会觉得我是个"臭蹲级生"，逮着机会就要打压。

幼年时凌弱现象极为严重，你会发现有点残疾的小孩或者穿得破烂的小孩，都会成为孩童的笑柄。这些弱势的孩子从出生开始就要面对众人的恃强凌弱。甚至成人，一样会有这样的思想作怪。大家的眼光都在向上看，这是极其丑陋的人性。

从我再次返回课堂，就面对着许许多多有色眼镜。比如，做课间操，若干个不认真做操的人都没事儿，唯独我不行，有色眼镜一直盯着我，只要稍有小动作，准会被训斥。比如数学竞赛，学生判卷一万个不愿意给我正常的尺度，总想压低我的分数。

成绩公布后，写在教室走廊的黑板上，我是第五名。在别人看来，第五名已经很好了，但我每次路过走廊，都匆匆离去，我认为这是一种耻辱，是一种不公平待遇的烙印。后来老师颁发了奖状。这是我初中时期唯一的一张奖状，领回来以后，坐在座位上，被我不假思索地揉成团，下课丢进了垃圾桶。

弱者要想变强，要付出比强者更多，乃至十万倍的努力。弱者之所以很难站起来，更多的时候，不是不够努力，而是压力太大：一个掉进坑里的人，谁过来都想踹几脚，强者他们不敢踹，而弱者好踹，踹了也是白踹，反正他在坑里，踹了他也不能怎么样。

我深知，只有自己站起来，才能洗刷这些耻辱。

当我以全班第一名的身份考入高中后，我成了康乡中学津津乐道的正面典型，一个辍学的孩子，又来读书，变得今非昔比了。甚至那些踹过我的人，也开始附和，夸赞我，不得不说，这种变化充满了讽刺的味道。

当然，世界上还是有好人的，不是所有的人都以凌弱意识做事，而这些好人会成为人生中难以忘记的恩情。

我辍学后第一任班主任于老师，对我超乎寻常的好。多年以后在县城我们再聚时，我问他，为什么那会儿别人都歧视我，您却对我那么好。

他说了六个字：“对弱者的同情。”

仰望强者，附和强者，强者不会在意，甚至觉得你势利眼。还不如，将视角转换到弱者身上，助他滴水，定会收获涌泉之报。

引申到竞赛中，在祝贺胜者的同时，勿忘点赞败者。不要忘记，竞赛的失败，给他带来的，可能是一生的伤害。

尤其是孩子，更要鼓励着走出失败的阴影，告诉他，“世界第二”也挺好。

劳动交响曲

孟子说："劳心者治人，劳力者治于人。"

五一劳动节将至，想起一幕幕劳动往事，庆幸那时的劳动没有"治于人"的感觉。

1. 老王快跑

隔壁老王是个幽默分子，自从他十几岁成为我的邻居，我的生活变得有趣多了。

暑假我和老王挖甘草挖得辛苦，老王约我改行——经商，我欣然前往。我们去山上六哥家批发一种叫山丁子的很小的沙果，再走街串巷零售。

我们批发了一胶丝袋子山丁子，满怀期望，开始了人生第一桶淘金之旅。有了山丁子，还需要交通工具，老王家的大肚子骟马难使唤，于是眼光落在我家的叫驴身上。我们套着辐条车晃晃悠悠地出发了。

走街串巷需要高声叫卖，我俩都有点不好意思。夏日炎炎，老王穿着黑色的小背心，鼻尖淌汗。我穿着红色半袖，犹犹豫豫。

老王说：“树豆，你喊吧，你嗓门大。”

我说：“你喊吧，你声音好听。”

在我们村晃了一圈，俩人也没敢喊出一声，村里过往的熟人还朝我俩乐，弄得我俩更不好意思了，心理障碍缘于害臊。

老王提议，我们换个村子吧，不认识的人就好喊了。

果然，到了五大份村，老王开喊：“卖……沙果嘞……”

声音洪亮而悠长，老王还故意拐着弯喊。

老王：“卖……沙果嘞……又甜又面的沙果哦……”

老王边喊边乐，我坐在车辕处跟着乐。你别说，还真起了作用，有人来看，我停住车，老王施展口才，忽悠人购买。

一个上午，也就卖了三五斤的样子，老王喊得口干舌燥，中午回家吃饭，下午老王带了一桶水，继续喊。我也在老王的鼓励下，敞开嗓子喊。

我们不是在卖沙果，是在卖心情，一边喊一边乐，可比挖甘草有意思多了。卖了半个月，沙果都开始烂了，才勉强卖完。

我坐在我家床上算账，老王站在床边盯着看，结论是，刚好保本，一分没赚，一分没赔。

老王得意地笑：“太牛了，我还以为赔了呢。”

我哭笑不得：“没赔有啥高兴的，把我家驴都饿瘦了，你出驴的工钱。”

老王哈哈大笑着跑了。我妈惩罚我放驴，把驴膘追回来。我家那驴，见到我就满眼的恐惧，估计以为，我又要套车去卖沙果呢。

高三上半年，老王辍学，家里给他订婚。老王的父亲，我叫四大爷，开始手把手教老王当农民。

老王学做农民的过程充满了欢乐。

种地的时候，老王负责压磙子，就是牵着驴顺着垄沟走，驴拉着磙子和簸箕，将种子埋在土里压实。开始还好，过了一会儿，老王累了。四大爷扶着犁杖到地头，回头一看，压磙子的老王竟然骑在驴身上。驴拉着磙子走，老王在驴背上唱着歌——《微山湖》。四大爷握着鞭子奔老王去了，老王跳下驴背开始跑。老王就是腿勤快，见事不好，撒腿就跑。

跑了一天跑不了一年，老王还是要继续学做农民。

寒假时，老王和我分享他的种地心得：耪地的时候，不能一顺撇握锄，要两只手交换着耪，不然会闪着腰；扛袋子往谷仓倒粮食的时候，不能前后扛着袋子，不然倒了前面一半，后面一半就会落在地上，得左右横着扛在肩上；捆玉米秆有两种捆法，一种叫“老婆拧”，一种叫“燕尾翅”……

我从来没有想过种地还有这么多学问，老王的心得让我开始佩服农民：我还以为就闷着头劳作就可以呢，原来还是需要技巧的。

一个晚上，老王跑到我家，和我一个床上挤着睡，老王和我打听着学校里发生的事情。我们同班，班里的一切，都是老王关心的话题。

夜色中，老王掖了掖被角长叹道：“种地太累了，我不想种地。”

我说：“不种地干啥去？要不回去和我一起读书吧？”

老王想了一会儿：“也不想读书，我想去打工。”

隔年春暖花开，老王跑出去打工，到底是腿勤快，再也没种地，婚事也退了。

2. 三喜半吊子

三喜从小学四年级就开始做农民，但我感觉，他一直是个半吊子，种地的水平实在不敢恭维。

三喜灵巧有余，胆量不足。有一次我和他一起收甘草，在敖包呆村，遇到一个河泡。三喜家的驴怕水，而那条路又是一个很窄的胡同，无法后退，只能前进。三喜在河泡前踌躇许久，我在车上坐着实在看不下去，

我说："狗屎，三喜，你上来，我去赶。"

换了三喜上车，我坐在车辕处，啪啪两鞭子，驴噌的一下就蹿过了河泡。

我扬扬得意地揶揄三喜："我就不信没有不怕疼的驴，你真是完蛋玩意儿。"

三喜挠着脑袋有点不好意思："树豆，还是你猛，要不你就总掉到冰窟窿里去了。"

我这个郁闷啊，有这么夸人的吗？

好吧，啥叫卸磨杀驴，早知道不帮他赶车，我自己走回东山算了，把他丢在这儿。

三喜恢复了功力，重新驾驶驴车，一脸坏笑，抽了驴一鞭子，露着虎牙喊："驾，收甘草嘞……"

我坐在车厢喊："都别卖给他甘草啊，这家伙是个骗子……这个家伙拿秤撅人……"

三喜立马给我跪了，贱兮兮地给我溜须："树豆哥，你是我亲哥，你可别乱喊了。"

好吧，我这人就是心软，姑且原谅他了。

那年，三喜弄了一台换了八手的三轮子，正常情况下，得用绕把子绕一个小时才能打着火，不正常的情况是死活弄不着。加上三喜那胆小如鼠的性格，这车可以说是个极其危险的定时炸弹。

一日三喜开车去办事，遇见卫生所王大夫骑着摩托车跟在他车后面，三喜用车卡着王大夫不让他过去，卡得不亦乐乎。王大夫拼命按喇叭，三喜就是不让路，磨磨蹭蹭在那卡着路，引得路人笑着围观，三喜也龇牙笑着。

我从商店买了雪糕出来，远远地向三喜招手，三喜也看见了我，三轮子放着屁加速开了过来。“咯吱”，在我面前停下。

三喜：“吃雪糕也不招呼一声。”

我的目光本来是看着三喜的，可是他身后的车实在是太吸引我了，就听见咣当一声，三喜的三轮子侧翻在地。我是看着三喜的车缓缓侧翻过去的，像看慢镜头回放那种电影般的情节，伴随着我口中的：“哎？哎？哎？哎……”

三喜以为我疯了，“这是哎啥呢”，估计是从我的表情中看到了异样，也可能听到了三轮车侧翻的声音。三喜回头后，赶紧放弃了抢我的雪糕，折头奔他那八手三轮。

王大夫骑着摩托车，冲着三喜一脸坏笑，一直按着喇叭，口中向着三喜念念有词，从口形判断是：“该，让你卡我。”

王大夫的摩托车，从路口拐角消失了，但是喇叭声还在由大变小地响个不停，像是在祝贺三喜翻车，也像是在传递一种喜悦之情。

一群人帮忙，才把三喜的车翻过来。

三喜说：“没事拿个雪糕嘚瑟啥，把车都给我整翻了。”

我去，三喜，你的车还是我帮忙翻过来的好吗？这叫作“狗咬吕洞宾，不识好人心”。

三喜是个半吊子，农民伯伯里的不合格产品。

3. 我爱劳动

我不爱劳动，所以一直觉得热爱劳动的人不但光荣，而且伟大。

康乡中学有一个耸人听闻的劳动传统——掏大粪。

一个学校上千号人的大粪，由各个班级上劳动课的学生在每年夏季掏干净。掏大粪，是压在康中学生心头的一块巨石，就怕劳动课掏大粪，但是发昏也挡不住死，还是要被安排掏大粪的。

外伙生负责从家里拿水鞋，班主任于老师带队，我们班男生被他分成两组。厕所后方的茅坑，被于老师画了一道三八线，让两组学生开展竞争。掏大粪都能想到激励措施，绝对不是一般老师能做到的。赵宇光等人穿着水鞋进入茅坑的屎尿中，我还算幸运，被分配了一个长竿子，竿头拴上个水桶。赵宇光在下面拿着铁锹将大粪装在水桶里，我提着竿子头把大粪拽上来。

奇臭熏天，现在想起这事都觉得要被臭得窒息了，炼狱般的煎熬，多想变成一个女生，不用掏大粪。那些女生，听说我们去掏大粪，还捂着嘴笑！

大粪怎么掏都不见少，简直摧残着我这个祖国的花朵。突然间赵宇光停下来了。

于老师在上面喊：“怎么停了，继续掏。”

赵宇光一脸无奈：“老师，下课了，里面有人上厕所。”

我们掏的这片区域，是女生厕所的位置，下课的女生在里面上厕所，淳朴的赵宇光躲到外侧这边等待她们结束。

于老师仿佛也明白了若是继续进去掏，意味着什么，那岂不是说，所有上厕所的女生，都要暴露在赵宇光的视线里吗?

多年以后，不知道赵宇光会不会为当初的淳朴而感到惋惜，这可以说是千载难逢的机会，就那样错过了。我觉得那景象，应该用“春光乍泄”来形容。

掏完大粪，宛如刑满释放，但是事情还不算完，掏大粪之前女生是捂着嘴笑，掏完大粪，该女生捂着鼻子哭了。满教室的臭味，每个男生都浑身臭气，那臭气仿佛已经钻到了衣服里，而且我们都没有衣服换，更别说洗澡了，坚持一个礼拜，放假才能换衣服。事实上，放假回来，臭气只是减少了一些而已，这漫天的臭气，充斥着我们的鼻孔，至少有一个月的时间。

估计女生比我们惨，我们在茅坑闻到了最臭的臭，在教室就不觉得有那么臭了，而她们就没有我们这种因不那么臭了而产生的“耐臭感”。

我参与最多的劳动是放驴和看瓜。

放驴最纠结的是，选择割草喂驴，还是选择牵着驴去放。割草不好受，牵着驴放，驴的胃又是个无底洞，每次我都会因此斗争很久。

看瓜倒是清闲，可以抓黄耗子烤着吃，还有新鲜的满地打瓜可吃，还能和看瓜乡邻坐在地头打牌。

有一次还抓到了村里来偷瓜的小男孩，追了二里地押到地头。我和父亲在瓜地拔草，小男孩被我强令立正冲着太阳晒着。不时地对他进行爱瓜主义教育，吓得小男孩呜呜哭。父亲后来形容我对小男孩的惩戒为“给他上刑了”。父亲把小男孩放了，我是想让其站到我们拔完草的。

父亲说："他是你杨舅家的孩子，前几天你杨舅还请我喝酒了呢。"

哎，父亲就是人情厚，我这准备好的"弟子规"还没来得及施展呢。

腿勤快的隔壁老王、半吊子农民三喜、臭死人不偿命的掏大粪劳动课、肠子悔青了的赵宇光、瓜地里抓到的偷瓜小贼……

一件件劳动往事，回忆起来，竟然苦涩全无，满脑子的其乐无穷之感，真是苦中作乐最难忘。

命运的转折

人有人的命，屁有屁的命。

1. 鸡蛋

六年级周末的一天，母亲给了我一个鸡蛋。至于到底是哪只鸡下的蛋，是个红皮的还是个白皮的？二十几年过去了，谁也说不清楚。

东山村家家都会养几只母鸡，有芦花、咕咕头、咕咕腚子或是一些无名之辈，它们无比努力地下着蛋，也没下出什么名堂，可能路上过来一辆车，就被轧死了。若是下蛋下得不够连续，就离“卤鸡”不远了，也许会被清炖，顺手从园子拔一根大葱丢进锅里，没人会记得这鸡下了多少蛋，也没人记得筐里的哪只蛋是它的遗产。东山村的人们，也差不多是这个样子，垂垂老矣的时候，也没做出什么大事，最多铲平了几块荒地，盖了几间茅舍。

母亲给我这只鸡蛋之时，可能也没有想到，这只鸡蛋，竟给东山村带来了几十年的变化。道上来了卖杏的小贩，我拿着鸡蛋换了一把杏，将杏核舔舐光润，挥手扔进了菜园。杏甜美个大，让我产生长期拥有的贪念，扔杏核进菜园时，也把贪念种进了白菜垄、黄瓜架内。

扔进去也就忘了，想不到这杏核还真争气，隔年便冒出两棵新苗，母亲目测比较后，留了一棵粗壮的，移植到窗的正前方。这只无名鸡蛋伴随着杏树的不断生长壮大而显得不凡，二十几年间，杏树一直看上去风华正茂。黄澄澄的杏，点缀着太阳的红脸蛋，熟透时自家都吃不完，母亲拿盆送给亲邻；杏树下还可乘凉，面向街道坐在树荫里，唠村里村外的事儿；杏树还被父亲定义为洪水来时的避难场所，它的存在让洪水显得不那么可怕，让一家人有了踏实感。

这是鸡蛋命运的转折，鸡骨头早烂掉了，鸡蛋也不知被谁吃了，但这只鸡蛋成了我家那么多鸡蛋中最优秀的一只，因为杏树的存在。园子里的韭菜换了一茬茬，杨树也砍掉做了檩木，土壤被风吹走了一层层，但杏树还是那棵杏树，二十几年神采依旧，你无法忽略对它的情感。

有了那只鸡蛋才有了杏树，才改变了我家院子的布局，才让东山村的版图上多了一棵威风凛凛的树。

命运转折的鸡蛋立了大功。

2. 臭屁

1992 年，我从初中辍学，由于此前暑假挖甘草在发小军团里挖出了一些名声，农忙时节，我扛着铁锹上山挖甘草。

甘草季还没到，我是最早上山挖甘草的人，13 岁的孩子牙还没脱完，孤零零地面对山野。春季土壤干松，铁锹在地上挖坑，从坑中向外掏沙子，松散的沙不粘锨。浅处沙子挖出来，被初春的大风刮散，四处扬尘，迷眼；深处沙子很难挖出，有时一锨只能带出几个沙粒，越挖越绝望。狂风大作时，用外套蒙着脑袋伸进甘草坑里避风，风歇息时，把脑袋从坑中拔出，满嘴满脸沙子，啐一口吐沫，黏稠的白沫中夹杂着无数沙粒，不敢合嘴——硌牙。日子久了，手背开裂，嘴唇开裂，两颊开裂，像在撒哈拉沙漠里快被渴死的一个骨架人。

一个上午也挖不了一绺甘草，尴尬地攥在手里穿村回家。有时害怕被人耻笑，将一绺甘草埋在土里，拎着铁锨灰溜溜地空着手跑回家，下午再去挖一些，凑在一起，勉强成捆，扛回家。

读书时，挖甘草是副业，没人在乎你挖了多少；辍学后，挖甘草是主业，父母不嫌你挖得少，自己都觉得难堪了。

儿童也得要脸不是？我内心深处开始动摇：辍学是不是一个错误的选择？

熬过春季，夏季就好过多了。虽热，但经春夏雨水之功，土壤变得潮湿，也没了春天的风沙，最重要的是，甘草军团开始上山了，山上热闹起来。三喜也从庄稼地里空出手，加入甘草军团，我们形影不离，并肩作战。

有些小事儿，因引起不凡的结局，而变得重要，如那个变成杏树的鸡蛋，如接下来发生的两件小事儿。

第一件小事儿。

一个上午，我和三喜跟在一群大人身后挖甘草，中午不少人带了饭，大家吃过后，略作歇息。三喜匍匐着攥土蛋玩，我笑着跟他一起攥，攥了十几个，排成几排放在地上，像炮弹。九子叔躺在草丛中背对着太阳睡觉，张着嘴打呼噜。张叔坐在土堆上抽烟，忽然站起身，神秘兮兮地在屁股后面抓了一把，攥着手，跑到九子叔跟前，张开手掌堵住九子叔的嘴巴，好像往里面放了什么东西。过了一会儿，张叔站起身笑着跑了，我闻到一股臭味，三喜大喊："张叔，你放屁了。"

三喜捂着鼻子，我也捂着鼻子，张叔和几个大人乐不可支，忽然有人说："九子被臭晕了，快、快救。"

九子叔躺在地上面色铁青，一群人过去扶他坐起，掐人中，捶后背……九子叔缓缓醒来，破口大骂。

众人有的笑，有的安慰。我当时也在笑，回家还讲给擀毡子的父亲听，被父亲打断，把我从他身边撵走。

另一件小事儿。

那年别的孩子暑假快开学时，亲戚家两个上五年级的小女孩来我家串门，一个叫亚娟，一个叫玉娟。

皓月当空，繁星满天，辐条车停放在窗下，车厢内半车青草，蛐蛐欢快地叫。

一家人坐在院子里乘凉，亚娟和玉娟坐在车辕子上唱歌——《潇洒走一回》。

我拿青春赌明天，你用真情换此生。岁月不知人间多少的忧伤，何不潇洒走一回！岁月不知人间多少的忧伤，何不潇洒走一回……

实际上唱了很多歌，但我只记住了《潇洒走一回》，可能我并不喜欢歌，而是喜欢“潇洒走一回”。

两件小事儿带给我深刻的思考：一个被父亲叫停的庸俗的屁笑话，我的认知还没达到认为那庸俗，只是我害怕哪天我睡着了，别人也会弄个屁塞到我嘴里，我不想变成那样的人；一首记不全歌词的歌，却勾起了我对读书的无限渴望，我要“潇洒走一回”。

我若继续挖甘草，不但不能潇洒走一回，还极有可能成为一个屁的受害者。

于是，我返回书声琅琅的课堂，感谢那个屁和那首歌，改变了我的人生轨迹。

3. 骡子

几经波折，2001 年 3 月中旬，春季高考结果公布，我的分数高出本科线 30 多分，感觉到一年半的补习生涯可能真的要结束了。一周后，在新惠中学门口的电话亭，我查到了被北京一所大学录取的信息。依然是那个熟悉的女声，我几乎是颤抖着听完了播报。结束后，我仍意犹未尽，还想再听几次，甚至握着听筒许久，不想撂下。

命运确实是个奇怪的东西：之前作为应届考生和第一年补习时，拼死拼活地学习，却两次落榜；跑到新惠中学，和我的活宝搭档长枪玩了半年，竟然莫名其妙地考上了。

新惠中学的半年，真的是疯玩。自习课只要我和长枪不闹，班级就会鸦雀无声；我俩一闹，过不了多久就会乱哄哄。爱学习的学生视我们为眼中钉，邻座的玉燕同学不堪骚扰，和同桌换了个位置，坐到离我们较远的一侧。后桌的两个女生，被我们闹得和另两个男生换了座位。斜前方的碎发女生被我训练得反应神速，只要我一有动静，她立刻做出要去拿笤帚疙瘩的姿势。斜后方宛若维吾尔族少女满头小辫的阿娇，被我起了十几个外号，更换着叫她。有时，一个新外号诞生以后，她瞠目结舌，缓过神来后，望着我发出惊叹之声："老顾啊，我活了这么多年，不知道我这名字还能这么叫！"

也许我提前考走，对全班都是一件好事，四邻不安的生活要结束了，我和长枪这一对害群之马，终于要拆帮了。

得知考上以后，我又在新中教室里上了一天课。当时，我装作异常镇定，内心却是无比的兴奋，但不想刺激好友们。想想看，本来大家都一起在补习班里再次为高考而战，突然间有个家伙考走了，还是去了北京，是多么让人羡慕嫉妒的事情！补习生的神经是非常脆弱的，我刚脱离苦海，不能伤害他们。

次日回到家中，又用二姐家的座机电话，反复查了好多遍，生怕听错了结果，也或许是为了享受那个曾无数次让我做噩梦的女声。我又查了很多次分数信息，用笔把每一门的分数记在纸上，列成数式求和，又查了很多遍。查分数，查录取信息，查一次 3 元钱费用，估计那个月二姐家的电话费创纪录了。

父亲和三叔，反复研究着我的《入学通知书》。父亲看完三叔看，三叔看完父亲看，有时俩人头挨着头研究。三叔参加过高考，村人称作"大学漏子"，一直有个未了的大学梦。三叔一个字一个字地读通知书上面的字，神情庄重，声情并茂，连学校的印章和内蒙古教育厅的印章，也都读了，且读了好多遍……

"入学指南"上写了大概的费用，3 月 14 日入学，留给父亲的时间，是一个礼拜。村里村外很多人都伸出了援助之手，包括父亲从大队会计卸任后的继任者，足见父亲的好人缘、宽广的胸襟和乡村人的淳朴善良。

父亲还卖了一头小骡子。小骡子是我家母驴下的，两岁了，母驴来我家很多年，只下了一个小驴驹，配了很多次种，才配得这个小骡子。母驴怀孕期间，全家人都盼望着骡子的降生，我担心它怀的是一头毛驴，就多次问父亲："是不是怀的骡子？"

得到父亲的肯定回答后都不放心，直到骡子降生，才相信我家真的有了一头漂亮的骡子。小骡子劲大，难使唤，父亲反复驯导，将它变得温顺听话。小骡子干活利索，还极为聪明，能听懂人话，让左拐不会右拐，让倒车不会前进。小骡子长得高大威猛，一万个不舍得卖，因我的大学，最终还是要忍痛割爱了。小骡子被牵走那天，全家人都沉浸在巨大的悲痛之中，寂静沉默，三姐还掉了眼泪。隔几日买主前来，说小骡子丢了，问有没有跑回我家。我期望着小骡子能跑回来，可是，小骡子若是跑回来，岂不是还要送回到买主家，怎么办？三姐的眼神，也是期盼，也是担心它跑回来还得送回去的表情。

小骡子长得并不小，比驴都高大俊猛，但全家人都一直叫他小骡子，如父母叫自己的孩子一般，小五、小六、小土豆、小糯米……无论孩子多大年纪了，父母依然会在你名前加一个"小"字，这是一种发自内心深处的深情厚爱，比天高比海深——小骡子。

母驴再没下驹，我家从此没再有骡子，小骡子，注定不属于我们了……

火车上，我把一摞摞的钱放在内衣口袋里，口袋是母亲提前缝好的。东子与小丫去北京打工，和我同行，我也装作一个打工者，以防别人惦记我的钱。东子、小丫和我说笑着，却是不同的心境：

我们一起长大，又乘一列火车，奔向同一个北京，却又感觉，不是同一个北京。

北京南站，同学老袁来接我，我们坐学校接站的班车去往目的地。一路期盼，途经天安门广场，这是天安门第一次真真切切地展现在我面前，从红红的墙面出现在视线里，我就目不转睛、贪婪地望着它，祈祷着班车慢些走，直至另一侧的红墙消失，还歪着脑袋回望着。

天安门广场、首都北京还有日夜期盼的大学，这一天真的来了，14 年艰难求学路，一朝拥有，恍然若梦。

大学发给每个新生一张五元面值的餐券，我打好饭与老袁一起吃。

老袁说："这是一份饭。"

我难以置信地盯着他，又低头看饭菜：一份五元？新惠吃一顿饭才一元钱！这里一个人就要五元?!

没再打饭，我们两个人吃完了那一份饭，这是第一餐饭，也是整个大学的缩影，这里北京什么都是贵的。吃着饭，就想起，父亲的打瓜地，还有全家挚爱的小骡子……

若你认真思考，其实你做的每一件事都会给其他事物带来影响，甚至转折，只是你没有想过，或者你觉得并不重要。正所谓，一将成名万骨枯，谁会去想一个鸡蛋或者一个骡子的命运呢?

转折，一个鸡蛋命运因一棵杏树而转折，我的命运因一个屁和一首歌而转折，小骡子的命运因我而转折。

小骡子，其实，是被我吃了。

刚好遇见你

我们哭了，我们笑着，我们抬头望天空，星星还亮着几颗……

1. 郭老师

一辆破旧的自行车，第三次载着我来到郭老师家。门没关，我径直走入，郭老师坐在炕上看书，炕沿放着一摞信签纸，是重点高中（木头营子中学）《入学录取通知书》。我立在地上，眼睛盯着那摞纸，充满期待，郭老师亲切地叫着我的名字："过来翻翻，我刚看到了，有你的名字。"

故乡的夏天，热而少风，郭老师柔和的语调，是林中凉爽的清风，拂过少年的稚嫩的肩；是山间甘甜的泉水，溢满少年求学的心。

我整整五年，就为这一刻。读到七年级，辍学挖甘草，尝过辛酸，又返回课堂，从六年级重新来过，寒窗苦读三年，这一刻终于来了。

我屏住呼吸，想和郭老师说话，但说不出，是什么如鲠在喉，又是什么骤然心跳。我翻着那些纸张，一个个熟悉的名字，怎么还不到我，心快跳出来了。郭老师露出慈父般的笑容："不着急，慢慢找。"

其实并不多，但感觉翻了好久。终于找到了属于我的那一张。我将它拿在手上，捧在心里。我望向郭老师，尽管早已知道分数，知道我考中了木中，但拿到通知书的这一刻，才感觉一块石头落了地，无比踏实。

我一手拿着通知书，一手在我的郭富城式头发上抹了抹，稳定好情绪，望向郭老师："老师，再见。"我转身跑出他家的门，身后是郭老师的声音："别跑啊，要中午了，在这吃饭吧。"

郭老师，真没时间，我要去和父亲汇报，十万火急。

那时不知道，与郭老师分别 21 年后，今天还未重逢。若我知道，一定和他盘腿坐在炕上，大口吃着蘸酱菜，大碗喝着家乡酒，正式地告别一番，道一声珍重。

但是，人生没有回头路，真的很抱歉，我的郭老师。

其实，与郭老师相处时间并不长，他是在中考预选之后才带我的，只有一个月时间。郭老师教数学，擅长画圆，右手持粉笔立在黑板上，急速旋转，就是一个完美无缺的圆，非常圆，无瑕疵，两条线的接口都很难找到。我们曾在下课模仿他的动作，但无论怎么努力都做不到，没有个几十年站讲台的经验是不行的。

康中很多老师都对我不错，但因为通知书的这一刻，将我对郭老师的情感上升到了极点。多年以后，我听到一首歌："因为我刚好遇见你，留下足迹才美丽，风吹花落泪如雨，因为不想分离……因为刚好遇见你，留下十年的期许，如果再相遇，我想我会记得你……"

我和郭老师，就是"刚好遇见你，尽管匆匆地分离，却又无数次记起”。

前几日，朋友发来郭老师的视频，他在用电子琴奏《阿里山的姑娘》。我让朋友问他还能画圆否，朋友反馈的消息是：能。

听到这个消息，好想亲自去让郭老师再给画个圆。

2. 父亲

和郭老师分别后那一刻，我迫不及待，要将通知书拿回家，呈献给我那仍在偏房擀毡子的父亲。他可能手里正攥着一把羊毛，但他一定会放下手里的一切，拿过通知书，看它一百遍。我要向我父亲自豪地说：“你的儿子，考中了，我考上木中了。”

从小我就是个不争气的孩子，是全村长得最黑的，以贪睡闻名，常常睡倒在墙根、柴垛、井边。我这次骑着的自行车，是父亲任大队会计时买的。有一次他骑着这车，路过看到睡在墙角井边的我，在邻居们的笑声中，将我抱起，放在后座上，缓缓地把我载回家。母亲最常说的一句话是：“这孩子不能要了，准得打光棍。”此时父亲会一字一句地说：“堵上大门，从阳沟里爬进来，没看看是谁的小子!”

我的父亲就是这样自信，他不懂遗传学，但他坚信自己的儿子不会变异。而我，13 岁就辍学，挖来很少的甘草，捆成捆，条子锨插入捆中，扛在肩上，甘草的长度比我身高还要高。我就那样扛着这捆甘草，走在路上，走进村里，我很害怕遇见父亲，每次遇见都是无地自容的煎熬。父亲要如何面对邻居们的眼光，无论他在村中地位多高，但是他的儿子，黑漆漆的脸，破烂的衣裳，一身土色，扛着一捆甘草，难堪地走过。对他来说，没有什么比这更丢人的，男人，活着为一张脸，尊严比任何东西都重要。那一瞬间，我不知道父亲的脸色，从未敢抬起头去看他，哪怕一眼。所以，我不知道，但我能想象，那是一种耻辱。不管他曾多风光，那一刻，他需要做的是低下头，承认有个不争气的儿子。

而这一刻，我要让我的父亲抬起头，我考上了木中，整个康乡300多个考生只考上13个，有一个是你的儿子，父亲，我要将你丢失的尊严，补偿给你。我爱听你说："堵上大门，从阳沟里爬进来，没看看是谁的小子!"

拿到通知书，父亲擀起毡子来都特别带劲，逢人也比平时有话说。一张小小的通知书，足以让父亲津津乐道几个月，我那个骄傲的父亲又回来了，完美。

3. 三喜

木中离我家很远，我最舍不得的不是父母，而是三喜。三喜是我发小，从小情同手足。与三喜一起偷他爸种的稍瓜，三喜准掰一大半给我，他吃那一小半。三喜家是我们的乐园，我放假后，白天和他一起玩，晚上就睡在他家炕上。

三喜知道我考中了，很高兴，带着我疯玩。

我们去邻村找他表姐夫大军捞鱼，大军家紧邻老哈河。秋天的鱼比较多，但是大军没有船，我们只能晚上在坝渠下地笼。

地笼下好了，我们仨坐在坝渠边上看着，怕被人偷。大军和三喜蹲在地上抽烟，我坐在地上无聊。晚上蚊子多，我被咬得很惨，但还是担心弄丢地笼，以致我身上被咬了无数个包。扭头看大军和三喜，也在不停地拍打着蚊子，看起来也被咬得不轻。大军使劲吸了一口烟，把烟屁股往地上一摔："靠，回家，这得咬死。"

三喜不太放心："丢了咋整?"

大军头也不回，奔家走着："丢就丢吧，没啥事，早上早点来，没人偷。"

我们看大军执意要回，跟着他的脚步回家睡觉了。早上天擦亮，仨人爬起来奔坝渠。到那儿一看，坏了，地笼分为两个兜子，丢了一兜子，就剩一兜子了。三喜在那埋怨大军，大军在那骂娘，我在那郁闷。三喜四处张望，忽然发现了什么指着一处说："那是谁的?"

大军随着他的手指看了看："啊，我姐夫的。"

我也看到他们讨论的方向，有个地笼。三喜一听是大军姐夫的，来精神了："去拿他的。"不容我们反对，三喜已经下手了。我们也过去帮忙，把大军他姐夫的地笼倒了一兜子过来。然后我们又返回自己地笼这兜子。正在这时，大军姐夫来了，老远和大军打招呼。

三喜做提醒状和大军姐夫对话："姐夫，快看看去，我们这地笼丢了一半，你看你那丢没。"

我心里这个乐啊，三喜这家伙很鬼，跟着他天天有笑声。大军姐夫跑过去，穿着水鞋进坝渠了，一会传来："也丢了一兜子。"

三喜装作很吃惊，凑过去看，站在大军姐夫旁边跟着骂了半天，但主要是骂偷我们地笼的人，大军姐夫地笼是我们偷的，总不能骂自己。然后，三喜嬉皮笑脸地跟大军姐夫说："姐夫，我们这仨人，鱼也不够分啊，姐夫，你看能不能分我们点……"

弄得大军姐夫很不好意思，又把他那仅存的半兜子鱼，分了一半给我们。

我们仨回到大军家炖鱼吃，吃得非常美，还不忘把大军姐夫一顿夸，真是个大好人啊。

三喜其实也很失落，知道要和我分开了。他只读到小学，没上过初中，但初中离家近，每周我们都能再见一面，这次高中远了，要几个月才能回来一次。

临走前那个晚上，三喜来找我，我们到村里商店买了两根雪糕——大白糖。

一边啃着大白糖一边走在村中的路上，天空中繁星璀璨，偶有一丝凉风吹过。

我们坐在村中央自来水管道井的井盖上，望着天空中的星星，享受着大白糖的甜凉，说着少年的心事。

三喜说："到了木中，别忘了给我写信回来。"

我说："不会忘的，我爱写信。"

三喜："就是，你那字好，看你的字就和看画似的。我的不行，和蝲蝲蛄爬的似的。我还发愁呢，你走了，以后我有不会写的字怎么办。"

三喜指的是怎么给小翠写信。小翠是他喜欢的一个姑娘，我是他写信的辅导老师，遇见"钥匙"之类的字不会写就来请教我。至今我也不知道，三喜写给姑娘的信，为什么会出现"钥匙"二字。

我说："不会写就写成拼音吧。"

三喜咬着大白糖，发出嘎嘣一声："我才不写拼音，虽然读书少，但是不能丢份。"

听他维护着小小的自尊，我竟有些难受，心里酸酸的，没有说话。

三喜说："顾，去了木中，我不在身边，有事去找大哥，大哥会帮你，我给他写信。"他说的大哥是他亲哥，高我两级，在木中读书，我习惯叫他“二梁哥。”

我感动得快哭了：“中，有事大哥肯定得管我。”

……

我带着母亲准备的红咸菜和炒米，拖着父亲亲手擀制的绵羊毛毡子，坐着田叔的班车，奔向了我向往已久的木中。在那里，我将放飞理想，告别黄土地，进城喝可乐。

我把自己唯一的一本《新华字典》留给了三喜。我想，他能用上。

我们哭了
我们笑着
我们抬头望天空
星星还亮着几颗
我们唱着
时间的歌
才懂得相互拥抱
到底是为了什么
……

初落榜

我常做一个同样主题的梦：高考，落榜。醒来会满头大汗，望着黑夜很久才能缓过神来：原来是一个梦。

1. 考前

1999 年 7 月，要高考了，二校长把整个高三年级的新生召集在旗杆下，进行简短的考前培训。整个校园异常安静，二校长不知道为什么，没有站在假山外围的花墙，而是站在了女生挂衣服小树林边的墙头上，也许是为了站得更高，传得更远。

那天，太阳很毒，每个人的脸都出油，但大家一动不动地听着，我们知道，这是二校长最后一次给我们训话了。二校长口才极佳，说话更像演讲。他说着一些高考中的注意事项："如果答题卡没有涂完，监考老师来收，你就用铅笔扎住，他要是抢撕了，还得让你重新填。答题卡都是按号排列的，少一张他没法交差……"汗水从二校长脑门闪着太阳的光，脸上沿下巴颏淌着汗滴，顾不上擦拭。二校长说了很多很多，告诉大家专心考试，不要计较考场内的其他事情。还给我们讲了前几届有几个学生因为“有个考生放了一个屁”发生争执，影响了成绩。消瘦的他，不像校长，更像家长，不停地说着，比画着，弄得我们心潮澎湃，群情激昂地恨不得立刻就冲进考场，二校长煽动性言辞从来不用打草稿，对于很多人来说，这充满激情的演讲，行将远去。

2. 高考

木中没有考场，我们需要进驻县城所在地新惠镇。班主任老师领着我们，住在一家旅店。一切都还算正常，没有因为“一个屁”而内讧。只是我因吃了两片脑清片而过敏，起了“紫癜”，是一种红红的血泡，有点吓人。考场上，杜若同学答题依旧迅捷，最先完工后东张西望，惹人心烦。小丛同学疑似中暑，晕倒在考场上，出去抢救了有十多分钟，之后捂着湿毛巾回来继续考。历史反复证明，我比较容易冲动，在高考这样重要的考试中，再次铤而走险，作文写了个很拉风的题目：要杀死美国总统。

考最后一科之前，在旅店发生了一段小插曲。有两个外校男生来找事，倒是跟我没关系，目标是我们班另一男生，该男生谈了个比我们高一年级的女友。高考这年，女生在县城另一所高中补习，估计情感世界又牵扯进了别的男生。俩男生来时，任老师在场，很是老到，让人将全班男生都集合在一起。来找事的俩人，知难而退，说了几句软话，走了。

当时还是采用估分报志愿，因此考完大家就散了，各自坐车回家，在汽车站和女友小荷告别的时候还有些不舍，但想想几天后报志愿还会见面，稍感安慰。

3. 志愿

几天后，大家返校报志愿。当时与现在不同，不是知道分数以后再报志愿，而是采取估分，盲报。对我来说，估分远比报志愿痛苦得多，一道道与正确答案不同的“ABCD”反复地折磨着脆弱的神经，自由发挥的论述题还好一些，宁可多打些分数欺骗自己。志愿填得很干脆，没用三分钟就填好，甚至我都忘记填了什么，估完分数的瞬间名牌梦便已经坍塌。专科学校即使考上，也下定决心不去，所以专科栏空白，本科栏胡乱填了一些学校。这场填报志愿，全班都有些萎靡不振，那个年代，一个新生班能考走三五个是再正常不过的事情，更多的人会毫无悬念地落榜。

4. 查分

去查分数时，在路上遇到了同学王西和阿连，我们一起走煤渣路奔向学校。临近校门，看到斑驳的大门、灰绿的主楼，陡生从未有过的亲近感，仿佛久别重逢的故人。来得太早，分数还未公布，不能查，三个人像幽灵一样在街上晃荡。傍晚时分，开始为住处发愁，学校楼门紧锁，无法入住。

王西说：“去邮局看录像吧。”

一行人，来到邮局，发现放录像的人竟然不在，他难道也放暑假吗？夜色越来越浓，我们只好躺在邮局屋檐下的水泥地，上面还保有白天太阳的余温。入夜，惊醒，冷！三个人都翻身坐起，抱怨着。

我说：“咱们去学校吧，我有办法。”

趁着夜色，我们走到校内主楼 132 宿舍窗外，这里曾是我们的宿舍，现在门窗紧闭。我从地上摸了块石头，猛地一扔，咔嚓，玻璃碎了，手伸进去将插销打开，第一个跳入，躺在宿舍大通铺的草垫子上。

王西赞叹：“顾，你真有种，哥们算服了你了。”

我愤愤地说：“靠，老子就不信了，在这上了三年学，今天露宿街头在这住一宿咋了？我看看谁能把我咋样，能把咱们撵出去。”

我坚信，就是老校长来了，也会收留我们，不是吗？我的老校长，我的母校。

王西枕着自己的鞋，鼾声顿起。他报的中专，相对来说，挺保险的，不出意外应该会被录取。我和阿连就不同了，尽管心存侥幸，但心知奇迹发生的可能性微乎其微。我辗转反侧，听见阿连也在不停地翻身。我恨不得过去把枕着臭鞋打呼噜的王西掐醒。

5. 揭晓

在学校周边晃了几天，最终，用校门口商店的小胡子老板的公用电话，查到了我落榜的分数。小胡子老板热情地和我说话，我根本没听进去，灰溜溜地坐上了回家的公交车。

一路上心情沉重，有窒息的感觉。越是离家近，越是害怕，害怕遇见熟人，更害怕遇见亲人，比如父亲。但我还是要拖着沉重的步伐向家走，从下车的公交站到我家，路很近，却很长。快到家时，经过闸阀井边上的小卖部，见很多乡邻站在小卖部窗前聊天。我最不愿意看到的场景发生了：父亲，他在人群中，本来在说笑，望见我疲惫的身影，似乎明白了什么，停下来不说话，静静地看着我。我低着头不敢看他，加快脚步逃离了他的视线。不知道我是如何在父亲的身边走过的，那是我这辈子最不愿意面对的场景。带着高考落榜的消息，进入自己的房间，拿被子蒙住头，痛哭流涕，我不是为落榜而悲伤，而是无颜见东山村父老……

我在高中的成绩一直不错，父亲也常和乡邻有意无意提起，他以我为荣，而这一次……

“爸，对不起，我没考上”，这是我最想和他说的话，想和他说句对不起，但我说不出来，话到唇边，泪流满面。

6. 会议

夏日傍晚，父亲、母亲、三姐和我，在院子里召开了一次沉默的家庭会议，每个人的发言不过一两句话，间隔却拉得特别长。一家人坐在那里，直到深夜，都不愿离去，却又都不知道该说些什么。

星空璀璨，风不动，树也不动，只有蛐蛐儿不懂事地扯着嗓子嚎。父亲点燃了很多蒿子，用以驱蚊。我拿着一根草棍，坐在门前台阶上画着鬼才能看懂的图案，脚边窗下是母亲割来的蒺藜秧。

沉默了许久，终于，三姐说：“考不上明年再考呗，哪有那么容易考上的……”

我的泪水伴随着三姐的话，滴滴答答地落在台阶上，不想流泪，却泪如泉涌。不禁想起只大我一岁的三姐，从我初二开始就在外打工，供我读书。那年她在瓦厂，同村去的六七个小姑娘都相继跑回，说瓦厂太苦，只有三姐一个人留下了，她只有 16 岁。三姐常常给我写信，说着工厂里发生的各种趣事，从未提起过打工的苦。但我看过她写的很多日记，刚开始记录着打工生活的艰辛和对读书的渴望，到后来更多的是对未婚对象的不满。日记持续写了 5 年，她辗转去了很多个地方，但无论到哪里，都会写信给我，信里没有辛酸，只有趣事。直到几年后我去她所在的工地找她。

三姐跟我说："弟，姐带你去吃好的。"

在一个简易工棚里吃了她所说的好的——一碗拉面，大师傅油腻的手向碗内撒了两把葱花。想起了三姐给我写的那些信，这么多年，她都是这样过来的，而写给我的，却总是欢笑。有一年入冬了，她还在室内刮大白，我去看她，看到她脸上的冻伤，旧伤未愈，又添新伤。

三姐这年没有去打工，因为她要结婚了。三姐跟着我流泪，父亲不说话，不停地往火堆里续着蒿子，火苗直蹿，浓烟滚滚。

过了很久很久，父亲试探性地问："差一点的学校也考不上?"

我已经有些不耐烦："我说的是最低分数线，没有比这更低分数的学校。"

鼻涕、眼泪，一把、一把……

父亲无语，母亲无语，三姐无语，一家人静静地坐着，只有我在不停地抽搐，父亲每过一会儿就填几把蒿子。

里屋挂钟嘀嘀嗒嗒地响着，不知不觉中，东山村各家的灯光都已熄灭。

母亲说："睡吧，明天还得下地干活。"

7. 复读

第二天醒来，一家人除了我都下地干活了，锅里热着饭，我却没心思吃。连续十几天都是如此，不干活，也不出门，不想见人，闭门沉思。躺在老屋自己房间的板床上，曾在这里挥毫泼墨练习毛笔字，曾在这里画了厚厚的一大本人物素描，但现在已经没有练书画的心情。躺成一个大字，或者缩成一团，和家人错开吃饭时间，只要母亲进来叫我，就用被子将脸蒙住。她再叫，我就大声地喊：“知道了，你们先吃。”母亲会叹着气走出去，我将脸从被子里探出来，望着房顶，直愣愣地望着，感觉房顶和四周墙壁都在排山倒海般向我压来。

几家欢乐几家愁，大约是在术子哥被长沙电力学院录取的消息传来时，我拖着行李，搭上了去往木中的班车，去补习。

途中在羊场倒车时，又看见“金三角”饭店，还有饭店对面的商店胖胖的老板娘。每次回家我都会在她的商店里等车，买点汽水、面包之类的。但这次我选择了在路边晒着，害怕甚至恐惧她问起我高考的分数，我这样扛着个行李，一看就是落榜的人。坐在行李卷上，身下是父亲三年前为我擀制的羊毛毡，从早上等到中午，三四个小时，对着8月的骄阳，暴晒自己，进行自虐。

车来了，将行李放进后备厢，看着熟悉的瘦瘦的售票员，我掏出一张百元大钞买票。

他惊了一下问：“没零的？”

我板着脸：“没有。”

哥就是这么有钱，没零的，全是一百的！看着他打开黑色的皮夹子凑零钱，好像吐出了积压已久的情绪。

下车后，沿着煤渣路走向学校，抬头看着亲切的柳树、熟悉的校门，有一种回家的感觉，毕竟在这所学校奋战了三年，一草一木都有了很深的情感。

近乡情更怯——木中，母校，我又回来了。

钱这种东西

钱这种东西，能使朋友变成生死之交，也能让亲人反目成仇。关于钱的故事，每个人都能讲出很多，因为钱，太重要了。钱可以凌驾亲情之上，钱可以践踏生死之恋，钱可以检验情感的真伪，想知道你与人交情深厚，和他借钱，一试便知，百试百灵。

我现在走得最近的两个朋友，关系比较复杂，一个叫春光，一个叫耿总。我们三个是初中同届学生，春光和我在一班，耿总在二班。我们还有亲属关系，论着辈分我得管春光叫姨夫，管耿总叫舅。但我只在需要的时候才叫春光姨夫，至于什么时候需要，你懂的，肯定是为了获取他的支持。

我从没管耿总叫过舅舅。有一次耿总喝多了，在车上拿出二百元钱，让我叫，叫了就给。我禁住了诱惑，死活没叫。后来耿总涨价到三百，还是没叫。同学在一起，甭想论亲戚，光着屁股长大的，论什么亲戚？难怪刘邦当皇帝后杀了许多发小，因为那些人知道他太多的糗事。这么一说，万一我当了皇帝，准得先杀了他俩。

我们共同的爱好是一百零八张——麻将。

打麻将的时候，耿总是春光眼里的亲小舅子，爱给他点炮。每次耿总点炮，春光笑嘻嘻地推倒牌："还是我亲小舅子疼我，知道他姐夫和啥。"眼中的确是亲姐夫的光芒。

耿总唉声叹气，绝不会同意春光是他亲姐夫的。若是春光坐在耿总上家，就更有意思了，春光打牌耿总很难吃牌，春光调侃："这咋还啥也不吃，啥也不喝，全靠自摸?"

耿总气得怒视春光："靠，这啥姐夫，吃不上吃啥。"这时春光是耿总的头号仇敌，不提姐夫还好，提了姐夫更是火上浇油。

喝酒的时候，春光是耿总的亲姐夫。春光喝点就不肯喝了，耿总就劝："姐夫，亲姐夫，再来两盅。"春光仍不为所动，耿总祭出撒手锏："我这绝对是亲姐夫，那时候一个月赚五百块钱，我没钱吃饭了，还给我送八百去呢。"

这是耿总打出的感情牌，耿总一提这事儿，春光准能多少再喝点下去。这个段子我耳朵都听出茧子了，但每次都好使，一谈到这段感情，俩人就变成了亲的。

耿总现在事业做得相当不赖，但创业的时候很是艰难，曾经在中关村猫着连方便面都吃不上了，差点饿死，是春光给他送钱，救活了。但是同学也好，亲戚也好，这事耿总平时也不说，但劝春光喝酒时必提，那叫一个好使，堪称撒手锏。每次劝得春光眼泪汪汪地开喝，耿总得意扬扬地说："喝酒还得是亲姐夫，要不这还有个喝。"

耿总有颗感恩之心，最常念叨的不是春光，而是一位四五十岁的大姐。这样一表述，不是说耿总性取向有问题，而是那位大姐帮过他。

那时，耿总还是个打工仔，在天津某海边卸沙填海，那次已经一天一宿没吃饭，卸完沙子累虚脱，躺在沙堆睡了过去。沙子车把耿总落下了。他醒来的时候，发现孤零零的一个人面对大海。前不着村，后不着店，耿总徒步走了两天两夜，走到大港油田。饿啊，想吃饭，身无分文，穷光蛋一个。路边摊的大姐看这孩子可怜，让耿总坐下来吃拉面。耿总吃了三大碗还想吃，大姐说："孩子，大姐不是不舍得让你吃，怕你撑坏了啊。"

路上过来一个水泥车，耿总帮忙卸了一车水泥，赚了 20 元钱，搭车到了蓟县，幸存下来。

耿总说这故事的时候泪眼蒙眬，三碗拉面，一辈子的感恩之心。

我说，我也很感谢那大姐 ，要是饿死了，找谁打麻将去，这么敞亮的人。耿总说："银行不倒，咱这钱就有。"其实我也没赢着钱，就是喜欢和敞亮的人打，偶尔玩到快散的时候，耿总若点大炮，也会"扬沙子"。他把牌一推，哗啦啦，哈哈大笑："不玩啦。"

我说："不对啊，银行倒啦?"

耿总会找烟点燃："靠，这是钱啊，20 块钱就能到蓟县，三碗拉面就能活命!"

这个时候的耿总，又非常可爱，三碗拉面轻如鸿毛，感情宝贵重于泰山。

我上大学时，每次暑假都不怎么拿钱回学校，不超过 500 元。农民的钱是有季节性的：寒假开学有钱；暑假开学，钱都在地里，农作物还未收获，没钱。父亲那会儿有个朋友，叫老杨，哪怕 200 元，也是和老杨借的，利息，三分起。每次走之前，父亲就会问我："拿多少钱?"

我说："不拿，下半年不交钱，就交个舍费，我这还有呢。"

父亲都会给我拿上几百，舍费是 360 元，我交完了，也就没钱了。我就给报社和杂志社写稿，赚取生活费。那会儿，写了很多个爱情故事，不是我有多少爱情往事，而是由不得我，人家要什么你就得写什么。如今我写作，孟博士问："怎么不给《赤峰日报》之类的投稿?"

我说："不投，投稿要按照对方的需求写，而我现在就写我想写的，这才是真正的写作，之前写的那些，不是写作，是求生。"

在和女友小荷分手之后，有过一次很短暂又很美丽的爱情，对象叫小竹。读者可能会纳闷，为什么你笔下的主人公都是花啊草啊的，是的，梅、兰、竹、菊、荷、丹、桂我都喜欢，因为这些都是生长在地下的，有泥土的芳香。农民的孩子，喜欢土，是那片热土养育了我，树木、禾苗、花朵，都是我深深的情感。

小竹曾到我就读的大学去过，我把她介绍给我同学，奔着终成眷属的目标去的。但我们没成，就是因为钱，说起来很俗，但人更多的时候，必须面对这残酷而悲伤的现实。

那年暑假快开学时，我和小竹在赤峰买衣服，买牛仔裤，我穿过的牛仔裤都是深蓝或者浅蓝的，那种比较薄的布料。而小竹喜欢深绿浅绿的那种很厚的布料，我想既然她喜欢，那就买吧。深绿色的牛仔裤，是我至今为止，唯一的一条这样颜色和布料的牛仔裤，也是我和小竹感情的尾声。

买完裤子，发现钱丢了，那年父亲给我装了 400 元，是和老杨借的高利贷。钱丢了，我也没说什么，小竹显得不是很高兴，但也没说什么。

到了学校，该交舍费了，但是没钱，丢了。小竹也去了自己的学校，之后打电话来，给我报了平安，没说其他的。我当时很生小竹的气，很想骂娘，心想：我的钱丢了，你也知道的，作为我的女朋友，你就不管不问吗？我不是要让你给我交，起码你关心一下，就算普通朋友，也叫回事啊。好比你出了事，需要很多钱，你邻居拿来50元说："能力有限，您别嫌少。"这是什么？人情世故，爱情，更是人之情，事之故。

就这样，小竹再打电话来，我就不接，她打了一万次，我拒接了一万次。那会我那部手机，可能还没有黑名单之说，不然肯定把她拉到黑名单了。

小竹长得很漂亮，是那种小小的美，如邻家女孩，我很喜欢，她也很喜欢我。因为我总写一些爱情故事发表在很多杂志，她会看到，看到还会不高兴，这也正常，没人喜欢看自己男朋友的风花雪月。其实，那些故事都是假的，是我赚学费的手段。我们在一起的时候也很开心，但开心归开心，恋爱归恋爱，若想一起走进婚姻的殿堂，真不是喜欢就能够实现的。

如果没有丢钱这档子事，我和小竹，也许会是另外一个结果。就因为400块钱，我觉得，她根本不关心我。小竹喜欢猜我在想什么，她很单纯，看不透的事情，就猜。很多年后我跟小竹说："对一个人好，比猜一个人的心事，重要得多。"

小竹认为我抛弃了她，我打死都没说，为什么突然间不接她的电话，毫无理由和她分手。我不会说的，一个人对你好不好，不是你能要求来的，你要求来的，受着也不会舒服。

很多年间，小竹都在追着问我："为什么，你为什么抛弃我，你个薄情寡义的负心汉!”我对于小竹来说，是十万个为什么。

小竹知道原委，是最近的事情。有一天把我问急了，我说出了原因。此时，小竹的娃已经六七岁了，也很幸福。

我说：“本来不想告诉你，既然你这么想知道，那就说了吧，不过说了以后，怕你哭，哭三天。”

小竹听完之后，是无限的沉默，之后她说：“那时候不懂事，我家我是老小，从小都是别人照顾我，从来没有照顾别人的想法，我也不知道你那时那么困难……”

如果真的很喜欢，也许哭得不止三天，而是三年，或者，三生三世。

我还是挺有福气的，没钱交舍费，在教学楼里转悠，低头捡了400 块钱，不多不少。它在楼梯上安静地等待着我，拿起来夹在手中的书本里，楼梯上面开始下来人，楼梯底下也开始上来人，而这 400 块钱，就偏偏属于我。可能因为舍费是 360 元，所以很多人带 400 元过来，听起来有些神奇的 400 元，却是真实的发生。

钱这种东西，说起来，有很多温暖的往事，也有很多痛心的故事。

我不怪小竹，只怪当时彼此年轻。

饿

元宵节，我没有吃元宵，因为不觉得有什么吃头。肚子里不缺油脂，吃什么都无所谓。这要是在我挨饿那个年代，但凡能吃的都得整几口。

我从初中辍学时除了打了一次架和踢碎了一块玻璃之外，很重要的原因是饿。那会康中的饭菜实在不敢恭维，水煮大白菜或大萝卜。大萝卜在冬天煮，是极苦的，看似像肉，吃到嘴里想吐，汤都是苦的。更要命的是我“抢不上槽子”，体格弱，抢不过广东他们。广东这个家伙那会儿把我饿惨了，现在竟然成了我老舅，我老婶是他表姐。要不是有这亲戚，我真不想认他了，饿死我了！

同学嗅嗅说到不想吃方便面时，我就在想，高中那会是不是都吃七毛钱的“龙丰”吃伤心了。那时真的很饿，全校学生都是世上“赶饭局”最积极的人，尽管这场饭局，只有带着虫子卵和耗子屎的小米饭，没有鲍鱼，没有四斤一只的龙虾，也没有小鸡炖蘑菇，真的没有，但我们奔跑依旧，玩命向前冲。早晨冲得速度最快，这时候体力好，中午和晚上就冲得没有那么快，上了一天课又累又饿，体能不足。发生“交通事故”的场面比比皆是，最常出现的就是冲在前面的打完饭往回走，被刚冲过来去打饭的哪个愣头愣脑的家伙给冲翻在地。被撞翻的永远都埋怨肇事者冲得太快，忘记了自己刚刚还风驰电掣。多年后我看一个电视剧，富商开仓放粮，灾民从四面八方蜂拥而至，人仰马翻，我心里一惊：“这不我校学生打饭呢吗?!”

我们与饥饿的斗争，最主要的办法还是“生挺”，挺死拉倒，十八年后又是一条好汉。

饿时，我就坐在那里半死不活地翻着白眼，有气无力地看看身边的老邪说：“既然古人说‘过犹不及’，饿着饿着饿大劲。你说我们会不会饿饱了?”

老邪萎靡地看着我：“有可能。”

从那副无精打采的表情来看，他同样幻想着这样的好事能够发生。

我想，如果饿饱，打饱嗝，我一定把它死死憋着，不打出来，憋成屁，美滋滋地放给老邪听：你听听，哥们这撑的，正放屁呢。谁能吃饱，或者谁撑着了，都很让人羡慕。我们饿了，除了发呆只能喝水，且是偷来的水——没有茶缸。

饿，总要想点办法。同学燕子等鱼米之乡来的女生会咯嘣咯嘣地吃“炒大米”，即“炒米”，吃得很小心，但那东西硬得很，咀嚼的声音总是很响。没过几天，燕子装炒米的盒子上被人写了两个字“鸟食”，这很正常，咯嘣咯嘣的太招人嫉妒了。也有同学吃炒面：白面炒熟，弄个茶缸打些热水，放入炒面，用小勺搅拌后，再放点白糖，一勺一勺地挖着吃，吃到最后，茶缸子被挖得兹拉兹拉响，热气腾腾的炒面，香气四溢。春节贴春联时，母亲端来的糨子让我想起了多年前的炒面，一边用刷子往门框上刷，一边感叹“这有什么好吃的，不就是糨糊吗？”

饥饿的直接后果是能吃，越饿越能吃，饭量大。我们班练体育的春同学，一顿能吃 12 个馅饼，足足是我的三倍。他说还没使劲吃呢，使劲能吃 20 个。老鹰吃完一碗面条，杜若那碗刚吃一个尖尖。老鹰吃饺子，端起碗用筷子往嘴里划拉，和别人喝粥的动作类似，那会老鹰等人在四食堂吃“包伙”，后来四食堂就不干了：太能吃，亏钱。其实，不是很能吃的我也被人家开除过。补习时和子华几个在外面吃包伙，子华饭量较大，每次都吃不饱，总是去和房东老太太再要些过来，要来后被我们一抢而光，就再去要，导致房东认为他饭量极大。包伙的概念是不管吃多少都付同样的钱，子华饭量大，房东不高兴，不到一个月我们被扫地出门。我可以负责任地说，不是饭量大，是饿。

木中的学生，不但打饭跑得快，吃饭的速度也快，谁吃得慢谁吃得少啊！“抢不上槽子”的只有挨饿，花花绿绿的打饭盆里，两毛钱一个的铝制小勺，挖得盆底薄膜翘起直至脱落，继续向下挖，挖走盆底的塑料分子，绝不放过一个肉丁菜叶。为了提高吃饭速度，我和老袁吃外伙时，第一件事就是抢碗，有几个碗的边沿有豁口。谁先跑到就选好碗，好碗吃饭快，带有豁口的碗会磨嘴唇影响吃饭速度，人人摒弃。

女生们的分餐制明显不如男生的共产主义大盆饭适用，常为分餐不均耿耿于怀。食堂的大师傅也很损，打饭经常缺斤短两，看人给饭。高年级比较硬气的就多给一些，估计是被这些年长懂事的师兄们“潜规则”了。打饭需要有饭牌，类似于饭卡，常丢，丢了就鼻子不是鼻子脸不是脸地挨顿骂，搞不好就不给打了，一个组的人就跟着挨饿，至今提起仍有很多人为打饭不均而愤愤不平。

饥饿中，木中的男生，变得十分“饥渴”，看到什么都想吃几口，也诞生了一些惊天地泣鬼神的故事。中华班的几个男生，擅长抓鸡。南墙外的树林里经常有附近农民的鸡出没，这些豪杰们就下手了。抓到之后，活活卡死，带到隐蔽之处，给鸡浑身抹泥，架火，烧烤。据称有一次，一只鸡刚放在火堆里就苏醒过来，扇动着翅膀呼啦呼啦地跑，泥点子迸了烧烤师一身。不过，它要想逃掉是不可能的，这几位豪杰，奋起直追，有了速度，没了风度。

类似于烧烤这种“坏事”，不能少了“黑社会”大佬老姚。老姚的做法更加大胆，抓到鸡之后带走，找关系好的人家炖着吃。有一次，老姚抓到一只鹅，甚喜，脱掉上衣，包起来搭在肩膀上背着。走在途中，鹅经过一番努力挣扎之后，从上衣中探出脖子，贴着老姚的耳朵和老姚打招呼“嘎嘎嘎……嘎嘎嘎……”

烧烤师和老姚的办法都有些鸡鸣狗盗的味道，登不得大雅之堂。体育生们打牙祭的办法就正大光明得多，人家是真上山打猎，对野兔子，不用枪，用腿。几位高水平的运动员，在冬日雪后，南山周边，拉网式捕猎：围成圈，见到野兔后，有人直击，有人包抄，硬生生追上，脚踢，猛踹，硬踩，追得野兔无路可逃，当场投降。当我们饿得四肢乏力时，这些牛人，已经在享受热腾腾的野兔肉丸饺子了，有明媒正娶的野兔，馋死人不偿命的肉丸饺子。

要说饥饿之事，就不得不提三哥。三哥是我木中的师兄，打建校就入学，自称骨灰级。三哥有一把铁锹，自夸为“神锹”，相中了哪家的鸡，天黑下手。来到鸡窝前，先将神锹置于自已腋窝处搓几下，将锹头搓热，再伸进鸡窝，那鸡便随着热度站在锹上，慢慢地向外拽，鸡就跟着神锹出来了，悄无声息。一日，三哥与同伴发现大食堂杀猪，猪肉被分为两扇，放在食堂地上，三哥和伙伴商量“这必须得整点”。午夜时分，哥俩就下手了，爬上大食堂的屋顶，用绳子将体重较轻的同伴从透气窗放进食堂。同伴顺利拿上半扇猪肉，三哥在屋顶向上拉，眼瞅着即将成功，异常兴奋，忽然出了状况，绳子断啦！同伴被困在屋内，三哥在屋顶无计可施，那是冬季，灶膛内压着煤块，同伴就蹲在灶坑捅灶膛内煤块取暖。早上大师傅王强前来烧火，刚打开门，一个满身灰烬黑漆漆的身影便冲了出去，撞得王强一个趔趄，王强吓得够呛，还没看清状况，那黑影便消失不见了。

我那会比较老实，不敢做太大的动作，但比如说偷吃老陈的奶粉，还是有那么一两次的。老陈练体育，需要补充热量，奶粉就放在桌洞，常常莫名其妙地减少。每次奶粉少了，老陈都自言自语地怨恨“有人偷吃”，苦于没有证据，只好作罢。肯定不止我一个在下手，不然不会少得那么快，因为我每次很小心的，只吃很少，以便细水长流，所以定是有同道中人动作太大了！

有个男生酒喝多了，沿着校门外的坝渠，挥舞着柳条子拼命地追打着一头猪，追进了玉米地。我在想，他是不是酒后壮胆想杀猪吃，没准，我们饿人辈出的木中，还真有人杀过人家的猪呢。

饿，饿出了千奇百怪的应对招数，也饿出了这些不可复制的趣事。

情人节的九朵玫瑰

2014年的一个晚上，我和高中同学“八卦女王”冰子坐在亚运村一家饭店里等老袁，服务员上了一盘瓜子，这意味着人多上菜会很慢。

冰子吃着瓜子问我：“你高一的时候喜欢谁？”

卧槽，能不能不问得这么直接，哥那时候还没发育，再说喜欢谁也不能告诉你啊，告诉你岂不是全班同学都会知道，你那么八卦！

可我还是告诉她了：“喜欢亚禾啊，那可是我女神。你可别跟别人说。”

冰子脸上露出满意的笑：“我肯定不能跟别人说，放心吧，我不是那样的人。”

冰子这么说的时候估计她自己都不相信，很快我们班同学就都知道我那时候暗恋亚禾了。冰子你个叛徒！

不久，我质问冰子为何背信弃义：“你不是说不跟别人说吗？”

冰子毫无愧疚地回道：“没跟别人说啊。”

我问：“没跟别人说，咱们班同学为啥都知道了？”

冰子委屈地说："是啊，没跟别人说，只跟同学说了。同学能是别人吗？同学是自家人！"

我怒道："你大爷，冰子。"

1. 大腿上的初恋

哥那时候确实没发育，只是悄悄地暗恋亚禾，没表白过，更没牵过手，接吻之类的就更没有了。可就这样让全班同学都知道了保守了20年的秘密，哥亏大发了。

那些年我暗恋过的亚禾梳着小子头，大眼睛，双眼皮，皮肤白，常穿一件白色带红花的上衣，安静地坐在教室的中间几排。我那时候坐在后排，视线要穿越很多人的脑袋，才能看到她的背影。我17岁，不知道喜欢一个人之后应该怎么做，就那么默默地喜欢着。学习累了的时候，我咬着圆珠笔的一端，静静地望向她，日积月累，圆珠笔咬出了牙印。

这样一来就常溜号，反应过来以后就掐同桌于子的大腿，招来于子咬着牙根掐我，疼啊。于子有虐待症，下手极狠，后来成了大夫，拿着药针，一天扎十几个病号，不带眨眼的虐待狂。我掐于子一下，于子就反过来掐我一下，从不多掐，我停他就停。我喜欢亚禾的表达方式就是毫无原因地掐于子的大腿，他的大腿就是我的初恋。

独角戏历来都不是什么喜剧。我喜欢亚禾最疯狂的时候，给她写了人生第一封情书。兜里揣了三天三夜不敢给她，也没机会给。亚禾虽然极温顺，却有个相当难惹的闺密——晓光。晓光长得小小的，但眼神凶得很，每天看到她的眼神，都觉得全班同学都欠她钱没还。我的情书如果被晓光看到，绝对当场撕碎，劈头盖脸扔到我头上。后来，我把那封情书自己撕了，扔进垃圾桶都不放心，捡出来丢进了厕所。

亚禾是某文科课程的课代表，我就很认真地学习那门课程，不但如此，我把整个文科的课程都认真学了。高二开学就会分班，在我的想法里，既然是文科的课代表，必然会选择文科班。事实并非如此，亚禾选了理科班，我却用力过猛，文科显得过于优秀，不选文科都不行了。分班的时候，我搬着课本从亚禾的身侧走过，眼角的余光扫着她。她始终那般安静地坐在座位上，不曾看我一眼，不曾有一丝留恋之意。就是在分班那天，那封才华横溢、空前绝后的情书，阵亡在了学校南墙边的厕所里。

如果不是冰子，喜欢亚禾这件事，会是个永远没人知道的秘密，这么想，好像还得感谢这个八卦女王。

2. 老杨的饺子

我到文科班的时候，同桌变成了老邪。于子也留在了理科班，我看不到亚禾，也就没再掐老邪的大腿，但还会莫名地咬着圆珠笔发呆。这时候杨双来了，她高一，是我初中三年的同学，初三补习了一年，高中就比我低了一个年级。他们都说，我和杨双谈恋爱。“他们”是谁？他们就是全校的师生！他们都这么认为。甚至我们村的人都管我叫小杨，老杨是杨双他爸，而叫我小杨，啥意思啊？我就那样“被早恋”了！哥是很冤枉的。

我同学赵五，那会跟我打赌，说我会和杨双结婚，赌资是一百万，所以赵五欠了我一百万。去年跟他要的时候，他耍赖，不肯承认有这事儿。现在仍有不认识的人前来问我：“你是不是杨双的前男友?”是你三舅啊。

杨双她爸是个主任，在我们乡知名度很高，杨双跟着出名，全校师生全认识她。初一开始的时候杨双学习很好，与我和水儿三人在前三名里面较量。常有春心萌动的少年写信托人送给杨双，杨双的成绩就下滑得厉害。杨双穿一件黄色的连衣裙，全校仅有，漂亮无二。她在我后桌，那天我俯身拾起掉在地上的钢笔，无意中发现了一个秘密：她连衣裙的里面竟然穿的是秋裤。既然是秘密，就不能跟别人说，可我总觉得心神不宁，好像做了什么不道德的事情，我真不是故意看到的啊。可是看到了，也就成了无法改变的事实……

晚上的时候杨双跟我说：“我爸叫你到我家吃饭。”

我靠，你爸为啥请我吃饭，你爸知道我看到你穿秋裤的事情了？吓死哥了。我不想去的，主任和我有啥关系，我爸充其量是个大队会计，和主任还是有差距的。

那好吧，我还是去你家吃饭吧。看了人家的秋裤就要负责，不是吗？我还以为她爸要教训我，让我以后不可以看她的秋裤，但她爸啥也没说。这更让我不安，到底是啥意思？我以后不看她秋裤了，好不好？杨双她爸就这么诡异地隔三岔五叫我去吃饭……我就“被早恋”了，莫须有的罪名。

八年级的时候，杨双还说服老师，要跟我成为同桌，我誓死未从。她就落榜了，没考上高中。我寻思这下好了，终于可以不再被她爸叫去吃饭了，我也忘了秋裤的事情，什么颜色我都忘了。

3. 秋裤的颜色

高二的某一天，老邪说外面有个女生叫我，我带着疑惑出来看到了杨双，有那么一个瞬间，我多么希望是亚禾。

我吓坏了，问杨双："你爸又叫我去吃饭？"

杨双推了推鼻梁上的眼镜，笑了："这又不是康中，怎么去我家吃饭，再说你就那么怕去我家吃饭吗？"

我一想也是那么个理，这儿离初中好几十公里 ，吃饭肯定赶不回来。

杨双手里拿个塑料袋，递给我："我爸让我给你，我妈包的饺子，羊肉芹菜馅的。"

我："谢谢你爸。"

我本来不想拿这饺子呢，但木中这地方太艰苦了，在美食面前，一切的原则都是扯淡。

隔天杨双又来了。我诧异地问："你爸又给我带饺子了？"

杨双："不给你带饺子，我就不能来找你吗？"

我一时语塞："那倒不是……"

杨双："我们语文老师布置的作文题目，我想复习别的功课，不想写，你替我写了吧。"

杨双这么一说，我还挺失望的，这次她爸竟然没带饺子过来，难道主任家也没有余粮了吗？我说这好办，我就擅长写作文，一节课能写三篇。

晚自习杨双来拿作文。隔天杨双又来了，我很无语，这不是害我早恋吗？我这刚出龙潭，又进虎穴啊。

看她两手空空，又没带饺子。

杨双打趣道："看什么看，就知道吃啊。"

我说："可不是咋的，你妈包的饺子太好吃了，一天就吃完了，赶紧飞鸽传书让你爸再送点来。"

杨双认真地说："我不是跟你说饺子的事，我是想和你说，以后给我写作文，能不能写得差一点。"

我就郁闷了，写得好还犯错误了这是。

杨双怪我："我们语文老师把我的作文，当范文，让我站起来读，我都没看啊，你这不是害我呢。"

我："……"

杨双说："以后你就随便写一个就行，幸亏我反应快说我感冒了，后来老师自己读的。"

我就更郁闷了，我是随便写的啊，可是哥就这么有才，随便写一个就是范文，能怪哥吗？再惹哥，别说哥把你初中穿连衣裙里面套秋裤的事情说出来，秋裤是红色的！

4. 哥发育了

我又被恋爱了，我们班同学都知道，对象是杨双！杨双就是我的爱情大魔咒。不过，她妈包的饺子确实味道不错，我还是勉为其难，笑纳了吧。杨双她爸经常开着2020轿车过来，来了我就有饺子吃，香啊。

哥发育了，和老袁去高年级租住的民房看乔丹打总决赛，晚了就住在那。哥遗精了，不过以哥当时的生理卫生知识，还不足以认知这件事。我当时以为我尿裤子了，太丢人了。事后想了很久，才知道，哥发育了。

我前桌是个高个女孩，长头发，有时散着，有时扎成辫子，叫小荷。我没事就用桌子夹她的头发，或者用夹子夹在她头发上，她一扭头，就拔下来两三根头发。这招有点狠，可是没办法，哥发育了，必须得惹些事端。那会儿相互还不是很熟悉，小荷回头拧着眉头看着我，我早把夹子收好了，一副无辜的样子，装作这件事情是同桌老邪干的。小荷脾气是真好，眉毛都快拧断了，也没跟我发过火。

这时候杨双还是不停地来找我，小荷坐在第一排，看得最清楚。有一天，我再次夹了小荷几根头发下来，过一会儿小荷就传来一个纸条。纸条上写得密密麻麻，我以为她会说，让我以后别再夹她的头发，结果她竟然写的是早恋的后果！狗屁啊，哥本来就没恋，更别说什么早恋了，于是我挥毫泼墨，进行反驳。小荷接着针对我的反驳，进行再教育，我俩就纸条飞书不断。我发现小荷的文笔相当好，同道中人啊。我就喜欢和有文化的人交流，于是这飞书一发不可收。

劝别人别早恋没成功，自己却早恋了，这是世界上最失败的劝谏，说的就是小荷，对象当然是学富五车的我，顾大才子。

小荷说："不要再拿别人的饺子了，我让我妈包饺子。"

我眼睛就亮了："羊肉芹菜馅的？"

小荷坚定地说："对，羊肉芹菜馅的。"

我说："成交。"

不久，羊肉芹菜馅的饺子就来了。我抱着满满一大塑料袋的饺子，跑向和老袁租住的民房。穿越一条干枯的小河，为什么有桥不走呢，着急啊，赶紧回住处藏起来，慢慢吃。乐极生悲，一个趔趄，塑料袋坏了，饺子全掉地上了，一个没剩，掉得那叫一个干脆，羊肉芹菜馅的啊！

我就不再让杨双来了，哥有饺子了，她还来做啥？

小荷问我："饺子好吃吗？"

我吧嗒吧嗒嘴："好吃，就是有点少。"

小荷："我再让我妈包。"

我："好，记住装个结实点的袋子。"

我盼着小荷家再捎饺子过来，却再也没兑现过，小荷你个骗子！

杨双伤心了，也不再带饺子给我，唉，哥的饺子，就这么断顿了。

5. 落榜的记忆

我与小荷，共同经历了落榜之殇，再次补习，又双双落榜。那会在补习班，我们一起订饭，一起随着食堂大师傅王强的心情，随着饭的多少而或喜或悲，共同度过了最为艰难的时光。早晨，我们很早就一起到班级里，点燃蜡烛，埋头苦学，晚上很晚还在挑灯夜读，学到窗上起了白霜，月亮冻得发抖。

那年高考后我们一起去查分，到新惠后，我坚持先去了小商品市场，给小荷买了一身白色的带有黑色斑点的长裙，这是我第一次给小荷买衣服，也是最后一次。查分时，是一种能够铭记一生的女声，她很有节奏地播报着我的分数，放下电话后，我的手在微微地颤抖，没有说话，小荷也没问。然后她查了一下自己的分数，放下电话后，不言不语，我也没有问，如她没有问我一样。这块伤疤，容不得再碰，再碰一下，泪就会掉下来。

我们漫无目的地走在县城中学门口的那条路上，一直走到石羊石虎山，不知疲倦，两个人，没说一句话。坐在亭子上，看着太阳落下山头，月亮爬上树梢，那是一个残缺的月亮，被天狗咬得少了一大块。午夜的阴冷袭来，我们从山上下来，向着中学方向走，街灯璀璨，路上冷冷清清，有凌晨一两点了。走到新中广场时，鸡打鸣，已经到了狗龇牙的时间。我坐在广场的看台，把外套披在小荷身上，多想找个旅馆睡上一觉，忘掉所有烦恼，但是除了回程的车费，所有的钱都变成了一身黑色斑点的长裙，这一夜，宛如炼狱。

天亮了，要走了。我们坐的同一趟公交车，途中会经过小荷家，她会在中途下车。这注定是一个伤心欲绝的时刻。小荷下车，站在路边，呆呆地望着车窗里的我，我把头转向另一侧，没有看她，不想让她看到我伤心的眼泪。多年以后，我知道一首歌《祝福》的歌词："莫挥手，莫回头，当我唱起这首歌，怕只怕，泪水轻轻滑落，愿心中永远留着我的笑容，伴你走过每一个春夏秋冬……"每当这首歌响起，都会想起小荷，凄婉地站在路边，哀伤的眼神，班车徐徐启动，呼啸而去，我回首，她在挥手，别了，小荷……一去经年，我们渐行渐远……

6. 九朵玫瑰

春考来了，我与小荷都报名参加，她与木中的学生一起，而我和我的活宝搭档长枪自由组合，住在赤峰一家旅馆里。

在宾馆，我问长枪："你还有钱吗?"长枪说："有，但不多。"他将全部的钱都掏出来散落在床上，我看了看，近一百，我兜里还有近一百。我拾起他床上的钱，对着长枪鬼魅一笑："兄弟，谢了。"转身跑出门，身后传来长枪的叫骂声："你大爷，你给我留点。"

我来到了一家鲜花店，到现在仍记得花店的名字叫“洛神赋”，买了九朵玫瑰花，这次春考的日子很特别，二月十四日，是情人节。小荷收到花时，脸上是全世界最美的笑，她的长发在赤峰街头飞扬着，我们面对面傻笑着。幸福是什么？幸福就是情人节，收到心爱的人送的玫瑰花，还是九朵，天长地久。

2006 年，情人节，我在北京收到一个包裹。打开以后，是一个玻璃瓶，里面是玫瑰花瓣，脱水干枯了的玫瑰花瓣，标本一样躺在透明的瓶子里。不用数，我知道，是九朵，九朵干枯的玫瑰花瓣。

小荷将我送她的玫瑰花，夹在书里，一片片制作成了标本，装在瓶中，从 2001 年到 2006 年，整整珍藏五年。

春考过后，我去了北京，小荷去了区内一所高校。我去看一次她，要啃两个月的馒头。爱情太费钱了，老子不要吃馒头，老子要吃羊肉芹菜馅饺子！去你的爱情吧！

2006 年五一之前，我接到小荷一个电话，什么也没说，聊了一些无关痛痒的话。之后，传来她五一结婚的消息。

那天，我站在北三环的天桥上，看夕阳的余晖将城市染得金黄，将九朵玫瑰花瓣，从天桥缓缓洒下，随风飘逸着，消失在我蒙眬的视线里……

我手里拿着包裹一同寄来的纸条，上面有一句诗：“此情可待成追忆，只是当时已惘然。”

那个八卦女王冰子，你告诉大家，我想吃羊肉芹菜馅饺子。

开花的树

如何让你遇见我/在我最美丽的时刻/为这/我已在佛前求了五百年/求它让我们结一段尘缘/佛于是把我化作一棵树/长在你必经的路旁……

——席慕蓉《一棵开花的树》

初恋是一种青苔，无论过去多少年，一经空气潮湿便会滋生；初恋是一段枯木，少年的情路漫漫后，必将其铭心刻骨，春风拂过又会抽芽。

1. 无情

“丫头爱花，小子爱炮，老太太爱她的络子罩。”

童年，我们的心思集中在玩上，尤其喜欢玩炮仗。村人喜欢将一个小鞭炮卷在烟卷里，递给人抽，燃到鞭炮处发出爆炸声，炸黑了人家的嘴唇，吓得屁滚尿流。

父亲过年时会给我买不少鞭炮。别人家买二百响的小鞭，我家的五百响。我每日去揪一小段，带在身上，揣着火柴，随处点燃，扔出去搞点恶作剧，扔到三喜脚后跟，“啪”，吓他一跳，我哈哈大笑跑开。

父亲还买二踢脚，冻在草房，父亲说“冻冻爱响”。他立在院内，握在手上，点燃后滋着花发出“咚”的一声，像火箭一样冲向天空，“咔”，爆炸了，夜色中火星四溅，捂着耳朵仍感到地动山摇，窗户都在晃。

我想放二踢脚，父亲说：“隔壁村子的变电所所长拿着雷管炸鱼，握在手上喊，‘快闪开，再不闪开爆炸了’。大家闪开了，他却扔慢了没闪开，手指被炸掉了。”

父亲说完，我就不敢放二踢脚了，怕把手指炸掉。三喜长着皴的万能小手，是小伙伴中最先敢放这玩意儿的，牛皮哄哄地站在闸阀井井盖上，咚—咔，天空被三喜炸了个窟窿。三喜帅呆了，酷毙了。

三喜还晃着长瓜脑袋说：“树豆，狗屎，二踢脚都不敢放。”

哥这辈子就经不起激将，哥放给你看。我拿着二踢脚，戴上棉闷子手套，哆哆嗦嗦地点燃，没等咚的那声发出，就赶紧扔到空中，咚！二踢脚斜着飞出去了，撞在邻居家大门上，咔！邻居家的狗叫着逃了。

三喜龇着虎牙乐：“哈哈，我就说你狗屎吧……”

好吧，我是狗屎，我觉得狗屎比狗强，看看邻居家那只狗，夹着尾巴逃窜，我起码还没跑呢。

五年级的时候，我们的爱好还在玩上。天才生意人李国良拿来一个鱼钩，银光闪闪，跟人说，是他爸爸用硬币做的，我们只要给他一个硬币，过几天就能带来一个鱼钩。太有诱惑力了，鱼钩能钓鱼，我还没钓过鱼呢，赶紧给了李国良俩硬币，其他男生也给了不少。隔日，李国良带来一个耳环，银光闪闪，跟人说，他爸爸用硬币做的，我们只要给他一个硬币，过几天就能带来一个耳环。好吧，太有诱惑了，女生们也被李国良拿下，给了他不少硬币。李国良的爸爸竟然是个能工巧匠，东山村真是人才辈出。

李国良收了好多硬币，鱼钩和耳环却没了下文，浑蛋生意人，无商不奸啊，看来，哥这智商玩不起鱼钩，还是踏踏实实玩炮仗吧。

2. 雄起

我是从什么时候知道有爱情这回事呢?

得从一只狗说起。二叔家有一只白狗，母的，下了六个小狗崽，有黑的，有白的，黑的被人抱走了，剩下三个白的，没人要。家乡人不喜欢白狗，说白狗是妖怪，我不信这些，抱回来一只。

我吃什么就给白狗吃什么，饺子都不例外，偷偷给它，它被我养得很肥。每天放学刚到门口，就摇着尾巴叫着跑过来蹭我的大腿，跟我闹，我和它搏斗，狗毛满天飞。白狗长成大狗模样时，我想带它去撵兔子，但它对家寸步不离，到大门口就不肯走，拖都不好使。它的活动范围就局限在我家院子里，太不争气了。

我从来没有想过白狗会跑出家门，那些日子它天天往外面跑，三喜说：“发情了。”长着皴的万能小手的三喜，啥都懂，啥是发情?

三喜晃着长瓜脑袋：“发情就是想公狗了，你那狗是母的。”

我在家门口看到我的白狗和别人家的狗，屁股对在一起，我拿棍子打，都分不开。我的狗为什么不是公的？要是公的我也不至于那么丢人，大街上被全村人瞻仰它屁股对屁股的发情。

白狗更胖了，可能是怀孕了。老叔说：“真胖，勒死吃肉吧。”

很多人见了我的狗，第一句话都是问能不能勒死吃肉，仿佛我的狗在他们眼中，就是一堆走动的狗肉。他们太俗了，这是我的小伙伴，好吗？白狗还是跟我亲密无间，每天迎接我回家。

不久，白狗失踪了。老叔说：“我说吃肉吧，你看，让别人吃肉了。”

我恨死了发情，白狗为什么要发情，好好的不发情能死吗？

三喜说：“狗都会发情的。”

我问：“那人呢？”

三喜沉思了许久：“应该也会。我听说，咱们都是从娘的肚子里出来的。”

你上一边凉快着去吧，从娘的肚子怎么出来，不是从石头缝蹦出来的吗？

初中的时候，生理卫生课王老师把男女的生殖器官画在黑板上，给我们讲人发情的事情。在此之前，我已经预习了功课，似懂非懂，王老师讲完，我就懂了。好吧，三喜，你是万能的，你又一次赢了我，我们确实不是从石头缝里蹦出来的，我说我怎么还不变成孙悟空。康乡立了集市，寒假时，三喜拉着我去赶集，“三六九”都是集，三喜每个集都来喊我。到了集上，三喜也不买东西，我俩在人群中乱窜，三喜这个浑蛋肯定是有不可告人的秘密，不然我们走十几里地的沙窝子，三天跑一次，这是弄啥呢？鞋都跑碎了。

直到三喜跟一个隔壁村子的女孩亲切地交谈，分开时依依不舍地说：“下个集再来哦！”

我算看明白了，三喜这是发情了，他不是来赶集，是来艳遇的！

高一时回家，和三喜去燕东家玩，进门就傻眼了。燕东和海清在用 VCD 看黄片。我没看过这玩意儿啊，立在地上手足无措，想走吧，又想看看究竟是咋回事，转头看三喜：三喜坐炕沿上看得一丝不苟。好吧，跟着三喜哥的脚步，准没错。

看了一会儿，燕东转头盯着我乐："看，看，树豆裤子支起来了。"

海清转头指着三喜乐："看，看，三喜也支起来了。"

我们暴露了。他们还疯乐，发情太丢人了。

三喜有言情小说，琼瑶之类的，还有一些没头没尾的残缺杂志，这些杂志从比我们大几岁的少年那里流传过来，共同的特点是每册有"黄色"情节的段落那页，都被弄得很黑，估计是被三喜带皴的小手摸的，估计不少人也在此停留过许久。那些页码很好找，折痕严重以后一翻就是。

那些大我们一些的孩子，先发情了，接着是三喜，开始写情书给同村的小翠。小翠挖黄芩，东子家收黄芩。三喜把情书交给东子，东子在小翠卖黄芩的时候，塞进她的胶丝袋子里。

三喜哥订婚了，和小翠，人变得眉飞色舞。

3. 暗伤

我觉得，不能被三喜拉开太大的距离，三喜都订婚了，那我呢？

高一，我暗恋上了文静爱笑的女生亚禾。

冰子过生日，我送了一本书《漂亮朋友》，小孔不解，为何送书。送书好啊，还可以借回来看！这是套路，懂不懂什么叫套路？

我过生日，小孔和冰子等人集资，给我买了个蓝皮日记本。我请他们在校门口拉面馆吃拉面，每人一碗。哥是讲究人。

我暗恋亚禾的事情，写在蓝皮日记本上。写席慕蓉的《一棵开花的树》："——如何让你遇见我/在我最美丽的时刻/为这/我已在佛前求了五百年/求它让我们结一段尘缘/佛于是把我化作一棵树/长在你必经的路旁……"

还写舒婷的《致橡树》，还有很多很多，有时没得写，就写她的名字，满满一页纸全是她的名字——亚禾、亚禾，还是亚禾……

我静静地咬着圆珠笔屁股，看着她走进教室，看着她去打饭，看着她去洗饭盒，看着她冬天在教室外面洗头，进门时用木梳一梳，刷刷的白色冰碴……我脑海中迸发出一句诗"清水出芙蓉"。

写日记，看着她，是我全部的表达。我不知道该做什么，也不想做什么，就觉得，看着她就好。

元旦晚会，三喜来看我，和我说，小翠做了阑尾炎手术。我把听英语磁带的单放机让他带了回去，给卧床养病的小翠听音乐。

三喜走后，给我写信道歉，说单放机忘记了接转压器，插在插座上，直接烧掉了。

我回信："三喜哥，不叫事儿，我们是兄弟，你们幸福就好。"

高一下半年，三喜来信："小翠去城里打工了，我又开始和她通信，给我弄点素材回来。"

我把席慕蓉的《一棵开花的树》工工整整地抄在信纸上，寄给三喜。

蓝色日记本快被我写完了——亚禾。

高一暑假回家，把蓝色日记本放在黄色的兜子里，兜子拉链用锁头锁住，保护好秘密。

锁头锁拉锁这件事儿，是靠不住的：它被外甥轻易打开，全家人知道了我的秘密。伴随单恋而来的是我的成绩单，名次其实还可以，全班第5名，但是距离“学霸”小孔仍有60余分的总分差距。

我被全家人冷面孤立，没人训我，只是冷战，外甥战战兢兢地告诉了我原因：成绩不错的孩子，会激发家人的更大期望；若是成绩一塌糊涂，也许他们就不会在意这事儿了。他们觉得我应该更好。

写了满满的一本情事，你在学校就这样学习的吗？

我带着蓝色日记本，走向田野，在南地小树林，站在一棵杨树前，捶打那棵郁郁葱葱的树，把树打破皮了。我的手也肿了，肿完右手换左手。

夜晚，月上梢头，不敢回家，也不想回家。蓝色日记本塞在腰里，双手红肿着，向三喜家走去。我觉得，他能懂我。

进了三喜家正屋门，就发现气氛不对，三喜姑父和三喜爹坐在炕上，三喜站在地上，倚靠着柜，黑着脸，低着头不停地搓着脚。

炕上放着一摞钱，看到我进来，三喜姑父跳下炕说：“就是这么个事儿，也都说清楚了，我先走了。”

三喜爹把钱收好，出去送三喜姑父。

我问三喜：“怎么了?”

三喜看着我红肿的双手，没吭气，我知道肯定出了大事儿，不然他不会对我的受伤视而不见的，他是我三喜哥啊。

三喜走向东屋，我跟在后面，他翻箱倒柜，拿出来很多信。

三喜一脸黯然：“树豆，走，去南梁。”

坐在南梁的夜色里，俯瞰东山村的灯光。三喜跟我说了经过。

三喜姑父是三喜和小翠婚事的介绍人，这次是受小翠家之托来退婚的，在城里打工的小翠，有了新的男友，可能是个城里人吧。

南梁上，篝火熊熊，里面有三喜的信和我的蓝色日记本。噼噼啪啪，火焰映红了我们的脸。

情窦初开，聚之一焚。

即使什么都没有了，我还有三喜，我这样想。

如何让你遇见我
在我最美丽的时刻
为这
我已在佛前求了五百年
求它让我们结一段尘缘
佛于是把我化作一棵树
长在你必经的路旁
……

忆箭桥中学

我同学孟博士谈起木中，一会是木头棍子高中，一会是柴火棍子高中，他的这种调侃，表示“木中”这名字有点土。事实也的确如此，所以决定搬迁之后，给新木中起一个什么样的名字，就成了一件非常重要的事。

恩师于村在课上和我们说：叫“新惠四中”吧，四中在敖汉话里和“死种”差不多；叫“箭桥中学”吧，万一叫成箭中，不成了“贱种”了吗？恩师擅长起名学，给儿子取大名“于是乎”，小名“缸碴子”。

新木中最终还是叫了箭桥中学，估计是想借一点“剑桥”的名气，更让人喜出望外的是大家并没有简称它为“贱种”，而是叫它“箭桥”。箭桥这名字霸气十足。我读大学时，有个同学来自天山镇，还有个来自大板镇，很多人就惊呼：“赤峰太牛了，不但把新疆的山脉移过来，还把日本的城市吞并了。”后来那些人知道我毕业于“剑桥”，顶礼膜拜我好久，差点没让我签名。这叫什么，这叫“一名惊人”。

木中决定搬迁是1998年的事，当时宗波老师还专门做了一期橱窗，用很多照片展示老校长等领导视察建设中的箭桥中学的情景，一些初期的建设，只能看到推土机在推土。木中的师生都无比盼望搬迁到新校址，尤其是老师，每次畅想未来的木中都会喜形于色。新木中位于三家村，恩师于村掐指一算："俯瞰三家村，比邻原上草，此地甚好。"

2000年秋木中乔迁至箭桥，我没能见证搬迁的场景，至今感到遗憾，每次想来，捶胸顿足，没能目睹，就没了高谈阔论的谈资。那会儿我正在新中跟我的活宝搭档长枪跳灰堆玩。据说乔迁场景非常壮观，大卡车一排排，当地的老百姓十里长街相送，全校学生眼含热泪挥手和百姓们告别。中华老师给我描述得非常动情，让我觉得那场景就像当年朝鲜人民送别中国人民志愿军，万人空巷。

从1987年建校到2000年搬离，木中在木村存在了13年，这片热土是木中赖以生存的栖息之地。木中也为当地经济发展做出了积极贡献。师生与百姓结下了深厚情感，霍胖子、郭三、郭四、金二子、金三、高老庄、石壕吏、羊圈等词语至今仍倍感亲切。

搬迁对我来说是件好事，再也不用每周都从新中（县城中学）坐车去木中了，而是改骑自行车去箭桥。那时新中的管理远比箭桥松，尤其是早晚自习，几乎没人管，他们规定街里的孩子可以不上早晚自习，所以班里上自习的人数很难统计，老师都不知道应该有多少人上自习。只有舍监老古会不定期查宿舍，所以只要别叫老古逮住，基本上爱去哪去哪。班里有个男生有辆自行车，也算是个奢侈品，虽然很破但速度肯定比走路快，于是我周末就借他的车去箭桥。

箭桥的门卫是比较严的，但我很快发现了绕过门卫的办法，当时院墙还没修完，绕到另一侧第三个平台就可以跳进去，趁着夜色如入无人之境，像一个箭桥学生一样大摇大摆走进教学楼。这种状况大概持续了一个多月，后来墙砌好了，我就跳侧门那边的墙进去，总之一个新学校有堵不完的窟窿，总能找到潜入的办法。经常跳的那面墙进去以后是个狭窄的走廊，外高内低，又跳了一个月，出了状况。那天我像往常一样跳入，却走不出来了，狭长的走廊出口被堵死，不知道谁出的主意，出口多了一面墙，等于跳进了一个四面是墙的陷阱里，而且那墙砌得特别高。被困在里面觉得自己真像一头猎物，我问候了砌墙人的先辈以后使出蛮荒之力向外爬，陷阱里还不干净，布满石头、砖块等杂物。估计学校发现了学生喜欢跳这面墙，堵住出口“残害”莘莘学子，我就成了受害者之一。等我爬出来就成了一个“原始人”，想起了恩师于村给我讲过的一个成语——瓮中捉鳖。

还有一次晚上骑自行车从箭桥下来，天比较黑，加上我无证驾驶，直接连车带人栽到火箭桥底下的坝渠里，还来了个前空翻，帅吧？落地姿势就更帅了——狗啃式！吓得我以为要找马克思他老人家报到去了，幸好坝渠里堆积了厚厚的杨树叶，但还是把我摔得不轻，躺在树叶里半天才缓过劲来，死里逃生。

我每次都去焕老师的班，晚上就住在他们班男生宿舍，也是在那时结识了著名的废话篓子小孙。这哥们有着说不完的话，导致他们宿舍几乎天天减分。我从新中带回几个相当有质量的黄色笑话，于是和小孙结下了深厚的兄弟情谊，至今仍不忘我对他的诲（毁）人不倦，前几天路过北京还打电话叫我小聚。小孙喜欢探讨女生秋裤的颜色，有一次还被焕老师听到，次日在班会上说“有人就爱说女生宿舍那点事”，从此大家才发现原来身材矮小的小孙竟然如此钟情于男女之事。

当时有个巧合，焕老师班的女生宿舍竟然就在男生宿舍的楼上，更有意思的是两间宿舍间的那根暖气管子。大家都知道声音在暖气管子里传播要比在空气中传播快得多，于是这根神奇的暖气管子就成了男女生之间沟通的桥梁，被亲切地称为“打电话”。一般想打电话的人敲几下管子喊道“喂，你是××啊?”对方回答“你是谁啊？你找谁啊?”其实都是同学，听声音都能辨别，但就是不直说，相互挑逗。想想看，这根管子得给这俩宿舍带来多少乐趣，不时开着“下来一起睡啊”之类的玩笑，为那个荷尔蒙飞扬的岁月留下了浓墨重彩的一笔。在北京与小孙把酒言欢之时忘了问他还记不记得这部暖气管子牌的无绳电话，估计这小子不会忘，他那会儿雄性激素那么多。后来工作后还和小孙一起在网上打游戏升级，一起作弊骂敌方，我俩配合起来骂人都不带重样的，直到全部骂跑为止，每次都乐得肚皮疼，仿佛又回到了那个黄色笑话泛滥的焕老师班。

焕老师曾多次邀我回箭桥复读，我都推辞说等下半年，那时觉得谈恋爱且在一个班比较影响学习，就坚持在新中直到考走。走之前遇见焕老师，他不知我已考中，仍热情劝我回去。我没敢说已经要去北京的事儿，怕伤他的心。去年为恩师于村的公子证婚完毕，与焕老师偶遇在酒店，推杯换盏，再话当年，终于表达出了那年没到他班上补习的深深歉意。意兴阑珊，再提起那段往事，我与焕老师的内心，都被泪水重重打湿。

记不清往箭桥跑了多少次，高中时代最后一次去箭桥是在2001年的3月10日前后，当时我已经接到大学的录取通知书。女友小荷和我一起参加了那次春季高考，成绩出来后得知她的分数可能还是无法考走。于是，我先行回家准备开学事宜。等我再次返回和她告别之时，在箭桥教学楼走廊黑板上，看到一排字，是小荷和一所区内高校的名字，她被补录。我找到焕老师班上，小孙告诉我说她回家了，去准备开学。我匆匆地与小孙、小李探花等一起奋战过的兄弟一一告别。却没能与小荷告别，也许这是好事，与其说一个悲伤无用的离别，倒不如各自默默承受。

大学时代回过两次箭桥，都是在校门口等堂弟，两个堂弟在里面读书，第一次我回来看他们还有同学刘七在补习。那年他已经是三连补，第二次再来，刘七也考走了——补习班磨砺三载，考取湖南大学。弟弟们也很争气，都考到了比较理想的学校，三弟考中国地质大学时，恩师于村还动员他报北航，他未敢报，结果那年北航的分数线还真的比地质大学低，不得不说恩师是个神人。等弟弟们都考走了，同学们又开始回到箭桥当老师，于是我和箭桥的缘分就变得千丝万缕。

有一年五一回去的时候，站在张履谦塑像前，让老鹰给我拍照，美其名曰，“给敖汉两大名人合个影”。老鹰半边脸写满不屑，半边脸写满鄙视。回京后和他要照片，答曰“删了”，我严重怀疑，他嫉妒我的才高八斗，压根儿就没按快门，老鹰是坏人。也是在去年，给缸碴子证婚后，和同学老杨去箭桥，老杨任箭桥某班班主任。我喝多了，逮着他们班打闹的一男二女一顿训斥，过了一把老师瘾。总感觉其中一女生长得像我当年的女友小荷，那一瞬间，感觉我穿越回了白衣飘飘的年代。

犹记得，站在箭桥中学的教学楼前，与张履谦前辈为伍，看着学弟学妹们青涩面孔从我身前走过，仿佛历史在这一刻将我凝结成箭桥的一分子，如木中一样，难舍难分。

志愿一生不悔

事业难得“不悔”二字，失败时的情绪多为后悔当初的选择，成功时的喜悦建立在“我的选择是多么明智”；情感的最高境界，即为“衣带渐宽终不悔，为伊消得人憔悴”。

高考分数揭晓，填报志愿，谨慎小心，求个不悔。

报志愿这回事，我谁也不服，就服同学二君。

二君对志愿甚至人生方向的选择，颇为传奇。

我入高中第一天，将父亲亲手擀的羊毛毡铺平在学校四楼的地铺时，二君已经在我邻铺抱着英语书啃了，可见他足够用功。

二君个子不大，肤白，微胖，说话瓮声瓮气。二君与孟博士同桌。我因穿着牛头T恤在班级前面吹牛，博得了孟博士的好感，之后因孟博士的关系，与二君相熟。

要知道，和学霸做同桌是很悲催的一件事儿。孟博士轻轻松松超过你百十来分的总分，距离太大，不要说如何追赶，甚至你连追赶的勇气都没有。我们都是各个乡镇考上来的尖子生，哪里受到过这样的“羞辱”。二君和我的交情，就从这种与学霸同桌压力很大的倾诉开始。

二君学习无比努力，从没有开过小差，但成绩不见起色，在班级中游晃悠。或多或少这和学霸“泰山压顶”有些关系。同时困扰二君的还有脸上疯长的青春痘，陪二君去找木中附近的马大夫看青春痘，成了我的固定行动。二君觅得偏方，把安眠药掺在雪花膏里揉匀，擦在脸上，二君的脸更白了。

常看到二君一手挤青春痘，一手拿着大白纸擦拭血迹，像是要把青春痘连根拔起，以绝后患。二君的脸总有几块结痂，青春痘是那个年龄的常见物，在班级里他连前三名都排不进去，但他最在意自己的容貌。

二君的在意，并不是为了美观，他也不是爱美的人。挤青春痘其实是二君的一种减压方式，挤完一个青春痘，也许就会意气风发，干劲十足。

高二的时候我和二君都去了文科班，告别了学霸孟博士，但二君的成绩依然如故，不好不坏。二君又新增了疾病——神经性头痛，去马大夫那里的次数更多了，擦安眠药雪花膏混合物的同时，又增加了治疗头痛的药片。

文科班我们一起奋战一年，高三开学后，二君竟然跟我说了一件惊世骇俗的事情。

那天晚自习课间，二君把我叫到操场，我们跑步。月光下，他挤着脸上的青春痘跟我说：“顾，我要转回理科班去。”

我跑步的兴趣被他的话湮灭，我们停下来，气喘吁吁的。

只听说过理科转文科，没听说过文科转理科啊，从来没有人这样做过，我甚至想说他脑子坏掉了，就问他为什么。

二君说："文科不能报医学专业，我要学医，给自己治病。"

我说："开什么玩笑，你那点病，算病吗？还要亲自学医。"

影影绰绰感觉二君又除掉了一颗青春痘，他说："我觉得我病得很厉害，吃药都不见好，得自己治。"

当时我没有掌握华佗临终那句"医不自治"，否则也许他会留在文科班。

二君转回理科班，陪他去找马大夫的人变成了孟博士。

我落榜后补习了一年半，春考到了北京。二君这个文转理，在理科班补了三年，2003 年考中内蒙古大学电子方面本科专业，阴差阳错，没能被医学专业录取。

如果你以为故事就这样结束了，那就不叫传奇了。

2003 年十一，二君来北京找我，我带他去北大和清华游玩。在写有清华园几个字的牌楼下拍照，二君又给我说了一件惊世骇俗的事情。

二君说："顾，我还是想学医，所以，我要回去补习了。"

当时我那种心情，恨不得把他拽过来扇无数个嘴巴子。

我骂他："你有病吧，绝交。"

我不理他，转身疾走。二君在后面追，直到返回我的学校，我一句话也没跟他说。

二君走的时候，我也没送他去车站，是在我们学校食堂吃完饭，送他到校门口坐公交。

我还是忍不住说了一句："二君，连补了三年，你还没折腾够吗？"人生有多少个三年可以任你折腾？

二君向我尴尬地笑，刚好车来了，他上车和我挥手告别。

我冲着车门啐了一口吐沫："快滚吧！倔驴二君。"

他那种笑，我太熟悉了，和当初文转理一样，一看就是不会听你的劝告的那种敷衍的笑。

半个月后，我接到二君的电话。

他在那边一直重复着说"你好"，我这暴脾气，差点挂断电话。

我问："哎呀，二君，连补四年不错吧，感觉？要我说你应该补第五年，等着咱们孟博士回去给你当老师。"

二君："顾，我没补习，在内大呢。"

听到这个消息堵在我胸口的这口气缓了上来："呀？不学医给自己治病了？"

二君瓮声瓮气："我爹不让，要打断我腿。"

我见过二君他爸，很和蔼的人，这是真气着了。

我："该，咋不打断了？打断了那也是一条驴腿，成不了华佗。"

二君那边没动静，我知道他一定在笑，不过他笑的时候，总是没动静，但他可有个主意了，都藏在那无声无息的笑后面。

今年我去呼和浩特市，见了二君，我们有 14 年没见了。二君把我领到一所重点中学，进门后往橱窗上指，我不明所以，循着望去，上书："名师简介——二君"（并附帅照一枚）。

二君又领着我拐进教学楼，手指柱子，我再次循着望去，上书："名师简介——二君"（并附帅照一枚）。

我说："哎，啥时候成了名师了，还教英语？"

二君招牌式的安静地笑，不说话，得意扬扬。

之后二君请我吃饭，我才知道，他的过往。

原来，他爹把他撵回大学以后没多久，二君发现，青春痘竟然不长了，头也不痛了，所以二君那个学医的志愿也就跟着不见了，像被他斩草除根的青春痘一样。

健康的二君，终于有机会正视自己，究竟想干什么，究竟适合干什么。

他想通了——英语。于是，二君无声无息背后那个特有主意的性格又上来了。“疯狂英语”，据说，光买磁带、学习资料之类的花了两三万，每天到树林里像个疯子一样练习英语。

又于是，学电子的二君，毕业去了学校教书，从没有编制到著名老师。

我谁也不服，就服二君，他付出了那么多，终于找到了自己真正喜欢的事。

所以，报志愿这回事，最主要的是要想清楚，你喜欢干什么？你擅长干什么？

人最悲催的事情是，一辈子做着自己不喜欢的事，悔！

人最幸运的事情是，一辈子做着自己喜欢的事，不悔！

如我不停地写作，因为喜欢，所以不悔！

每一次选择，只需两个字——不悔。

回头路

我总能发现一些奇怪的现象，并把这些现象总结提炼，所以，大家觉得用人来形容我，已经不足以表达他们发自肺腑的敬仰之情，就用动物来形容我——牛。

我又发现了一个奇怪的现象——我们在过着羡慕彼此的生活。

老家的小伙伴在羡慕城里的小伙伴，觉得城里的小伙伴走出了黄土地，而自己还在风吹日晒土里刨食，做那个父辈做了一辈子的“庄稼人”，同时在后悔自己当初没有“好好学习”，以致耽误了前程。这种耽误，被看作需要再经历一代人的苦难才能将子女送进城市。

城里的小伙伴在羡慕着老家的小伙伴，觉得老家的田园生活安逸舒适，而自己还在城市里没日没夜地奔波，老家人的微信朋友圈里发一只下蛋的鸡，都能把城里的这些“走出黄土地”的大学毕业生们羡慕得睡不着觉，甚至后悔走出大山过着比猴还累的城市生活。

是什么让我们羡慕彼此？英国作家王尔德说：“世界上有两种悲剧，一种是得不到你想要的，另一种是得到了你想要的。”

得不到想要的，充满了遗憾，而生命的不可逆注定了不可能有机会再重新走一场，这是悲剧。

得到了想要的，却发现付出的代价太大，更可怕的是，发现原来这其实并不是自己想要的，这是悲剧。

大概这就是央视问卷中的“你幸福吗”，每个人都不幸福，故乡的人感叹老守田园，缺少社会地位和存在感，而城里的人感叹堵车、雾霾、高房价和食品的不安全。

我们走进了怪圈，很像钱钟书先生说的“围城”，外面的人想进入，里面的人想出去。

可能我在县城或是市里的那些同学是幸福感最强的一群人了，他们呼吸着新鲜的空气，鄙视着大城市拥挤的地铁，围观着北上广高昂的房价，吃着唾手可得的老家各种绿色食品。

小城市的伙伴们找到了一种最为舒适的生存空间，比农村人过得体面，比大城市人过得轻松。

然而，小城市的伙伴们正无一例外地做着一件事，打破脑袋要把自己的孩子送进最好的学校，无限期盼孩子能成为学校的高才生、社会的栋梁。这些孩子成为精英以后，不是会走进北上广，成为“我们”之中的一员吗？他们会来呼吸雾霾、吃地沟油、挤地铁，也许还会啃老，以攀爬都市夸张的房价。小城市的伙伴们，你们在做什么？你们那么幸福，却要送子女去“受罪”？

是什么原因，让我们羡慕彼此的生活，而彼此又不快乐？

你们也许知道，也许不知道，但是我知道，为什么，因为我“牛”！

幸福不幸福，只有走过才知道。人生百味，必须自己走，别人是帮不上你的。小马过河，河的深浅，是实践出来的。你向往的生活，只有亲身体会后方知冷暖，哪怕为了体会付出了一个后悔走这条路的代价。

我犹豫过多次要不要讲这个故事，还是讲吧，大家读了，也不要打听主人公是谁。

八年级时，中考突然间增加了体育科目。我站在操场的单杠下练习引体向上，只能做一个，第二个都不能完成。一个小个子男生跳起来，双手握住单杠，憋着气，吊在半空中不停地弹腿，弹、弹、弹，脖子努力向上拉伸，试图将脑袋送到单杠上方，令人心生垂死挣扎之感，真担心他将鞋子弹飞。我站在下面笑，他终于还是放弃了，落在地上后“呼哧呼哧”地喘粗气，脸上挂着不服。不一会儿，他又上去了，弹、弹、弹……

我是一头倔驴，“活犟种”，我就不信这单杠能难住我，一有时间我就去练，我也弹、弹、弹，弹得上课的时候感觉手腕发麻、脖子后面的筋疼。我就记住了他，他比我弹得还凶。

间歇时，我问他叫什么，他站在单杠下吐吐沫，满嘴白沫：“鲲鹏。”

我被他惊到了：“鲲鹏？”

他笑了，白白的牙齿：“笔名，上古神兽。怒而飞，其翼若垂天之云。”

当时我被他震撼得懵逼了，虽然我也有笔名，“黄江城豪”，但和他的笔名比，我都没有勇气告诉他。

从那一刻起，我知道鲲鹏绝非等闲之辈。中考的引体向上标准是 6 个，鲲鹏从只能吊在单杠上弹腿，练到能一口气做 10 个。我终于勉勉强强做到了 6 个。

后来我们都考上了高中，不同班。

三年后，高考补习时我和鲲鹏同桌，差点没敢认他，竟然变成了大高个。鲲鹏少言寡语，常点着蜡烛学习，是班级每天最后一个走的人，早晨我到班级时，他就已经在了。起早贪黑学习这件事，我已经做得够好，但和他比，自叹不如，让我想起他八年级练习引体向上的狠劲。

有一次我早上学了很久，他才姗姗来迟。我问他："今天怎么这么晚？"

鲲鹏拿起小刀，闷头在桌上刻着，没有看我："闹钟坏了，没响。"

等他刻完，我看到他桌上是个大大的"早"字。之后鲲鹏换了新闹钟，那种看似 BP 机，实际是个电子表，兼具闹钟功能。

从此，我再没比鲲鹏起得早过，他有时困了打哈欠，遂揪着自己的头发，后来"进化"到用圆规扎大腿，看着都疼。

我是偶然间才听闻鲲鹏家境的。他爸为了供他读书，把家里的电线掐断，无电生存，唯一的电器是一个半导体收音机，还缺少电池，终日无声。

付出和回报并不都成正比，很多科学家，用了几十年的时间，反复证明的结论可能是——此路不通。但是科学家的几十年就那样过去了，人生一世，草木一秋，没人会关注你的此路不通，更不会有人怜悯你那无比珍贵的几十年青春。后悔吗？没用的，人生没有回头路，往往发现此路不通之时，你已油尽灯枯。世人只会关注成功者的辉煌之路，而不会看到失败者同样付出甚至付出了更多，还会认为失败者是咎由自取。

那年高考，我和鲲鹏分数相近，都上了专科线，我再次固执地选择不填报专科志愿，这是什么，牛！

鲲鹏也不愿意报专科，但还是填了高职院校，估计是顾忌家境，尽管他从未和我提起，但我是知道的，只是不戳破，保持着心照不宣。鲲鹏通过电话查到了被高职院校录取的消息，但他的脸上没有任何兴奋。我知道原因，他是鲲鹏，志向无限远大，绝不是一所高职院校能代表的。

他被录取后，我们又在一起待了十几天，甚至他还再次和我坐进了补习班的教室。他不开心，我更失落，我们是一对难兄难弟。我们在晚自习后走到操场上，踢着脚下的石子。走到单杠前，我跳起握杠，做引体向上，却发现八年级辛苦练得的 6 个数目，已被岁月磨蚀，再次回到了 1 个的水平，我弹、弹、弹……

我从单杠落下来，坐在地上喘粗气。鲲鹏一跃而起，引体向上，我再次被他惊到："30 个！"

鲲鹏落下来，一屁股坐在我身边，看上去也累了。

我问他："练了多久？"

鲲鹏低头系鞋带："每天都练，我想知道我到底能做多少个，我觉得人的潜能是无穷的，没有什么事情是做不到的。"

鲲鹏又上去了，引体向上，开始很快，越来越慢，他自己查着数目，26 个后，弹、弹、弹……又做了 1 个，遗憾着落了下来。

鲲鹏坐在我身边，调整着呼吸，狠狠地说："王侯将相，宁有种乎？"

几分钟后，鲲鹏复又跃起，引体向上，那天他整整做了十几组，数目却越来越少，最后一组只做了 3 个，累得摊倒。

鲲鹏在不顾一切地挑战极限。

鲲鹏打算再补一年，我也希望他能留下，他的狠劲，无时不刻都激励着我努力向前。

那天，我和鲲鹏在校门口商店小胡子老板的公用电话处，他打电话与家人商议是否去读那个高职。双方通话了很长时间，末尾处近似争吵，鲲鹏撂下电话后，愤愤地说了一句："燕雀安知鸿鹄之志哉!"

我俩在校园里漫无目的地转，走到影壁墙的黑板前，看到上面写着很多被"名校"录取的学生名单。鲲鹏盯着看，目光缓缓漫过所有名字，默不作声，久久不肯离去。

鲲鹏还是决定去读那所高职学校了，走的时候，把他的 BP 机电子手表，留给了我。我送他上公交车，他站在车门口，对我说："我最多的时候能做 50 多个呢，顾，你一样可以。"

公交车响着喇叭开走了，我知道鲲鹏说的是引体向上，不断增加的引体向上数目，是鲲鹏的哲学，只要努力，一切都可以做到。

鲲鹏不在身边的时候，我去操场做引体向上，虽然提高得很慢，但会激励我亢奋起来："王侯将相，宁有种乎?"

从此和鲲鹏断了联系，再见面是在北京，2007 年，我在机关上班两年后。

鲲鹏刚刚经历考研失败，连考三年，武汉大学，分数差的不是很多，但就是没考上，还耽误了就业时机。

鲲鹏那时在北京的一家印刷厂做销售业务员，对他而言，与其说是一份工作，不如说是一份耻辱：你能感觉到他对"业务员"强烈的不屑。鲲鹏不停地喝酒，本不擅饮的他，喝得面红耳赤。鲲鹏反复去卫生间吐，回来以后，和我继续碰杯，大口喝酒。

我懂他的怀才不遇，懂他有多不愿意做那个业务员，劝他："一切都会好起来的，我们先解决生存，在这个城市站稳脚跟，再想过得更好的事情。"

鲲鹏一只手没在头发里，像是梳理着自己的头发："顾，我会证明给所有瞧不起我的人看，我是鲲鹏，怒而飞，其翼若垂天之云。"

鲲鹏醉得一塌糊涂，和我说了一夜醉话，却只有四个字："武汉大学。"

他不停地说那四个字，就像当年他不停地纵身做着引体向上。

我曾想帮他拓展业务，也去尝试过，但没能成功，市场被"老家伙们"占领着，新毕业的年轻人若想从别人手里夺走，太难太难。

大学生就业，和社会财富分配一样，蛋糕就这么多，已经瓜分完毕，你想吃哪怕一小口，都需要去别人手里抢，而你一个社会新人又有什么本事，能够做到虎口夺食？

这更像固化的阶层，你手攥 2 元钱，拿什么去和手攥 2000 万的人竞争？2000 万的人赚 20 万跟玩似的，而你这 2 元钱，除了买一注双色球，我不知道还有什么更好的办法。

鲲鹏后来创业，给我打电话说着他白手起家的梦想；再后来，鲲鹏创业遇到了困难，跟我周转资金，数目实在是我无法做到的。

鲲鹏创业失败了，鲲鹏没结婚，鲲鹏精神失常了。

鲲鹏被接回老家。从此，他光着膀子，只穿一条秋裤，每天到山上背石头，装满一胶丝袋子。

鲲鹏把背来的石头，整齐地码放在老家房子后面，摆放成建筑模样，像个过家家的孩子。

世上没有后悔药，世上更无回头路。

鲲鹏是否会后悔走上求学和创业之路？鲲鹏可否走向回头路？

我们孜孜追求的东西，到头来，也许只是虚无缥缈。

我不是没有鲲鹏一样的创业梦想，但我不敢去做，输不起。

所以，不要羡慕别人的生活方式，只管在自己的路上快乐生活。

走一条平平淡淡之路，又有何不可？

写鲲鹏的故事，不是要站在成功者的高度去批判或者鄙视他，他有梦想，又极努力，非但不应被鄙夷，还值得我们敬佩和尊重。

别人跟我讲，看不懂鲲鹏在摆着什么建筑，好像是房子。

我知道，鲲鹏摆的是——阿房宫。

阿房宫代表着秦始皇，而阿房宫更代表着鲲鹏：“王侯将相，宁有种乎？”

鲲鹏，怒而飞，其翼若垂天之云。

天下父亲都该反思

昨日是父亲节，微信朋友圈被“父亲”刷屏，我没有写文赠父亲节的热点，因我在做父亲，陪女儿玩了一整天。父亲节除了致敬父亲，还要思考和检讨一下，自己这个父亲做得怎么样，如何做个好父亲。

每当谈起父亲这个话题，朱自清先生的《背影》便会被提起，而少有人关注他的另一篇文章《儿女》。我更喜欢读《儿女》，作为一个父亲，我不在乎女儿是否向我致敬。我在乎的，是我不要耽误她才好。

《儿女》实则是朱先生作为一个父亲的自省文，他说：“我是个自私的人，做丈夫已然勉强，做父亲就更加不行了。”文中提到他北漂后留在扬州的大儿子阿九，心存歉疚，他说：“父亲来信说，我没有耽误你，你也不要耽误他才好。”

朱先生在《儿女》文末说：“想到那狂人，救救孩子的呼声，不禁悚然自勉。”而我反复读《儿女》，又何尝不是“悚然自勉”呢。

常常为了不让女儿打扰到我，给她打开电视机看动画片；又常常为了让她安静下来，把手机丢给她玩。仿佛只要她不乱闹，就可以了，失去了做父亲的耐心与大度，不肯陪她玩耍或和她交流。

父亲在儿女心中应该是怎样的一种位置呢?

有人说父爱如山，这可能是最恰当的比喻了。父爱如山般雄伟大气又绵延万里，无论遇到什么事儿，想到父亲，就像有了靠山一样。我们做父亲的，最重要的，就是做儿女的靠山吧。

无论是在生活中还是在职场上，靠山都是人在精神世界的强大支撑。“朝中有人好做官”的下句，我觉得应该是“家中有人好还乡”，父亲就应该是那个靠山，顶天立地。

我认识一个女性朋友，她自幼在日记中写道：希望长大了嫁给一个像我父亲一样的人。父亲对女儿来说，是择偶标准，对儿子来说是人生楷模，而父亲又是不可选择的，所以一个人的成长中有怎样一个父亲，是重之又重。

朋友的父亲在她十五六岁的时候去世了。她二姐出嫁的时候，她去送亲。男方没有来新亲桌敬酒，所有人都吃好了，她还一直在吃，一桌人看着她吃。她就是不肯撂筷子，直到新郎的父亲前来敬完酒。

朋友说：“父亲没了，靠山没了，虽然我小，但我是来给我二姐做主的，不敬酒我就不撂筷，我就是那个靠山。”

朋友说：“父亲在世时，我小，不能和他交流，我长大了，能和他交流了，可是父亲没有了。”

这成了她一生的心结，父亲这个熟悉而常见的词语，成了她的奢望和遗憾。

我第一次做父亲，没有经验，我也没有去读相关的教材学习如何做一个好的父亲。更多的人可能都像我一样，我们是从自己的父亲那里学来的如何做一个父亲。从这个角度讲，做一个好父亲，还牵扯到了如何教会儿子做一个好的父亲，上升到了传承层面，影响到后世百年。

我父亲在我的成长过程中，除了扮演靠山之外，还给了我一份荣耀：一个有光环的父亲，会给子女养成强大的气场。虽然我的人生也是起起伏伏，但在气场上，向来自信到自恋。

气场听起来是个形而上的东西，但有着异常强大的作用。儿女小的时候，父亲是气场的来源，人们介绍他们，都说这是谁谁谁的孩子。若是父亲很优秀，孩子自然跟着骄傲，若是父亲不行，孩子也跟着矮了三分。不得不承认，矮了三分的孩子，在同等条件下，是需要付出更多的努力的。作为父亲，我们又有谁想让自己的孩子比别人更难呢?

初中的时候乡里开党员代表大会，往往占用康中的教室吃午饭。有同学骄傲地说，他的父亲在我们班教室吃饭。我就很自然地想到了我的父亲，当时他已经从大队会计卸任，没有在里面吃饭，我就觉得好像比同学少了些什么。还好我有祖母在里面吃饭，她在开会的人散去后找到我，递给了我一盒饭菜，至今我依然记得那盒猪肉炖粉条的味道。吃着祖母给我的饭菜，我刚刚失去的气场又回来了：“你爸在里面吃饭，我奶奶也在里面吃饭，她还是全村唯一的女党员，还是全乡最早的女地下党员呢!”

孩子可以因为父亲的一件事而信心爆棚，也可以因为父亲的一件事而丧失气场。不要说是父亲了，就是三亲六故出个罪犯之类的，都会让孩子成为众矢之的，陷入一种“人言可畏”的境地，而孩子幼小的心灵去处理这样的事情，是很难的，他们极易因此走向堕落。

成人眼中的光环，会在孩子的心里放大很多倍。不妨你可以试着蹲着走一段路看看这个世界，你会发现，你周围的一切都顿时变得高大了。孩子看世界，就如大人蹲下去走路，孩子看到的世界中父亲会超人般的高大。

祖母烧纸节时，我们五兄弟站在二叔的墙边，探过墙头看村西的大山，小弟说：“大山怎么变小了，小时候觉得大山特别大。”

我想，父亲的高度，在孩子的内心，就像我们小时候眼中的大山，高不可攀。

女儿现在六周岁，前两年有一次爬楼梯，我在前面一下子迈过两三级楼梯，女儿在身后惊呼：“爸爸，你真厉害，一下能上那么高。”

我平常的一个举动，都会在她心中产生父亲如此高大的感叹。随着她的成长，会有各种维度的精神需求，她需要一个“无所不能的超人老爸”。

父亲这个角色是其他角色不能代替的。记得女儿刚开始学走路时，大家都怕她摔着，一直不敢放开让她走，她就学得慢，一直是“扶墙可以走”的状态。一次，表弟和小丫来北京，我带女儿陪他们去鸟巢玩。我强行撒开女儿的手，她就站在原地不敢动，我到离她三五米远的地方张开双臂接她，鼓励她走过来。她摇摆着双手急速向我冲，冲到我怀里发出“咯咯”的笑声。而后我再松开她，到更远的地方接她，反复了很多次。那个下午她一直在学走路，咯咯笑个不停，我们一行人也被她逗得哈哈大笑。在那个下午她竟然，学会了走路。

这就是父爱的不同，父爱是一种有胆量的爱：爱你，又可以放开手脚，让你去探知这个世界，学会生存的本领。

父亲节的前一天，女儿给我打电话，她说："爸爸，明天是父亲节，你来接我吗？"

我说："父亲节是我过节啊，你给我准备礼物了吗？"

女儿说："准备啦。"

我问："什么礼物呢？"

女儿说："是个秘密。"

接到女儿时，她跑过来递给我礼物——亲手制作的手工作品。一面是个男士打领带的上衣，一面是一个画好剪裁的向阳花，下方还写着字："爸爸我爱你。"字的周围是她画的很多不同颜色的心形图案。

她还给了我一块糖，我随手放在车上。她从车后排座问我："爸爸，糖呢？"

我指了指边上，她拿起糖，去掉糖纸，塞到我嘴里："爸爸，你吃，很甜的。"

我开着车，嚼着女儿给的糖，的确很甜，甜到世间极致。

想想我的父亲，再想想我这个父亲，如朱自清先生所言："悚然自勉。"我的确做得不够，我可能无法像我父亲一样，给女儿靠山和光环。我父亲给我最少的是陪伴，我曾多次想，我不去追求给女儿靠山和光环了，就陪伴她成长就好。而事实上，陪伴这件事，我也做得远远不够。

女儿有个习惯，无论走到哪里，遇见字就读出来，不认识的就问我，念什么。这个习惯源于她更小的时候，我带她走到哪里遇见字，就教她读音或者考她念什么。她在一周岁时话还说不清，就能认识一两百个汉字，亲朋惊为“神童”，现在认字也比同龄的小孩多一些。

认字，可能是作为一个父亲，我能想到、我给予她的，能够让我感到欣慰的为数不多的事情吧。

想着我的不称职，就放弃了父亲节更新微信公众号的事情，陪她疯玩，就算一年都不称职，那么，就在父亲节这天，做个合格的父亲吧。

晚上 8 点多，开车送女儿回家。刚上车，她在后排座上发现新大陆一样：“爸爸，外面的月亮真圆真亮啊。”

我扫视车窗外，没有看到月亮，但仍然配合她：“是挺亮的。”刚好红灯，我顺着她的视线向外看，原来是路灯。

我笑了：“是路灯啊，闺女。”

女儿哈哈大笑起来：“路灯啊，原来是路灯月亮。”

车向前开，路灯不停地闪过，女儿又喊着：“爸爸，好多路灯月亮，好漂亮啊。”

我不禁暗自感叹，孩童是多么容易满足，路灯月亮就可以欢快一路，而我们为人父母，有着太多的借口不陪他们玩，不与他们分享那路灯月亮带来的快乐。

我问她：“闺女，跟爸爸在一起开不开心？”

她没有动静，我透过车窗内的镜子看，她在后排座上睡着了。

父亲节的一天，始于甜蜜的礼物，终于路灯月亮，真是，幸福的一天。

上次带她回故乡，她牵着我的手说："爸爸，和你在一起的时光总是会快乐。"

回来后，她的这句话反复在我脑海中回忆。我想，她对我，要求不高，只是，让我，跟她在一起，就很快乐。

我才做了6年的父亲，女儿就知道给我制作礼物了，而我做了近40年的儿子，又为我父亲做了什么呢？

做儿子，做得不够，做父亲，就更加不行了。

如何做父亲，做一个怎样的父亲，这是我在父亲节这天想到的。

愿天下父亲，如我一样，思考和检讨，如何给儿女如山的父爱。

第四部分

青春里神一样的存在

青春里神一样的存在

在木中（高中）时期的若干校领导中，老校长是话最少的，因此回忆他的时候，很难想起很多事，但我想，这就是老校长的人格魅力，在我们心底最重要、最尊敬的人，最难以忘记的人，不是那些整天在耳边唠叨的人，也不是有事没事喜欢训斥我们的人，而是如老校长一样，深爱着我们的人。

老校长，身穿黄色呢大衣，留着背头，头发总是很亮，给我印象最深的是老校长的眼神，非常锐利，那是怎样一种眼神呢？它能瞬间抵达你的心灵，那样的直接而干脆。我害怕这眼神，它会让我忏悔刚刚犯下的某个错误；我想念这眼神，它会让我感到无比踏实。看到他眼神中的坚毅，我会想到，这所乡村中学是击不垮的，定会战胜所有艰难。

那天，老校长站在主楼的台阶上，挥着手对我们说，明年是木中建校十周年，我们的目标是考上一百个大学生，为木中十周岁生日献礼。那是一个冬日，风很大，卷起老校长大衣的衣角，飞扬着，他的头发也破天荒地有些零乱起来。和着风，老校长用力地说着每一个字，字正腔圆。那一年，我高二，一定有很多人和我一样，发誓要金榜题名。老校长的话，是大军出征前的战鼓，催人奋进，激励三军。

高三元旦，爆竹声声，这是木中的“大年夜”，这一天，木中人按惯例可尽情狂欢。在我班联欢节目如火如荼进行时，老校长走进班级，当时，全班沸腾了，每个人都难以掩饰心中的喜悦之情。胖子正在和王西演小品，胖子穿着女生的粉红色马甲扮成有胡子的美女，在说“我要征婚”。接着，漂亮的女主持人让我出来朗诵了自己原创的一首词——《沁园春·木中》，至今仍记得这首我模仿伟人所填的词，可能一生都无法忘记，因曾在最尊敬的老校长面前朗诵过：“木中风光，千里沙飞，万里风啸。河舒银臂，楼展金鹏，欲与天公试比高。揭榜日，看龙榜虎榜，木中更应自豪。清华北大，略输文采。牛津剑桥，稍逊风骚。一代王者，哈佛大学，只能忍痛舍新苗。俱往矣，我木中学子，仰天长啸。”朗诵结束后，我用眼角的余光去看老校长，他不动声色，像是点了点头，表示肯定，又像表达着“还行”，但没说一句话，起身匆匆地离开了我们的教室。时过多年，不知老校长还能否记得，那个长发的少年，用浓郁的赤峰话立下的凌云之志。

那些文字有些张狂，而老校长总是波澜不惊，他对木中学子的期望，远不止是清华北大那样简单。一日，烈日炎炎，全校大会，他站在主楼的台阶上给我们讲了一个古老的故事：“木中刚刚建校时，来了一个白胡子老头，老头是个风水先生，看上去颇有些仙风道骨。老头在校园里转了一圈，说这是块风水宝地，但美中不足的是缺少水源，如果学校周围能有一条河，这个地方能出女皇。白胡子老头转身走了，过了没多久，木中的门前真就弯弯曲曲地流来了一条河水。原来，在离学校不远的小山上，凭空冒出一眼清泉。”更神奇的是，河水流过校门口几百米后就悄无声息地藏入农田，好像专门为这所学校而生。老校长组织学生疏通水源，把小河所过之处挖深修直，还在经过校门的地方修了一座桥，后来被我们称作“状元桥”。老校长讲这个故事的时候，眼神依然那样坚定，仿佛坚信会出女皇。我们都知道“皇帝”这个词语远去多年，老校长的意思一定是希望我们走得更远，飞得更高。学校门前那条不起眼的小河竟有这样的传奇故事，我和班上女生开玩笑说，“你们以后当了女皇可要勿相忘”，而我心中，何尝不是“他日我若为青帝，报与桃花一处开”的壮志豪情。

老校长冷峻而严厉。他有个侄子曾在木中读书，我叫他三哥，老校长叫他老三。有次三哥因写情书犯了错误，被叫到办公室，享受由老校长亲自教诲的待遇。三哥一进门，看见老校长桌上放着的正是自己连夜创作的10页“情书巨著”。三哥这人天不怕地不怕，唯独就怕老校长这“大大爷”。三哥低着头，哆哆嗦嗦地站着，老校长信手从衣兜内拿出他早已卷好的旱烟卷，用汽油动力的打火机点燃，吸一口，看了看三哥：“老三，坐。”三哥战战兢兢向沙发上凑，屁股的1/8刚挨到沙发的一角。老校长声音洪亮：“你个败类！”啪的一声，打火机被拍在桌子上。三哥吓得六魂出窍，激灵一下，复又站起，鼻尖淌汗，再也不敢奢望坐沙发，结结实实地挨了一顿“沙发级”的训斥。

老校长也有幽默的一面。比如，那次我们班因在升旗仪式时队形没保持好被留下，他指着前排的胖子问：“你三十几了？”胖子的确看上去比较成熟，198 斤的体重，肥硕无比，还留着两撇浓密的胡须。胖子怯生生地说："我十八。"估计当时全班学生都憋得肚子疼了，这种想笑而不敢笑的滋味实在不好受。还有一次，我跳墙去打饭，正巧老校长从家走出，碰了个对头。他盯着我厉声说："跳回去。"我疑惑地看着他，心想：啊？跳回去？这面墙，里面地势高，外面地势低，里面也就一米半，外面得有两米多，怎么跳啊？但不敢不执行他的命令，只好灰头土脸地跳了回去，准确地说，不叫跳而叫爬，十分狼狈。不知道那么高的墙我是怎样爬上去的，一定是身体里的某种潜能在那个瞬间被激发出来了。据说，我不是第一个，也不是最后一个，老校长对付跳墙的学生，都采用同样的办法。

我高三和补习那年，木中都在研究着搬到县城里，那段时间就很少见到老校长，他在忙着迁校的事。因木中过于偏僻，条件又极其艰苦，恰逢当时民办学校兴起，留不住老师，走了不少。所以搬迁势在必行，但这可是一所学校，有那么容易吗？俩字——差钱，这可不是小钱能办的事。那会儿，老校长已届退休年龄，别人都劝他少操这份心，但他不，仍为此事昼夜奔波。风言风语挺多的，一会儿听说搬不成了，没钱；一会儿又听说，老校长为了盖新学校，欠下 600 万元的饥荒。但木中还是在 2000 年，如愿乔迁，在大家为此欢呼雀跃之时，可有人想过，老校长承担了多么巨大的压力。但他不是一般的人，是我们的老校长，是我们青春里神一样的存在，万重艰难扛在肩，木中摇身一变——箭桥，多么霸气的名字，多么漂亮的学校！

很多年后，我在北京参加三哥组织的聚餐，再次见到了老校长，那时他已退休。其时，我写的《永远的木中》系列文字已达十万字。

我敬老校长酒，他特意站起来举着酒杯跟我说："你是木中最有才的人，我看了你写的关于木中的文字，谢谢你，记录了那段生活。"老校长将一小杯白酒一饮而尽，他的头发还是那样亮，言语还是那样清脆，只是此时，眼中溢满了晶莹的泪花。

老校长，他非常严肃，即使木中有天大的事情，也不动声色；他对我们从不迁就，异常严厉，但可以肯定的是，没人比他更爱我们，像爱我们的木中一样。

那个冬天，你站在主楼前神采飞扬；那个晚会，你聆听一个长发少年的轻狂；那个故事，那个女皇，还有你那特有的严厉中的幽默，让我一生珍藏。

老校长，你是我们青春里神一样的存在。老校长，我还会写，那个叫作"永远的木中"的故事。

恩师于村

之所以叫恩师，缘于他对我文学之路的巨大影响，是的，他是个语文老师。在相识之前就久仰于老师的大名，整个高中无人不知“毕竟是三年同窗，于是乎喜结良缘”的精彩对联，这是他和毕老师结婚时的作品。对联不仅镶嵌两人姓氏，还饱满地表达了爱情之路与喜悦之情，可谓千古名联。

我有一个非常大胆的想法，恩师是不是为了这副对联才选择了毕老师的呢？据说当时确实流传着他在某两位女老师之间徘徊的说法，作为一个造型独特、满腹经纶的才子，我想，他完全有胆量为一副名联而确定终身，这事儿，靠谱。

我见于老师第一面的印象极为深刻，至今不忘，不是我记忆力好，而是他的长相本身具有“深刻性”。

那天，我和同桌，擅咬牙根的于子，不妨就叫他“牙根于”吧。我和牙根于，端着茶缸子去打水，迎面走来一个彪形大汉。只见他，身高臂长，膀大腰圆，留着很短的头发，胡子拉碴的脸上架着一副“鸡汤屎”颜色的宽边大眼镜，手臂和小腿上布满了长而黑的汗毛

（大腿没见过，不知道有没有），上身穿白色大背心、下身穿蓝色大裤衩，一双破旧的大拖鞋穿在脚上，十个大脚趾一览无余，拿着个烂暖壶，走起路来发出“趿拉趿拉”的响声，如果扮演张飞或者李逵，基本不用麻烦化妆师。

在我的审美里，一直对怪异造型颇有好感，难得遇到如此另类有型的酷男，不禁发出啧啧的赞叹之声。牙根于对那大汉毕恭毕敬喊了一声：“四叔。”

我知道他四叔即是于村，他已多次提起。心想，不是吧，你四叔这么有型？那一瞬间，我甚至忘记了我们互掐大腿留下的怨恨，对牙根于产生了一种爱屋及乌的好感。

个人觉得，于老师长得和北大的孔庆东老师十分相似，只是孔庆东老师的眼睛有些歪。我发明的谜语：孔庆东、于村、顾大才子，三个人站在一起，打一句名言。答案是“上帝打开一扇门，就会随手关上一扇窗”，俺们仨一同被上帝关上了颜值的窗子。女娲造人的时候，俺们一定都是用泥点子甩出来的，以致外观略显粗糙，做工不够精良。

于老师深受广大学子喜爱，因其授业不失风趣。“于村，出生于农村，现住三家村。”这是他的自我介绍，简短而幽默。他很擅长研究自己的名字，称师母为“村妇”，还说“如果别人给我写信，高中两字漏掉，就是‘敖汉木乡于村’，不知道的肯定以为这封信没有收信人。”

才子大多很有个性，于老师讲课更有个性，喜欢讲的时候滔滔不绝、口若悬河，恨不得拿起身边的大铁锹比画，不喜欢讲的时候就发卷子，让大家做题，做完就可以自由活动。他的课像百科大讲堂，教我们那阵，正逢中韩足球激烈对抗，国人有些“恐韩”。

我们会写一个纸条放在讲桌上，等他来了之后，课代表大声朗读：“尊敬的于老师，昨日中韩足球战果如何，请不辞辛劳，现场播报……补习四班全体同学敬上。”

他扶一下宽边大眼镜，目光扫视全班，习惯性挖挖鼻孔，义愤填膺地开始他的播报：“恐韩势头依然猛烈，中国足球已数载未胜韩国，十三亿人泱泱大国，踢不过一个弹丸之地，韩国那个地方估计比咱敖汉大不了多少，瞧咱那两个破前锋，叫什么‘金玉组合’，我看纯粹是‘金玉其外，败絮其内’。”

我一听，昨天国足又输了球，今天于老师心情不好，估计我们又可以自由地做题了，心中窃喜，正想着呢，于老师一甩袖子：“上自习……”

于老师讲课，不仅用中文，时常还夹杂着英文，他会很自豪地蹦出几个单词，以证明他会说英文，总结过来其实无非就是“yes”“no”等“单字蹦”，我怀疑他是不是要教他儿子，拿我们先练手。他讲课，很少提问，口才太好，一讲就刹不住车，唯一的一次提问是之前他那虎头虎脑的宝贝公子“乎子”来我们班玩，老邪他们几个戏弄他。老邪在黑板写上“干村”“于树”等词语，问乎子：“哪个是你爸的名字?”乎子虽然很配合，但势必回去汇报并请教了“于村”二字的正确写法。老邪的特征是戴一副近视眼镜，结果，第二天，于老师提问了整整一节课，被提问者的共同特征是“戴眼镜男生”，而且反复提问！原来，他这是给儿子报仇来了。

于老师讲课从不拿备课的本子，也许从不备课，但精彩不断，常常能联系实际挤对一下其他老师，这方面教数学的尚老师中招最多。

讲到“无上光荣”，于老师会强调这个“上”不能写成“尚”，否则会有某位老师不高兴，然后写四个大字“无尚光荣”于黑板上，觉得不过瘾，又用力画出一个红圈将“尚”字圈住。下节课恰巧尚老师来讲数学，看见黑板被红圈圈住的“尚”字，鼓起双腮，像含着一块糖，咬牙切齿：“这谁写的啊，又是于村干的吧！”

尚老师爱拖堂，有时语文课在后，数学课在前，尚老师就和于老师碰见。于老师眉开眼笑对尚老师说：“上完了？”在尚老师理解，那一定是“尚完了”。尚老师双腮再次鼓起：“快上一边去吧，你才上完了。”于老师发出嘿嘿的笑声：“我的意思是你下课了！”

我觉得吧，这“尚完了”和“下课了”，也没有太大区别，都不是什么好词。

于老师有娱人精神，最经典的是“中华鳖精”。中华老师的爱人姓孙，也是木中的老师，于是，于老师说：“孙老师回娘家——中华鳖精。”我学会了这段子，有次在宿舍讲，被中华老师在外面偷偷听见了，估计他怕尴尬，没吱声，悄悄地走了。回去后和孙老师讲了，孙老师又讲给同组的尚老师，尚老师次日数学课问我：“顾，你们昨天在宿舍说啥来着？”尚老师的语调有点阴阳怪气：“哎呀，那咋啥都说，你们中华老师昨天在窗外捂着嘴走的。”

没办法，哥那会儿，发育了，“中华鳖精”这种段子，不叫事儿。

于老师说数学组有“三巨头”，陈老师正乐呢，以为说他们教学好，结果，于老师补充：“就是三个大脑袋。”陈老师苦思数月，终得名句“于村找驴群，于村没有驴；驴群找于村，驴群有于村”，为数学组扳回一城。

于老师兴致浓时，连学生也不放过。有次在黑板上写了个斗大的“旺”，让全班学生齐声朗读三遍，顿时，一阵震耳欲聋的“汪汪汪”犬吠响彻校园，当然，这天是愚人节。

因于老师以娱人为乐，因此但凡挤对别人的段子，查无出处，就一并算在了他头上，其实有些可能并不是他干的。但于老师，一副无所谓的样子，丝毫没有影响他娱人的热情。于老师究竟有多少这样的段子，恐怕他自己也无法说清。

课堂上幽默精彩，课堂下娱人为乐，而生活中的于老师，非常滑稽。

记得那时流行 BP 机，于老师很时髦地买了一个，每天讲课都挂在腰上，还时不时有抽空摘下来看看，可惜从未见响过，但依然爱不释手。过了半年之后，发现腰间空了。于老师也不避讳，绘声绘色地给我们讲，说他去邻县监考，睡在宾馆，小偷进来连钱包一起给偷走了，当时他正“呼噜呼噜”地打呼噜呢。

肥硕的于老师，平日并不锻炼，但偏偏喜欢运动竞赛，教工篮球赛，他是“移动长城”，只是长城的移动过于缓慢；教工 4 × 100 米接力，他手持接力棒，努力地奔跑在跑道上，依然穿着白背心，还穿了一双钉子鞋，全场的学生给他加油。“于老师，加油、加油”，加油声很大，他跑得很慢，唯一显眼的是伴随着奔跑而忽闪忽闪的肚皮，我终于看见了于老师的大腿，有汗毛，还很多！我只盯着他的大腿看，因为看别的，根本没有必要，他肯定是最后一名，尽管他努力地……挪动着……挪动着……

于老师对我最大的影响是“你珍惜时间，你珍惜生命吗”这句名言，有了这句话，我为懒惰找到了完美借口，常跟那些勤奋的人说，你那么忘我地拼，会缩短寿命的，不信咱们80岁以后见！

于老师用懒惰珍惜着时间。话说一个冬天，毕老师回娘家了，于老师早晨起来洗脸，拿水瓢往脸盆里倒了一瓢水，水在盆里只有薄薄的一层，但他懒得再去弄，将就着洗了。洗完后水也不倒，第二天，脸盆里冻了层薄薄的冰，于老师又拿水瓢往脸盆倒了一瓢水，在冰上洗脸。第三天、第四天……天天如此，只蓄水，不倒水。如此持续了半个月，毕老师回来了，发现脸盆里冻出了一个巨大的冰坨子。

我与于老师私交深厚，多年来一直保持联系。

2007年，于老师来北京，我们在后海喝酒。他依然喜欢挖鼻孔，绘声绘色地给我讲，说有一次喝酒，老边不喝，老谢就不给发筷子，两人就打起来了。

2015年，于老师的公子乎子喜结良缘，我去证婚。双方家长入场时，在美妙的乐曲中，于老师西装革履，器宇轩昂，变得特别帅。师母毕老师挎着于老师的臂弯，面带桃花，少女般羞涩。于老师为乎子再作一副对联“樊家女今生有真爱，于是乎斯室结良缘，横批——为幸福干杯。”

作为于老师的真传弟子，顾大才子经一夜辗转反侧，终得佳联：“樊家女超凡不平凡，渔家傲于家最骄傲，横批——为幸福干杯。”好吧，我承认，横批是抄于老师的，我没想出来……

兰妹妹

漫天的胭脂红色，耳边是悲伤至极的乐曲，眼前一个煞白的坟冢突然在电闪雷鸣中开裂，悲情女声凄凄婉婉唱道："与子偕老生前定，执子之手不了情。"一滴眼泪顺着她鼻尖落下，只见，身穿大红嫁衣，头扎白色绫布的俊俏女子纵身一跃，坟冢并拢后再次天崩地裂般开启，两只蝴蝶扇动着翅膀飞翔在血红的夕阳余晖之中……

幕布起又落，灯光暗又明，茅威涛携浙江小百花越剧团众演员现身谢幕，观众起身鼓掌，如轰鸣不绝的雷声，演员一次次鞠躬，观众就是不肯走，有的眼含热泪，有的泪如雨下……我不爱看戏，但实在太精彩——我说的是《梁祝》。

心情沉重地走出剧院，手机振动，收到兰兰发来的短信："哥，在干嘛?"

世界上有没有那种无血缘关系的兄妹之情，胜过亲兄妹那种?

1. 宿敌

七八岁时去大舅家玩，坐在他家门前的坝渠上，看春天浇地的水缓缓流入农田，两件事可以坐大半天，一是擦鼻涕，左右袖子交替，蹭得袖子全都黑乎乎湿乎乎；二是看着流水发呆，没有任何目的性，就是发呆，现在想来也许是在发呆中发育着大脑。

这时候兰兰来了，四五岁的样子，穿着开裆裤，拎着小手绢的一角，张开双臂做飞翔状跑着，小手绢在风中展开，小嘴巴撑圆奶声奶气："偷偷飞……偷偷飞……"

兰兰在我面前站定，怯生生地打量着我："你是谁？我怎么没见过你？"

我都没正眼瞧她，大孩子从来不屑带小孩子玩，她还穿着开裆裤！

兰兰开始紧张了，皱着眉头小心翼翼："你在这干嘛？和我一起玩吧？"

我鼻子哼哼着："我在看水。"

兰兰回身看了看坝渠里的水："我妈说不让玩水，会淹死的。"

我不理她，心想，就三块砖的深度，这么浅的水，能淹死人？不可能！

兰兰没拿着手绢那只手伸进衣兜，掏出两块彩色的胶皮糖，至今不清楚这种糖叫什么，没有任何包装，外面粘着一层晶莹的白糖颗粒。

兰兰期待着望我："一起玩，我给你糖吃。"

她太小了，我不想和她一起玩，决定吃霸王餐："把糖给我，不然把你推到坝渠里，淹死。"

兰兰做出要藏糖的动作，我伸手抢夺，她哪是我的对手，糖瞬间姓顾了，缠斗中小手绢落入坝渠。兰兰转身委屈着跑了，一颠一颠的，开裆裤缝隙中交替出现左右屁股的肉肉颜色。我嚼着胶皮糖，甜，继续看水，水中兰兰的小手绢随波飘走了。

我正打算倚着坝渠的大树根睡觉，兰兰回来了，依旧跑得一颠一颠的，还领来了俩和我年纪差不多的孩子，清一色的女孩。兰兰在我面前停下，指着我喊：“姐，就是他，抢了我的糖。”

什么叫好虎架不住一群狼，娘子军的力量也是很强大的。

三个女孩跑了，我坐在坝渠上面哭，双手捂着脸，不停地蹭着鼻涕，好悲伤。

从此与兰兰结仇，坐在坝渠上哭的局面持续了三四年。熟悉以后，三个女孩的战术从群殴进化为分工，一个盯住大人望风，一个负责把我弄哭，还有一个负责善后把我哄好，她们怕我大舅训，弄哭得哄好。

兰兰是哄我的那个，打一个巴掌给一个甜枣，仇恨因兰兰而起，我却最感激她，认为弄哭我都是那俩大孩子的主意。

兰兰笑起来的时候有一个酒窝，另一侧脸蛋上有个小小的月牙一样的疤痕，幼时玩闹磕伤的，笑的时候，月牙也是弯弯地笑着的。看见她笑，和她那可爱的月牙，我就忍不住笑了，屁颠屁颠地跟她们玩起来，忘记了她们还会随时把我弄哭。

后来大舅去世，就极少去大舅家了，兰兰的娘子军团也便从我的世界消失了。

2. 路过

一眨眼就到了补习时高考落榜的暑假，当时补习班还没开学，高二、高三已经开学了。沉浸在落榜的忧伤之中，我和鲲鹏在校园里晃，路过一个班级门前时，听到有人叫我的名字。

我闻声望去，一个小小的女生，短发，齐刘海，圆圆的嫩白的脸蛋像水蜜桃，站在窗下脸微微扬起望着我："树豆。"

我搜寻着记忆，并不认识啊。她看着我的木然，笑起来，脸上有个浅浅的月牙印也跟着笑，仿佛她出了一道脑筋急转弯难住了我，笑得很有成就感。

虽然看到了月牙印，但我还是没想起来，时间过得太久了，已经有八九年的时间没见了。

她从兜里掏出一个手绢，在眼前晃动着："我是'偷偷飞'的兰兰啊，你忘记被我们弄哭的事情了?"

哎，谁会刻意记得被三个女娃欺负的事情，没忘记也得说忘记啊，她提起这事儿，我就想起那会儿，见到她们就头疼，甚至还有点惧怕。不过，她这么一说，我还是想起来了，她是兰兰，竟然长这么大了，认识她时还穿着开裆裤。

我说："你忘记我把你手绢丢进坝渠啦？我是好男不跟女斗。"

我和鲲鹏站到他们班窗下，和她聊天。

兰兰巡视我全身，在袖口处停留："你鼻涕呢，怎么不见了，袖子也干净了呢。"

好吧，都高四生了，袖口还留着鼻涕糊糊，我得埋汰成啥样。

我回击道："你的开裆裤呢？我记得你跑起来，还走光，一颠一颠的，我都没看够。"

兰兰的脸，水蜜桃熟了，泛红，伸手要打我。我笑着躲闪，鲲鹏也跟着笑。

我问："你都高二了？我怎么没发现你也在木中，你怎么认出我的？”

兰兰：“切，我这么微小，你能看见我？你天天领着个大美女上课下课的，谁不认识你啊？”

……

兰兰这口才，也是没人可比了。上课铃声响起，兰兰跑向教室门口，又折回来，将手绢塞进我手里：“树豆，给你的。”

兰兰消失在教室门口，我看了看班级门牌：“高二×班。”

我握着手绢，有点没回过神来，送给我个手绢？为什么？

鲲鹏不怀好意地笑：“对你有意思呗。”

我和鲲鹏继续在校园里晃，边走着边展开手绢，图案是：一朵牡丹、两只蝴蝶，盛开的牡丹、飞舞的蝴蝶。

之后我去新中补习，给兰兰写了一封信，说了一些鼓励的话，第一次叫她“兰妹妹。”

她回信说：“树豆哥，其实我初中就和你在同一所学校上学，只是你不曾看到，你的名字如雷贯耳，尤其是你辍学后再上学考上木中的事情，成为老师讲课时的励志案例。一直仰望着你的高度，很多次从你身边路过，你在教室中间黑板处出板报，我还驻足看了很久，看你飘逸的粉笔字和你桀骜的长发，但你不认识我了。不过，没什么，我想，就这样默默地关注着你，听着你的故事，挺好的。上次见面，我本不想叫你，但看你的脸色我感觉你可能高考没有考好，想安慰你，就忍不住叫你了，但是时间太短，太多的话没来得及说。不要灰心，我相信你还是我仰望的高度，你会考中的，因为你是我的如雷贯耳的树豆哥。”

落款：“你永远的兰妹妹。”

看完她的信，我想起了一句话：世界上最远的距离，不是天涯海角，而是我在你身边，你却看不到。

没有给她回信，因为我有小荷，总觉得和她这样通信对不住小荷。

兰兰，再次在我的世界消失。

3. 追随

大二下学期，我任文学社社长、校报副主编，写作写出了一些名堂，在学校混了个“工大文坛三剑客”的名声，笔名“狼行。”

常会有些戏弄我的电话打进宿舍来，冒充类似星探公司的恶作剧，还有陌生男生拿着自己写的诗来请教我。说这些，并不是要炫耀我辉煌的过去，而是要引出与兰兰的第二次重逢。

那是一个我认为又是戏弄的电话。

我问：“你找谁？”

答：“找狼行。”

我：“我就是，你是谁？”

答：“我是你妹妹。”

我：“我妹妹？哪个妹妹？”

答：“你妹妹很多吗？”

我已经不耐烦了，想要挂断电话，听筒中传来咯咯的笑声：“树豆哥，你又把我忘了，我是你兰妹妹啊。”

我：“啊？兰兰？你怎么知道我的电话的啊？你在哪？”

答：“我在北方工大，大一，我又一次追着你这道闪电来了。树豆哥，你好厉害，我才来了俩月，你的名字已经在我耳朵里装不下了。”

在学校第五食堂餐桌，我请兰兰吃五元钱的套餐。兰兰依然是个小小的女孩，水蜜桃模样的脸蛋，鼻子上多了一副眼镜。

兰兰夹着西红柿鸡蛋，筷子停在半空中：“树豆哥，你的小荷呢?”

我不屑她的提问，觉得很八卦：“小荷是过去式，现在是小竹。”

兰兰把西红柿鸡蛋放入口中，鼻孔出气，笑容消失了：“真花心。”

兰兰用力咽下西红柿鸡蛋，仿佛咽下的是一块难啃的骨头。

这时一个帅哥跟我打招呼后离去，兰兰问：“夏风是你同学?”

我有些惊诧：“是我同学，你刚来俩月怎么谁都认识?”

兰兰有些不好意思：“院学生会主席嘛，怎么不认识?”

我：“你加入院学生会了?”

兰兰：“没有，我陪同学去的。你们班真厉害，这么多人才。”

我逗她：“厉害？还有更厉害的，校学生会主席也是我们班的。”

说起来我们这个春季法学班确实不寻常，校学生会主席、院学生会主席、法律协会会长、辩论协会会长竟然皆为我班出品，加上我这个文学界的怪类，了不得，全校有一万多人，我们班就几十人而已。

我不知道兰兰是否因我才考的我们校，只是再次重逢后，就多了一个牵挂，她常发短信叫我起床吃早餐，我有时领得稿费，会带她去吃大餐。

兰兰大一下学期，她班上一个叫小路的男生开始追她。她跟我说，那个男生每天上课给她占座，买鸡蛋灌饼、酸奶等食品放在她桌洞。当时她们住宿的公寓在校外，晚上上完自习，他会陪她骑自行车回公寓。

兰兰常问我，是否该接受小路的追求。

那天，我过生日，兰兰陪我在校园的操场散步。我们停在体育馆旁，兰兰变戏法一样，变出了几个小小的彩色蜡烛，点燃粘在体育馆的墙壁上，用小小的身体挡住刮过来的风。繁星满天，兰兰唱生日歌，唱得我鼻子酸酸的。

兰兰说："哥，祝你生日快乐。"

兰兰说："哥，我决定接受小路了，他实在对我太好了，我不知道如何拒绝，真的是对我太好了。"

我说："兰兰，哥生日很快乐，哥也祝你永远像小时候一样单纯快乐。"

兰兰哭了："哥，我不知道我的选择是否正确。"

我望着相继熄灭的烛光："兰兰，别哭，这是好事。选一个爱你的人，比选一个你爱的人重要。"

那时其实我已经和小竹分手有段时间了，只是我没有告诉兰兰。我不知道兰兰是否喜欢我，也不知道她答应那个男生是否因为我有女友。

后来兰兰介绍她的男友小路给我认识，一个酒量很好的男生，说话办事透着玲珑劲。他和我划拳，光板加仨，谁要是连输三拳，就再划三拳，喝得我酩酊大醉。小路通过我又认识了夏风和老丁，即院学生会主席和校学生会主席，后来小路在学生会混得很好。

4. 化蝶

大学毕业后我去了机关，两年后，兰兰和小路也毕业，小路去了一家央企，兰兰一直不顺，在一家企业做销售业务员。小路家出钱在北京买了房子，兰兰犹豫再三，也跟着住了过去。

同在北京，偶有相聚。兰兰心事重重，说着小路，说他好像变了，对她不好了，还有点轻视她的工作。

我劝着她，恋爱一场不容易，有矛盾也正常，坚持一下也许就会过去。

直到有一天半夜，兰兰哭着给我打电话：“树豆哥，你在哪儿，能不能来接我?”

我打了车，接上兰兰，她的这段感情就算结束了，拿着行李，无家可归，无处可去。这时我在想，像小路那样玲珑之人，会把一切和事业联系在一起，感情只是事业的附属品。包括当初小路与兰兰交往，也许就是为了认识夏风和老丁，为了他的学生会仕途。

虽然是一幕狗血剧，但是你能怎么样呢？感情的事，谁也无法参与，更无法改变。

我帮兰兰在北京郊区租了房子，蚁族聚居地，那种农民自建房的二楼，每个房间十平方米不到，放一张床，剩个勉强能通过一个人的空隙。有事没事常去看她，一个女孩子孤身在外打拼，太难了。

我担心她出事，还是出事了。

兰兰对门住着一个男生，也是个北漂族，开始常对兰兰嘘寒问暖，做些帮忙提水之事。兰兰也没多想，接受着他的帮助。一日，男生起了非分之想，欲行不轨之事。兰兰奋起反抗，两人厮打，男生打了兰兰，眼镜也摔碎了。要说兰兰也不是善茬，抓破了男生的脸，打斗声惊动了四邻，男生未能得逞。

我得知此事后，带着朋友一起赶了过去，欲要武力解决，被兰兰拦住。

兰兰哭泣着："哥，算了，都是北漂的人，他以前也帮过我。"

男生赔了眼镜，道了歉，了结了此事。

把兰兰接到我单位附近，我们坐在马路牙子上。从路边的烧烤摊人声鼎沸到各个门店打烊，偶有一辆汽车呼啸而过。

兰兰双手抱在支着的双腿上，下巴颏再抵于叠在一起的双手上，泪眼蒙眬，侧脸望着我：树豆哥，我能靠着你的肩膀吗？

兰兰靠着我的肩膀，抽搐着。

我拍了拍她的肩："兰兰，刚毕业都是这样，会好起来的，世界上怕就怕坚持二字。"

兰兰说："树豆哥，我不想坚持了，我和小路在一起，坚持了那么久，到头来，还是一无所有。我累了，我妈让我回家，去电信系统上班。"

一夜未眠，坐视天明，兰兰环住我的脖颈，哭到无泪。

兰兰决定回老家发展了，走之前那个中午，她约我去一家餐馆。

进门坐定，发现桌上放着一个香炉，一盒香。兰兰不言不语，抽出三支香，插在香炉上，点燃。

兰兰默然着脸，双眸悲情如巨浪翻滚："树豆哥，我不知道对你的一路追随和仰望，是崇拜还是喜欢，但我不想失去你，我们结拜吧，做一辈子的好兄妹。"

我："兰兰……"

我不知道该说什么了，自诩为"口才帝"，却难受到说不出任何话语。

兰兰让我站起，把我们的椅子都向后撤开："树豆哥，我们就不跪拜了，拥抱一下吧。”

饭馆里的客人吃惊地看着我们，我们拥抱，持久，又入心。

送兰兰上火车，她在窗内哭泣着向我挥手作别。

火车走了，载着我拥抱结拜的兰妹妹，一去多久呢？

手机振动，兰兰发来的短信：“树豆哥，我知道你一直有女友，但不管你婚否，答应我，都不可以不理我，都不可以敷衍我，我不能没有你，我要做你永远的兰妹妹。”

我盯着手机，心在绞痛，手在颤抖：“兰妹妹，好起来，做‘电信一枝花’，我会去看你的——你永远的树豆哥。”

兰兰来了，兰兰又走了。兰兰又来了，兰兰还是走了。兰兰，下次你何时来？

看《梁祝》，梁山伯与祝英台，草桥结拜，我在哭；坟前化蝶，我在哭。想起了我的兰妹妹；想起兰妹妹送我的牡丹上面飞蝴蝶的手绢；想起了我们香前的拥抱结拜，做一世兄妹的誓言，随泪水滚滚而下。

兰兰送我的手绢，很早就找不到了，若不是她再次出现在我的大学校园，可能不是永远的兰妹妹，而是永远成不了妹妹吧。

世间有没有一种情感，高于亲情，又不是爱情，这是一种什么情感呢？

不管是怎样的情感，兰妹妹，是永远的。

追梦人

——写在《歌在飞》词曲作者侯歌新婚之际

前几日，表弟东子发给我一段嗨歌视频：几个在老家的小伙伴在唱“抚摸爱的琴弦为你弹奏这一回，如痴如醉真情似流水”。我得意地说这不是我高中同学作词作曲的《歌在飞》嘛。表弟发来一串惊叹号，我顿时为有这样的同学而骄傲。若多有几个这样的同学，岂不是可以凭借写他们的故事而混饭吃了吗?

2016 年，初中同学开着大货车听着《歌在飞》，表弟媳妇跳着广场舞放着《歌在飞》，公交地铁耳边常响起《歌在飞》……我靠，老同学，你是真的火了。你火了我还不写你，那我还叫什么才子啊!开始我想为文章取名“我与侯歌在一起的日子”或者“我和侯歌不得不说的故事”，觉得有点俗气，咱是作家，得写得高雅点，于是就有了现在的名字“追梦人”。

我与侯歌是木中时的同学，从理科班到文科班，持续三年，后又在北京重逢，看着他从追逐梦想到实现梦想的艰难过程，百般滋味在心头。还好，他的歌越来越成熟越来越火，让这个追梦人的故事变成了一个激励人心的励志剧。

高一，侯歌坐在班级的最后一排，我坐在他身前。我们还不知彼此姓名的时候，我心里暗想：这小子太帅了，帅得没天理。他有着高瘦的身材，俊俏的面容，能演梅兰芳。侯歌帅到什么程度，和“西单女孩”分别驻守两个地下通道唱歌的时候，常有窈窕女孩丢名片进他的吉他袋。有次我们班几大美女来京，引燃一场同学聚会，合影时，我们这些年老色衰的家伙厚着脸皮要跟当初的女神同框，却发现美女们早已将帅得没天理的侯歌团团围住。我有人脸识别的盲点，除了认识丹凤眼，其他什么脸型口型一概不会辨别，不然一定描述一下他的样子，但事与愿违，顾大才子笔下的侯歌模样，言简意赅——帅！

下课我回头与侯歌聊天时，得知他和我一样，对坐在班级最后方，有着小小的怨言，又苦于自己成绩不济。他常把小镜子靠在一摞书前，用木梳梳理头发，似有心事。彼时，我班挨近热水房，各班学生前来水龙头处洗饭盆、饭盒，引得无数苍蝇出没，在阿曹和老郭的带领下，大家练习挥手抓苍蝇。侯歌从不参与此事，只在别人抓到苍蝇之时，露出洁白的牙齿，发出含蓄的笑声。从外表到内心，他都很注意形象保持，爱美，爱干净，做个安静的美男子。他不太爱学习，别人听课的时候他在一个日记本上写着什么，后来写出厚度，我粗略浏览，是“歌词本”，大半本日记，全是郑智化《水手》之类的歌词，每首都被精心设计出板报模样的边框，很是美观。

因为歌词本，我才知侯歌对音乐的热爱，读懂他平静外表之下隐藏的梦想与渴望。他在音乐方面的天赋，终于在全校歌咏比赛和元旦联欢晚会上得以展现。歌咏比赛大合唱，他教我们唱《中国娃》，清脆的嗓音，亮丽的歌喉，令人心醉。他领唱兼音乐指挥，双手戴着白色的手套，上身穿紫色西服，我们跟着他的手势唱回一个三等奖。元旦晚会我有幸与侯歌同台主持，我们模仿央视主持的声音，大声地说着“瑞雪纷纷辞旧岁，梅花点点迎新春”，虽无梅花，但的确下起了鹅毛大雪。侯歌除唱歌外还与老郭演绎洛桑成名作《洛桑学艺》，而我与孟博士初次合作小品《算卦》。之后我们分成两组，踏着皑皑白雪去其他班级拜年，他在音乐梦想舞台上初露头角，也为日后将沧桑岁月变成美丽音符，打下了坚实基础。生活是最好的老师，走过艰难时光，方知弥足珍贵。

高一下半年，再次按分数调座位，我经发奋读书，名列前八，坐到班级靠前位置，侯歌仍在最后一排，从此少了彼此之间的交流。课间偶去后排玩耍，看到他与老郭等人交谈甚欢，不经意间，变得开朗许多。到高一结束，文理分班，我与侯歌都选择了文科班，这竟造成了转年原班元旦晚会的主持人荒。文科班中我再次坐在前排，与侯歌的交往变少，他跟随音乐老师在烂尾半截楼进行专业训练，偶路过，能听到里面传出熟悉而又动听的歌声。听闻，他每日天蒙蒙亮去学校南面小树林练歌，被周围居民投诉，说其扰民。穷乡僻壤，要走出一条音乐之路，难比登天，哪怕一个练歌的场地都无法寻到，想必他那时感慨良多。

初次高考，我落榜，侯歌因文化分不够，也落榜。我便失去了他的消息，后来在残酷的补习生活中，无心关注他和他那个音乐梦想。

再次见面时，已是 12 年之后的 2008 年。我们一起撸串，喝大碗扎啤，在首都北京满街迎奥运的欢乐气息中，我们喝得酩酊大醉。

烧烤店隔壁是一家唱歌房，我对侯歌说："想听你唱歌了。"

他举起满满的扎啤杯，夜色中棱角分明，帅气依旧："老顾，干了，唱歌。"

我们猛烈地碰杯，酒花四溅，同时仰头，一饮而尽。

侯歌摇摇晃晃地拿着麦克风，向我媚眼："周华健的《朋友》，送给我的老同学，老顾，祝我们的友谊万古长青。"

我按他要求按下点歌机的按键，耳边响起："朋友一生一起走，那些日子不再有，一句话一辈子，一生情一杯酒……"

之后又大大小小聚过很多次，才渐渐得知他高考之后的故事。

高考失败那年，侯歌挤上了去往上海的火车，读一个民办的音乐学校。他是从《当代歌坛》杂志看到的招生信息，只身一人开始了沪漂之旅，我很敬重他的才华，更敬佩他的勇气。

毕业后侯歌来到北京，除了在音乐人圈子里做专业的事情，还背着吉他，去地下通道唱歌，就是在那时结识了"西单女孩"，有了两人合作的作品《亲爱的》，登陆央视八套春晚。他还背着吉他在地铁里卖唱，很受旅客欢迎。有次被警察抓到，带回派出所，凭借声情并茂的演唱将值班警察唱得落泪，得以脱身。

侯歌的QQ空间里有很多和当红歌星同台演出的合影，圈子广了，也出了专辑，发展成全能选手，作词、作曲和演唱。我虽天生五音不全，但难免应酬时和朋友唱歌，每次我都大喊一声："点一首我同学唱的歌，我的亲同学，侯歌。"耳边就响起那首《亲爱的》熟悉的旋律和亲切的歌声，我不曾唱一句，但每次都拒绝被切歌，这是我同学唱的歌，我不会唱，也要听。听着侯歌唱的歌，就能回到从前，回到木中，那里有我们的青春，更有我们的梦想。

在北京最后一次与侯歌相聚，是小狼的婚宴。侯歌喝多了，走路东倒西歪，我带他离开，一起走在北京冬日的街头。侯歌和我说着醉话，天空中再次飘起了雪花，打不到车，我们就从饭店走向地铁口。快到地铁时，他躺在地铁边的草坪上，不肯起来，跟我说，他要睡觉，雪花簌簌地落在他的身上，任凭我怎么拉拽，都无效。

我无奈地吓唬他：“你再不起来我报警了。”

侯歌躺在地上哼哼唧唧：“你报警我也不起来，我要喝可乐，我还要吃热汤方便面。”

我靠，听到他这么说，我连宰了他的心都有，这是地铁口，哥去哪给你弄。我俩僵持着好久，雪还在下，脸冻得发麻，忽然有了主意。

我说：“侯歌，我们唱歌吧。”

侯歌闭合的双眼就亮了起来，急促地问：“唱什么歌?”

我说：“就唱你教给我的歌《中国娃》，我除了国歌就会唱这一首歌。”

侯歌像醒了几分，开始唱：“最爱说的话永远是中国话……”

我拍着他的肩：“不行，你不指挥我唱不出来。”

侯歌大笑，蹒跚着爬起来指手画脚：“老顾，你是不是以为我喝多了不能指挥了，臭老顾，我就要指挥给你看。”

我搂住他的肩，他一只手勾住我的背。我们勾肩搭背，他另一只手挥舞着，做指挥状。我们迎着北风，我们又是唱又是笑，歪歪斜斜地向着地铁口走去：“最爱穿的鞋是妈妈纳的千层底，站得稳哪走得正踏踏实实闯天下，最爱穿的鞋是妈妈纳的千层底呀，站得稳哪走得正踏踏实实闯天下……”

每当听到《歌在飞》，都会想起我和侯歌一起肩并肩高唱着《中国娃》走向地铁口的那天，北风那个吹，雪花那个飘，我们是两只喝醉了的快乐小鸟，没有了漂泊的忧愁，没有了追梦的烦恼，脑海中，是满满的友情，不是亲人，胜似亲人，这样的镜头，一生有一个，足矣。

三年前，侯歌回到故乡，和我的同学老王一起创业。

后来不断传来他的好消息，事业上用我同学老田的话说：“感觉赤峰已经装不下他们了。”更让人激动的是，他收获了美丽的爱情，那姑娘我见过，美如画。

老王讲起侯歌的爱情时龇牙咧嘴地笑：“我拐走了侯歌一个，给他妈妈带回来俩。”

老王指的是，因为他，侯歌才收获了美娇娘，老王以此理直气壮地在侯歌家混吃混喝，着实让人嫉妒。

期待着侯歌有更好的作品，飞翔在大江南北，那时候，我就可以写一本书而不是一篇文章了，名字就叫“追梦人——当红歌星侯歌的故事”。

同学，兄弟，你要结婚了，我无法到现场参加婚礼，深表歉意，兄弟只有一句话：“侯歌，红包准时到，恭祝新婚快乐!”

那个叫“学霸”的少年

每个人的青春里，都有个学霸。初中时在康乡，我就是那个学霸，全班第一名考进高中；高中时在木乡，小孔就是那个学霸，比我分数高出 100 多分，非人类也！

小孔，也叫老孔，不姓孔，而姓孟，合孔孟为一家，名孟繁孔。名字听起来就很有学问，据说是孟叔想了很久才起的。小孔降生那天，在小学教书的孟叔和人打赌吃了五六碗荞面条子，据说撑得不轻，回家一看，多了个大胖小子。小孔也挺能吃，或多或少和这些荞面条子有点关系吧。

小孔那时长得挺清秀，完全没有发胖征兆，个子不高，皮肤略黑，重重的两道眼眉，不算大的两只眼睛，走起路来慢悠悠好像在思考问题，说起话来慢悠悠好像继续思考着问题。

小孔乃班级第一名，物理竞赛全校第一名，加上同乡马、吉二人也名列前茅，得名“三剑客”。高一上学期，我与同桌牙根于互掐大腿同时发奋读书，终于从全班第 23 名来到第 8 名，仰头一看，仍距榜首小孔 80 余分，实乃青春里无法愈合的伤疤，刚刚建立起的自信，又被小孔无情摧毁。

小孔读书刻苦，熬夜时常打一缸凉水，困了就把手伸进，然后用凉水抹眼睛，振作精神，继续坐冷板凳。他还给一些出版辅助教材的公司写信，说自己是班级学习委员，请对方寄送样刊，阅读后会全班订阅。结果，确实收到了样刊，但全班订阅之事，显然不会有下文。小孔跑到烂尾半截楼那个放着一张乒乓球桌的楼道，借助昼夜不熄的灯光读书；有一阵还琢磨去厕所读，也尝试了几次，无奈旱厕太臭，遂作罢。

开学第一日，我穿着牛头 T 恤、留着郭富城式的长发在班级前面吹牛，引得穿着粗布衬衫的小孔哈哈大笑，从此与我结下深厚友谊，例证为共同打饭，携伴同行。一般我们两个去打饭时，他总是跑在我后面，经常从后面叫让我慢点跑，在一次黄昏的雨后他的慢速度终于得益，我都冲入河泡里几十米了，他刚到河泡边上，看着在水中奔跑的我，发出憨厚的笑声。数日后他与郭宝打饭，他冲入河泡，郭宝在身后发出爽朗的笑声，小孔言：“天黑害怕，感觉河泡发亮，就冲了进去。”

小孔还有个姐姐和堂哥都在这所高中就读，三个人加在一起回家的频率就显得比我们要多些，我最喜欢和小孔一起去他姐那里拿吃的。记得那一摞摞的千层饼，吃得我们肚皮溜圆，如今想来仍忍不住吧嗒嘴。有时我们也会一起去二食堂买上五毛钱的煮地瓜，稍微宽裕时还会喝瓶三毛钱的汽水。二食堂实在太有诱惑力了，我们都不富裕，总是觉得去不够。有一阵儿，我俩轮流坐庄买二食堂的煮地瓜，持续数日，后小孔财力不支，无以为继，方才作罢。

1997 年元旦，下起鹅毛大雪，没过一会，木中变成了白茫茫的一片。我和小孔带着我们的小品《算卦》和《飞刀摘星》去别的班级拜年，深一脚浅一脚的。表演《算卦》时，小孔将乒乓球藏在桌上三个茶缸子中的某一个，由扮演赛诸葛的我来找，几乎每次必猜中，实则我们已经约好，他摸哪侧耳朵，球就在哪个茶缸，他摸鼻子，球就在中间。时任二班班主任的老殿，看我们进去，惊呼“孟繁孔来了！……物理竞赛第一名的孟繁孔！……”小孔那时相当有名，直到高三元旦时老殿还在班上说起我们那个小品，说起那个物理竞赛第一名的孟繁孔。

高二分班我去了文科班，而小孔留守理科班，不留也不行，学习太好，他要是走了，班主任马克思得派人把他绑回来。1998 年的高考，学校心血来潮，让他们几个高二成绩比较突出的学生和高三的学生一起参加高考。这一年学校在忙着为十年校庆献礼，玩命要上线 100 人，此前一直在七八十人徘徊。谁也没有想到，这几个高二的尖子生，竟有三个上了重点线，还有好几个上了本科线。小孔就是上了重点线的一个，接到了长春某大学的录取通知书。校名挺唬人，小孔就收拾行囊去了长春。大约一个月以后，得到了小孔在新惠中学补习的消息，用他信中的话说就是“看到大学破烂的校园，空空的宿舍，只有一个暖壶，实际就是由某三流院校改名而来，我英明而果断的父亲终于决定带我回来了……”由于走的时候有些轰动，还和马克思有点不快，就没回木中来读，而是到了新惠中学的补习班。

消息很快被老校长得知，他很气愤，责令马克思不惜一切代价找回小孔。于是，我们可怜的班主任，一次次地奔波在去新惠的路上，甚至还蹚着河水，走着山路，找到一个叫皮营子的小山村，去劝说小孔父母。这时的小孔已经习惯了新惠中学的进度，即使他搬着行李跑回来读一阵，也不适应，就偷偷跑回去，再被找回来，再跑回去，如此反复。最终，传言老校长在教育局和新中的校长拍桌子“孟繁孔不找回来我就不姓张”，老校长爱才如命。最终的结果是小孔花落木中，返回木中高考，但成绩并不理想，1999 年，木中的状元是马银，也是我理科班的同学，“三剑客”之一，这是马银为数不多的超过小孔的成绩。虽然最后小孔没能成为状元，但我们都认为如果不是在两个学校之间折腾了那么久，状元应该还是我那个小品搭档小孔的。

很多木中学子都知小孔其名，其父孟叔是个作家，写了很多关于小孔姐弟的散文，其中一篇叫《最穷的富翁》，我堂弟高一时的班主任还拿来读给全班的学生听。那已经是 2002 年的事，而小孔 1999 年就考去西安交大读书了。

2003 年，我刚刚大三，学霸小孔大学毕业了，还保送清华读博士，喜报贴到箭桥中学楼门口，万众瞩目。开学那天，我送他去报到，把行李放进清华的宿舍，躺在他的床上。占卜了一下风水，我说：“你这个宿舍好。”

他问为啥，我说：“离小卖部近，离厕所也近，离门还近，‘三近’宝地。”小孔站那傻笑，拿着相机给我拍照，说要传到校友录。后来再打电话，小孔最常给我描述的是，每日晚间学习完毕回宿舍，楼前总有个大妈卖煎饼果子，他总忍不住诱惑，于是体重暴增，直奔两百。

小孔在清华读书期间，我们同在北京，联系就方便了许多，聚了很多次。有一次赵司令请客，我喝多了，跑出去跟部队院子里的绿化工人聊天，惹得他们好生寻找。还有一次和美女姚等人，在清华园吃完饭合影，拿到照片后，小孔评价我，还是高中那件牛头T恤更拉风一些。小孔还通过当时在政法大学读书的媳妇介绍女友给我，并发来照片。我无意中在博客透露“长得不好看”，谁知该女生也在看我的博客，然后，就没有然后了……

非要说有然后的话，然后就是，小孔把我一顿埋怨。

那年春节，参加小孔婚礼，帮他娶媳妇。大腹便便的小孔抱着娇妻气喘吁吁地上楼，差那么一点就扔地上了，在我们的帮助下终于平安着陆。刚放床上，媳妇就大喊“孟繁孔，我才九十斤……”一群人大笑，不知道为什么近两百的男人抱不动九十斤的，研究航天器的孟博士，能否解释一下，这是什么物理学原理呢？接媳妇时还帮小孔找到了新媳妇被藏起来的鞋子，藏得真好，跑到窗帘后面的天棚上去了，小孔找得满头大汗。

如今我们不再叫他小孔，而叫他孟博士，钻研航天器的孟博士。孟博士对美食产生了浓厚的兴趣，并练就了娴熟的厨艺，当然，他最喜欢的是，家乡的猪血肠，但凡同学群里谁发一个猪血肠照片，孟博士准来一句：“吃瞎了！”你能感觉到他对着手机屏幕，被猪血肠惹得“垂涎欲滴”，亦能看到他在努力克制对猪血肠的无限欲望。孟博士常因看同学晒美食而失眠，大半夜的感叹谁家的猪血肠又吃瞎了。

孟博士是不让我写猪血肠之事的，他担心大家把对博士的认知变成吃货。我觉得吧，做个猪血肠代言人也没什么不好，接地气啊！

青春里，学习干不过他，长大了，吃猪血肠也干不过他。好吧，青春里仰望你的高度，岁月里观摩你吃猪肠子，嘴角流油。

寻找旧时光里的小伙伴

你有没有过这样的经历，某时你和很好的朋友分离，从此失去联系，很多年以后，还常常想起他，通过多人打听他的消息，却一无所获：他就像被风吹碎的一个气泡，神秘地消失了。

长枪就是我的世界里这个消失的人，多年来我多方打探，他仍杳无音信。长枪是个绰号，是我取的：我们在县城新惠中学周围的台球厅里打台球，他擅打长杆，越是距离母球位置远的球进球率越高。长枪俯下身去，拉开架势，趴在案子边缘，如拉满一把大弓，充满力量。长枪这绰号后来被我修改为“枪”，我常给各位同学赐名，并乐于此道，经我赐名之雅号，至今仍广为流传，可谓功不可没。在大学时，我给长枪写信，信封上的收件人就俩字“长枪”，此行为曾给长枪班级负责收发信件的漂亮女生造成困扰：她紧锁双眉，苦苦思考谁的名字如此另类。在此之前，长枪之名还未推广开来，但长枪接收了我的信，也就代表着将这绰号一并接收了。

补习班开学时，长枪坐在我的正后方，中等个，少白头，灰西服，高领衫，脸上挂着补习生常见的苍老。我们之前并无交集，共同之处是都属于来自新惠中学本土之外的学生，他很活泼，开起玩笑来露出参差的牙齿。回想起生命中遇到的好友，大多有一个机缘巧合的开始，俩人之间并没有刻意靠近，却那么自然地就好上了，很难说清楚原因，可能就是“缘分”。我与长枪的缘分，出现在新中大门外的一家小吃部，当时我们都不在学校食堂吃饭，而是去小吃部，一碗面条一元钱，一碗米饭加一点点的家常菜，也是一元钱。我在小吃部看到了长枪，他也看到了我，当时还不太记得彼此的名字，只知道是同班同学，座位相邻。我们相视一笑，忘记了是谁主动结了对方的饭钱，友谊的小船悠悠地出发了，隔次必是另一人结账。搭伙吃饭并不是我们商定好的，却正因为随性发生，而难能可贵。

我那年的补习分数，是全班最高的，而长枪的分数也不低，于是我们的缘分再上新高，在一个月后的调桌中，成为同桌。当我们搬着自己的书本，坐到同一个桌子面前，又一次相视而笑，嘴张得特别大，这正是我们最期待的，最想要的结果。

我们的性格很像，都很活泼，是补习班的一对活宝。

那天，语文老师，我们称之为“将军”，站在讲台上，不忍全班同学对他所讲的大本子知识的茫然，怒声问道：“你们肯定没做我昨天布置的作业，都谁没做，主动站起来。”全班鸦雀无声，这种事情，基本上都是被动挨打，如果没人站起来，可能老师一个个去检查，也可能老师自己找个台阶下。总之，当时是一种对峙的气息，我捅了捅长枪的大腿，小声对他说：“咱俩站。”长枪心领神会，我们望着彼此的动作，以便保持一致，猛地同时站起，教室里响起我们的椅子碰撞后排桌子的咣当声。后排女生反应还算机敏，按住了桌子，但桌上的课本，却稀里哗啦地掉在了地上。班里人口众多，座位相当拥挤，我们这出其不意的袭击，造成了不小的事故。将军站在台上手握粉笔，惊愕地看着我和长枪，表情夸张地说：“哎呀，我还以为你俩这是要跑呢。”全班同学发出哄笑声，我与长枪也咧开嘴笑，将军更是乐不可支。

那晚，我和长枪共同投资买了两个奶油面包，自习课间在班上吃。我吃掉了面包，剩下一些奶油，不舍得丢弃，趁过道斜对面座位上奋笔疾书的女生不注意，快速抹在她的脸上。未承想该女生乃女中豪杰，起身对我发起了复仇的攻击，看那意思是要挠我。我穿桌越椅，绕着过道跑，她从身后追击，惹得全班同学停下手里的营生看热闹。那女生在追逐中拾了笤帚疙瘩，顿时教室里鸡飞狗跳、鸡犬不宁、鸡飞蛋打。历经艰难，我终于从教室门口蹿出，那女生气喘吁吁停在门口喘粗气，一脸愤怒加悻悻的表情望着我，仿佛在犹豫是否追出屋外，我不忘进行挑衅：“来追我啊!”此时，女生一侧的脸上，当时流行的“碎发”上，仍挂着奶油的白色，她正欲开口回击，门内斜刺杀出一个黑影，在她的脸蛋另一侧又糊上了一把奶油，紧接着那黑影便冲到我身边，当然是我的活宝搭档——长枪。我们一起得意扬扬地望着俊俏的碎发女生，她已被奶油弄花了颜值，手持笤帚疙瘩堵住门口，咬牙切齿，一副此仇不报誓不为人的表情。怎会给她报仇的机会？我和长枪和她说了声“撒由那拉”，然后向着台球厅扬长而去。但这事儿还不算完，此后我与长枪，仍隔三岔五就去和她约上一架，可怜了我班各位同学的茶缸、课本、文具盒，跟着我们仨遭殃了，还有那个笤帚疙瘩，也用得挺费的。

那半年，我与长枪根本没学习，一直在玩耍。台球厅、图书馆、录像厅和刚好兴起的网吧，是我们最常去的地方，我在木中（之前就读的学校）的四年时间之和，都不及在新中这半年去此类场所的次数多。我们为躲避门卫，跳新中的墙。墙外是一个灰堆，每次我们回来都一身灰。我们还喝酒，有一次把小吃部的两个年纪相仿的俩小姐妹喝吐，她们的妈妈来找时，大女儿在上铺吐，小女儿在下铺吐。我俩也喝多了，跳大铁门，长枪没跳利索，灰西服被大门顶端尖尖的钢筋刺穿，“尸体”被挂在了大门上，又爬上去把西服从钢筋里拽出。次日他跟我说，拽了两次，按说应是两根钢筋刺穿了西服，好奇心重的我查看西服，却发现只有一个窟窿，从此我称他的西服为“宝西服”，扎了俩窟窿，自己痊愈了一个。我们不断地逃课，相约到春节之后的下半年再努力学习，却不承想到，春季高考悄然而至。

那年，家乡第一次有针对补习生的春季高考，我与长枪共同赴市里赶考。结果，我考中北京一所高校，他落榜了。

深夜，熄灯后，我在新中的最后一个夜晚，我与长枪一起躺在租住的民房炕上，盖同一条被子。我轻声地和长枪说：“你别灰心，等秋季考个更好的。”

长枪沉默了许久，快快地跟我说：“唉，我不争气啊，不然我们可以双双飞，一起闯荡北京城。”

寂静的夜里，我听到长枪那沉重的叹息声。

我说：“长枪，明天我就要回家准备上学的事儿了，我相信你，我在北京等你。”

长枪没有说话，翻身，再翻身，擤鼻涕，再擤鼻涕，我知道，他哭了。我没有叫他送我，怕我们都忍不住哭泣，虽然在一起的时间很短，但我们之间，有着太多美好的记忆，合作默契，情同手足。“不要送我，是兄弟，你就来北京和我会合”，我以这样的方式给他打气。

长枪没有让我失望，当年9月，他以优异的成绩考入北京交通大学，我们团聚了。据当时和我俩玩得最好的东子跟我说，我考走以后，他们之间有了隔阂，长枪丢弃了东子，没日没夜地学习。我不知道他付出了多少，只看到，他那少白头，已近花白。

长枪的学校离我的学校不算很远，他常来，我常去。

我带他到我们学校边上的旱冰场滑冰，他第一次滑，自然生疏，我教他，他不停地从摔倒中站起。他的运动裤，在这次滑冰中，开线了，左腿一侧从腰部开到裤脚边。我让他换我的裤子再回学校，但他执意穿着开着口子的裤子走了。我说这太丢人了，他说不在乎。长枪性情，天地之间，潇洒地走，不在乎他人碎语。

长枪爱美女，喜欢我们补习班的一个女生，但女生不喜欢他，传言他曾到女生就读的大学找过她，而然后，就没有然后了。我们常用201卡打电话，有次我电话中跟长枪说，我们学校边上的批发市场门口，有很多卖毛片的小贩。长枪在电话另一端发出羡慕之声，约定择日来买。果然，不几日便成行，背着双肩包买了不少，乐颠颠地走了。次日我问他收看效果如何，他说：“甭提了，在地铁上看到一个美女，就跟着下车了，双肩包和包里的毛片，都落在了地铁上。”我在电话这端，笑得前仰后合，他在电话那端大叫：“笑个屁啊，改天老子再去买。”但此后这件事情竟没有兑现过，他好像忘了，只记得那地铁里的美女模样。

大学四年，我和长枪的友谊进一步加固，一起认识了彼此圈子里的一些人，比如我在木中时期的同学小李探花，当时在北京科技大学读书，就加入我和长枪的圈子里。常在一起厮混。我曾在足球场上狂虐他俩，让他们射点球，我守门，每人十个，他们一球未进。至今小李探花仍对此事耿耿于怀。长枪不以为然，他认为长跑才是他的强项，是我胜之不武。

美好的时光总是短暂，转眼四年，我和长枪再一次走在离别的路口。我留在北京，他签约哈尔滨一家银行。他走那天，我去送他，在北京火车站。送他的人很多，都是他大学同学，只有我一个高中同学。他们拥抱着，哭泣着，我也流泪了，但我们没有拥抱，我和长枪之间，有太多的情感和默契。我们一个眼神，就知道彼此要做什么，不需要拥抱，就知道心里有对方。我说过不喜欢站在车下送别人，但我知道，很多时候，这种相送，有可能是人生的最后一面，你不清楚以后还会不会再见到。长枪站在火车门口号啕大哭，满火车的人，都为之动容，毕业季，伤心时刻。

开始长枪到哈尔滨的时候，我们仍保持联系，那时已经有了手机。最后一次通话大概是十年前，长枪在上班时间和我通话，在手机这端，我听到银行客户喊着要投诉他。我们聊了什么已经忘记，只记得长枪怒吼客户：“你去投诉吧，去哪投诉都可以。”

不知道什么原因，忽然间就断了消息，再打手机号码便是空号。十年来，我从来没有放弃过对长枪的寻找，只要是我们共同认识的人，我都问过，阿娇、冬梅还有那个拿笤帚疙瘩追我们的碎发女生。

长枪就像被风吹碎的一个气泡，神秘地消失了。

孙先生

在作家雨果的《巴黎圣母院》中，有个长相丑陋而心地善良的敲钟人，卡西莫多。在我的高中，也有一个敲钟人，我们叫他孙先生。

孙先生的工作内容，就是上课下课时敲那口钟，掌握着全校师生的作息时间。那钟本不是钟，是个锈迹斑斑的氧气罐，用几根铁丝固定在一段歪脖状的榆木上，极具历史的沧桑感。多年后回忆，那嗡嗡的钟声，无比的悠长，回荡在内心深处。

孙先生枯瘦，小脑袋，短寸头，脑门亮，赤红脸，手拎钟锤子，脚踩黄胶鞋，走起路来梗着脖子，说起话来口齿不清。我听不懂孙先生说话，曾认为他有智力缺陷，但了解的人说，孙先生其实很聪明。孙先生拥有一个不大的敲钟房，逢上课下课时间，从敲钟房里梗着脖子走出，穿过房边的月亮门，走到钟下，俯下身，一手捂住一只耳朵，一手敲钟，节奏感十足，不快不慢。若要呼唤全校学生集合，便急速敲钟，不停地挥动手臂，钟声便如爆豆子般传遍校园的每个角落，各班学生便从四面八方涌出，奔向主楼。没事的时候，孙先生会拿着个小小的半导体收音机走在路上，边走边听，十分惬意。

孙先生吃小伙房，正义感十足，从不欺负学生，还常接济生活困难的同学一些饭菜。他最看不上锅炉房的老赵头。老赵头烧锅炉，常因学生不按规矩打水，而踹学生的水桶或将学生的饭盒扔进臭水沟。

老赵头得有近六十了，身材不高，但很魁梧，一脸黑漆漆的皱肉，眼露凶光，面带杀气。老赵头负责供应全校师生的开水。锅炉不大，开水供应不足，常引发事端。老赵头口重，脏话连篇，无论是谁，都不惯着，张口就骂，举手就捧。

学生们年纪小，不敢与老赵头为敌，最多背后骂几句，老师们也看不惯他的做法，但碍于涵养不便与一个烧锅炉的老汉计较。

孙先生则不然，虽吐字不清，表达困难，但在他心中一直酝酿着替学生出头，干服老赵头，替学生伸张正义。骂人的锅炉工老赵头，是压在义气的敲钟人孙先生心口的一块巨石，一日不除，都憋得喘不过气来。偶有相遇，孙先生都斜着眼瞅老赵头，老赵头也横着脸看孙先生，这二位，算是干上了。

其实，孙先生和老赵头，棋逢对手。他俩有许多共同的特点，比如都很有资历，虽是敲钟人和锅炉工，但怎么说也是这所高中的元老创始人之一，自建校就在了；都是小伙房吃饭的，吃的是公粮，享受的是单位福利分房，一个住敲钟房，一个住锅炉房，尽管房间都不大，但也是有房的人；还都曾被学生报复，扔石头进屋子里、门上、房顶上，孙先生是被学生误解了，老赵头却有点罪有应得的味道。

孙先生的房间要比老赵头大点，所以孙先生有心理优势，“靠，老赵头个流氓，嘚瑟啥，比人均住房面积你行吗？我这里多宽敞，看你那小房，还冒烟咕咚的！”老赵头更是不忿：“笨笨磕磕的敲钟的，话都说不清，整天就知道‘当当当’，你看看我，这么大个锅炉房归我管，固定资产比你多多了，锅炉、煤块、炉钩子、火铲子……”这二位，一山之二虎，早晚有这么一架。

这一天，北风呼啸，天寒地冻，孙先生有点难耐寂寞，估计是有点更年期了，内分泌不是很均衡，拎着钟锤子就在门口转悠，心想：这个时候高级厨师王强正忙着做饭，也没空跟我摔跤，找谁玩会儿呢？这时就听见，水房方向老赵头又在那骂学生，哐当一声，肯定又把水桶掀翻了。

“嗯啊嗯啊嗯”，孙先生吐着听不清的言语，循着声音就去找老赵头了，杀气腾腾。

天空中飘满雪花，是个打架的好日子，这正是“踏雪出征”。

孙先生有点小激动，昂着头，梗着脖子，裹了裹绿棉袄，掂了掂手里的钟锤子，脸有点红扑扑的，之前喝了二两散装白酒。他走到水房门口，就被老赵头发现了。老赵头一看孙先生拎着钟锤子的架势，就明白了，回头往侧门里跑。孙先生雄赳赳追了过去，进门看到老赵头手拿炉钩子站在对面等着呢，瞪着眼睛，威风凛凛。孙先生收住脚步，怒目圆睁，眼中迸发出仇恨之火。二人在侧门内狭长的走廊中对峙，空气中弥漫着血腥味。

这两人，都不是善茬。敲钟人对锅炉工，绿棉袄对灰大褂，黄胶鞋对黑棉鞋，钟锤子对炉钩子。这场战役，可以与紫金之巅叶孤城对西门吹雪相媲美。老赵头手持略带余温的炉钩子，一夫当关，万夫莫开。孙先生握紧钟锤子，想起了收音机评书里的常山赵子龙，要踏平锅炉房，杀他个七进七出。

老赵头先打破了宁静，一脚踹翻了身旁的泔水桶。稀里哗啦，秽物流了一地，关键是有点突然，孙先生准备不及，被溅了一身，更重要的是，吓了一跳。

孙先生，呼哧呼哧的心跳得厉害，虽然自己是路见不平，替天行道除霸安良，但毕竟是客场作战，人熟地不熟。

老赵头虽年龄稍大，但身板不错，加上主场优势明显，自卫反击，胜算很大，实在不行还有撒手锏。他用眼角的余光扫了扫身后的炉铲子和煤堆，武器种类多，弹药充足。老赵头胸有成竹，一高兴摘掉蓝帽子 ，脱掉灰大褂，接着脱毛衣。

孙先生看得有些直眼，很疑惑，不知道老赵头想干啥。他未婚，不懂房事，更不知道什么是鸡奸，且压根对老赵头的裸体就没什么兴趣。

老赵头“刷刷刷”三下五除二，脱光了膀子，指着肩膀蔑视地对着孙先生喊“敲钟的，你来干蛋！看看老子这啥?”

孙先生抬眼望去，老赵头肩头处有一块黑乎乎的伤疤。

“傻蛋，知道不，老子上过朝鲜战场，挨过枪子，老子怕你? 你来，试试，撸不出你屎来算你拉得干净”，老赵头这叫心理战。

孙先生没整明白啥是朝鲜战场，但这个伤疤看着确实有点瘆人，倒不信老赵头能撸出他屎来，再说最近正好便秘。但孙先生还是怕了，主要是担心自己的钟锤子不如炉钩子长，站在那有点骑虎难下。

老赵头一看，孙先生不动，决定主动出击，抬手挥动炉钩子就抽了两下，打在孙先生大腿上。

疼！这下孙先生急了，“嗯啊嗯啊朝种啊嗯啊”他唯一能让人勉强听懂的话，就是这句赤峰市市骂“朝种”，挥舞着钟锤子向前冲，抡得呼呼响，还习惯性地捂着一侧耳朵，宛如敲钟，只是钟锤子确实太短，抡了半天也够不着。

老赵头还击，孙先生又挨了两炉钩子。疼！孙先生龇牙咧嘴，停下了。

败局已定，孙先生想，最后一计，苦肉计，他抱着脑袋，坐地上号啕大哭，但钟锤子没敢撒手，怕老赵头给抢去。

老赵头乘胜追击，啪啪，又是两下。老赵头是谁啊？女生都照样骂，会在乎孙先生掉眼泪？

孙先生泪水横飞，感觉生活和评书里有点不一样，常山赵子龙不好当啊，太疼了。

“滚蛋，朝种，等我干死你啊！”老赵头边骂着边用炉钩子敲打孙先生的脑袋，炉钩子上的煤灰蹭在孙先生锃亮的脑门上，像是一道道丑陋的记号。

好吧，风紧，扯呼。

北风呼啸，孙先生抱着钟锤子，低着头，抹着眼泪“嗯啊嗯啊嗯啊啊”委屈地说着没人能听懂的话，孤独地走了……

孙先生无比想念他的朋友高级厨师王强，虽然昨天王强还把自己压在身下，但王强出手比老赵头温柔得多。

此后，老赵头确立了在木中的不二地位，想踹谁水桶，就踹谁水桶，眼睛都不眨，咣当咣当想踹几下，就踹几下。

孙先生再听到这声音，会抬起手臂，低头看自己的手表，心想：

少管闲事，我是个敲钟的，我的责任就是敲好钟，我还是好好敲钟吧。

校园内，还会经常看到孙先生孤独地走在路上，不见了收音机，但依然坚强地昂着头，梗着脖子，脑门锃亮，眼神中多了几丝淡淡的忧伤……此后，孙先生的钟声，竟有些哀婉……

握　手

有人说爱情是举案齐眉，有人说爱情是相濡以沫，我说爱情是一场相互纠缠的较量。

普通朋友是在握手，礼节性地握一握，不必纠缠；男女朋友是在掰手腕，紧紧握着，用尽全身的力气，试图将对方牵向自己。很多夫妻都是吵吵闹闹一辈子，今天手腕掰输了，明日再战，我就不信弄不过你！就这样相互缠绕着，吵了一辈子，掰了一辈子。

1.

我有个朋友叫六月，从小学三年级开始喜欢同学东升。东升爱打架，也擅打架，从一年级打到高三。六月胆小，希望有人保护，她想，东升那么能打架，一定可以保护好自己。

喜欢一个人，是如此简单的理由——会打架。

初中时，六月和东升不同班。六月像罗大佑在《童年》里唱的那样："隔壁班的那个女孩怎么还不经过我的窗前。"不同的是，六月是那个盼着东升身影出现的女孩，少有交集，只能痴痴地望着，傻傻地等着。

东升依然在打架，身高并不出众，体重也很一般，打起架来却如狼似虎。

六月听到关于东升的事儿，就是东升又和某人打架了。六月每次听到，都认真关注，悬着一颗心，盼着东升打赢。

日子在花开花谢间滑落，简单的情感在随时关注中蔓延。六月不曾与人说过此事，更不会与东升讲，路上偶遇，擦肩而过。

每一次路上遇见，六月都心跳如击鼓，自己能清晰地听到咚咚声，脸颊是烧起来的红晕，紧张得不敢喘气。东升迎面走来，又如风远去，不曾觉察到六月的心跳，不曾观察到六月的羞涩，或者是视而不见吧。

六月期待着能和东升有一场不一样的相遇，六月想和东升说说话，哪怕只是聊一聊当日的天气。

终于，他们又相遇，而且说话了。

初二周末放假，六月步行回家，东升骑单车回家。俩人的家在同一个村落，东升骑单车走到学校门口，遇见了背着书包步行的六月。

东升吹着口哨说："六月，把你的书包给我，我给你带回家。"

六月感到自己的心脏要从喉咙处跳出来了，脸颊绯红，手足无措，僵硬地将书包递给了东升，然后呆呆地望着斜坐在单车上的东升。

东升一只脚支着地，接过书包："回村后到我家来拿。"

东升吹着口哨，和着车铃声，又一次如风去了。

夕阳红，秋风起，六月沉浸在刚刚的相遇，如影似梦，还未来得及享有，就被车铃声淹没了。但是，很好，留有回味，回味无穷。

六月行走在回村的路上，很想与树上的麻雀分享东升与她说话的喜悦。六月甜蜜地笑着，盼着去拿书包时，能与东升说话。该说些什么呢？六月认真地想着各种话题，边走边思考着，以往长长的回家路，在思考中变短，还未想得周全，就到了东升家大门口。

东升拎着六月的书包带子，奔出房门，跑向大门口，书包在他手中摇晃，像左右而动的钟摆。

东升将书包挂在六月的脖颈上。六月想和东升说话，但一路准备好的台词，竟然全忘了，张开嘴巴，一个字也没有说出来。

东升转身跑回去了，消失在房门处。

2.

六月只好将书包摘下，背在身上，转身朝着自己家走去。一路悔恨着自己的懦弱，准备好的千言万语，在东升出现时，竟然，哑口无言。

村中炊烟升起，灯火初明，谁家的驴车载着一天的辛劳向家走去，谁家的母亲在呼唤着自己的孩子回家吃饭……

月上梢头，六月背着沉重的书包走着，擦拭着眼角，她哭了。

六月想着：哼，东升，牛什么牛，你不和我说话，我还不和你说话呢，你等着……

假期结束后，日子又恢复到花开花谢，六月开始和东升较劲，故意不去打听他的消息，再在路上遇见，就加快脚步，埋头闪过。

未承想，还是听到了东升的消息，他又打架了，而且还是和老师，并因此辍学，去向不明。

东升突然消失，六月毫无准备，自己的较劲计划忽然作废。

六月心想：东升，你个凤包，我刚和你较劲，你就当了逃兵。

六月心想：东升，你就那么怕我吗？你不是很能打架吗，过来和我打啊。

六月心想：东升，你回来读书吧，我不再和你较劲了，好不好？

没有东升的日子，六月魂不守舍，又开始打听东升的消息，听说他在饭店打工，改刀，有时还杀蛇，一天杀一麻袋蛇。听说东升在杀蛇的那个瞬间，六月先是感到残忍，后又觉得蛇都敢杀的男人，了不起！

中考，六月落榜，在初三复读。

一日，六月去打饭，途中竟然看到了端着饭盆奔跑的东升，东升也看到了六月。

东升朝着六月笑："嗨，六月……"

然后东升就又跑了，六月急了，脱口而出："东升，你什么时候回来的？"

六月的声音很大，大到周围的学生都在看她，而她浑然不觉。

东升早跑远了，六月的声音被吹散在风中。

那些日子，六月持久兴奋着，她终于敢和东升说话了，尽管东升可能都没听见，但六月仍然因此傻乐着。一年多没见，东升竟然长得高大了许多，这才和他的"武将"身份匹配！

六月又开始和东升较劲了，因为这个打工回来的东升，竟然不打架了，发奋读书，还占据了年级组成绩单的头名。东升让所有的人都刮目相看，东升一努力，所有的人都找不到北了。

六月心想：哼，有什么了不起，我也可以。

六月也疯狂学习，她要追上东升，不，是追过东升。

一转眼，中考过后，两人考上了同一所高中，然而，又不同班，东升又成了那个隔壁班的男生，不经意间走过六月的窗前。

花开花谢，弹指一挥间，高考结束，两人双双落榜，无关爱情，现实使然。

补习，终于俩人同班了。

坐在前排的六月，回望坐在后排的东升，是梦想触及心灵的快慰之感。从小学三年级喜欢东升算起，到高中坐进同一个补习班，整整十年，这一刻，他们，终于重逢。

大家都在为来年的高考，昼夜不停地拼命学习着，六月除了课间偶有机会回望东升，也没有更多的时间去为十年的情感表达什么。

就那样同学着，回望着，喜欢着。

腊月，寒假将至，六月鼓起勇气，给东升写信，说着自己的十年，说着可能在东升心中根本不存在的十年。

六月的故事里是满满的东升，而东升的故事里可能并无六月。

信写好了，夹在一本书中，塞进东升的桌洞。

然而，石沉大海，东升好像不曾看到那封信一般。

六月决定找东升问个明白。

3.

东升拿着班级的钥匙，每天最早到班级学习，就坐在靠近暖气的座位上。

六月起了个大早，在教室门外等东升，太早了，冻得手脚发麻。东升来了，看见班级门口冻得瑟瑟发抖的六月。

东升先是惊了一下，然后笑着说："嗨，六月……这么早……"

东升旋转钥匙，打开班级门锁，坐在靠近暖气的座位上，点燃蜡烛，埋头学习。

六月走进班级，悄悄地坐在东升身后的座位上，看烛光将东升的影子印在教室的墙壁上，寂静无声的教室，悠长悠长的影子。六月将手臂横放在暖气片上，这样她能离东升近一些，灯影摇曳，心事重重。

东升回头，看着六月，没有说话，停顿了许久，然后缓慢地，将手臂横放在暖气片上，又停顿了许久，好似欲言又止，又好似在犹豫着什么。

两个人放置在暖气片上烤手，手与手有一个拳头的距离。六月多么希望，东升能握住自己的手，哪怕一秒钟，也不负自己十年的期许。

东升僵硬的表情，看得出来很紧张，六月低下头，心跳得厉害。

东升慢慢地、慢慢地沿着暖气片，把手向六月的手凑近着，小心翼翼，慢如蜗牛。

六月咬着嘴唇将头部埋进胸口，侧耳听着暖气片上，东升移动手掌的细小声音，簌簌的，像一片一片雪落在脸上，麻麻的感觉。

指尖碰触，六月宛若过电，打了个激灵，浑身颤抖。她不敢动，害怕动一下就会失去十年的等待，保持着，期待着。

东升的手指慢慢滑上了六月的手背，靠拢的力量由弱变强。

终于，两只手叠在了一起，宽厚的大手盖住了细嫩的小手。

六月的脸颊，火烧云，六月感觉到自己的手背暖暖的。东升的手心是温热的，六月听到了东升咚咚的心跳声……

时间仿佛在这一刻静止了，只剩下，彼此心跳的咚咚声。

教室外响起了脚步声，东升迅速将手臂收回，六月赶紧跑回自己的座位，有起早学习的同学来了。

也许两人手掌叠在一起的时间有三分钟，但六月固执地认为，只有十秒钟，相比于自己的十年，是那样短暂，却又是那样令她留恋。

每每想起那次庄重的“握手”，六月都禁不住手心冒汗，手背温热，好像刚刚发生，又好像东升的手掌从未离开过，多少年来一直盖在自己的手背上，暖意融融。

十秒钟的“握手”，是六月和东升的全部。隔年，两人分别考入不同城市的大学，再次失联。

六月等着东升先联系自己，而东升却杳无音信。

六月心想：哼，牛什么牛，你不联系我，我还不联系你呢。

六月更多的时候在想：东升也许过几天就联系我了。

随着时间的推移，六月下定决心：东升，我再也不理你了。

六月和东升的故事，就这样结束了。

六月暗自和东升较量着，想和东升掰手腕，而东升却不肯和她掰。

留给六月的，只有那十秒钟的——“握手”。

六月多年后看到一句话——“弹指莫惊春日少，此生都是有情天”。

六月想，也许，她该感谢，那十秒钟的——“握手”，给了十年的喜欢，一个交代。

你已得到十秒，何必再争一生，六月想。

车　　三

我有个同学姓车，绰号叫车三，前几天同学聚会，让他开车接我，他说：“不会开。”被我好个讥讽：“姓车不会开车，好意思说出口吗?”

后来我仔细想了想，也正常，姓钱却没钱的人也不少，所以我就原谅他了。我这个文章题目写出来，估计他看到，会认为写的是他，其实和他没关系，姓车都不会开车，叫车三的文章凭啥就写的是车三。

1. 杠头袁

杠头袁是我高中同学，脑袋大而圆，江湖人称袁大头，因擅长抬杠被我称为杠头袁。前几年杠头袁做生意发了点小财，买了一辆欧宝，括号，二手的。据他说是三万块钱，以我对他的了解，向来是个守着骆驼不吹牛的主，所以三万这事有待调查，估计撑死了两万九。那车我坐过，你别说，洗干净了还真挺像台车的。

有一年我们班聚会，正月初三，杠头袁本来在北京过年，之前通知的时候，他说："看吧，今年可能不回家过年。"于是"三坏"之一的五子就对人说杠头袁可能参加不了。我心里明白，杠头袁是非参加不可的。要说来北京近20年，和他哪年也得喝个十次八次的，对他是太了解了，基本上每次叫他来喝酒，准会说"一会看看吧"，结果呢，比谁都积极，从未缺席过，从这个角度说，他应该叫"袁必到"。杠头袁就是谦虚低调，喜欢"看看吧"，果不其然，正月初三，我刚到现场，屁股还没坐热，杠头袁便眉开眼笑地上来了。

我调侃他："我擦，你不是没回来过年吗？"

杠头袁："昨天特意开车赶回来的。"

我："讲究人，开欧宝回来的？"

杠头袁："换了。"

我："换成啥了？"

杠头袁："换了个新欧宝！"

我快崩溃了："你咋就那么喜欢欧宝呢，脑子让驴踢过啊，这屋里你问问，谁知道欧宝是啥？对了，欧宝是化妆品不？"

卖了旧欧宝买台新欧宝，病得不轻。

从中午喝到下午，之后唱歌，"三坏"摔跤的时候弄洒了一瓶芝华士，一点没浪费，全洒班主任老殿裤子上了。后来老殿回去换裤子，人就散了。我有些晕，忘记了好多事，但可以肯定的是天还没黑，因为我清楚地记得同学开车走让我坐车我没坐，坚持要去体会一下杠头袁的新欧宝，结果就被震撼了："卧槽，杠头袁，你这是新欧宝？这不还是原来那辆吗？"

杠头袁嘻嘻笑："比原来那个好多了，座子都能加热。"

我研究着他的车："这是新车吗？"

杠头袁："旧的，新的比奥迪还贵呢，我花了十多万买的呢。"

望着杠头袁这车我就阵阵反胃，十多万买个啥不好，买个新捷达、现代，雪佛兰也行啊，杠头袁是真病了，而且都病抽了。我没坐他的车，来气。

一夜无话，次日吃完早餐，杠头袁驾驶着他十多万买来的二手欧宝回家，我顺路同行，他一边开车一边问："座子热吗，热我关了啊?"

他要不说，我都忘记了座椅加热的事，真能显摆："还真热乎，别关别关，我还没坐够呢。"

一路鄙视杠头袁，主要鄙视他的车。杠头袁一只手操作着方向盘："这是欧宝，在欧洲是三大名车，懂吗?"

杠头袁的车一个抖动，穿过一片结冰路段，我俩都没在意，忽然杠头袁说："方向盘没助力了，表也停了。"

我很纳闷："哪个表停了?"

杠头袁："所有的表都停了。"

我怕了："擦，不是吧，欧洲名车欧宝!"

我还没听说过还有所有表都停了这回事，这意思车不是失去控制了吗，顿时美国大片里面那些撞车事故一一浮现："赶紧靠边停，停……"

车缓缓地停在一个村口，十多万的欧宝啊，美国大片的灾难没有发生，但也够悲剧的——再也打不着火了！把我俩扔在了路上，杠头袁打了好几个电话求教这车的"前夫"和"前前夫"等人，最终也没鼓捣上，看起来是彻底抛锚了。有个热心人凑过来问我俩："咋了？车坏了?"

此人疑惑地望着杠头袁的车标："这什么车啊?"

我说："欧宝。"

我心想这可是欧洲名车，你肯定不认识，你看看人家杠头袁这眼光，十多万买个没人认识的名车。还是顾大才子聪明，厚着脸皮拦了一辆肯帮忙拖车的司机，并载着杠头袁去买绳子。

抛锚的地方离最近的小镇羊场是三里路，但杠头袁去了至少半个小时，回来以后差点没把我气死，难怪用了这么长时间。只见，杠头袁怀中抱着三捆香和很多黄表纸，口中念念有词和谁通着电话。接着，杠头袁冲着车头方向跪下了。顾大才子方知这是要拜啊，鼻子一歪我就晕倒了。等我缓缓醒来的时候，看见地上有三炷香和一些点燃的纸，四周都是雪融化的水坑，只有那么半平方米大小的干土，杠头袁跪在这有点窄巴的地上，冲着车头前进的方向猛磕头。那是真磕啊，只可惜地方太小，脑袋都磕到水坑里面去了，他一边磕一边叨咕着什么，估计是在祝福哪路大仙春节快乐阖家幸福呢。这都啥时候了，车坏了不拖车还有心思三叩九拜。

人才！旁边那个帮着拖车的人更有意思，非常认真地说："没准你拜完了上车一打火着了呢。"可惜这种神迹只能在有神论里面发生，你再拜佛它也是坏了，你再拜佛它也是欧宝，你就是花 20 万修它还是二手的欧宝，赤峰人不认识的欧宝！

修车师傅打开车厢盖子，惊诧道："这所有零件不都全换过了吗?"

服了，原来十多万买了个欧宝壳子。

2. 美女姚

一日，同学小聚，那会儿我没车，生拉硬拽，蹭上了美女姚的车。木中时期，美女姚是我三年同窗，木中在偏僻的乡下，美女姚的家在大城市赤峰街里。按说城里的孩子到乡下读书，都得哭几个月才对，但从没见过美女姚哭过，还常与人抢咸菜疙瘩而不亦乐乎——别人啃过的也不放过，拿小刀切掉锯齿状的部分，收归己有，继续啃。据说送美女姚上火车来木中时，她爸妈站在车下都哭了，但人家美女姚却一滴眼泪也没有掉，坚强，是个做大事的主。这不，都开上豪车了……

美女姚的车可真不好蹭，聚会地点在北京西城区，美女姚差点把我拉到昌平去，高速上倒车好几百米才回到正确的路线。不知道美女姚究竟是要劫财还是要劫色，我估计还是劫色的可能性要大一些，毕竟我这玉树临风（此处省略一万个褒义词）。下车之后，保安过来收停车费，美女姚掏了十分钟兜子也没掏出一个钢镚来，才子就这样被美女姚硬生生讹了两块钱停车费，终于，还是被劫财了……以后可得小心点……

喝完酒又搭美女姚的车回去，不得不佩服，都说人不可能两次踏进同一条河流，但是人家美女姚，愣是又要把我再送到昌平，又走错路了……唉……

3. 大才子

别人的车，都是浮云，要说我开车的故事，那才叫悬疑剧。

要从我学车那天开始讲起，刚一出驾校门，教练喊：“踩刹车。”

才子一脚油门，就听见那车“呜”的一声，奔着前车屁股窜去。

还好，教练那边还有个刹车……

练了一天，教练临下课和我说：“你在家是不是骑马？”

我寻思这教练够神的，竟然连我是内蒙古人都猜到了？不过我家没有马，驴倒是骑过。

教练接着说：“你开一天车，我坐在副驾驶，比骑马还爽呢，这咣当咣当的，就不能轻点踩刹车吗？”

好吧，原来刹车还可以轻点踩，我还以为这东西要踩就得踩到底呢，不然追尾咋整……

科目二考试，才子上车就蒙圈了。我调座椅，是自己眼睛、方向盘上沿、车前盖子下沿，三点一线，每次这么一弄，座椅高度就特别适合我。问题前面下车的是个女的，方向盘给调低了，我不知道啊，还在那三点一线，结果，我得躺在座位上这三点才能成为一线。以才子的高智商，当然知道不能躺着开车，于是好赖调调就上路了，不叫事儿，技术好。

结果，倒车入库，两边都挺好，后屁股出线了，询问教练，教练说：“你座椅没调好，天天说让你调座椅……”

才子回道：“不行啊，调好座椅就只能躺着开了……”

教练无语了：“方向盘是可以调高度的……”

好吧，人家也不知道方向盘这东西还可以上下动的，还以为只能转着玩呢！

第一天开车上路，刮倒了一个易拉宝广告牌，追尾了两辆车，但是才子口才好，态度也好，感动得两位车主都自己修车去了，一分钱没花；刮倒一个大妈，和大妈唠嗑，唠得那叫一个亲热，临走大妈非要送我一捆葱……

饮罢三杯上马去

几年前的一场聚会。

1. 徐阿四

终于见到了阿四哈图同学，戴个眼镜，个子不高，夹个包。在我的盛邀之下，阿四穿越了大半个北京城从香山别墅跑到北二环，这可不是一般的远，可对于一个曾为喝一顿酒从济南历经350公里铁路颠簸跑到石家庄的阿四来说，这不算什么。

阿四擅长千里奔席，尽管他腿很短，两条腿不是很直，走起来很不好看。

阿四解释："这是小时候骑马夹的。"

阿四的两个山东来的女秘书站在后面笑，阿四行走如风，我都跟不上了。

阿四更正："错了，是骑驴夹的。"

两个女秘书开始捂肚子了，笑得直不起腰，一秒钟的时间，阿四给马上了户口，成驴了。

夜里12点左右，打完麻将，我和阿四决定返回驻地香山别墅，在北四环打车。

阿四站在夜色里惆怅着："两个彪形大汉这个点打车去那么远的地方，还不一定有人敢拉呢。"

乌鸦嘴，果然，第一次尝试就碰了一鼻子灰，那的哥听说去香山，犹豫上了，看样子有点动心，又仔细端详端详面前这两个"帅哥"。

的哥一副不放心的神色，摇头："去不了。"

估计的哥脑海里面浮现着各种电影里的劫匪画面。我和阿四转身在路上拦别的车。

刚刚那个的哥从车窗探出头喊我们："上来吧。"他没有抵挡住高收益的诱惑。

上了车，我和司机调侃："师傅您这也太胆小了，就您这车，才多少钱啊，我们哥俩至于吗？"

的哥解释着："不是车的问题，是人啊。"

人？人怎么了？你这不是笑话我们哥俩丑呢吗，我们可是正经良民。我安抚的哥，我担心他把我们丢在路上："大马路停的车多了，我们还不如直接开走一个呢，还图财害命弄你这个二手现代啊？"

阿四帮腔："抢劫那些人都脑子有问题。"

的哥好像略放宽心，继续开着车。我问阿四："他们都在别墅吗？"

阿四抄起电话："嗯，不少人呢。"

听我们这么一说，司机又紧张了，我看他汗都冒出来了。我顿悟：他不会以为我们这是抢劫团伙吧，还有人在终点接应！

一路上这的哥备受煎熬，竖着耳朵听我们说话，脸上不停冒汗，快到的时候，他还走错路，跑到了另外一个黑漆漆的胡同。

阿四这乌鸦嘴又说话了："师傅，错了，你开到这里你这不是诱导我们哥俩犯罪吗？"

阿四说："刚才那个路上有路标，香山饭店。"

的哥说话的声音都发颤了，哆嗦着："有吗，没看到啊……"

终于结账下车，关上车门的瞬间，我看到的哥还在不停地擦汗，挣点钱真不容易，心脏病都快吓出来了，哈哈。

2. 美女姚

一夜无话，次日听我高中的三年同窗美女姚作推介报告，阿四开始给美女姚的推介绝招起名："甜言蜜语化骨散，千娇百媚电秋波，连挠带掐白骨爪，三十六计走为上。"

美女姚每举一个案例，阿四和我便给其写一个章节名，比如第三十三章"姚大师勇闯××二中，王××惨遭美妇计"，第三十四章"连环计套死李××，葵花典远销黑龙江"，第三十五章"推介会转战大东北，姚大师败走沈阳城"。美女姚讲完时，我们手里的档案袋已经写满了字，我还在边上画了一张美女姚的素描，阿四将档案袋交女秘书保管并嘱咐"别看上面我们写的字哦"。这一提示，两个女秘书开始低头研究我们的作品。"你这是此地无银"，我笑着说。

3. 木中人

会议期间，见到两个我母校木中的校友。一个是1987级的张同学，我叫他三哥，一个是1995级的穆同学。穆同学给我印象特别深，在木中时，他留着一头长发，手持一把蝴蝶刀，边走边耍，无数次，见证了他从生硬地甩到飞快地旋转蝴蝶刀，风一样的少年，穿行在校园里。而三哥，人称张老三，是一家企业的老总，有着和顾大才子一样的黑皮肤，塔一样的壮汉。他和我说："建一个木中人在网上的精神家园，让所有木中人找到心灵的归宿。"吃饭时三哥对刘总说："我一件褂衩能穿半年，冬天我就穿个棉猴，为了参加你这个会，我特意穿了件白衬衫。刚穿一个上午，那家伙，吃饭时就给整的秃噜番长（脏）的。"说这话是因为刘总也把酒杯碰翻了，洒了一裤子。

4. 论智商

刘总开着车，薛总担心找不到上次吃饭那家饭店。刘总说："这个车上这些人，敖汉旗智商最高的都在这呢，还能找不到路?"边说笑边潇洒地开着。

不一会儿，路过一个路口。"在那呢，那个红字那里就是"，阿四说，刘总吱嘎一下踩刹车，车子开过了，向后倒车，退回到开过那个路口。

众人笑，"高智商也不一定能识路"。刘总的头发很有特点，乱得很，别人鄙视他头发时，他便从口袋掏出一个白色的小木梳在头上梳，刷刷的，头发变顺，从前面看，像一个黑色瓜皮扣在脑袋上。刘总爱提裤子，裤脚提得很高，像九分裤，每次上台讲话，必先提一下裤子。

5. 阿四学步

阿四在香山饭店前为两个女秘书表演“学步”。“边老师上讲台，五步一徘徊”，阿四说的是木中的边老师，两个胳膊钟摆一样左右缓慢摆动，齐刷刷的，走五步，一回头，像极了。边老师走路，胳膊是左右摆动的，这种摆动我只在看“扭大秧歌”时见过。接着阿四又开始表演孙老师走路，每走几步，抬起左脚在右裤腿上蹭蹭，再走几步，抬起右脚在左裤腿上蹭蹭，木中沙尘多，但孙老师的皮鞋永远都锃亮，裤腿子上蹭出来的！第三个倒霉的是美女姚，阿四说，美女姚走路，腰不动屁股不动人在移动，太有才了。

6. 讲故事

刘总要讲故事，引子是我形容美女姚高中时胖得像气球吹起来的。刘总说不对，我给你好好形容一下，并让阿四同学把刘总的一个妹妹三个外甥女全都叫到主桌上来。四个美女很不情愿地依次坐在刘总身旁。刘总说：“大舅给你们讲个故事，你们坐好。”这时候挨得最近这个外甥女开始向后撤椅子，经我观察，这个外甥女最难惹。“你们知道咱家过年杀猪吗?”刘总开始讲了，刚说到“猪”，三个外甥女一个妹妹，全跑了，美女姚和李老师也跑了。整个十几个座位的桌子，只剩下阿四和我两个听众。

刘总心理素质超好，顶着观众退场的巨大压力，讲完了给猪吹气的故事。特意强调一般这项工作由村里的老光棍完成，肺活量大！阿四补充，吹气要用“汀仗”将猪的皮下脂肪捅开，杀猪匠有两大法宝，一是汀仗，二是青条刀子。

7. 夜半歌声

吃完饭，由于人数众多，车子不够用，一群人坐在生态园外面的青石板上。三哥脱了鞋，手持两千多块钱的皮鞋往地上摔“我那不是情书”，“啪啪”抽打地面。三哥说起情书之事，是因为桌上我们调侃他高中写情书被抓获。

三哥继续拍着鞋底子，“我就是表达三个字，‘不用谢’”。

“你那就是情书，别不承认。”刘总、阿四和我一起反攻，“啪啪”，三哥继续抽，“不是情书，没必要”，“啪啪啪啪啪”。

忽然间，三哥唱上了：“说句心里话，我也想家，家中的老妈妈……”三哥用鞋子打着节拍，一群敖汉人坐在灯光下，夜色正浓，离家千万里。

我们跟着唱着，一群大老爷们，洪亮的声音在夜空中盘旋激荡。阿四接着唱了：“草原上有一座美丽的城，那是我可爱的家乡赤峰……”微醉的感觉真好，可以尽情地宣泄、疯狂，抒发内心深处平日积攒的思乡之情。

刘总提出要丢手绢，并喊来了李美女负责丢，却没有手绢，刘总先拿出了钥匙，又拿出了他随身携带的小木梳。正要丢的时候，车子来了，很遗憾，没能在空旷的香山脚下丢手绢，“丢丢丢手绢……”

8. 黑车司机

美女姚开着刘总的奥迪。我跑过去：“哟，这么漂亮个美女跑黑车啊，哟，还是奥迪啊，您这奥迪也拉活啊，您真有个性，北二环去不？多少钱。”

“不去”美女姚恶狠狠地看着我说。“哟，美女脾气还挺大。”我在众人的笑声中上车。这拨人到了以后，美女姚接了个电话，又开着车去接，回来的时候就开始“殴打”站在门口的三哥。我知道她被骗了，人都被另外的车子接了回来，但三哥逗她说还有很多人没接走。为了表达歉意，三哥开始给美女姚讲鬼故事，据说讲得三哥自己头皮发麻，但是美女姚和周围的人没一个害怕的。这故事，也是没人可比了。美女姚就是美女姚，不愧在木中混过“黑社会”，还是那个横着走路的美女姚。

9. 薛总点烧烤

半夜1点，薛总睡不着，叫我和阿四陪去吃烧烤。

薛总指着烧烤牌子：“来三个大腰。”

服务员：“大腰没有了。”

薛总：“那来三个小腰。”

服务员：“小腰也没有了。”

薛总：“羊宝有吗？来三个羊宝。”

服务员：“羊宝也没了。”

薛总已经快崩溃了，这烧烤摊要啥啥没有：“羊鞭呢，有吗？”

服务员：“羊鞭有。”

服务员也快崩溃了，终于说有了。

薛总乐了：“来三个，要公的。”

我跟着起哄：“有母羊鞭吗，也来三个。”

……服务员无语，悻悻地走了。

十几分钟后，顾大才子吃到了平生第一根羊鞭。

酒桌上的同学

——一个好人和三个坏蛋的故事

我同学甚多，这得益于“誓将板凳坐穿”的优秀品质，和“水大泡倒墙”的求学精神，上下两三届皆为同学，初中限于乡内，高中波及木中与新中两所学校。有一年差点去红旗中学补习，已经联系好时被一美女哭住，不然我之同学必燎原于赤峰，如今想来仍很遗憾，顾大才子爱同学，越多越好。

同学多了有酒喝，家乡人情厚，与同学喝酒理直气壮，很好与家人请假，就四个字“同学来了”。这四个字相当好使，在中国这样以血缘维系的社会里，同学情可以说是除了亲情之外，最厚重最牢靠的一种情感。同学之间可能读书之时一句话都未曾说过，但长大了坐在一起，那种感觉，仍如故交，情感之水如瀑布飞流直下。既然有感情，感情得升华，升华必喝酒，美其名曰“聚会”或者是“吃饭”，其主要内容实际都是围绕着喝酒在进行。

我每年至少回一次故乡，每次回去都有不少酒局，数个酒局中必有一个属于高中同学的。我们称之为三年六班，简称“三六”，三六的同学酒次数无法统计，主要归功于“一个好人、三个坏蛋。”三六每个从外地回故乡的同学，都有着极为惨痛的记忆：那酒局极为恐怖，无人能全身而退，但又仿佛有着神奇的魔法，让你这次喝得人仰桌翻，下次还会自投罗网。

三六酒局战斗能力如此之强，根本原因是其看似松散，其实极具组织性、纪律性，好人与坏蛋，尤其是坏蛋与坏蛋之间分工明确，配合默契，人挡杀人，佛挡杀佛，“三坏战吕布，吕布也得吐”。

“一个好人”是我们班班主任，大人们叫他老殿，于是我们也偷偷地叫他老殿。老殿之魅力在于，团结队伍，对待每个学生都一视同仁，不曾因以前的成绩好坏而有亲疏，所以三六众同学都爱围着他转。我曾酒后和老殿说：“老师啊，我就想不明白，你对我这得意门生好，为啥对三坏这样的烂人也那么好呢?”话刚说完，三坏不乐意了，每人敬了我这得意门生满满一杯酒，一杯有九钱，真是言多必失。老殿有结肠炎，胃部又做过息肉手术，被医生建议不喝酒，但仍对学生不离不弃，每局必饮，饮前先叮嘱各位同学不许告诉嫂子。嫂子是我们师母，不知为何，都叫她嫂子，嫂子也喜欢“同学”二字，只要是三六的酒局，嫂子准会放行。老殿喝啤酒，必先上一盆热水，将啤酒温热，一年四季都是如此。有次啤酒温得过热，我戏言，再上一盆凉水“拔拔”引得众人欢笑。老殿喝到动情处，脱了外套，脱到只剩下一个篮球小背心，配上脸部和肩部浸出的汗珠，俨然是良师益友之形象，这绝美画面一次次将三六的酒局推向高潮。很多年前，我们曾多次目睹，老殿穿篮球小背心在木中的操场上三步上篮。而老殿喝到欢处，露出小背心，无疑会碰翻对那段艰苦岁月的追忆与感慨，在不知不觉中，推杯换盏，一醉方休。老殿喜与学生划拳，划拳前习惯性向内拽一拽篮球小背心的两条带子，这意思是拉开架势，要大战一场，也可能是要三步上篮。每与老殿划拳，都是负多胜少，偶有领先，都碍于恩师之情，放水输回，这样几个回合下来，必输无疑。

“三个坏蛋”之首，名曰五子。一个经常有酒局的班级，肯定有个热心并善于组织的积极分子，三六的积极分子就是五子。五子其人，擅长攒人头，在古代定是那种说客，三六众多不胜酒力的男生女生都深受其害：五子会把你说得难以拒绝，情意绵绵中暗藏各种套路，不乏美人计、苦肉计等，还常打出老殿名号，蛊惑众人。若想做一个好的说客，光有口才还不行，必有一个欺骗性很强的外表，五子即是如此，长得一副好人模样，貌似忠良，走路四平八稳，慢慢悠悠，加之近几年身材变圆，更给人一种菩萨心肠的假象。酒桌上一般分为三步走：开局战、持久战、收尾战。三个坏蛋的分工中，五子是那个开局战的劝酒者，属于前锋，从五子的煽动性、组织能力，便可得知，五子劝起酒来，估计连他自己都害怕。

“三个坏蛋”之二，名曰“毛孩”。从毛孩之名便可想象，他是个多毛之人，满脸络腮胡。毛孩长得浓眉大眼，性格温润，易与众人打成一片，话语不多，偶有佳句也会让人捧腹。一日毛孩和我讲，有次喝酒，俩人碰杯说干掉。毛孩将酒吸入口中，手持空杯，酒友看着他的空杯说他根本没倒酒。那时他含在口中的酒刚好还没咽下，就又吐回到杯中，一杯盛满后还溢出来很多。我顿时感到胃部不适，那岂不是连同唾液一起吐到了杯中？毛孩讲了这事，不忘端起酒杯与我共饮，碰完杯后，那酒杯便没入浓密的胡须之中，看得我很想生出一缕长髯。毛孩是持久战的好手，兵来将挡水来土淹，来者不拒，是真实在，酒量也是真大。酒过三巡，五子会组织毛孩来“打样”，就算是二两的一杯酒，他也会一饮而尽，看得人心惊肉跳，你想不喝是不可能的——不喝，那是真抓住你硬灌呢。这就要引出我们的第三个坏蛋老鹰，我就被老鹰抓住灌过。

老鹰跳得高，打篮球跃起投篮如大鹏展翅，所以叫老鹰，人长得相当帅气，曾被誉为某单位第一帅哥。老鹰扮演着收尾战的角色，前面大家高兴之时，他缩在一侧保存实力，当你喝得差不多了，他就像一只袭击猎物的苍鹰，给你致命一击。老鹰虽帅，但脸上挂着坏笑，因此他的确不适合做开场人物，你看三个坏蛋的分工是多么精确。当你八分醉，就忽略了他那不怀好意奸诈的笑容，就被放倒了。老鹰在单位酒桌人称“下坡”，意为后劲十足，收尾之处趁火打劫，我曾多次惨遭毒手，现在想来仍心有余悸。老鹰是天生的活跃分子，恶作剧的天才。有一次某同学喝多了，趴在桌子上想吐吐不出来，老鹰便模仿人呕吐的声音，硬是将那同学勾引得吐了出去，而且那还是个女同学……可谓男女通杀，惨绝人寰。

一个好人，三个坏蛋。数年来，被三个坏蛋喝翻的同学不胜枚举，但仍阻挡不住三六酒桌的长盛不衰之势，醉了前来者，还有后来人。

记得那年，老殿携三个坏蛋及众同学到顾大才子家喝酒，既是主场，当然不能放过复仇良机，于是我村之酒场精英轮番上阵。只见那，烈日炎炎之下，喝醉酒的坏蛋们，拿着我家的水舀子，一人浇水，一人伸出双手，捧着水洗脸，猫着腰发出“嘟噜嘟噜”的声音。而后毛孩因信号不好，摔坏了两个手机。据说，返程后五子发现自己的手机在老殿兜里，而老殿的手机在毛孩兜里，完全乱了。

唯一遗憾的是，老鹰因为要充当驾驶员，成了漏网之鱼，美中不足。不过，我觉得，找机会还是得收拾他。

话说回来，有同学在，就有欢乐在，无论醉过多少回，无论丢过多少丑，不介意，不计较，下次回家还是照样惦记着老殿和三个坏蛋为代表的同学们。这就是同学，同学亲，亲同学。

喝不够的同学酒，剪不断的故乡情。